朝鮮森林植物篇

中井猛之進著

忍冬科	**CAPRIFOLIACEAE**
葡萄科	**SARMENTACEAE**
	VITACEAE
田麻科	**TILIACEAE**
膽八樹科	**ELAEOCARPACEAE**
岩梅科	**DIAPENSIACEAE**
紫金牛科	**ARDISIACEAE**
	MYRSINACEAE
柹樹科	**EBENACEAE**
灰木科	**SYMPLOCACEAE**
齊墩果科	**HALESIACEAE**
	STYRACACEAE

（11～13輯収録）

第4巻

朝鮮森林植物編

11輯

忍 冬 科　CAPRIFOLIACEAE

目次 Contents

第11輯

忍 冬 科 CAPRIFOLIACEAE

頁 Page

忍冬科

CAPRIFOLIACEAE

(一) 主要なる引用書目

著者		書名
J. G. Baker and *S. M. Moore.*	(1)	A Contribution to the Flora of Northern China, in the Journal of the Linnæau Society, Botany Vol. XVII. p. 383 (1879).
G. Bentham.	(2)	Flora Hongkongensis p. 142–144 (1861).
G. Bentham et *J. D. Hooker.*	(3)	Genera Plantarum II. p. 1–7 (1876).
G. Bergeret.	(4)	Flore des Basses-Pyrénées, Nouvelle édition p. 271–273 (1909).
C. L. Blume.	(5)	Bijdragen tot de Flore van Nederlandsch Indië 11 de Stuk p. 655–657 (1825).
Dr. N. L. Britton and *A. Brown.*	(6)	An Illustrated Flora of the Northern United States, Canada and the British Possessions Vol. III. p. 227–242 (1898).
R. Brown.	(7)	Characters and Descriptions of three new species of plants found in China by Clarke Abel, Esq. p. 4–6 (1818).
Al. Bunge.	(8)	Enumeratio plantarum quas in China boreali collegit p. 33–34 (1831).
	(9)	Supplement zur Flora Altaica p. 17–18 (1836).
A. P. de Candolle.	(10)	Prodromus Systematis Naturalis regni vegetabilis, pars 4. p. 321–340 (1830).
C. B. Clarke.	(11)	Caprifoliaceæ in J. D. Hooker Flora of British India Vol. III. p. 1–17. (1882).
J. F. Cowell.	(12)	Sambucus in Bailley Cyclopedia of American Horticulture IV. p. 1609–1610 (1902).

Dr. L. Dippel. (13) Handbuch der Laubholzkunde I. p. 165–288 (1888).

D. Don. (14) Prodromus Floræ Nepalensis p. 140–142 (1825).

G. Don. (15) The Gardner's Dictionary Vol. III. p. 435–452. (1834).

St. Endlicher. (16) Genera Plantarum p. 566–570 (1836–1840).

A. Engler. (17) Syllabus der Pflanzenfamilien 1 Auflage p. 172–173 (1892).

F. B. Forbes and *W. B. Hemsley.* (18) An Enumeration of all the plants known from China proper, Formosa, Hainan, Corea, the Luchu Archipelago and the Island of Hongkong, together with their Distribution and Synonymy p. 343–369 (1888).

A. Franchet et *L. Savatier* (19) Enumeratio Plantarum Japonicarum I. p. 197–206 (1875).

Dr. K. Fritsch (20) Caprifoliaceæ in Engler und Prantl Die Natürlichen Pflanzenfamilien IV. Teil. Abt. 4. p. 156–169 (1891).

M. Gillet et *M. J. H. Magne.* (21) Nouvelle Flore Francaise p. 178–180 (1862).

A. Gray. (22) On the Botany of Japan, Capifoliaceæ, in Memoirs of the American Academy of Arts and Sciences Vol. VI. New Series p. 392–393 (1859).

(23) List of Dried Plants collected in Japan by S. Welis Williams and Dr. James Morrow p. 313.

F. H. Green and *J.. W, Congdon.* (24) Analytical Class-Book of Botany II. p. 2–19 (1838).

P. Græbner. (25) Die Gattung Linnæa in Engler Botanische Jahrbücher. Band XXIX. p. 120–145 (1901).

	(26)	Caprifoliaceæ in Diels Flora von Central-China in Engler Botanische Jahrbücher, Band XXIX. p. 584–597 (1901).
B. Hayata.	(27)	Flora Montana Formosæ p. 112 (1908).
	(28)	Materials for a Flora of Formosa p. 132–139 (1911).
	(29)	Icones Plantarum Formosanarum Vol. II. p. 67–75 (1912). Vol. IV. p. 12–14 (1914). Vol. V. p. 76–77 (1915).
W. B. Hemsley.	(30)	Handbook of Hardy Trees, Shrubs, and Herbaceous plants p. 218–225 (1873).
F. v. Herder.	(31)	Plantæ Raddeanæ Monopetalæ. Heft I. p. 4–21 (1864).
J. D. Hooker.	(32)	Botanical Magazine t. 3316 (1834), t. 4893 (1856), t. 6172 (1875), t. 6611 (1882).
J. D. Hooker et *T. Thomson.*	(33)	Præcursores ad Floram Indicam, in the Journal of the Linnæan Society, Botany, II. p. 163–180 (1858).
W. J. Hooker.	(34)	Flora Boreali-Americana I. p. 278–285 (1840).
W. J. Hooker and *G. A. W. Arnott.*	(35)	The Botany of Captain Beechey's Voyage p. 264 (1841).
Van Houtte.	(36)	Flore des Serres, Vol. VIII. p. 287 t. 855 (1853), Vol. XI. t. 1137. (1856), Vol. XIV, p. 332. t. 1446. (1859).
Van Houttuyn	(37)	Pflanzensystem, Dritter Theil p. 349–357, 363–368 (1778).
C. H. B. Ker.	(38)	Botanical Register, I. t. 70 (1815), VI. t. 456. (1820), IX. t. 712 (1823).
Dr. G. D. J. Koch.	(39)	Synopsis Floræ Germaniæ et Helveticæ

editio 3. I. p. 277–280 (1857).

G. Koidzumi. (40) Tokyo Botanical Magazine Vol. XXIX. p. 312.

V. Komarov. (41) Flora Manshuriæ Vol. III. p. 503–533 (1907).

Dr. C. F. a Ledebour. (42) Flora Rossica Vol. II. p. 381–393 (1844–46).

C. Lemaire. (43) L' Horticulteur Universal I. p. 136 (1839).

J. Lindley. (44) The Vegetable Kingdom, 3 edit. p. 766–767 (1853).

J. C. Loudon. (45) Arboretum et Fruticetum Britannicum, Vol. II. p. 1026–1060 (1838).

C. Linné. (46) Species Plantarum, ed. 2. p. 246–250 (1762).

T. Makino. (47) The Tokyo Botanical Magazine, Vol. X. p. 58 (1896), Vol. XII. Jap. p. 17. p. 343–344 (1898), Vol. XV Jap. p. 4 (1901), Vol. XVI. p. 156–157 (1902), Vol. XXII. p. 158. (1908), Vol. XXVI. p. 218–220 (1912), Vol. XXVIII. p. 118–130 (1914).

(48) Journal of Japanese Botany, Vol. I. p. 4.

J. Matsumura. (49) Index Plantarum Japonicarum, Vol. II. part 2. p. 597–604 (1912).

J. Matsumura et *B. Hayata.* (50) Enumeratio Plantarum Formosanarum in Insula Formosa sponte crescentium p. 179–182 (1906).

De La Marcke. (51) Encyclopédie Methodique, I. p. 727–731 (1784), VII. p. 517–521 (1806), VIII. p. 650–659 (1808).

De La Marcke et *De Candolle.* (52) Flore Franaçaise, Tome IV. p. 268–277 (1815).

L. B. F. Marschall A. Bieberstein. (53) Flora Taurico-Caucasica, I. p. 157–

158, p. 244–245 (1808).

C. J. Maximowicz.
(54) Primitiæ Floræ Amurensis, p. 135–139 (1859).
(55) In Mélanges Biologiques, Tome X. p. 55–78 (1877), p. 644–671 (1880), XII. p. 473–486 (1886).

A. Michaux.
(56) Flora Boreali-Americana, I. p. 105–107, p. 178–180 (1820).

F. A. G. Miquel.
(57) Flora Indiæ Batavæ, II. p. 118–128 (1857).
(58) Prolusio Floræ Japonicæ, in Annales Musei Botanici Lugduno-Batavi, II. p. 265–271 (1866).

S. Moore.
(59) Alabastra Diversa, in the Journal of Botany, new series. Vol. VII. p. 129. (1878).

T. Nakai.
(60) The Tokyo Botanical Magazine, Vol. XXVIII. Jap. p. 295 (1914), Vol. XXIX. p. 5–6 (1915), Vol. XXXI. p. 210–214. (1917). Vol. XXXII. p. 108–109, p. 229–230 (1918).
(61) Flora Koreana, pars I. p. 283–292 (1909), II. p. 495–497. (1911).
(62) Vegetation of the Island Quelpaert p. 83–84 (1914).
(63) Vegetation of the Island Wangtō p. 14. (1914).
(64) Vegetation of the Diamond Mountains p. 185. (1918).
(65) Vegetation of Chirisan p. 45. (1915).
(66) Vegetation of mount Waigalbon and its vicinity p. 37. (1916).
(67) Vegetation of the Dagelet Island p. 26 (1919).

W. Neubert. (68) Deutsches Magazin für Garten und Blumen-kunde p. 173-174 mit Abbildung (1854).

G. Nicholson. (69) The Illustrated Dictionary of Gardening I. p. 1. p. 475. (1884). II. p. 281, p. 296-297. (1885). III. p. 343-354 (1886). IV. p. 155-157. (1887).

T. Nuttall. (70) The Genera of North American Plants I. p. 96, p. 138-139, p. 202-203 (1818).

C. A. J. A. Oudemans. (71) Naturlijke Historie van Nederland II. p. 171-175.

I. Palibin. (72) Conspectus Floræ Koreæ I. p. 102-105 (1898).

P. S. Pallas. (73) Flora Rossica, Tome I. pars II. p. 28-31 (1788).

Dr. C. H. Persoon. (74) Synopsis Plantarum I. p. 213-214.

W. L. Petermann. (75) Deutschlands Flora p. 257-260, Taf. 41. (1849).

J. L. M. Poiret. (76) Encyclopédie Methodique Supplement. II. p. 227-229 (1811). V. p. 485-486 (1817).

E. Regel. (77) Gartenflora (1857) t. 183, (1862) p. 407-409, t. 384. (1884) p. 225-226.

(78) Tentamen Floræ Ussuriensis p. 74-75. (1861).

E. Regel et *H. Tiling.* (79) Florula Ajanensis p. 99-100 (1857).

A. Rehder. (80) Synopsis of the Genus Lonicera (1903).

(81) Caprifoliaceæ in Sargent Plantæ Wilsonianæ I. part 1. p. 106-144 (1911), I. part. II. p. 306-312 (1912).

(82) Abelia in Bailley's Cyclopedia p. I. (1900).

(83) Diervilla in Bailley's Cyclopedia p. 483-4 (1900).

(84) Lonicera in Bailley's Cyclopedia p. 939-944 (1901).

(85) Viburnum in Bailley's Cyclopedia p. 1922-1927 (1902).

(86) Abelia in Bailley's Standard Cyclopedia I. p. 171-172. (1914).

(87) Diervilla in Bailley's Standard Cyclopedia II. p. 1007-1009 (1914).

(88) Linnæa in Bailley's Standard Cyclopedia IV. p. 1885. (1916).

(89) Lonicera in Bailley's Standard Cyclopedia IV. p. 1904-1914 (1916).

(90) Sambucus in Bailley's Standard Cyclopedia VI. p. 3067-3068. (1917).

(91) Viburnum in Bailley's Standard Cyclopedia VI. p. 3456-3464 (1917).

F. J. Ruprecht (92) Einige Worte ueber die Gattung Calyptrostigma, in Mélanges Biologiques, Tome II. p. 404-405 (1855).

C. S. Sargent. (93) Trees and Shrubs Vol. I. (1905). Vol. II. (1913).

(94) Manual of the Trees of North America p. 804-812 (1905).

H. Shirasawa. (95) Icones I. p. 176-179, t. 86-88 (1902), II. p. 172-180, t. 73-74. (1912).

Fr. Schmidt. (96) Reisen im Amur-Lande und auf der Insel Sachalin p. 47-48, p. 142-143 (1868).

C. K. Schneider. (97) Illustriertes Handbuch der Laubholzkunde, Band II. p. 632-753 (1911).

A. Sprengel. (98) Systema Vegetabilium I. p. 757-759, p. 933-935. (1825). II. p. 843 (1826).

Dr. Thomé. (99) Flora von Deutschland, Oesterreich und der Schweiz. Band IV. p. 227–232. (1905).

C. P. Thunberg. (100) Flora Japonica p. 89–90, p. 122–126 (1784).

(101) Botanical Observations on the Flora Japonica, in the Transaction of the Linnæan Society Vol. II. p. 331 (1794).

J. Torrey and *A. Gray.* (102) A Flora of North America Vol. II. p. 2–19 (1838).

N. Turczaninow. (103) Catalogus Plantarum in Regionibus Baicalensibus et in Dahuria sponte crescentium no. 557–562 (1838).

R. Wight et *G. A. W. Arnott.* (104) Prodromus Floræ Peninsulæ Indiæ Orientalis. Vol. I. p. 387–389 (1834).

C. L. Willdenow. (105) Species Plantarum Tome I. pars II. p. 836–837, p. 1486–1496 (1797).

V. B. Wittrock. (106) Linnæa borealis, in Acta Horti Bergiani, Band 4. no 7. (1907).

E. Wolf and *I. Palibin.* (107) Key for determination of Trees and Shrubs of Europe-Russia, Cremea and Caucasus, by the leaves and the flowers. p. 308–336 (1904).

(二) 朝鮮産忍冬科植物研究ノ歷史

朝鮮ノ忍冬科植物ノ始メテ世ニ出デシハ、西暦 1866 年和蘭ノ *F. A. G. Miquel* ガ Annales Musei Botanici Lugduno-Batavi 第二卷ニ

Diervilla versicolor, Siebold et Zuccarini （朝鮮群島）

Lonicera confusa, De Candolle （ ,, ）

ノ二種ヲ記セシニ始マル、但シ其 Diervilla versicolor ニ當テシハ Diervilla subsessilis, Nakai ニシテ、Lonicera confusa, De Candolle トセシハ Lonicera japonica, Thunberg ナリ。

次デ 1877 年露國ノ *C. J. Maximowicz* ハ Mélanges Biologiques 第十巻ニ Lonicera japonica, *Thunberg*. Lonicera hispida, *Pallas* ラシキモノ、1880 年ニハ Viburnum erosum, *Thunberg*. ヲ記ス。其中 Lonicera hispida ハ Lonicera Harai, *Makino* ナリ。

1888 年英國ノ *W. B. Hemsley* ハ Index Florae Sinensis ヲ著ハシ其中ニ朝鮮產トシテ Sambucus racemosa, *Linné;* Viburnum Carlesii, *Hemsley* sp. nov.; Viburnum erosum, *Thunberg;* Viburnum Opulus, *Linné;* Linnæa borealis, *Linné;* Lonicera japonica, *Thunberg*. Diervilla florida, *Siebold* et *Zuccarini* ノ七種ヲ擧グ、其中 Sambucus racemosa ハ Sambucus latipinna, *Nakai* ノ一形ナルベク、Viburnum Opulus ハ Viburnum pubinerve, *Blume* ナリ。

1898 年露國ノ *J. Palibin* ハ Conspectus Floræ Koreæ 第一巻ヲ出シ、其中ニ Sambucus racemosa, *Linné;* Viburnum Carlesii, *Hemsley;* Viburnum dilatatum, *Thunberg;* Viburnum erosum, *Thunberg;* Viburnum Opulus, *Linné;* V. Opulus f. sterile, *Dippel;* Linnæa borealis, *Linné;* Lonicera hispida, *Pallas;* Lonicera japonica, *Thunberg;* Lonicera Maackii, *Maximowicz;* Diervilla floribunda, *Siebold* et *Zuccarini;* Diervilla florida, *Siebold* et *Zuccarini* ノ十一種一變種ヲ擧グ、其中 Sambucus racemosa ノ一部ハ Sambucus latipinna, *Nakai* ニシテ、一部ハ其變種 var. coreana, *Nakai* ナリ、Viburnum Opulus ハ Viburnum pubinerve, *Blume* ニシテ、f. sterile ハ f. lutescens, *Nakai* ニシテ、Lonicera hispida ハ Lonicera *Harai* ニシテ、Diervilla floribunda ハ Diervilla subsessilis, *Nakai* ナリ。

1901 年、露國ノ *V. Komarov* ハ Acta Horti Petropolitani ニ滿洲、朝鮮、等ノ新植物ヲ記シ、其中朝鮮產トシテ Viburnum arcuatum; Lonicera vesicaria, Lonicera barbinervis ノ三新種ヲ擧ゲタリ、其中 Viburnum arcuatum ハ Viburnum burejæticum, *Regel* et *Herder* ニシテ、Lonicera barbinervis ハ Lonicera nigra, *Linné* ノ一變種ナリ。

1903 年、獨乙ノ *A. Rehder* ハ Synopsis of the genus Lonicera ヲ著ハシ、其中ニ朝鮮產トシテ Lonicera vesicaria, *Komarov;* Lonicera hispida, *Pallas;* Lonicera præflorens, *Batalin;* Lonicera nigra; *Linné;* Lonicera japonica, *Thunberg* ノ五種ヲ擧グ、但シ Lonicera hispida ニ當テシハ Lonicera Harai ニシテ、Lonicera nigra ハ Lonicera nigra v. barbinervis, *Nakai* トスベキナリ。

1907 年露國ノ *V. Komarov* ハ Flora Manshuriæ 第三巻ヲ著ハシ、其中ニ

朝鮮產ノ忍冬科植物トシテ Viburnum arcuatum, *Komarov*; Viburnum pauciflorum, *Pylaie*; Linnæa borealis, *Linné*; Lonicera edulis, *Turczaninow*; Lonicera vesicaria, *Komarov*; Lonicera nigra, *Linné*; Lonicera præflorens, *Batalin*; Diervilla florida, *Siebold* et *Zuccarini* ヲ擧グ。但シ Viburnum arcuatum, *Komarov* ハ Viburnum burejæticum, *Regel* et *Herder* ニ、Viburnum pauciflorum, *Pylaie* ハ Viburnum koreanum, *Nakai* ニ、Lonicera edulis ハ Lonicera cærulea, *Linné* var. edulis, *Regel* ニ、Lonicera nigra, *Linné* ハ Lonicera nigra, *Linné* var. barbinervis, *Nakai* ニ、Diervilla florida, *Siebold* et *Zuccarini* ハ Diervilla præcox, *Lemoine* ニ改ムベキナリ。

1908 年、*A. Rehder* 氏ハ更ニ *Sargent* 氏ノ Trees and Shrubs 第二卷ニ Viburnum odoratissimum, *Ker*; Viburnum Carlesii, *Hemsley*; Viburnum dilatatum, *Thunberg*; Viburnum erosum, *Thunberg* ノ五種ヲ朝鮮產トシテ記ス、但シ Viburnum odoratissimum ハ Viburnum Awabucki, *K. Koch* ナリ。

同年、余ハ今川唯市氏採收ノ植物目錄ヲ東京植物學雜誌第二十二卷ニ載セシガ、其中ニアル忍冬科ハ Lonicera caerulea ノ一種ナリ、而シテ之レハ其一變種 var. edulis ナリ、又三島愛之助氏採收、摩天嶺植物目錄ヲ載セシ中ニハ Sambucus racemosa アリ、是ハ Sambucus latipinna var. Miquelii ナリ。

1909 年余ハ Flora Koreana 第一卷ヲ出ス。其中忍冬科植物ハ Sambucus racemosa; *Linné*, Linnæa borealis, *Linné*; Viburnum dilatatum, *Thunberg*; Viburnum davuricum, *Pallas*; Viburnum Carlesii, *Hemsley*; Viburnum Opulus, *Linné*; V. Opulus f. sterile, *Dippel*; Viburnum erosum, *Thunberg*; Viburnum Wrightii var. stipellatum, *Nakai*; Lonicera japonica, *Thunberg*; Lonicera chrysantha, *Turczaninow*; Lonicera Maackii, *Maximowicz*; Lonicera hispida, *Pallas*; Lonicera cærulea, *Linné*; Diervilla florida, *Siebold* et *Zuccarini*; Diervilla floribunda, *Siebold* et *Zuccarini* ノ十五種一變種ヲ載ス。其中 Sambucus racemosa ハ Sambucus latipinna var. coreana ニ、Viburnum davuricum ハ Viburnum Carlesii var. bitchuense ニ、Lonicera hispida ハ Lonicera Harai ニ、Diervilla floribunda ハ Diervilla subsessilis ニ、Viburnum Opulus ハ Viburnum pubinerve ニ f. sterile ハ f. lutescens ニ改ムベキナリ。

同年 *A. Rehder* ハ濟州島ノ一新種 Lonicera leptantha ヲ *Fedde* ノ Repertorium 第六卷ニ記述セリ、夫ハ Lonicera Tatarinowii ノ一變種ナリ。

1911 年余ハ Flora Koreana 第二卷ヲ出シ、其中ニ Sambucus racemosa;

Viburnum dilatatum; Viburnum Carlesii; Viburnum Opulus var. Sargentii; V. Opulus v. Sargentii f. sterile; Viburnum erosum; Viburnum arcuatum; Linnæa borealis; Lonicera japonica; Lonicera nigra; Lonicera Maackii, Lonicera præflorens; Lonicera vesicaria; Diervilla floribunda; Diervilla florida ノ十四種一變種ノ忍冬科植物ヲ載セタリ、其中 Sambucus racemosa ハ Sambucus latipinna 並ニ var. coreana ニ、Viburnum Opulus ハ Viburnum pubinerve ニ、f. sterileハ f. lutescens ニ、Viburnum arcuatum ハ Viburnum burejaeticum ニ、Lonicera nigra ハ Lonicera nigra var. barbinervis ニ、Diervilla florida ノ一部ハ Diervilla praecox ニ、Diervilla floribunda ハ Diervilla subsessilis ニ改ムベキナリ。

同年佛國ノ *H. Léveillé* ハ *Fedde* ノ Repertorium 第九卷ニ Viburnum Taquetii ナル新種ヲ記セドモ、Viburnum erosum ニ外ナラズ。

同年墺國ノ *C. K. Schneider* ハ Illustriertes Handbuch der Laubholzkunde 第二卷ヲ著ハシ中ニ朝鮮產ノ忍冬科植物九種ヲ擧グ、即チ左ノ如シ。Sambucus Sieboldiana; Viburnum dilatatum; Viburnum erosum; Viburnum arcuatum; Viburnum odoratissimum; Lonicera Tatarinowii; Lonicera nigra; Lonicera japonica var. flexuosa; Diervilla florida. 右ノ中 Sambucus Sieboldiana ハ Sambucus latipinna v. coreana ニ、Viburnum arcuatum ハ Viburnum burejaeticum; Viburnum odoratissimum ハ Viburnum Awabucki ニ、Lonicera Tatarinowii ハ其變種 var. leptantha ニ、Lonicera nigra ハ其變種 var. barbinervis ニ改ムベキナリ。

同年 *A. Rehder* ハ Plantæ Wilsonianæ 第一卷第一部ニ朝鮮產トシテ Lonicera Tatarinowii ヲ載ス、其ハ var. leptantha ナルコト既述ノ如シ。

1912 年彼ハ第二部中ニ Viburnum erosum var. Taquetii (Viburnum Taquetii ノ改名)ヲ記セドモ Viburnum erosum ナリ。

同年余ハ八田吉平氏採集ノ滿鮮植物目錄ヲ東京植物學雜誌上ニ載セシ中ニ Viburnum Opulus var. Sargentii 及ビ Lonicera Ruprechtiana アリ、前者ハ Viburnum pubinerve ニシテ後者ハ Lonicera Harai ナリ。

次デ *R. G. Mills* 採收ノ朝鮮植物目錄ヲ載セシガ、其中ニハ忍冬科植物トシテ Viburnum davuricum, Lonicera Maackii, Lonicera praeflorens ノ三種アリ。但シ Viburnum davuricum ハ Viburnum burejæticum ナリ。

1914 年發行ノ濟州島植物調查書中ニハ Diervilla florida; D. florida var. candida; Lonicera chrysantha; Lonicera cærulea; Lonicera hypoleuca; Lonicera hispida; Lonicera japonica; Lonicera Maximowiczii; Sambucus racemosa;

Viburnum Carlesii; Viburnum erosum; Viburnum furcatum; Viburnum odoratissimum; Viburnum Opulus var. Sargentii; Viburnum Sieboldii ノ十四種一變種ノ忍冬科植物アリ。但シ Lonicera chrysantha ハ Lonicera Vidalii ニ、Lonicera hypoleuca ハ Lonicera Tatarinowii var. leptantha ニ、Lonicera hispida ハ Lonicera Harai ニ、Lonicera Maximowiczii ハ Lonicera sachalinensis ニ、Sambucus racemosa ハ Sambucus Sieboldiana var. glabrescens ニ、Viburnum odoratissimum ハ Viburnum Awabucki ニ、Viburnum Opulus var. Sargentii ハ Viburnum pubinerve f. calvescens ニ、Viburnum Sieboldii ハ Viburnum dilatatum ニ何レモ改ムルヲ要ス。

又同時發行ノ莞島植物調査書中ニハ Diervilla floribunda; Lonicera hispida; Lonicera japonica; Viburnum erosum ノ四種アリ。但シ Diervilla floribunda ハ Diervilla subsessilis ニ、Lonicera hispida ハ Lonicera Harai ニ改ムベシ。

1915 年、余ハ東京植物學雜誌ニ Diervilla brevicalycina, Diervilla præcox, Diervilla florida var. candida ノ三種ヲ記セリ。但シ Diervilla brevicalycina ハ Diervilla florida f. brevicalycina ニ改ムベシ。

同年發行ノ智異山植物調査書ニハ Diervilla florida; Diervilla floribunda; Lonicera chrysantha; Lonicera japonica; Lonicera Maximowiczii, Sambucus racemosa var. Sieboldii; Viburnum Opulus var. Sargentii; Viburnum dilatatum ノ八種ノ忍冬科植物アリ。其中 Diervilla floribunda ハ Diervilla subsessilis ニ、Lonicera chrysantha ハ Lonicera Vidalii ニ、Lonicera Maximowiczii ハ Lonicera sachalinensis ニ、Sambucus racemosa v. Sieboldiana ハ Sambucus latipinna var. coreana ニ、Viburnum Opulus var. Sargentii ハ Viburnum pubinerve var puberulum ニ改ムベシ。

1916 年余ハ東京植物學雜誌第三十卷ニ Sambucus latipinna ヲ記述シ、更ニ鷺峯植物調査書ニハ Diervilla florida; Linnæa borealis; Lonicera hispida; Lonicera Maximowiczii; Lonicera uniflora; Sambucus racemosa var. pubescens; Viburnum pauciflorum ノ七種ヲ記セリ。其中 Lonicera hispida ト Lonicera uniflora トハ何レモ Lonicera monantha ニ、Sambucus racemosa var. pubescens ハ Sambucus latipinna var. Miquelii ニ、Viburnum pauciflorum ハ Viburnum koreanum ニ改ムベシ。

1917 年、余ハ更ニ東京植物學雜誌第三十一卷ニ Lonicera insularis; Sambucus pendula; Sambucus Sieboldiana var. coreana; Sambucus latipinna; Sambucus racemosa var. glabra; S. racemosa var. Miquelii ノ五種一變種ヲ發表セリ。其中 Sambucus Sieboldiana var. coreana ト Sambucus racemosa var. glabra トハ Sambucus latipinna var. coreana ニ、Sambucus racemosa var. Miquelii ハ Sambucus latipinna var. Miquelii ニ改ムベシ。

1918 年余ハ又東京植物學雜誌第三十二卷ニ Abelia coreana; Abelia insularis; Diervilla florida var. pilosa; Diervilla subsessilis ノ三種一變種ヲ記述セリ。其中 Diervilla florida var. pilosa ハ Diervilla præcox var. pilosa ナリ。

同年發行ノ 白頭山植物調査書ニハ Diervilla florida; Linnæa borealis; Lonicera caerulea var. edulis; Lonicera caerulea var. venulosa; Lonicera chrysantha; Lonicera Maximowiczii; Sambucus racemosa; Sambucus racemosa var. Miquelii ノ六種二變種ノ忍冬科植物アリ。其中 Lonicera cærulea var. venulosa ハ var. glabrescens ニ、Lonicera Laximowiczii ハ Lonicera sachalinensis ニ、Sambucus racemosa ハ Sambucus latipinna var. coreana ニ、Sambucus racemosa var. Miquelli ハ Sambucus latipinna var. Miquelii ニ改ムベシ。

又同年發行ノ 金剛山植物調査書ニハ、Diervilla floribunda; Diervilla florida; Lonicera Chamissoi; Lonicera chrysantha; Lonicera edulis; Lonicera japonica; Lonicera Maackii; Lonicera Maximowiczii, Lonicera præflorens; Sambucus racemosa; Viburnum davuricum; Viburnum erosum; Viburnum Sargentii; V. Sargentii var. calvescens; Viburnum Wrightii; V. Wrightii var. stipellatum ノ十四種二變種ノ忍冬科植物アリ。其中 Diervilla floribunda ハ Diervilla subsessilis ニ、Lonicera Chamissoi ハ Lonicera diamantiaca ニ、Lonicera edulis ハ Lonicera caerulea var. venulosa ニ、Sambucus racemosa ハ Sambucus latipimia var. coreana ニ、Viburnum davuricum ハ Viburnum burejæticum ニ、Viburnum Sargentii ハ Viburnum pubinerve ニ改ムベキナリ。

1919 年余ハ又東京植物學雜誌第三十三卷ニ Viburnum pubinerve ト其四ツノ form ナル puberulum, calvescens, lutescens, hydrangeoides ヲ記述ス。又欝陵島植物報告書ニハ Abelia insularis; Lonicera insularis; Sambucus pendula; Viburnum Carlesii; Viburnum furcatum; Viburnum Wrightii ノ六種ノ忍冬科植物ヲ載ス。

以上ヲ綜合シ且其他ノ所ニテ採收セシ多クノ標本ニ基キ更ニ精研セシ結果朝鮮産トシテ次ノ六屬三十七種、八變種九變態ノ忍冬科植物ヲ認ムルニ至レリ。

1. Abelia coreana, *Nakai* からつくばねうつぎ
2. Abelia insularis, *Nakai* たけしまつくばねうつぎ
3. Abelia Tyaihyoni, *Nakai* ひなつくばねうつぎ

4. Diervilla florida, *Siebold* et *Zuccarini* var. venusta, *Rehder*
おほべにうつぎ
f. alba, *Nakai* げんぺいうつぎ
f. candida, *Nakai* げんじうつぎ
f. Isoline, *Nakai* さんしきうつぎ
f. brevicalycina, *Nakai* こがくうつぎ
5. Diervilla præcox, *Lemoine* びろうどうつぎ
var. pilosa, *Nakai* うすげうつぎ
6. Diervilla subsessilis, *Nakai* かうらいうつぎ
7. Linnæa borealis, *Linné* f. arctica, *Wittrock* りんねさう
8. Lonicera cærulea, *Linné* var. altaica, (*Pallas*) *Sweet*
くろみのうぐひすかぐら
var. edulis, (*Turczaninow*) Regel
けよのみ
var. glabrescens, *Ruprecht*
ひろはよのみ
var. venulosa, (*Maxinowicz*) *Rehder*
まるばよのみ
9. Lonicera cerasoides, *Nakai* ちいさんへうたんぼく
10. Lonicera chrysantha, *Turczaninow* ねむろぶしだま
11. Lonicera coreana, *Nakai* かうらいへうたんぼく
12. Lonicera diamantiaca, *Nakai* みどりへうたんぼく
13. Lonicera Harai, *Makino* つしまへうたんぼく
14. Lonicera insularis, *Nakai* たけしまきんぎんぼく
15. Lonicera japonica, *Thunberg* すゐかづら
16. Lonicera Maackii, (*Ruprecht*) *Maximowicz* はなへうたんぼく
17. Lonicera monantha, *Nakai* ぐみへうたんぼく
18. Lonicera nigra, *Linné* var. barbinervis, (*Komarov*) *Nakai*
めへうたんぼく
19. Lonicera præflorens, *Batalin* はやざきへうたんぼく
20. Lonicera Ruprechtiana, *Regel* びろうどへうたんぼく
21. Lonicera sachalinensis, (*Fr. Schmidt*) *Nakai* べにばなへうたんぼく
22. Lonicera subhispida, *Nakai* あらげうぐひすかぐら
23. Lonicera Tatarinowii, *Maximowicz* var. leptantha, (*Rehder*) *Nakai*
うらじろへうたんぼく

24. Lonicera vesicaria, *Komarov* たまへうたんぼく
25. Lonicera Vidalii, *Franchet* et *Savatier* おにへうたんぼく
26. Sambucus latipinna, *Nakai* ひろはにはとこ
var. coreana, *Nakai* かうらいにはとこ
var. Miquelii, *Nakai* えぞにはとこ
f. latifolia, *Nakai* ひろはえぞにはとこ
27. Sambucus pendula, *Nakai* やうらくにはとこ
28. Sambucus Sieboldiana, *Blume* var. glabrescens, *Nakai* たんなにはとこ
29. Viburnum Awabucki, *K. Koch* さんごじゆぼく
30. Viburnum burejæticum, *Regel* et *Herder* からすがまずみ
31. Viburnum Carlesii, *Hemsley* おほちやうじがまずみ
var. bitchuense, (*Makino*) *Nakai* ちやうじがまずみ
32. Viburnum dilatatum, *Thunberg* がまずみ
33. Viburnum erosum, *Thunberg* var. punctatum, *Franchet* et *Savatier* こばのがまずみ
34. Viburnum furcatum, *Blume* むしかり
35. Viburnum koreanum, *Nakai* ひろはがまずみ
36. Viburnum pubinerve, *Blume* f. calvescens, (*Rehder*) *Nakai* けなしかんぼく
f. hydrangeoides, *Nakai* てまりかんぼく
f. intermedium, *Nakai* かんぼく
f. lutescens, *Nakai* かんぼくあぢさい
f. puberulum, (*Komarov*) *Nakai* けかんぼく
37. Viburnum Wrightii, *Miquel* みやまがまずみ
var. stipellatum, *Nakai* てうせんみやまがまずみ

(三) 朝鮮産忍冬科植物ノ分布

つくばねうつぎ屬 Abelia.

朝鮮ニ三種アリ。皆朝鮮ノ特產ナリ。からつくばねうつぎハ大正三年咸北茂山郡葛浦嶺ニテ始メテ發見シ、次デ大正七年、咸北鏡城郡朱乙溫面熊谷嶺並ニ朱南面黃雪嶺ニテ發見セリ、高サ六七尺位ノ灌木トナル。

ひなつくばねうつぎハ忠北、丹陽郡、梅甫面、於儀谷里ニテ側柏ノ調査中偶然ニ發見セシ種ナリ。本屬ノ一亞節 Corymbosæ ニ屬スル一新種ナリ。此亞節ニ入ルモノハ他ニ三種アリ、皆支那ノ南部ヨリヒマラヤ山ニ產ス。夫故同亞節ニアル本種ガ朝鮮ニアルハ正ニ本種ガ系統上古キ種ナルヲ示ス。

たけしまつくばねうつぎハ欝陵島道洞國有林ノ岩上ニノミ生ズ、是亦系統上古キ種ナリ。特ニ其所生地ノ地質ハ、坪井理學士ノ調査ノ結果、欝陵島中最モ古ク成リシ地ナル由。是レ余ガ欝陵島植物調查書ニ系統上古キ種ト斷ゼシ植物ガ地質上古キ地ニ生ズルモノニシテ、一面ヨリ之ヲ見レバ此植物ノ古キモノナルコトハ植物學上並ニ地質學上ヨリ證明セラレシモノナリ。

たにうつぎ屬 Diervilla.

本屬ニ屬スル種ハ朝鮮ニ三種アリ。其中おほべにうつぎ最モ廣ク分布シ、北部ヨリ濟州島迄分布ス。之ニ對シテからつくばねうつぎハ平南、江原兩道以南、全羅南岸ノ群島ニ迄モ分布シ、びろうどうつぎハ咸北、咸南、平北ノ地ヲ占メ、うすげうつぎト混生ス。

りんねさう屬 Linnæa.

白頭山、胞胎山、長白山、狼林山、鷲峯、周峯、李僧嶺等、咸北、咸南、平北ノ高山ニ產ス。

にんどう屬 Lonicera.

此屬ノモノハ朝鮮ニ十八種アリ。

するかづら ハ北ハ平北、咸南ヨリ南ハ濟州島迄モ分布ス。

はなへうたんぼく モ分布廣ク慶北、京畿以北ノ地ニハ至ル所ニ分布ス。

ねむろぶしだま ハ咸北、咸南、平北ニ多ク、南下シテ江原道金剛山ニ至リテツク。

たけしまきんぎんぼく ハ欝陵島ノ特產植物ニシテ、同島ノ海岸ニ叢生ス。

びろうどへうたんぼく ハ平南、平北、咸南、咸北ノ丘陵河畔ニ生シ叢生ス。其黃紅色ノ果實ガ滿樹ヲ飾ル樣ハ頗ル美シキモノナリ。

くろみのうぐひすかぐら ハ白頭山地方ニアリテけよのみト混生ス。

けよのみ ハ咸北白頭山地方。鏡城郡ノ臺地。咸南甲山郡ノ臺地、濟州島漢拏山上ニ生ズ。特ニ濟州島ノ漢拏山ニアルモノハ朝鮮側ニテハ咸南、咸北ノ山、日本側ニテハ日光戰場ケ原ニ迄至ル間ニ存在セズ、分布上最モ著シキナリ。

ひろはよのみ　ハ咸北、長白山。平北飛來峯等ニ生ズ。

まるばよのみ　ハ金剛山彙中毘盧峯、大長峰、彌勒峰等ニ生ズ。

たまへうたんぼく　ハ咸南三水、咸北清津、黄津等ニアリ、丘陵ニ生ズ。

はやざきへうたんぼく　ハ低キ山ニ生ズル植物ニシテ、平北、咸南以南、慶北、忠南等ニ亙リ分布ス。

ぐみへうたんぼく　ハ咸南、咸北、平北等ノ山地ニアリ、深山ノ植物ナリ。

つしまへうたんぼく　ヘ忠北丹陽郡、鎭川郡、忠南雞龍山以南、濟州島迄分布シ小サキ灌木林ニ混生ス。

あらげうぐひすかぐら　ハ咸南長津並ニ甲山郡上里ニアリ。山地性ノ植物ナリ。

かうらいへうたんぼく　ハ全南白羊山ノ林中ニ生ズ。

おほへうたんぼく　ハ智異山脈、濟州島漢拏山上ニ生ズ。

ちいさんへうたんぼく　ハ其名ノ示スガ始ク智異山ノ特産ナリ。

みどりへうたんぼく　ハ金剛山ノ長安寺附近ノ林中ニ生ズ。

うらじろへうたんぼく　ハ濟州島漢拏山上ニノミ生ズ、本種ハ北支那及ビ滿洲ニアル Lonicera Tatarinowii ノ一變種ニシテ、恐ラク往古朝鮮ヲ通ジテ分布セシ種ガ此島上ニ遺留シテ小形トナリシモノナルガ如シ。

めへうたんぼく　ハ咸北茂山郡ニ生ズ。

べにばなへうたんぼく　ハ濟州島漢拏山、智異山、金剛山ヲ經テ咸北、平北等殆ンド全道ニ亘リテ生ズ。

にはとこ屬　Sambucus.

たんなにはとこ　ハ濟州島ノ特産ナリ。

ひろはにはとこ　ハ平南、京畿等ノ低キ山ニ生ズ。

かうらいにはとこ　ハ金剛山、智異山、摩天嶺、白碧山等ニ生ズ。

えぞにはとこ　ハ咸北、咸南、平北ノ山地ヨリ全南ニ至ル迄モ分布ス。

ひろはえぞにはとこ　ハ咸南葱田嶺ニテ發見セリ。

やうらくにはとこ　ハ欝陵島ノ特産植物ニシテ、同島至ル所ニ生ズ。

がまずみ屬　Viburnum.

からすがまずみ　ハ咸北、咸南、平北ノ低キ山ニ雜木トシテ生ジ、稀ニ純叢ヲナス事サヘアリ。

おほちやうじがまずみ　ハ金剛山、仁川沖ノ諸島、濟州島、欝陵島等ニ生ズ。

ちやうじがまずみ　ハ金剛山、慶尚北道丹陽郡等ノ山ニ生ズ。

さんごじゆぼく　ハ濟州島ノ標高五百米突以下ニ普ク生ズ。

むしかり　ハ欝陵島ノ山上並ニ濟州島漢拏山上ニ生ズ。

がまずみ　ハ東ハ元山附近ヨリ西ハ水原附近ヨリ以南、濟州島ニ至ル迄ノ山地、丘陵ノ樹林中ニ生ズ。

みやまがまずみ　ハ咸北明川郡松湖嶺、江原道金剛山、欝陵島上峯等ニ生ズ。

てうせんみやまがまずみ　ハ金剛山中ニ稀ニ生ズ。

こばのがまずみ　ハ西ハ黄海道ヨリ東ハ江原道ニ至リ南ハ濟州島ニ至ル迄分布シ、樹林、丘陵ニ多シ。

ひろはがまずみ　ハ深山性ノ植物ニシテ咸北、咸南、平北ノ深林ニ生ズ。

かんぼく　ハ毛ノ多少ニテけかんぼく、けなしかんぼくニ區別ス、何レモ北ハ咸北ヨリ、南ハ智異山ニ至ル迄分布ス。其中けなしかんぼくハ濟州島迄モ分布ス。

(四) 朝鮮產忍冬科植物ノ効用

(藥　用)

洋法ニ用フベキモノトシテ朝鮮產ノモノハ研究セラレシモノアラズ、民間藥トシテ次ノモノヲ用フ。

にはとこ、其莖葉ヲ黑燒トシ飯粒ニテ練リ、紙ニ引延シテ打撲傷又ハ挫骨部ノ患部ニ貼ル。熱ヲ去ル效アリ、故ニ接骨木ノ名アリ。

にんどう、其蔓ヲ浴槽ニ入レテ湯ヲ沸シ、之ニ入浴スレバ打身ニ效アリト云フ。

(食　用)

生食シ得ルハくろまめのき類ノ果實ナリ、成熟スレバ美味ナリ。乾シテ食フモヨシ。がまずみノ果實ヨリハ一種ノ酢ヲ攝取シ得。平北江界郡ニテハかんぼくノ果實ヲ搾リ、豆腐ヲ固ムルニ用フ。

(觀賞用)

びろうどうつぎ、おほべにうつぎ、かうらいうつぎ等ハ皆其花美シク、庭園樹トナシ得。

はなへうたんぼくノ花ハ滿樹ヲ白ク飾ルトキハ頗ル美事ナリ。又其紅花ヲ結ベルモノ並ニびろうどへうたんぼくノ結實セルモノハ何レモ賞觀ニ値ス。

おほちやうじがまずみハ其開花スルモノハ一株ニテ二三圓ノ値アリ。外人向ノモノニテ特ニ英國ニテハ前世紀ノ後半ヨリ愛育シ朝鮮產ノ美花トシテ知ラル。

てまりかんぼく、かんぼくあぢさい等ハ何レモ白キあぢさいトモ見エ、庭園樹トシテ可ナリ。

さんごじゅぼくハ南地ニテハ生垣又ハ庭園樹トナシ得。

其他ノがまずみ類、へうたんぼく類中外人ノ喜ブモノアレドモ、邦人トシテハ賞スルニ足ラズ。

（薪炭用）

一般ニ大木トナラズ。唯さんごじゆぼくノ大ナルモノハ日本內地ニテハ炭ニ燒ク事アルモ、其他ハ皆薪トスル外用ナシ。

(五) 朝鮮產忍冬科植物ノ分類及圖說

忍　冬　科

Caprifoliaceæ.

(甲) 科ノ特徵

多年生ノ草本又ハ灌木又ハ喬木、髓ハ密ナルモノト、殆ンド中空ノモノトアリ、葉ハ對生、單葉又ハ奇數羽狀複葉。鋸齒アルト全緣ナルトアリ。又掌狀ニ三裂又ハ三叉スルモアリ、托葉ハアルモノトナキモノトアリ、有柄又ハ無柄、稀ニ楯形、花序ノ形ハ多樣ナリ、花ハ兩全又ハ多性、又ハ雌雄同株、整正又ハ歪形、萼筒ハ子房ニ癒着シ、卵形又ハ細長ク、萼片ハ三個乃至五個、全緣ノモノト鋸齒アルモノトアリ。大小不同又ハ殆ンド同大、花冠ハ筒狀又ハ輻狀、又ハ壺狀、又ハ鐘狀、裂片ハ四乃至五個、雄蕋ハ花筒ニ附着シ、四個又ハ五個、花絲ハ長短一ナラズ、葯ハ橢圓形又ハ狹長、內向ト外向トアリ、子房ハ下位、一室乃至六室、花柱ハ或ハ短ク、或ハ長シ。卵子ハ子房ノ各室ニ一個ノ時ニハ下垂シ、數個以上ノトキニハ內側ニ附着ス。果實ハ漿果、核果、乾果、裂開スルモノト裂開セヌモノトアリ。種子ハ果實ノ各室ニ一個又ハ數個以上、種皮ハ薄膜狀。栓狀、革質等アリ、往々翼狀ニ展開ス、胚乳多ク、胚ハ小ニシテ、幼根ハ上向ナリ。

世界ニ十四種三百餘種アリ、其中朝鮮ニ六屬三十七種ヲ產ス。

Caprifoliaceæ, *Ventenat* Tableau du règne végétal II. p. 593. (1799). *La Marck* et *De Candolle* Flore Francaise IV. p. 268 (1815). *Britton* and *Brown* Flora of Northern United States and Canada III. p. 227 (1898). *Komarov*

Fl. Mansh. III. p. 503 (1907). *Schneider* Illus. Handbuch Laubholzk. II. p. 632.

Caprifoliaceæ, *Richard* Dictionnaire III. p. 172 (1828). *Lindley* Veg. Kingdom p. 766 (1853). *Miquel* Fl. Ind. Bat. II. p. 118. *Fritsch* in *Engler Prantl* Nat. Pflanzenf. IV. 4. p. 159.

Caprifoliaceæ, *Jussieu* sic *D. Don* Prodr. Fl. Nepal. p. 140. *De Candolle* Prodr. IV. p. 321 (1830). *G. Don* Gard. Dict. III. p. 435. *Koch* Syn. Pl. Germ. et Helv. ed. 3. p. 277. *Torrey* and *A. Gray* Fl. North America II. p. 2. (1838). *E de Halacsy* Consp. Fl. Græc. I. p. 696 (1901).

Caprifolia, *Jussieu* Gen. Pl. p. 210 excl. Sect. 2 et 4 (1789). *Dietrig* Gart. Lexic. II. p. 531. (1802).

Caprifoliæ, *Persoon* Syn. Pl. I. p. 213 (1805).

Caprifoliaceæ, *Lindley* Veg. Kingd. p. 766 sic *Bentham* et *Hooker* Gen. Pl. II. p. 1.

Lonicereæ, *Endlicher* Gen. Pl. p. 566. *Miquel* Ann. Mus. Bot. Lugd. Bat. II. p. 265.

Viburneæ, *Bartling* Ordines naturales plant. p. 214. (1830).

Sambuceæ, *Kunth* in *Humboldt, Bonpland* et *Kunth* Nov. Gen. et Sp. III. p. 424. (1818).

Herbæ perennes v. frutices v. arbusculi. Medula solida v. lamellata v. evanida. Folia opposita simplicia v. imparipinnata serrata v. palmatim 3–5 fida stipullata v. exstipullata, petiolata v. sessilia v. perfoliata. Inflorescentia cymosa v. umbellata v. corymbosa v. paniculata v. flores solitarii v. gemini. Flores hermaphroditi v. monoeci regulares v. irregulares. Calycis tubus ovario adnatus ovatus v. elongatus, limbus 3–5 fidus v. partitus integer v. serrulatus æqualis v. inæqualis. Corolla gamopetala tubulosa v. rotata v. campanulata v. campanulato-infundibularis, bilabiata v. regulares. Stamina 4–5 tubo corollæ adnata inserta v. exerta. Filamenta elongata v. brevia. Antheræ oblongæ v. lineares versatiles, introrsæ v. extrorsæ. Ovarium inferum 1–6 loculare. Stylus elongatus v. subnullus. Ovula in loculis ovarii solitaria pendula v. ∞-sperma. Testa seminum membranacea v. crustacea v. subspongiosa. Albumen copiosum.

Genera 14, species supra 300 per totas regiones orbis incolæ, inter eas genera 6, species 37 in Corea indigena.

（乙） 屬名、族名ノ檢索表、

1 ⎧ 葉ハ奇數羽狀ナリ。葯ハ外向……………………………にはとこ族
灌木又ハ喬木、花ハ圓錐花叢、繖房花序、又ハ繖形花序ヲナス。果實ハ漿果樣……………………………にはとこ屬
葉ハ單葉、稀ニ三乃至五叉ス、葯ハ內向ナリ ……………………2

2 ⎧ 子房ノ各室ニ唯一個ノ胚珠アリ ……………………がまずみ族
灌木又ハ喬木、葉ニ托葉アルモノトナキモノトアリ、果實ハ核果……………………………がまずみ屬
子房ノ室ノ一部ニハ少クモ數個ノ胚珠アリ ……………………3

3 ⎧ 子房ノ室中、一二室ハ唯一個ノ胚珠ヲ有スレドモ、他ハ數個以上ノ胚珠ヲ有ス ……………………りんねさう族……………4
子房ノ各室共、數個以上ノ胚珠ヲ有ス ……………………5

4 ⎧ 草本狀ノ小灌木、莖ハ地ヲ匐フ、萼筒ハ卵形、萼片ハ脫落ス……………………………りんねさう屬
直立又ハ橫臥ノ灌木、萼筒ハ細長ク、萼片ハ永存性‥つくばねうつぎ屬

5 ⎧ 果實ハ漿果……………………………にんどう族
灌木、花冠ハ歪形又ハ整正、花梗ニハ一個又ハ二三個ノ花ヲ附ク……………………………にんどう屬
果實ハ二裂シ、狹長ナリ……………………たにうつぎ族
灌木、花冠ハ歪形又ハ整正、花ハ繖房花序ヲナス……たにうつぎ屬

CONSPECTUS TRIBUUM ET GENERUM.

1 { Folia pinnata. Antheræ extrorsæ…………………………Sambuceæ.
Frutex v. arbusculus estolonifer. Corollæ lobi imbricati.
Fructus baccatus. ……………………Sambucus, *Tournefort.*
Folia simplicia integra v. palmatim divisa. Antheræ introrsæ…………2

2 { Ovarii loculus 1-spermis ……………………………Viburneæ.
Frutex v. arboreus. Folia stipullata v. exstipullata. Fructus drupaceus ……………………………Viburnum, *Linné.*
Ovarii loculus saltem partim ∞-spermis. ……………………3

3 { Ovarii loculi 1–2, unisperimis, ceteri polyspermis. ……Linnæeæ….4
Ovarii loculi omnes polyspermis……………………………5

4. Fruticulus parvus repens. Calycis tubus ovatus limbo deciduo.
...... Linnæa, *Gronovius*.
Frutex erectus v. decumbens. Calycis tubus elongatus limbo persistente.
...... Abelia, *R. Brown*.

5. Fructus baccatus. ...... Chamæceraceæ.
Frutex. Corolla zygomorpha v. actinomorpha. Pedunculi 1–2 flori.
...... Lonicera, *Desfontaines*.
Capsula 2-valvata ...... Diervilleæ.
Frutex. Corolla plus minus zygomorpha. Flores cymosi.
...... Diervilla, *Tournefort*.

（丙） 各族、各屬、各種ノ記載並ニ圖解

第一族、にはとこ族

灌木又ハ喬木、葉ハ奇數羽狀複葉、葯ハ外向、子房ノ各室ニ唯一個ノ胚珠ヲ有ス。果實ハ漿果樣。

第一屬、にはとこ屬

灌木、高サ五米突ニ達スルアリ、幹ノ直徑モ大ナルハ二十珊ニ及ブ、樹皮ハ硬キカ又ハ木栓質。葉ハ概ネ托葉アリ。托葉ハ腺ニ變形スルモノアリ。二對乃至四對羽狀複葉、羽片ニ鋸歯アリ。花序ハ若枝ノ先端ニ生ジ、複繖房花序又ハ圓錐花叢ヲナス。花ハ五(四)数ヨリ成リ、兩全又ハ多性。蕚筒ハ倒卵形又ハ倒圓錐形、蕚片ハ五個、永存スルモノト脱落スルモノトアリ、花冠ハ輻狀、雄蕋ハ花冠ノ基部ニ附キ其裂片ハ互生ス。花絲ニ毛ナシ。葯ハ黄色又ハ淡黄色、外向。花柱ハ短シ、柱頭ハ三裂ス。漿果ハ紅色、黒色、黄色稀ニ白色又ハ綠色、子房ハ五(三)室。卵子ハ各室ニ一個ニシテ頂ヨリ下垂ス。核ハ皺アリテ一果實ニ二個乃至五個、胚乳ハ多肉ニシテ幼根ハ上向。

亞細亞、歐羅巴、南北亞米利加ニ產シ大凡十三種アリ。朝鮮ニ三種アリ。

Trib. 1. **Sambuceæ,** (*Kunth*) *Fritsch* in *Engler Prantl* Nat. Pflanzenf. IV, 4. p. 161 (1891). *Engler* Syllabus Pflanzenf. ed. 1. p. 173 (1892).

Sambuceæ, *Kunth* in *Humboldt*, *Bonpland* et *Kunth* Nov. Genera et Species Pl. III. p. 487 (1818) p. p. *De Candolle* Prodr. IV. p. 321 (1830) p. p. *G. Don* Gard. Dict. III. p. 436. p. p. (1834). *Torrey* et *A. Gray* Fl. North America II. p. 12. p.p. *Lindley* Veg. Kingd. p. 767 p.p. (1853). *Koch* Syn.

Pl. Germ. et Helv. ed. 3. p. 278 p. p. *Bentham* et *Hooker* Gen. Pl. II. p. 2. p. p.

Sambucineæ, *Batsch* Tab. affinitatum regni vegetabilis p. 238 (1802). *A. Richard* Dictionnaire III. p. 173 (1828).

Loniceræ subordo Sambuceæ, *Endlicher* Gen. Pl. p. 569. p.p. (1836-40).

Frutex v. arboreus. Folia imparipinnata. Antheræ extrorsæ. Loculi ovarii unispermi. Fructus baccatus.

Gn. 1. **Sambucus,** (*Brunfels*) *Tournefort* Instit. Rei Herb. I. p. 606 p.p. t. 370 (1700). *Linné* Gen. Pl. n. 372 p.p. (1738). *La Marck* et *De Candolle* Flora Fran. IV. p. 276. p. p. (1815). *De Candolle* Prodr. IV. p. 321. p. p. *Nuttall* Genera I. p. n. 291. *G. Don* Gard. Dict. III. p. 435. p.p. *Endlicher* Gen. Pl. n. 3341, p.p. *Bentham* et *Hooker* Gen. Pl. II. p. 3. *Fritsch* in *Engler Prantl* Nat. Pflanzenf. IV. 4. p. 162. p.p. *Schneider* Illus. Handb. Laubholzk. II. p. 632. *Rehder* in Standard Cyclop. p. 3067. p.p.

Frutex v. arboreus. Cortex dura v. subsuberosa. Folia saepe stipullata, stipulis in glandulis saepe mutatis, 2–4 jugo imparipinnata, segmentis serratis. Inflorescentia in apice ramuli hornotini terminalis, umbellato-decomposita v. paniculata. Flores 5 (–4) meri hermaphroditi v. polygami. Calycis tubus obovatus v. turbinatus, dentibus 5 reflexis v. erectis persistentibus v. deciduis. Corolla rotata. Stamina corollæ basi affixa et lobis alterna. Filamenta glabra. Antheræ flavæ extrorsæ. Styli brevissimi. Stigma 3-lobum. Bacca rubra v. nigra v. flava rarius alba v. viridis. Ovarium 5 (–3) loculare. Ovula in loculis ovarii solitaria ab apice pendula. Pyrena rugosa in bacca 2–5. Albumen carnosum. Radicula supera.

Species 13 in Asia, Europa, America bor. et austr. incolæ, inter eas species 3 in nostris regionibus adsunt.

1. たんなにはとこ トッナム（濟州島）

（第 一 圖）

高サ六七尺乃至一丈許、樹膚ハ不規則ニ裂開ス。若枝ニ毛ナシ、葉ハ側枝ノモノハ三四對ノ奇數羽狀複葉ナレトモ、花ヲ附クル枝ノモノハ二三對奇數羽狀複葉ナリ。羽片ハ廣倒披針形ニシテ鋸齒ハ内曲スルコト多シ。花序ハ廣キ圓錐花叢ヲナシ、粒狀ノ毛茸ヲ疎生ス、花ハ淡黃白色、葯ハ黃色、柱頭ハ紫色、核果ハ紅色ニシテ、種子ニ皺アリ。

濟州島ノ中腹以下ニ生ズ。

1. Sambucus Sieboldiana, *Blume*

apud *Miquel* in Ann. Mus. Bot. Lugd. Bat. II. p. 265 (1866).

var. **glabrescens,** *Nakai.* (Tab. 1).

Usque 4 metralis, cortex irregulariter fissa. Rami juveniles glabri. Folia rosularum 3-4 jugo imparipinnata, ramorum floriferorum 2-3 jugo imparipinnata. Pinnæ oblanceolata, serrulis incurvatis. Inflorescentia paniculata in apice rami hornotini terminalis subglabra. Flores dilute ochroleuci. Antheræ flavæ. Stigma atropurpureum. Drupa coccinea. Semina rugosa.

In silvis et dumosis Quelpært.

Distr. Hondo.

2. ひろはにはとこ タクチョンナム(京城)

(第 貳 圖)

灌木、幹ノ高サ五米突ニ達スルモノアリ、髓ハ褐色、枝及ビ葉ハ無毛、羽片ハ卵形ニテ急ニトガル、鋸歯アリ、花序ノ下ニアル葉ハ一二對奇數羽狀複葉ナリ、花序ハ短キ圓錐花叢ヲナシ又ハ複繖房花序ヲナシ、毛ナシ、花ハ密生ス。花冠ハ帶黃綠色、裂片ニ毛ナシ、葯ハ帶黃色、花柱ハ紫色、核果ハ深紅色、種子ニ皺アリ。

平壤乙密臺。京城南山。黃海道青州。忠南雞龍山等ニテ發見ス。

其一種ニテ羽片ガ披針形又ハ廣披針形ヲナシ通例無毛、花序ハ無毛又ハ微毛アルアリ。**かうらいにはとこ**、クロンモ(全南)(第參圖)ト云ヒ、智異山、金剛山、南山、咸南摩天嶺、平北白碧山等ニテ發見ス、朝鮮外ニテハ北海道、千島、樺太、烏蘇利、滿洲、等ニ分布ス。

又其一種ニテ葉及ビ枝ニ毛アリ、花序ニモ毛アリ、蕚筒ニハ毛アルコトモアルモノアリ、**えぞにはとこ**、カイツンナム、チロングナム(平北)(第四圖)ト云フ、全南白羊山。江原道(末輝里)。平北(飛來峯、朔州、昌州、江界)咸北(甫上洞)等ニテ發見ス。朝鮮外ニハ北海道。本島ノ中部、樺太、烏蘇利、滿洲、東西比利亞等ニアリ。

えぞにはとこノ一種ニテ羽片ガ卵形又ハ圓形ナルアリ、**ひろはえぞにはとこ**ト云フ、咸南長津郡葱田嶺ニテ發見セリ。

抑モ東亞ノにはとこヲ歐米ノ學者ガ歐洲產ノ Sambucus racemosa, *Linné*

ニ當テ居レドモ不可ナリ。歐洲產ノモノハ葉淡綠色ヲナシ、花冠ノ裂片ニハ粒狀ノ突起アリ。且果實ハ甘ク食シ得。但乾燥標本ノ上ノ區別ハ困難ナリ。

2. **Sambucus latipinna,** *Nakai.* (Tab. II).

in Tokyo Bot. Mag. XXX. p. 290 (1916). XXXI. p. 214. (1917).

Frutex usque 5 metralis. Medulla fusca. Ramus et folia glabra. Pinnæ foliorum rosularum ovatæ, subito attenuatæ v. acutæ serrulatæ. Folia sub flores 1–2 jugo imparipinnata, pinnis petiolulatis v. sessilibus ovatis. Inflorescentia depresso-paniculata v. fere corymboso-paniculata glabra. Flores densi. Corolla luteo-virides lobis glabris. Antheræ ochroleucæ. Stigma purpureum. Bacca coccinea astringens. Putamen rugulosum.

Nom. Jap. Hiroha-niwatoko.

Hab. in montibus Corea media.

var. **coreana,** *Nakai* (Tab. III).

S. Sieboldiana var. coreana, *Nakai* in Tokyo Bot. Mag. XXXI. p. 213. (1917).

S. racemosa var. glaber, (non *Miquel*) *Nakai* l. c. p. 214.

Foliorum pinnæ lanceolatæ v. late lanceolatæ glabræ v. fere glabræ, sæpe minute serrulatæ. Inflorescentia glabra v. pilosa.

Nom. Jap. Kōrai-niwatoko.

Hab. in montibus Coreæ totæ.

Distr. Yeso, Kuril, Sachalin et Ussuri.

var. **Miquelii,** *Nakai* (Tab. IV).

S. racemosa var. Miquelii, *Nakai* in Tokyo Bot. Mag. XXXI. p. 214 (1917).

S. racemosa, (non *Linné*) *Pallas* Fl. Ross. II. p. 29. p.p. (1788). *Ledebour* Fl. Ross. II. p. 383. p.p. *Miquel* in Ann. Mus. Bot. Lugd. Bad. II. p. 265.

S. pubens, (non *Michaux*) *A. Gray* Perry's Exped. p. 313.

S. pubescens, (non *Persoon*) *Siebold* et *Zuccarini* Fl. Jap. Fam. Nat. n. 590.

S. racemosa β. pubens, (*Michaux*) *Trautvetter* et *Meyer* Fl. Ochot. p. 46. *Regel* Tent. Fl. Uss. p. 75.

S. racemosa β. pubescens, (*Persoon*) *Miquel* Cat. Mus. Lugd. Bat. p. 56. (1870). *Franchet* et *Savatier* Enum. Pl. Jap. I. p. 198. *Matsumura* Ind. Pl. Jap. II. p. 602. p.p.

Frutex usque 5–6 metralis. Truncus diametro 20 cm. latus. Pinnæ foliorum rosularum usque 20 cm. longæ 10 cm. latæ. Folia et rami pubescentia. Inflorescentia pubescens. Calycis tubus pilosus v. glaber.

Nom. Jap. Ezo-niwatoko.

Hab. in montibus Coreæ totæ.

Distr. Hondo, Yeso, Sachalin. Manshuria, Amur et Sibiria orient.

f. **latifolia,** *Nakai.*

Foliola ovata v. rotundata utrinque acuta v. subito attenuata.

Nom. Jap. Hiroha-ezo-niwatoko.

Hab. in montibus Coreæ sept.

3. **やうらくにはとこ** マルヲチョムテ(欝陵島)

(第 五 圖)

灌木又ハ半喬木、樹膚ハ木栓質、若枝ハ綠色ニシテ白キ皮目散點ス、葉ハ二三對羽狀複葉、葉柄ハ長サ13珊ニ達スルアリ、葉身ハ披針形、表面ハ綠色多少光澤アリ、邊緣ニハ內曲スル鋸齒アリ、先端ハ長クトガル、花序ハ圓錐花叢又ハ繖房狀圓錐花叢ヲナシ下垂ス。毛ナシ、花ハ帶黃白色又ハ帶綠白色、子房ノ長サ1乃至1.5粍、蕚片ハ三角形ニシテ反轉ス、花冠ノ裂片ハ楕圓形ニシテ廓大鏡下ニ照セバ微毛アリ、葯ハ帶黃色、果序ハ下垂シ紅色ノ果實累々トシテ叢リ頗ル美觀ナリ。

欝陵島ノ特產植物ナリ。

3. **Sambucus pendula,** *Nakai* (Tab. V).

in Tokyo Bot. Mag. XXXI. p. 212 (1917).

Frutex v. arborea. Planta adulta magna trunco usque 20 cm. diametro. Cortex suberosa profunde fissa fuscenti-grisea hic illuc lenticellis albis punctatus. Folia cum petiolis usque 45 cm. longis, 3-jugo imparipinnata, petiolis usque 13 cm. longis, pinnis lateralibus lanceolatis sessilibus v. brevi-petiolulatis 12–15 cm. longis 5–6 cm. latis supra viridissimis sublucidis infra pallidioribus grosse incurvato-serratis apice caudato-attenuatis, pinnulis terminalibus ovato-lanceolatis 16–18 cm. longis distincte petiolatis. Gemmæ supra axillares virides. Gemmæ floriferæ e caule annotini evolutæ squamosæ, squamis interioribus majoribus et involucratis. Rami floriferi breves, foliis 2-jugo impari-ipnnatis, pinnis 5–10 cm. longis lanceolatis v. late lanceolatis æqualiter et moderate incurvato-serratis. Inflorescentia pendula longipes. Flores flavescenti-albi v. viridescenti-albi sub ovario articulati. Ovarium 1–1.5 mm. longum obovatum. Sepala 0.6–0.7 mm. longa deltoidea reflexa. Petala 2–2.5 mm. longa oblonga intus sub lente pilosula. Antheræ lutescentes. Infructescentia accrescens pendula usque 1–1.5 pedalis. Bacca coccinea globosa diametro 3 mm. pulcherrima, pyrenis 3–4.

Nom. jap. Yōraku-niwatoko.

Nom. vern. Mal-o-chom-tye.

Hab. in insula Dagelet.

第二族 がまずみ族

葉ハ單葉往々掌狀ニ分叉ス、花冠ハ輻狀又ハ歪形、葯ハ內向、子房ノ各室ニハ唯一個ノ胚珠ヲ有ス。果實ハ核果。

次ノ一屬アリ。

Tribus 2. **Viburneæ,** *Fritsch* in *Engler Prantl* Nat. Pflanzenf. IV. 4. p. 163. (1891), *Engler* Syllabus der Pflanzenfamilien ed. 1. p. 173. (1892).

Sambuceæ, *Kunth* in *Humboldt, Bonpland* et *Kunth* Nov. Genera et Species Plantarum. III. p. 487. p.p. (1818). *De Candolle* Prodr. IV. p. 321. p.p. (1830). *G. Don* Gard. Dict. III. p. 436. p.p. (1834). *Torrey* et *Asa Gray* Fl. North America II. p. 12. p.p. (1838). *Lindley* Veg. Kingd. p. 767. p.p. (1853). *Koch* Syn. Pl. Germ. et Helv. ed. 3. p. 278. p.p. *Bentham* et *Hooker* Gen. Pl. II. p. 2. p.p.

Loniceræ subordo Sambuceæ, *Endlicher* Gen. Pl. p. 569. p.p.

Folia simplicia indivisa v. palmatim divisa. Corolla actinomorpha v. zygomorpha. Antheræ introrsæ. Ovarii loculi 1-spermi. Fructus drupaceus.

—— In Corea sequens Genus unicum adest.

第二屬 がまずみ屬

灌木又ハ喬木、直立、横臥又ハ散出ス。髓ハ白色又ハ褐色、密又ハ疎、芽ニハ鱗片アルモノトナキモノトアリ、葉柄アルトナキトアリ、葉ハ一年生又ハ二年生、全縁又ハ鋸齒アリ稀ニ掌狀ニ三叉ハ五叉ス、托葉ハアルモノトナキモノトアリ、花序ノ形ハ種類ニ依リ一樣ナラズ、花ハ兩全又ハ雌花、有性又ハ無性、萼齒ハ五個、花冠ハ輻狀、壺狀、鐘狀又ハ漏斗狀、裂片ハ相重ナル、雄蕋ハ五個、花絲ハ花冠ノ基脚ニツクカ又ハ花筒ノ口ニツク、葯ハ黃色又ハ紫色、子房ハ一乃至三室、花柱ハ短ク、柱頭ハ三裂ス、胚珠ハ子房ノ各室ニ各一個宛アリテ頂ヨリ下垂ス、果實ハ漿果樣核果、紅色、黄色又ハ黒色、種子ニハ背腹ニ溝アルモノアリ、胚乳ハ多肉ニシテ、胚ハ小、幼根ハ上向。

北半球ニ產シ大凡百五十種アリ、其中、九種ハ朝鮮ニ產ス、之ヲ次ノ節ニ區別シ得。

1 { 冬芽ニ鱗片ナシ ……………………………………………… 2
冬芽ニハ二個又ハ四個ノ鱗片アリ ……………………………… 3

2 { 花序ハ古枝ノ先端ヨリ生ズ、花冠ハ漏斗狀、雄蕋ハ內潜ス、
………………………………………… ちやうじがまずみ節
花序ハ若枝ノ先端ヨリ生ズ從テ葉ヲ伴フ、花冠ハ輻狀又ハ壺狀、雄蕋ハ抽出ス。………………………………… みやましぐれ節

3 { 葉ハ掌狀ニ三乃至五叉ス、托葉アリ、葉柄ノ先ニハ腺アリ、漿果ハ紅色、核ハ腹背兩面ニ溝アリ。………………………… かんぼく節
葉ハ掌狀ニ缺刻ナシ。……………………………………………… 4

4 { 核ハ腹面ニノミ溝アリ、核果ハ初メ紅化シ後黒化ス、葉ノ側脈ハ鋸歯ニ終ラズシテ內曲ス、常綠、花序ハ圓錐花叢ヲナス。
……………………………………… さんごじゆぼく節
核ハ腹背兩面ニ溝アリ、葉ノ側脈ハ鋸歯ニ終ル、花序ハ繖形。……… 5

5 { 花序ハ無柄、核果ハ黒色、核ハ背腹兩面ニ各一個ノ溝アリ、冬芽ハ二個ノ鱗片ヲ有ス。…………………………………… むしかり節
花序ハ有柄、核果ハ紅色、核ハ背面ニ三條ノ溝アリ、冬芽ハ四個ノ鱗片ヲ有ス。…………………………………… がまずみ節

Gn. 2. **Viburnum,** (*Matthiolus*) *Linné* Gen. Pl. p. 370 (1737). *Adanson* Familles des plantes II. p. 501 (1763). *Jussieu* Gen. Pl. p. 214 (1789). *Gœrtner* Fruct. et Sem. I. t. 27. (1788). *Persoon* Syn. Pl. I. p. 326. (1805). *Schkuhr* Botanisches Handb. Deutsch. t. 81. (1808). *La Marck* et *De Caudolle* Fl. Franc. IV. p. 274. (1815). *Nuttall* Gen. I. p. 202 (1818). *De Candolle* Prodr. IV. p. 323 (1830). *G. Don* Gard. Dict. III. p. 438 (1834). *Torrey* et *A. Gray* Fl. North Americ. II. p. 13. *D. Don* Prodr. Fl. Nepal. p. 141. *Loudon* Arb. et Frut. Brit. II. p. 1032 (1838). *Endlicher* Gen. Pl. p. 569 n. 3340 (1836-40). *Bentham* et *Hooker* Gen. Pl. II. 2. p. 3. n. 3 (1876). Maximowicz in Mél. Biol. X. p. 644 (1880). *Fritsch* in *Engler Prantl* Natür. Pflanzenf. IV. 4. p. 163 (1891). *Rehder* in *Bailley* Cyclop.

Americ. Hort. IV. p. 1922 (1902) et Stand. Cyclop. VI. p. 3456. (1917). *Schneider* Illus. Handb. Laubholzk. II. p. 638 (1911).

Opulus, *Tournefort* Instit. Rei Herb. p. 607. t. 376 (1700). *Moench* Method. p. 505 (1794).

Oreiotinus, *Oersted* Vidensk. Medd. Nat. For. Kjoebenh. XII. p. 281. (1860).

Microtinus, *Oersted* l.c. p. 293 (1860).

Solenotinus, *Spach* Hist. Veg. Phan. VIII. p. 305 (1839). *Oersted* l. c. p. 294. (1860).

Thyrsosma, *Rafinesque* Sylva Telluriana p. 130 (1838).

Tinus, *Tournefort* Instit Rei Herb. p. 607. t. 377 (1700).

Viburnum, *Tournefort* l. c. p. 607. t. 377. (1700). *Moench* Method. p. 505. (1794).

Frutex v. arboreus erectus v. radicans. Medulla alba v. fusca solida v. evanida. Gemmæ perulatæ v. nudæ. Folia petiolata v. subsessilia annua v. biennia integra v. serrata v. palmatim 3-fida, penninervia v. palmatinervia, stipullata v. exstipullata. Inflorescentia in apice rami hornotini v. annotini terminalis umbellata v. umbellato-corymbosa v. paniculata bracteata pedunculata v. sessilis. Flores hermaphroditi v. steriles. Calyx 5-dentatus. Corolla rotata, urceolata, campanulata v. hypocrateriformis, lobis imbricatis. Stamina 5 exerta v. inserta. Filamenta basi corollæ tubo adnata. Antheræ oblongæ flavescentes v. purpureæ. Ovarium 1–3 loculare. Stylus breves 3-lobatus v. 3-partitus. Ovula 1 ab apice pendula. Drupa nigra, rubra v. flava. Semina oblonga v. compressa ventre v. dorsiventrali sulcata interdum non sulcata. Albumen carnosum sæpe ruminatum. Embryo minutus. Radicula supera.

Supra 150 species in boreali-hemisphærica incolæ, inter eas 9 in Corea sponte nascent quæ in sequentes sectiones distinguendæ.

1 { Gemmæ nudæ. 2
  { Gemmæ 2–v. 4–perulatæ. 3

2 { Inflorescentia in apice rami annotini terminalis aphyllopoda. Corolla hypocrateriformis. Stamina inserta. .... Sect. Solenolantana.
  { Inflorescentia in apice rami hornotini terminalis phyllopoda. Corolla rotata v. urceolata. Stamina exerta .... Sect. Gymnotinus.

3 { Folia fere omnia trifida v. 5-fida stipullata. Drupa rubra. Putamen dorsiventrali leviter sulcatum. .... Sect. Opulus.
  { Folia indivisa sed interdum incisa. 4

4
- Putamen ventre tantum sulcatum. Veni foliorum laterales in apice serrulæ non excurrentes sed incumbentes. Inflorescentia paniculata. Corolla tubuloso-rotata. Drupa rubescens demum nigricans. Sempervirens. .... Microtinus.
- Putamen dorsi-ventrali sulcatum. Veni foliorum laterales in apice serrulæ excurrentes. Inflorescentia umbellato-decomposita. 5

5
- Inflorescentia sessilis. Drupa nigra. Putamen dorsi-ventrali 1-sulcatum. Gemmæ 2-perulatæ. ....Pseudotinus.
- Inflorescentia pedunculata. Drupa rubra. Putamen dorsali 2-ventrali 3-sulcatum. Gemmæ 4-perulatæ. ....Odontotinus.

第壹節 みやましぐれ節

灌木、芽ニハ鱗片ナシ、髓ハ白色ニシテ密、葉ハ一年生又ハ二年生、托葉ナシ、花序ハ繖形ニ分岐ス、若枝ノ先端ニ生ズ、花冠ハ輻狀又ハ壺狀、核果ハ黑色、核ニハ腹背兩面ニ縱溝アリ、次ノ一種アリ。

4. からすがまずみ

(第六圖)

高サ一米突乃至一米突半位分岐多シ、樹膚ハ暗灰色、本材質ナリ、若枝ニハ短キ星狀毛アリ、冬芽ニ鱗片ナク芽ハ內曲ス、葉柄ノ長サ二乃至十粍許、葉身ハ卵形又ハ楕圓形又ハ帶楕圓圓形、邊緣ニ鋸齒アリ、先端ハトガリ又ハ丸ク、基脚ハ圓形、尖形又ハ淺キ心臟形、裏面ハ淡綠色、葉脈ニ星狀毛アリ、表面ハ單毛又ハ二三本ニ分叉セル毛ニテ疎ニ被ハル、花序ハ繖房狀ニシテ若枝ノ先端ニ生ジ、星狀毛疎生ス、苞並ニ小苞ハ細ク早落性、子房ハ無毛又ハ星狀毛疎生ス、萼片ハ卵形、無毛、長サ二粍、花冠ハ鐘狀輻狀、白色又ハ帶黃色直徑五六粍、裂片ハ丸シ。雄蕋ハ無毛、花冠ヨリ長シ、葯ハ黃色卵形又ハ圓形、核果ハ黑色、核ハ腹面ニ三條、背面ニ二條ノ溝アリ。

咸北、咸南、平北ノ丘陵、雜木林ニ生ズ。

(分布) 滿洲、烏蘇利、支那中部、東西比利亞。

Sect. 1. **Gymnotinus**, *Nakai.*

Sect. Lantana, *De Candolle* apud *Rehder* in *Sargent* Trees and Shrubs II. p. 109. p.p. *Schneider* Illus. Handb. Laubholzk. II. p. 658. p.p.

Subgn. Euviburnum Sect. Lantana, *Spach* apud *Fritsch* in *Engler Prantl* Nat. Pflanzenf. IV. 4. p. 164.

Sect. Solenotinus, *De Candolle* Prodr. IV. p. 329. (1830) p.p. *Endlicher* Gen. Pl. p. 569. *G. Don* Gard. Dict. III. p. 422 p.p. *Bentham* et *Hooker* Gen. Pl. II. p. 3. p.p.

Sect. Viburnum, (*Tournefort*) *Loudon* Arb. et Frutic. Brit. II. p. 1033. p.p.

Sect. Tinus series Lentago, *Maximowicz* in Mél. Biol. IX. p. 652.

Untergatt. Viburnum zweig. Lantanoides, *Dippel* Handb. Laubholzk. I. p. 184. p.p.

Frutex. Gemmæ nudæ. Medulla solida. Folia 1–2 ennia exstipullata venis lateralibus apice anastamosis in apice serrulæ haud vel rarius excurrentibus. Inflorescentia umbellato-decomposita in apice rami hornotini terminalis phyllopoda. Flores rotati v. urceolati. Drupa nigra. Putamen dorsi-ventrali sulcatum. —— Species unica.

4. Viburnum burejæticum, *Regel* et *Herder* (Tab. VI).

in Gartenflora XI. p. 407. t. 384 (1862). *Herder* Pl. Radd. III. p. 7. t. 1. f. a–d. *Koch* Dendr. II. part 1. p. 55. Koehne Dendr. p. 535. *Rehder* in *Sargent* Trees and Shrubs II. p. 110. *Baker* and *Moore* in Journ. Linn. Soc. XVII. p. 383. *Schneider* Illus. Handb. Laubholzk. II. p. 663. fig. 424. m.

V. davuricum, (non *Pallas*) *Maximowicz* Prim. Fl. Amur. p. 135. *Regel* Tent. Fl. Uss. p. 75.

V. burejanum, *Herder* Pl. Radd. add. p. 11. *Maximowicz* in Mél. Biol. X. p. 653. *Forbes* et *Hemsley* Ind. Fl. Sin. p. 350. *Dippel* Handb. Laubholzk. I. p. 185. fig. 116. *Komarov* Fl. Mansh. III. p. 505.

V. arcuatum, *Komarov* in Act. Hort. Petrop. XVIII. p. 427. et Fl. Mansh. III. p. 507. t. VI. *Rehder* l.c. *Nakai* Fl. Kor. II. p. 496.

Frutex circiter 1–1.5 metralis altus e basi ramosus. Cortex sordide cinereus suberosus. Ramus hornotinus adpresse stellulatus. Gemmæ nudæ foliis falcato-involutis. Petioli 2–10 mm. longi stellulato-pilosi supra sulcati. Lamina ovata aut oblonga v. oblongo-orbicularis margine denticulata, apice acuta v. obtusa v. acuminata, basi rotundata v. acuta interdum subcordata, infra pallida secus venas stellulato-pilosa, supra pilis indivisis aut 2–3 furcatis pilosa v. glabra, venis lateralibus apice anastamosis partim in apice serrulæ terminantibus. Inflorescentia pedunculata in apice rami hornotini terminalis umbellato-decomposita, pilis stellulatis sparsis. Bracteæ et bracteolæ angustæ v. lanceolatæ caducæ. Ovarium glabrum sparsissime stellulato-pilosum. Calycis lobi ovati glabri 2 mm. longi. Corolla campanulato-rotata alba v. ochroleuca diametro 5–6 mm, lobis obtusis. Stamina glabra corollæ lobos paulo superantia. Antheræ flavæ ovatæ v. rotundatæ. Drupa nigra calyce persistente coronata. Putamen compressum ventre 3 dorso 2-sulcatum.

Nom. Jap. Karasu-gamazumi.

Hab. in dumosis et in silvis Coreæ sept. vulgaris.

Distr. China media, Manshuria, Ussuri et Sibiria orientalis.

第貳節　ちやうじがまずみ節

灌木、髓ハ密、冬芽ニ鱗片ナシ、葉ハ一年生、托葉ナシ、花序ハ古枝ノ先端ヨリ生ズ、花冠ハ漏斗狀、雄蕋ハ內潜ス、核果ハ黑色、核ハ背腹兩面ニ縱溝アリ、次ノ一種アリ。

5. **おほちやうじがまずみ**

（第七圖 a–f）

灌木、高サ一二米突、分岐多シ、樹膚ハ灰色、硬ク不規則ニ裂開ス、芽ニハ鱗片ナク星狀ノ密毛生ズ、若枝ニモ星狀ノ密毛アリ。葉柄ハ長サ二乃至十二粍、星狀ノ密毛アリ、葉身ハ廣卵形又ハ圓形、表面ハ綠色ニシテ星狀毛疎生シ、裏面ハ淡綠色ニシテ星狀毛密生ス、先端ハ尖形又ハ鈍形、邊緣ニ鋸齒アリ、基脚ハ圓形又ハ心臟形、花序ハ古枝ノ先端ニ生ジ繖房ニ分岐ス、苞及ビ小苞ハ披針形、星狀毛密生ス、花後脫落ス、花ハ花梗ノ先端ニ集合シテ生ズ、淡桃色又ハ桃色、花冠ハ漏斗狀、花筒ハ長サ一珊許、雄蕋ハ內潜ス、核果ハ黑色、核ハ背面ニ二條、腹面ニ三條ノ縱線アリ。

江原、京畿ノ諸島、慶北、鬱陵島、濟洲島ニ生ズ。

（分布）對馬。

一種、葉身ハ帶卵橢圓形又ハ橢圓形ニシテ、花ハ小形ナルアリ、**ちやうじがまずみ**ト云フ。（第七圖 g）

江原、忠北、慶北ノ山ニ生ズ。

（分布）備中、讃岐小豆島。

Sect. 2. **Solenolantata,** *Nakai.*

Sect. Lantana, *Rehder* in *Sargent* Trees and Shrubs II. p. 109. p.p. *Schneider* Illus. Handb. Laubholzk. II. p. 658. p.p.

Frutex. Medulla solida. Gemmæ nudæ. Folia annua exstipullata, venis lateralibus apice anastamosis in apice serrulæ haud vel partim terminantibus Inflorescentia in apice rami annotini terminalis aphyllopoda pedunculata umbellato-decomposita. Flores hypocrateriformes. Stamina inserta. Drupa nigra. Putamen dorsi-ventrali sulcatum

—— Species unica.

5. **Viburnum Carlesii,** *Hemsley* (Tab. VII a–f).

in Journ. Linn. Soc. XXIII. p. 350 (1888). Palibin Consp. Fl. Kor. I. p. 102. *Rehder* in *Sargent* Trees and Shrubs I. p. 110. Bot. Mag. t. 8114. *Schneider* Illus. Handb. Laubholzk. II. p. 658. fig. 419. g. *Nakai* Fl. Kor. I. p. 286. II. p. 495 et Veget. Isl. Quelp. p. 84. n. 1186 et Veget. Dagelet Isl. p. 26. n. 332.

V. davuricum, (non *Pallas*) *Nakai* Fl. Kor. II. p. 285. et Veg. Diamond nit. p. 185. n. 613.

Frutex 1–2 m. e basi ramosus. Cortex sordide cinerascens induratus irregulariter fissus. Gemmæ nudæ falcato plicatoque involutæ dense stellulato-tomentosæ. Ramus juvenilis dense stellato-tomentosus. Petioli 2–12 mm. longi dense stellato-tomentosi. Lamina late ovata aut orbiculata, supra viridis et sparsius stellato-pilosa, infra pallida et densius stellato-pilosa, apice acuta v. obtusiuscula margine serrulata basi rotundata v. cordata. Inflorescentia stellulato-tomentosa in apice rami annotini terminalis pedunculata umbellato-decomposita. Bracteæ et bracteolæ lanceolatæ virides stelullato-tomentosæ post anthesin deciduæ. Flores in apice umbellæ glomerati lilacini. Calycis dentes dilatati subglabri. Corollæ tubus circiter 1 cm. longus, limbis 5 ovatis imbricatis. Stamina -inserta. Drupa nigra. Putamen oblongum v. late ellipticum dorso 2- ventre 3-sulcatum compressum.

Nom. Jap. Ōchōji-gamazumi.

Hab. in Corea media et australi, insula Dagelet et insula Quelpaert.

Distr. Tsushima.

var. **bitchuense,** (*Makino*) *Nakai* (Tab. VII. g.) in Tokyo Bot. Mag. XXVIII. Jap. p. 295. (1914).

V. bitchuense, *Makino* in Tokyo Bot. Mag. XVI. p. 156. (1902). *Rehder* in *Sargent* Trees and Shrubs II. p. 111.

V. Carlesii, (non *Hemsley*) *Matsumura* Ind. Pl. Jap. II. 2. p. 602.

Folia ovato-oblonga v. oblonga basi rotundata v. truncata interdum subcordata apice acuta. Flores minores quam typicum.

Nom. Jap. Chōji-gamazumi.

Hab. in montibus Coreæ austro-orientalis.

Distr. Hondo occid. (Bitchu) et Insula Shodoshima.

第三節 さんごじゅぼく節

灌木又ハ小喬木、髓ハ白色又ハ褐色一部ハ消失ス。芽ニハ鱗片アリ、葉ハ二年生、厚ク、側脈ハ葉緣ニ達セズ、花序ハ若枝ノ先端ニ生ジ圓錐花叢ヲナス、花冠ハ筒狀輻狀、雄蕋ハ抽出ス、核果ハ始メ紅化シ後黑化ス、核ハ腹面ニ唯一個ノ溝アリ、背面ニハ溝ナキカ又ハ不顯著ナル二條ノ溝アリ。

次ノ一種アリ。

6. **あはぶき 一名さんごじゅぼく** アウェイナム 一名アワイナム(濟州島)(第八圖)

小喬木ニシテ大ナルハ高サ十米突ニ達ス、髓ハ褐色ニシテ一部ハ消滅ス、若枝ハ無毛ニシテ帶紅色、芽ニハ鱗片アリ、毛ナシ、葉柄ハ長サ 10 乃至 15 粍無毛、上面ニ溝アリ、葉身ハ倒披針形又ハ廣倒披針形又ハ廣倒卵形又ハ楕圓形、全緣又ハ波狀ノ鋸齒アリ、表面ハ光澤ニ富ミ、裏面ハ淡綠色、主脈ノ分岐點ニ毛アリ、花序ハ圓錐花叢ヲナシ若枝ノ先端ニ生ジ毛ナシ、苞、小苞ハ一部ハ凋落ス、蕚ハ無毛、蕚齒ハ短シ。花筒ノ長サ 5-6 粍、裂片ハ卵形又ハ楕圓形、花色ハ淡桃色又ハ白色、雄蕋ハ花筒ノ口ニツキ抽出シ無毛、花柱ハ短ク無毛、核果ハ始メ綠色ニシテ後紅化シ最後ニ帶碧黑色トナル。

濟州島ノ標高 500 米突以下ニ生ズ。

(分布) 本島ノ中部以西、四國、九州、對馬。

Sect. 3. **Microtinus,** (*Oerstedt*) *Bentham* et *Hooker* Gen. Pl. II. p. 3. (1876). *Clarke* in *Hooker* Fl. Brit. Ind. III. p. 7. (1882).

Sect. Tinus series Microtinus, *Maximowicz* in Mél. Biol. X. p. 649.

Sect. Tyrsosma, (*Rafinesque*) *Rehder* in *Sargent* Trees and Shrubs II. p. 106. p.p. *Schneider* Illus. Handb. Laubholzk. II. p. 667. p.p.

Gen. Tyrsosma, *Rafinesque* Sylva Telluriana p. 130 (1838).

Gn. Microtinus, *Oerstedt* l. c. p. 293.

Subgn. Microtinus, (*Oerstedt*) *Fritsch* in *Engler* Prantl Nat. Pflanzenf. IV. 4. p. 164.

Sect. Lentago, *De Candolle* Prodr. I. p. 324. p.p. *G. Don* Gard. Dict. III. p. 438. p.p.

Arborea v. frutex. Medulla fusca partim evanida v. alba solida. Gemmæ perulatæ. Folia biennia crassa glabra, venis lateralibus in margine non terminantibus. Inflorescentia in apice rami hornotini terminalis paniculata. Corolla tubuloso-rotata. Stamina exerta. Drupa primo rubescens demum nigricans. Putamen ventre 1-sulcatum dorso non v. obscure 2-sulcatum.

6. Viburnum Awabucki, *K. Koch* (Tab. VIII).

Wochenschr. Gærtn. Pflanzenk. X. p. 108. (1867).

V. japonicum, (non *Sprengel*) *Jacques* Journ. Soc. Hort. France IV. p. 598. (1858).

V. odoratissimum var. Awabucki, *Zabel Ruempler* Illus. Gartenbau Lexicon ed. III. p. 877 (1902).

V. odoratissimum, (non *Ker*) *Siebold* et *Zuccarini* Abhandl. Muench. Acad. IV. part. III. p. 173. *Miquel* Prol. Fl. Jap. p. 156. *Franchet* et *Savatier* Enum. Pl. Jap. I. p. 201. *Maximowicz* in Mél. Boil. X. p. 649. p.p. *Shirasawa* Icon. I. p. 132. t. 88. fig. 1–9. *Rehder* in *Sargent* Trees and Shrubs II. p. 107. p.p. *Schneider* Illus. Handb. Laubholzk. II. p. 667. p.p. *Nakai* Veg. Isl. Quelp. p. 84. n. 1189.

Arborea usque 10 m. alta, trunco diametro usque 30 cm. Medulla fusca saltem partim evanida, interdum tota evanida ita ramus fistulosus. Ramus juvenilis glaberrimus rubescens, annotinus fuscus lenticellis minutis punctatus. Gemmæ perulatæ glabræ. Petioli 10–35 mm. longi glaberrimi supra canaliculati. Lamina oblanceolata v. oblongo-elliptica v. late obovata v. elliptica integra undulata v. crenato-dentata, supra lucida, infra pallida in axillis venarum primarium barbata. Inflorescentia in apice rami hornotini terminalis paniculata pedunculata glaberrima. Panicula ambitu elevato-conica v. ovata. Bracteæ lanceolatæ sphacelatæ v. squamosæ partim persistentes. Calyx glaber dentibus brevibus. Corollæ tubus 5–6 mm. longus, limbo ovato v. elliptico lilacino 3–5 mm. longo. Stamina in fauce tubi affixa exerta glabra. Antheræ oblongo-ovatæ. Styli brevissimi glabri. Drupa e viride per rubram in caeruleo-nigram variat obovato-oblonga v. oblonga, stylis et calyce persistentibus coronata. Putamen ventre anguste unisulcatum, dorso non v. obscure 2-sulcatum.

Nom. Jap. Sangoju-boku.

Nom. Quelp. Awei-nam v. Awai-nam.

Hab. in Quelpaert usque 500 m. alta.

Distr. Kiusiu, Tsushima, Shikoku, Hondo austro-occid.

第四節 むしかり節

灌木、髓ハ白色、密ナリ、芽ハ二個ノ鱗片ヲ具フ、葉ハ一年生、托葉アルモノトナキモノトアリ、側脈ハ葉緣ニ達ス、花序ハ繖形ニ分叉シ若枝ノ先端ニ生ズ、花冠ハ輻狀、外方ノ花ハ雌花トナル事多シ、核果ハ黑色、核ハ背腹兩面ニ各一條ノ溝アリ。

朝鮮ニハ次ノ一種ヲ有ス。

7. **むしかり** 一名おほかめのき

（第九圖）

灌木、高サ四、五米突、樹膚ハ灰色、髓ハ白色密ナリ。芽ニハ二個ノ鱗片ヲ有ス、若枝ニハ星狀毛アリ、葉柄ハ長サ10乃至47粍許、星狀毛アリ、葉身ハ廣卵形又ハ圓形、基脚ハ心臟形稀ニ截形、先端ハ急キトガリ稀ニ丸キモノアリ、側脈ハ二叉シ其先端ハ葉緣ノ鋸歯ニ終ル、表面ハ無毛、裏面ハ葉脈上ニ星狀毛アリ、花序ハ無毛ノモノト星狀毛アルトアリ、若枝ノ先端ニ生ジ繖形ニ分叉ス、邊緣ノ花ハ雌性ナレトモ果實ヲツケズ、花冠ハ著大トナリ白色、直徑ハ2-3珊ニ達ス、普通ノ花ハ輻狀ニシテ小、雄蕋ハ抽出ス、核果ハ楕圓形又ハ球形、多少側扁ナリ、成熟スレバ黑色トナル、核ニハ背腹ニ各一條ノ溝アリ。

濟州島漢拏山上並ニ鬱陵島上峰上ニ生ジ、未ダ朝鮮半島ニアルヲ見ズ。

（分布） 樺太、北海道、本島、四國、九州。

Sect. 4. **Pseudotinus,** *Clarke* in *Hooker* fil. Fl. Brit. Ind. III. p. 6 (1882).

Rehder in *Sargent* Trees and Shrubs II. p. 108. p.p. *Schneider* Illus. Handb. Laubholzk. II. p. 665. p.p.

Sect. Viburnum Ser. Lantana, *Maximowicz* in Mél. Biol. X. p. 655. p.p.

Frutex. Medulla alba solida. Gemmæ biperulatæ. Folia annua exstipullata v. stipullata, venis lateralibus in apice serrulæ terminantibus. Inflorescentia umbellato-paniculata in apice rami hornotini terminalis. Flores rotati hermaphroditi v. marginales steriles. Drupa nigra. Putamen dorsiventrali 1-sulcatum.

—— Species Coreana tantum unica.

7. **Viburnum furcatum,** *Blume* (Tab. IX).

mss. apud *Miquel* in Ann. Mus. Bot. Lugd. Bat. II. p. 265 sub V. Lantanoides. *Maximowicz* in Bull. Acad. Sci. St. Pétersburg. XXVI. p. 483 (1880) et in Mélanges Biol. X. p. 657. excl. syn. V. cordifolium. *Rehder* in *Sargent* Trees and Shrubs II. p. 41. Pl. 119. *Schneider* Illus. Handb. Laubholzk. II. p. 665. fig. 425. m–q. fig. 426. l. *Matsumura* Ind. Pl. Jap. II. 2. p. 603. *Nakai* Veg. Isl. Quelp. p. 84. n. 1188.

V. plicatum, (non *Thunberg*) *Asa Gray* Perry's Exped. II. p. 313 (1856) *Fr. Schmidt* Fl. Sachal. p. 142.

V. Lantanoides, (non *Michaux*) *Miquel* l. c. et Prol. Fl. Jap. p. 153. *Hance* in Journ. Bot. VIII. p. 276. *Franchet* et *Savatier* Enum. Pl. Jap. I. p. 199.

V. dilatatum var. radiata, *Asa Gray* Bot. Jap. p. 393.

Frutex 4–5 metralis. Cortex fuscus. Medulla alba solida. Gemmæ 2-perulatæ. Ramus hornotinus adpresse stellulato-pilosus. Folia petiolis adpresse stellulatis 10–47 mm. longis supra canaliculatis, lamina late ovata v. rotundata basi cordata rarius subtruncata apice subito acuminata v. acuta v. rotundata venis lateralibus furcatis et in apice serrulæ terminantibus, supra glabra, infra secus venas stellulata, margine denticulata, usque 20 cm. longa 21 cm. lata. Inflorescentia fere glabra v. stellulata in apice rami hornotini umbellato-decomposita, radiis umbellæ 4–6. Flores marginales steriles, corollis albis obliquis 2–3 cm. latis, lobis obovatis v. oblongis. Flores hermaphroditi rotati. Stamina 5 glabra. Antheræ flavæ. Styli nulli. Stigma trilobum. Drupa oblonga v. rotundata plus minus compressa nigra 8–11 mm. longa. Putamen ellipticum v. rotundatum longitudine variabile dorsiventrali 1-sulcatum.

Nom. Jap. Mushikari v. Ōkamenoki.

Hab. in monte Hallasan, Quelpaert et in monte Jōhō insulæ Dagelet.

Distr. Sachalin, Yeso, Hondo, Shikoku, et Kiusiu.

第五節 がまずみ節

灌木、髓ハ白色又ハ褐色、密ナリ、冬芽ハ四個ノ鱗片ヲ具フ、葉ハ一年生又ハ二年生、托葉アルモノト、ナキモノリアリ、側脈ハ葉緣ニ達ス、花序ハ繖形ヲナシ、本年ノ枝ノ頂ニ生ズ、花冠ハ輻狀、核果ハ紅色又ハ緋紅色、核ハ背腹兩面ニ溝アルカ又ハ溝不明瞭ナリ。

朝鮮ニ次ノ三種アリ。

Sect. **Odontotinus,** *Rehder* in *Sargent* Trees and Shrubs II. p. 113. *Schneider* Illus. Handb. Laubholzk. II. p. 643.

Sect. Lentago, *De Candolle* Prodr. IV. p. 324. p.p. *G. Don* Gard. Dict. III. p. 438. p.p. *Endlicher* Gen. Pl. p. 569. p.p.

Sect. Viburnum Ser. dilatatum, *Maximowicz* in Mél. Biol. X. p. 663.

Sect. Opulus Ser. Opulus, *Maximowicz* in Mél. Biol. X. p. 668. p.p.

Untergatt. Viburnum Zweig. Lantanoides, *Dippel* Handb. Laubholzk. I. p. 184. p.p.

Frutex. Medulla alba v. fusca solida. Gemmæ 4-perulatæ. Folia 1–2 ennia stipullata v. exstipullata, venis lateralibus in apice serrularum terminantibus. Inflorescentia umbellato-paniculata in apice rami hornotini terminalis. Flores rotati. Drupa rubra v. coccinea. Putamen compressum dorsiventrali sulcatum v. fusiforme non sulcatum.

8. がまずみ カーマクルナム(全南) スククナム(濟州島)
(第十圖)

灌木、高サ二、三米突、分岐多シ、樹膚ハ帶褐灰色、髓ハ白色、密ナリ、冬芽ニハ四個ノ鱗片アリ、外側鱗片ニハ毛ト腺トアリ、若枝ニハ腺ト毛ト多生ス、葉柄ニ托葉ナク、長サ 2–27 粍、星狀毛ト點腺アリ。葉身ハ廣倒卵形又ハ圓形又ハ殆ンド四角形又ハ楕圓形ニシテ鋸齒アリ、表面ニハ 1–5 叉セル毛散生シ、裏表ニハ星狀毛ト點腺ト多シ、花序ハ若枝ノ先端ヨリ出デ、花梗アリ、星狀毛ト點腺アリ、花冠ハ白色、輻狀、外面ニハ小星狀毛アリ、直徑五六粍許、裂片ハ丸シ、雄蕊ハ花冠ノ裂片ノ二倍位ノ長サアリ、核果ハ紅色、核ハ背面ニ二條、腹面ニ三條ノ溝アリ。

濟州島、群島、全南、全北、慶南、慶北、忠南、忠北、京畿ノ諸道ニアリ、雜木林ニ混生ス。

(分布) 本島、四國、九州、對馬、支那(山西、湖北、山東)。

8. Viburnum dilatatum, *Thunberg* (Tab. X).

Fl. Jap. p. 124. (1784). *Persoon* Syn. Pl. I. p. 327. *De Candolle* Prodr. IV. p. 329. *G. Don* Gard. Dict. III. p. 443. *Siebold* et *Zuccarini* in

Abhandl. Akad. Muench. IV. 3. p. 381. *Miquel* Prol. Fl. Jap. p. 154. *Franchet* et *Savatier* Enum. Pl. Jap. I. p. 200 II. p. 381. *J. D. Hooker* in Bot. Mag. t. 6214. *Maximowicz* in Mél. Biol. X. p. 644. *Forbes* et *Hemsley* in Journ. Linn. Soc. XXIII. p. 135. *Dippel* Handbuch. I. p. 188. fig. 118. *Palibin* Consp. Fl. Kor. I. p. 102. *Graebner* in *Engler* Bot. Jahrb. XXIX. p. 588. XXXVI. Beiblatt no. 82. p. 99. *Gilg* et *Loesner* in *Engler* Bot. Jahrb. XXIX. Beiblatt p. 68. *Rehder* in *Sargent* Trees and Shrubs II. p. 114. *Schneider* Illus. Handb. Laubholzk. II. p. 645. fig. 413. k–m. fig. 414. p–t. *Nakai* Fl. Kor. I. p. 285. II. p. 495 et Veg. Chirisan p. 45. n. 425. *Matsumura* Ind. Pl. Jap. II. 2. p. 602. p.p.

V. erosum, (non *Thunberg*) *A. Gray* Perry's Exped. p. 313.

V. Sieboldii, (non *Miquel*) *Nakai* Veg. Isl. Quelp. p. 84. n. 1191.

Frutex usque 2–3 metralis decussato-ramosus. Cortex fusco-cinereus. Medulla alba solida. Gemmæ 4-perulatæ, perulis extremis barbatis et glandulosis. Ramus hornotinus dense glandulosus et pilosus. Petioli exstipullati 3–27 mm. longi stellulato-pilosi et glanduloso-punctati. Lamina late obovata v. rotundata v. fere quadranguharis v. elliptica dentata, supra pilis 1–5 furcatis stellulato-pilosa, infra creberrime glanduloso-punctata et stellulato-pilosa, 2–14 cm. longa 1.3–10.0 cm. lata. Inflorescentia in apice rami hornotini terminalis umbellato-decomposita pedunculata glanduloso-punctata et stellulato-pubescens. Corolla alba rotata extus minute stellulato-pilosa diametro fere 5 mm., lobis rotundatis. Stamina corollæ lobos fere duplo superantia glaberrima. Antheræ rotundatæ. Styli subnulli. Stigma trilobum. Drupa rubra ovata v. late oblonga compressa 5–6 mm. longa. Putamen ventre 3 dorso 2-sulcatum.

Nom. Jap. Gama-zumi. Nom. Cor. Kāmakusalnam. Nom. Quelp. Sukukunam.

Hab. in Quelpaert, Archipelago Koreano, media et australe parte Peninsulæ Koreanæ.

Distr. China (Shensi, Hupeh, Shangtung), Tsushima, Kiusiu, Shikoku et Hondo.

9. みやまがまずみ

(第十一圖)

灌木、高サ 2–2.5 米突分岐多シ、髓ハ白色又ハ帶褐色密ナリ、枝ハ無毛又ハ有毛、葉ハ一年生、葉柄ニ托葉ナシ（稀ニ托葉アルモノヲ混ズルコモトアリ）、毛アリ、長サ2-21粍、上側ニ溝アリ、葉身ハ卵形、廣卵形、廣倒卵形又ハ廣倒卵四角形、花序ノ下ニアル葉ハ常ニ央以上最モ其幅廣シ、側脈ハ單一又ハ分叉シ鋸齒ニ終ル。鋸齒ハトガル、葉身ノ表面ハ葉脈上ニノミ微毛アドレモ、裏面ハ葉脈上ニ毛アル外一面ニ徵小ナル腺點アリ、花序ハ若枝ノ先端ヨリ出デ繖形ニ分岐ス、花梗アリテ有毛又ハ無毛、腺點アリ。苞、小苞ハ早落ス、萼ハ無毛、萼齒ハ五個、三角形。花冠ハ輻狀、淡白ク、直徑5-6粍、裂片ハ丸シ。雄蕋ハ花冠ノ裂片ヨリ長シ。葯ハ丸シ。核果ハ廣卵形又ハ帶卵橢圓形、核ハ背面ニ二條、腹面ニ三條ノ溝アリ。

江原道金剛山、及ビ、咸北明川郡松湖嶺ニ自生ス、鬱陵島ニハ稀ナラズ。

（分布） 北海道、本島、四國、九州、支那(四川)。

一種凡テノ葉ニ托葉アルモノアリ、**てうせんみやまがまずみ**（第十一圖b.)、ト云フ、江原道、金剛山ニ產ス。

9. Viburnum Wrightii, *Miquel* (Tab. XI).

in Ann. Mus. Bot. Lugd. Bat. II. p. 267 1866) et Prol. Fl. Jap. p. 155. *Maximowicz* in Mél. Biol. X. p. 667. *Rehder* in *Sergent* Trees and Shrubs I. p. 37. Pl. 19. II. p. 114. *Schneider* Illus. Handb. Laubholzk. II. p. 645. fig, 413. g-h. fig. 414, f-i. *Matsumura* Ind. Pl. Jap. II. 2. p. 604. *Nakai* Veg. Diamond m'ts. p. 185. n. 616. a.

Frutex usque 2-2.5 metralis decussato-ramosus. Medulla alba v. fuscescens solida. Ramus glaber v. hirsutus, annotinus atro-rubescens, hornotinus viridis. Folia annua. Petioli exstipullata (rarissime stipullata) hirtelli 2-21 mm. longi supra canaliculati. Lamina ovata late ovata v. late obovata v. obovato-quadrangularis sub inflorescentia semper supra medium latissima, venis lateralibus indivisis v. furcatis in apice serrularum terminantibus grosse argute v. mucronato-serrata, supra secus venas tantum pilosula, infra secus venas hirtella et minutissime glanduloso-punctulata in axillis venarum barbata 1.6-14.0 cm. longa 0.8-9.0 cm. lata, basi truncata v. rotundata, apice attenuata. Inflorescentia in apice rami hornotini umbellato-decomposita pedunculata pilosa v. glabra glanduloso-punctata. Bracteæ et bracteolæ caducæ. Calyx glaberrimus. Calycis lobus triangularis 5-dentatus, dentibus apice ciliolatis v. glabris. Corolla rotata albida diametro 5-6 mm. lobis rotundatis. Stamina lobos corollæ superantia. Antheræ rotundatæ. Drupa late ovata v. ovato-oblonga 7–8 mm. longa. Putamen compressum ventre 3- dorso 2-sulcatum.

Nom. Jap. Miyama-gamazumi.

Hab. in montibus lateris orientalis Peninsulæ Coreanæ et insula Dagelet.

Distr. Yeso, Hondo, Shikoku, Kiusiu, Tsushima et China (Szechuan).

var. **stipellatum,** *Nakai* Fl. Kor. I. p. 287. (1909) et Veg. Diamond M't. p. 185. n. 616. b. (1918). (Tab. XI. b.).

Folia omnia stipellata.

Nom. Jap. Chôsen-miyama-gamazumi.

Hab. in montibus Diamantis rarum.

Forma extrema! Specimen in Nikko et aliud in insula Dagelet lectum petiolos partim stipulas agentes portat.

10. こばのがまずみ

(第十二圖)

灌木、高サ3–4米突分岐多シ、髓ハ白色、密ナリ。芽ニハ四個ノ鱗片アリ、葉ハ一年生、葉柄ニハ皆、星狀毛ニテ被ハレタル細キ托葉アリ、若枝ニハ星狀毛密生ス、葉身ハ卵形、楕圓形、廣披針形、廣倒披針形又ハ廣卵形、鋸齒トガル、基脚ハ圓形又ハ尖鋭又ハ心臟形、先端ハ尖鋭、表面ニハ星狀毛疎生シ、裏面ニハ密生ス、主脈ノ分岐點ニハ白色又ハ褐色ノ密毛アリ、花序ハ若枝ノ先端ヨリ出デ花梗アリ、星狀毛密生ス、萼ニハ星狀毛密生ス、花冠ハ白色直徑ハ 6–7 粍、雄蕋ハ花冠ノ裂片ヨリモ長シ、核果ハ紅色、核ハ背面ニ二條、腹面ニ三條ノ溝アリ。

濟州島、群島、全南、全北、慶南、慶北、忠南、忠北、京畿、黃海、江原ノ諸道ニ分布シ、雜木林ノ分子ヲナス。

(分布) 對馬、九州、四國、本島。

10. Viburnum erosum, *Thunberg* (Tab. XII).

Fl. Jap. p. 124 (1784). *Persoon* Syn. Pl. I. p. 327. *De Candolle* Prodr. IV. p. 327. *G. Don* Gard. Dict. III. p. 441. *Siebold* et *Zuccarini* in Abhandl. Akad. Muench. IV. part 3 p. 171. *Miquel* Prol. Fl. Jap. p. 154. *Franchet* et *Savatier* Enum. Pl. Jap. I. p. 100. II. p. 308. *Maximowicz* in Mél. Biol. X. p. 669. *Franchet* Pl. Dav. I. p. 148. *Forbes* et *Hemsley* in Journ. Linn. Soc. XXIII. p. 351. p.p. *Palibin* Consp. Fl. Kor. I. p. 103. *Rehder* in *Sargent* Trees and Shrubs II. p. 116. *Matsumura* Ind. Pl. Jap.

II., 2. p. 603. *Schneider* Illus. Handb. Laubholzk. II. p. 650. fig. 417. h-k. *Nakai* Fl. Kor. I. p. 287. II. p. 495 et Veg. Isl. Quelp. p. 84. n. 1187 et Veg. Isl. Wangtō p. 14. et Veg. Diamond m'ts p. 185. n. 614.

var. **punctata,** *Franchet* et *Savatier* Enum. Pl. Jap. II. p. 308.

var. furcipila, *Franchet* et *Savatier* l. c.

Viburnum Taquetii, *Léveillé* in *Fedde* Rep. IX. p. 443 (1911).

V. erosum var. Taquetii, *Rehder* in Pl. Wils. I. p. 311 (1912).

Frutex usque 3–4 metralis decussato-ramosus. Ramus adultus rubescenti-fuscus v. cinereus. Medulla alba solida. Gemmæ 4-perulatæ. Folia annua. Petioli omnes bracteis setaceis 2–12 mm. longis stellato-pubescentes. Ramus hornotinus stellulato-pubescens. Lamina ovata, oblonga, late lanceolata, late oblanceolata, late v. latissime ovata, argute serrata, basi obtusa v. cordata v. acuta, apice attenuata, supra pilis 2–10 furcatis stellulato-pilosa, infra stellato-pubescentia, in axillis venarum albo v. fusco-barbata 1.5–12.0 cm. longa 0.8.–5.8 cm. lata. Inflorescentia in apice rami hornotini terminalis erecta pedunculata stellulato-pilosa umbellato-decomposita. Ovarium et calyx stellulato-pubescens. Corolla alba diametro 6–7 mm. Stamina lobos corollæ superantia. Stigma sessile trilobum. Drupa coccinea 5–7 mm. longa ovato-rotundata. Putamen compressum ventre 3- dorso 2-sulcatum.

Nom. Jap. Koba-no-gamazumi.

Hab. e medio peninsulæ Koreanæ usque ad Quelpært.

Distr. Tsushima, Kiusiu, Shikoku et Hondo.

第六號 かんぼく節

灌木、髓ハ白色又ハ褐色、密ナリ、芽ニハ鱗片四個アリ、葉ハ一年生多クハ掌狀ニ三叉ス、側脈ハ鋸齒ニ終ル、葉柄ノ基脚ニハ托葉アリ、先端ニハ盤狀ノ密腺アリ、花序ハ繖形ニシテ若枝ノ先端ニ出ヅ、邊緣ノ花ハ無性トナル事アリ。核果ハ紅色、核ハ腹背ニ僅ニ溝アリ。

朝鮮ニハ次ノ二種アリ。

Sect. 6. **Opulus,** (*Tournefort*) *De Candolle* Prodr. IV. p. 328. p.p. *G. Don* Gard. Dict. III. p. 442 p.p. *Loudon* Arb. et Frut. II. p. 1039. *Endlicher* Gen. Pl. p. 569. *Bentham* et *Hooker* Gen. Pl. II. p. 3. *Koehne* Dendrologie p. 534. *Rehder* in *Sargent* Trees and Shrubs II. p. 116. *Schneider* Illus. Handb. II. p. 640.

Sect. Opulus Ser. Opulus, *Maximowicz* in Mél. Biol. II. p. 668. p.p.

Frutex. Medulla alba v. fusca solida. Gemmæ perulatæ. Folia annua 3 v. 5 secta v. indivisa, venis lateralibus in apice serrularum terminantibus. Petioli basi stipullati apice vulgo glandulis binis. Inflorescentia in apice rami hornotini terminalis umbellato-paniculata. Flores marginales sæpe steriles. Drupa rubra. Putamen compressum dorsiventrali leviter sulcatum.

—— Species Coreanæ tantum 2.

11. ひろはがまずみ

(第十三圖)

灌木、高サ 1-2 米突、莖ハ直立又ハ傾上ス、樹膚ハ帶褐灰色、髓ハ白色密ナリ、芽ニハ四個ノ鱗片アリ、若枝ハ帶褐綠色、葉ハ一年生、葉柄ハ長サ 4-20 粍、星狀毛アレドモ後無毛トナル、基脚ニハ二個ノ小托葉アリテ先端ニハ腺アリ、葉身ハ廣ク掌狀ニ 3-4 叉ス、側脈ハ鋸齒ニ終ル、葉ノ表面ハ綠色ニシテ疎ニ毛アレトモ後無毛トナリ、極小ナル腺點アリ、裏面ハ淡綠色、一面ニ腺點アリ、且葉脈ニ星狀毛アリ、花序ハ若枝ノ先端ニ出デ花梗アリ、腺點ヲ有シ、繖形ニ分岐ス、花少ナク從テ花序モ少ナリ、苞及ビ小苞ハ早ク落ツ、子房ニハ毛ナク腺點アリ、蕚片ハ短ク毛ナシ、花冠ハ帶綠白色直徑ハ 6-7 粍、輻狀、雄蕋ハ極メテ短シ、核果ハ紅色、核ハ腹面ニ廣キ溝アリ。

咸南、平北、咸北ノ深山ニ生ジ寧ロ稀ナリ、朝鮮ノ特產品ナリ。

11. **Viburnum koreanum**, *Nakai* (Tab. XIII).

V. pauciflorum, (non *Pylaie*) *Komarov* Fl. Mansh. III. p. 509 (1907). *Nakai* Veg. m't. Waigalbon in Chōsen-ihō extra ed. p. 72 (1916).

Species affinis V. paucifloro, sed exquo staminibus brevissimis, drupis majoribus, putaminibus majoribus ventre fere concavo-sulcatis differt.

Frutex usque 1–2 metralis. Caulis erectus interdum flexuoso-ascendens. Cortex fusco-cinereus. Medulla alba solida. Gemmæ 4-perulatæ. Ramus hornotinus fusco-viridis. Folia annua. Petioli 4–20 mm. longi furcipilosi demum glabrescentes supra canaliculati apice in basi laminæ sæpe biglandulosi, basi stipulis caducis v. partim persistentibus binis linearibus suffulti. Lamina ambitu rotundata v. late elliptica 3–4 fida palmatinervia, venis lateralibus in apice serrularum mucronatarum excurrentibus, supra viridis sparsissime pilosa demum glabrescens minutissime sparse glanduloso-punctulata, infra pallida toto minute glanduloso-punctata et secus venas furcipilosa, 3.2–13.0 cm. longa 2.0–10.0 cm. lata. Inflorescentia in apice rami hornotini terminalis pedunculata glanduloso-punctulata, umbellato-decomposita oligantha 1.0–1.5 cm. lata. Bracteæ et bracteolæ sphacelatæ lineares caducæ. Ovarium glanduloso-punctatum glabrum. Calycis dentes breves glabri. Corolla albo-viridescens diametro 6–7 mm. rotata. Stamina brevissima. Antheræ flavæ. Drupa rotundata v. oblonga 7–11 mm. longa 5–7 mm. lata rubra. Putamen ovatum v. late ovato-oblongum ventre latissime sulcatum.

Nom. Jap. Hiroha-gamazumi.

Hab. in silvis densis Coreæ sept.

Planta endemica !

12. かんぼく パイアムナム(平北)、ピヤンナム(平北)
モロチョムナム(平北、京畿)。チュルンナム(平北)。
(第十四圖)

灌木、高サ2-3米突、樹膚ハ木栓質、髓ハ白色、密ナリ、枝ニ毛ナシ。冬芽ニハ四枚ノ鱗片アリ、葉ハ一年生、葉柄ハ長サ7-42粍、毛アリ、基脚ニハ細キ托葉二個アリ、先端ニハ大ナル腺二個アリ、葉身ハ幅廣ク、多クハ掌狀ニ三叉ス、鋸齒ナリ、表面ハ綠色、無毛、裏面ハ葉脈上又ハ一面ニ毛アリ、花序ハ若枝ノ先端ニ生ジ花梗アリ、毛アルモノトナキモノトアリ、花冠ハ輻狀、直徑5-7粍、邊緣ノモノハ無性ニシテ直徑1-6珊アリ、葯ハ帶紫色、核果ハ紅色、核ハ殆ンド溝ナシ。

京畿、江原、咸鏡ノ山地ニ生ズ。

一種、若枝、葉裏ニ毛アルモノアリ、**けかんぼく**、プルトウホア(全南)ト云フ、全羅、京畿、咸南、咸北ノ山地ニ生ズ。

又一種、若枝、葉裏、花序等ニ全然毛ナク、唯葉裏ノ主脈ノ分岐點ニ微毛アル事モアルモノアリ。**けなしかんぼく**、ピヤンナム、チュルンナム(平北)、ト云フ。全羅、京畿、平北ノ山地ニ生ズ。

又一種、枝及ビ葉ハけなしかんぼくノ如クニシテ花ハ皆無性花トナリ、帶黃綠白色ナルアリ、京畿ノ山ニアリシモノヽ如ク、水原農林學校ニ栽培ス、**かんぼくあぢさい**ト云フ。(第十五圖)

又一種枝及ビ葉ハけなしかんぼくノ如クニシテ大キク、花ハ皆無性花ニシテ純白色、集團シテ白キ大球ヲナスアリ、**てまりかんぼく**ト云フ、原產地不明ナレドモ、光陵ノ寺院ニ植ユ。

（分布） 日本、支那、滿洲、東西比利亞。

12. Viburnum pubinerva, *Blume.*

mss. apud *Miquel* Ann. Mus. Bot. Lugd. Bot. II. p. 265 (1866) sub V. Opulus et vidi etiam in Herbario Bogoriense.

V. Opulus, (non *Linné*) *Turczaminow* Fl. Baic.-Dah. I. p. 519. Ledebour Fl. Ross. II. p. 284. p.p. *Maximowicz* Prim. Fl. Amur. p. 135 et in Mél. Biol. X. p. 670. *Ruprecht* Bull. Akad. St. Pétersb. XV. p.3 70. *Asa Gray* Bot. Jap. p. 393. *Miquel* l. c. *Herder* Pl. Radd. III. i. p. 6. *Baker* and *Moore* in Journ. Linn. Soc. XVII. p. 383. *Regel* Tent. Fl. Uss. n. 235. *Fr. Schmidt* Fl. Sachal. p. 218. *Forbes* et *Hemsley* in Journ. Linn. Soc. XXIII. p. 354. *Palibin* Consp. Fl. Kor. I. p. 103. *Korschinsky* Act. Hort. Petrop. XII. p. 345. *Diels* in *Engler* Bot. Jahrb. XXIX. p. 590. *Tanaka* et *Ono* Useful plant of Japan II. p. 44 n. 548 cum fig. (1891). *Gilg* et *Loesner* in *Engler* Bot. Jahrb. XXXIV. Beiblatt. p. 68. *Nakai* Fl. Kor. I. p. 286.

V. Sargentii, *Koehne* in Gartenflora XLVIII. p. 341 (1899). *Schneider* Illus. Handb. Laubholzk. II. p. 640. fig. 411 a–e. fig. 412. n–q. *Rehder* in *Sargent* Trees and Shrubs I. p. 83. t. 42 et Pl. Wils. I. p. 116 et *Bailey* Stand. Cyclop. p. 3463. *Nakai* Veg. Diamond mt. p. 185. n. 615. a.

V. Opulus var. Sargentii, *Takeda* in Tokyo Bot. Mag. XXV. p. 25. *Nakai* Fl. Kor. II. p. 495.

f. **intermedium,** *Nakai* (Tab. XIV.).

Frutex usque 2–3 metralis. Cortex suberosus. Medulla solida alba. Ramus glaber teres. Gemmæ hyemales 4-perulatæ. Folia annua. Petioli 7–42 mm. longi pubescentes, basi stipulis angustis binis suffulti, apice glandulis binis conspicuis. Lamina dilatata 3-lobata interdum indivisa, lobis acute serratis interdum integris, supra viridia, infra toto v. secus venas pubescentia pallida. Inflorescentia in apice rami hornotini terminalis umbellato-decomposita pedunculata. Flores marginales steriles, corolla alba 4-loba, lobis rotundatis, 1–3 cm. lata. Flores hermaphroditi calycis tubo glanduloso-punctato, dentibus breve 5-dentalis, corolla rotata diametro 5–7 mm. Stamina exerta, antheris purpurascentibus. Drupa rubra 6–8 mm. longa. Putamen compressum haud sulcatum.

Nom. Jap. Kanboku.

Nom. Cor. Paiam-nam, Piyang-nam, Morochom-nam, Churunku.

Lusus 1. Inflorescentia glabra.

Hab. e medio usque ad borealem finem.

f. **puberulum,** (*Komarov*) *Nakai* in Tokyo Bot. Mag. XXXII. p. 212 (1919).

V. Sargentii, *Koehne* l. c. *Rehder* in *Sargent* Trees and Shrubs I. p. 42.

V. Sargentii f. puberula, *Komarov* Fl. Mansh. III. p. 511 (1907).

V. Opulus, (non *Linné*) *Shirasawa* Icon. II. p. 174. t. 73. fig. 1–7.

Ramus pubescens. Folia subtus tota v. secus venas pilosa. Inflorescentia fere v. toto glabra.

Nom. Jap. Ke-kanboku. Nom. Cor. Pul-tou-hoa.

Hab. e australe usque ad borealem finem.

f. **calvescens,** (*Rehder*) *Nakai* in Tokyo Bot. Mag. XXXIII. p. 213 (1919).

V. Sargentii f. calvescens, *Rehder* in Mitteil. Deutsch. Dendr. Gesells. XII. p. 125. (1903) et in *Sargent* Trees and Shrubs II. p. 116 et Pl. Wils. I. p. 116 et in *Bailey* Stand. Cyclop. p. 3463. *Schneider* Illus. Handb. Laudholzk. II. p. 640.

V. Sargentii f. glabra, *Komarov* Fl. Mansh. III. p. 213 (1907).

Folia subtus præter axillas venarum barbatas glaberrima. Ramus et inflorescentia glaberrima.

Nom. Jap. Keneshi-kanboku.

Hab. e medio usque ad boreali-occidentalem finem.

f. **lutescens,** *Nakai* (Tab. XV.) in Tokyo Bot. Mag. XXXIII. p. 213 (1918).

V. Opulus f. sterile, (non *Dippel*) *Palibin* Consp. Fl. Kor. I. p. 103. *Nakai* Fl. Kor. I. p. 286.

V. Opulus var. Sargentii f. sterile, *Nakai* Fl. Kor. II. p. 495.

Ramus et folia ut forma calvescens, sed flores omnes steriles lutescentes.

Nom. Jap. Kanboku-azisai.

Hab. in montibus Coreæ mediæ rarum.

f. **hydrangeoides,** *Nakai* in Tokyo Bot. Mag. XXXIII. p. 213 (1919).

Ramus robustus glaber. Folia ut forma calvescens sed majora. Inflorescentia ambitu late ovalis v. sphærica usque 14 cm. longa et lata. Flores omnes steriles magni candidi.

Nom. Jap. Temari-kanboku.

In horto templi colitur. Patria ignota.

Distr. Sp. Asia orient.

第三族 りんねさう族

灌木又ハ草本樣小灌木、花冠ハ輻狀又ハ歪形、葯ハ內向、果實ハ 3-4 室、其中二室ニハ多數ノ無性ノ胚珠アリ、殘リノ室ニハ唯一個宛ノ有性ノ胚珠ヲ有ス。

朝鮮ニ次ノ二屬アリ。

Tribus 3. **Linnææ**, *Fritsch* in *Engler* Prantl Nat. Pflanzenf. IV. 4. p. 163. (1891). *Engler* Syllabus Pflanzenf. 1 Aufl. p. 173. (1892).

Lonicereæ, *R. Brown* Characters and Descriptions of three new-species of plants found in China by *Clarke* Abel p. 4. (1818). *De Candolle* Prodr. IV. p. 329. p.p. *G. Don* Gard. Dict. III. p. 443. p.p. *Lindley* l. c. p.p. *Koch* l. c. p. 279. p.p. *Benth.* et *Hooker* l. c. p. 2. p.p.

Lonicereæ Subordo 1. Lonicereæ veræ, *Endlicher* Gen. Pl. p. 567.

Lonicereæ subtrib. Caprifoliæ, *Torrey* and *Asa Gray* Fl. North America II. p. 2. p.p. (1838).

Caprifolieæ, *A. Richard* Dictionnaire III. p. 173.

Frutex v. fruticulus. Flores actinomorphi v. zygomorphi. Antheræ introrsæ Fructus 3-4 locularis. Loculi 2 ∞-spermi steriles, ceteri 1-spermi fertiles.

第三屬 りんねさう屬

纎細ナル小灌木、葉ハ常綠、葉柄アリ、托葉ナシ、鋸歯少シ、花梗ハ短キ側枝ノ先端ニ生ジ細長ク先端ニ二個ノ苞アリ、小花梗ハ二個、腺毛アリ、小苞二個アリ、花ハ四個ノ小苞ヲ有ス、蕚筒ハ卵形、蕚片ハ四個、凋落ス、花冠ハ長鐘狀、白色、桃色又ハ紅色、五裂片アリテ覆瓦狀ニ列排ス、雄蕋ハ四個、花冠ノ筒部ニツキ二本ハ長シ、子房ハ三室、胚珠ハ二室ニハ多數ノ無性胚珠ヲ有シ、第三室ニハ一個ノ有性胚珠アリ、花柱ハ細シ、種子ハ橢圓形、胚乳多シ。

世界ニ一種アリ皆北半球ノ周極地方又ハ高山ニアリ、朝鮮ニモ咸北、咸南、平北ノ高山ニ生ズ。

13. りんねさう
(第十六圖)

莖ハ細ク地ヲ匐ヒ微毛アリ、葉ハ對生、圓形又ハ廣倒卵形1珊ヨリ短シ、鋸齒少シ、花梗ハ長サ 2.0-6.5 粍、短毛生ズ、苞ハ披針形、小サク邊緣ニ毛アリ、小花梗ハ長サ 1.0-1.8 粍、腺毛アリ、小苞ハ六個、其中四個ハ花ノ下ニ總苞狀ニツク、最內側ノ二枚ハ著シキ腺毛密生ス、蕚筒ハ卵形ニシテ毛アリ、蕚片ハ深ク五裂シ、裂片ハ狹披針形、邊緣ニ微毛アリ、花冠ハ白色又ハ桃色、內面ニ毛アリ。

鷲峯連山、白頭山地方、李僧嶺、長白連山、胞胎山等ニテ採ル。

（分布） 周極地方。

Gn. 3. **Linnæa,** *Gronovius* in *Linné* Sp. Pl. n. 774. (1737) et Syst. Veg. 14 ed. p. 572. (1784). *Jussieu* Gen. Pl. p. 211. *Nuttall* Gen. North America p. 96. *Wahlenberg* Fl. Lapp. p. 170. t. IX. fig. 3. *La Marck* et *De Candolle* Fl. Franc. IV. p. 269. (1815). *De Candolle* Prodr. IV. p. 340. *G. Don.* Gard. Dict. III. p. 452. *Bentham* et *Hooker* Gen. Pl. II. p. 5. *Endlicher* Gen. Pl. p. 567. *Britton* and *Brown* Fl. Northern United States and Canada III. p. 234. *Wittrock* in Act. Hort. Berg. IV. n. 7.

Obolaria, *Siegesbeck* Prim. Fl. Petrop. p. 79. (1736) non Obularia, *Linné* Hortus Cliffortianus p. 323 (1737),

Linnæa, *Linné* Sp. Pl. p. 631 (1753). *Schneider* Illus. Handb. Laudholzk. II. p. 680.

Linnæa Sect. Eulinnæa, *A. Brawn* et *Vatke* Oest. Bot. Zeitschrift XXII. p. 291 (1872). *Fritsch* in *Engler* Prantl Nat. Pflanzenf. IV. 4. p. 165. *P. Graebner* in *Engler* Bot. Jahrb. XXIX. p. 124. (1901).

Fruticulus repens gracilis. Folia sempervirentia petiolata exstipullata opposita paucidentata. Pedunculus in apice rami hornotini brevis lateralis erecti terminalis filiformis, apice bibracteatus. Pedicelli bini capillares vulgo glanduloso-ciliati, infra apice bibracteolati. Flores bracteolis 4 suffulti. Bracteolæ involucrantes exteriores glandulis stipitatis horridæ. Calycis tubus ovoideus, limbi 4 angusti decidui. Corolla infundibulari-campanulata alba—rubra 5-loba, lobis imbricatis. Stamina 4 tubi corollæ affixa inserta didynama. Ovarium 3-loculare. Ovula in loculis duobus ∞ sterilis, in tertio solitaria fertilis. Styli filiformes. Stigma exertum. Semen oblongum. Albumen carnosum.

—— Species 1 in regionibus circumpolaribus late expansa.

13. Linnæa borealis, *Linné.*

Sp. Pl. ed. 1. p. 631 (1753). *Houttuyn* Pflanzensyst. VIII. p. 135 (1782). *Willdenow* Sp. Pl. III. p. 340 (1800). *Persoon* Syn. Pl. I. p. 136 (1803).

Dietrig Gartenlexicon V. p. 496 (1805). *Aiton* Hort. Kew. IV. ed. 2. p. 51 (1812). *Pursh* Fl. Americæ Septentr. II. p. 415 (1814). *La Marck* et *De Candolle* Fl. Franc. IV. p. 269 (1815). *Link* Enum. Pl. Hort. Berol. II. p. 146 (1822). *De Candolle* Prodr. IV. p. 340. *Hooker* et *Arnott* Bot. Beechey's Voyage p. 125. *Torrey* and *Asa Gray* Fl. North America II. p. 3. *Hooker* Fl. Bor.-Americana I. p. 285. *Lessing* in Linnæa IX. p. 157. *Turczaninow* Cat. Baicalensi-Dahur. n. 562. *Ledebour* Fl. Alt. II. p. 464 et Fl. Ross. II. p. 392. *G. Don.* Gard. Dict. III. p. 452. f. 82. *Koch* Syn. Pl. Germ. et Helv. ed. III. p. 280. *Maximowicz* Prim. Fl. Amur. p. 139. *Fr. Schmidt* Fl. Amg.-Burej. n. 190 et Fl. Sachal. n. 226. *Britton* and *Brown* Fl. Northern United States and Canada III. p. 235. *Græbner* in *Engler* Bot. Jahrb. XXIX. p. 124. *Komarov* Fl. Mansh. III. p. 514. *Schneider* Illus. Handb. Laubholzk. II. p. 680 f. 435.

f. **arctica,** *Wittrock* l. c. p. 159. taf. 1. f. 4–6. (Tab. XVI).

L. borealis, *Miyabe* Fl. Kuril. p. 238. *Yabe* in Tokyo Bot. Mag. XVII. p. 26 (1903). *Miyoshi* et *Makino* Alpine Plants of Japan II. Pl. 52. fig. 297. *Miyabe* et *Miyake* Fl. Sachal. p. 217.

Caulis gracilis radicans repens minute ciliolatus. Folia opposita disticha rotundata v. late obovata quam 1 cm. breviora vulgo parva, petiolata utrinque minute glanduloso-punctulata supra medium crenato pauci-serrata apice mucronulata v. rotundata glabra, subtus secus venas pilosa. Rami floriferi breves laterales. Pedunculi 2.0–6.5 cm. longi adpresse ciliolati. Bracteæ binæ lanceolatæ parvæ margine ciliatæ. Pedicelli 1.0–1.8 cm. longi graciles circa apicem bibracteolati glanduloso-ciliati. Bracteolæ involucrantes 4, exteriores parvæ, interiores ellipticæ glandulis stipitatis horridæ. Flores albi v. lilacini v. subrubescentes.

Nom. Jap. Rinne-sō.

Hab. in montibus altis Coreæ septentrionalis.

Distr. Regio circumpolaris.

第四屬 つくばねうつぎ屬

灌木、葉ハ單葉一年生又ハ二年生、托葉ナシ、全緣又ハ鋸齒アリ、葉柄ノ基脚ハ離生又ハ癒合ス、花ハ腋生又ハ頂生、花梗ニハ一個乃至數個ノ花ヲ附ク、苞及ビ小苞ハ小、萼筒ハ細ク、扁平ナルアリ、萼片ハ 2–5 個、花冠ハ長キ鐘狀屈曲スルコトアリ、筒部ハ腹面膨ムモノアリ、裂片ハ 4-5 個、雄蕋ハ四個、二强、子房ハ三室、花柱ハ細長シ、卵子ハ二室ニハ數個アリテ無性、一室ニハ一個アリテ有性、果實ハ裂開セズ硬ク一個ノ細長キ種子ヲ藏ス、胚乳ハ多肉ニシテ、胚ハ短シ。

日本、支那、ヒマラヤ、アフガニスタン、墨西哥ニ產シ凡ソ二十七種アリ、其中三種ハ朝鮮ニ產シ、何レモ朝鮮ノ特產種ナリ。

14. ひなつくばねうつぎ

(第十七圖)

灌木、高サ 1 米突許、分岐多シ、幹ハ縱ニ六條ノ溝アリ、若枝ニハ下方ニ向フ毛アリ。葉柄ハ長サ 1-4 粍、基脚ハ膨大シ相癒合ス、葉身ハ廣披針形又ハ倒披針形又ハ披針形又ハ卵形、兩端トガル、表面ハ綠色ニシテ葉脈ニ毛アリ、裏面ハ淡綠色ニシテ葉脈ニ毛アリ。邊緣ニハ前方ニ向フ毛アリ、花序ハ頂生、花梗ノ長サ約二珊、毛アリ、苞ハ無柄、葉狀、卵形ニテ先端トガリ、基脚ハ心臟形、小苞ハ細シ、小花梗ハ苞ノ間ニ一個宛生ジ、三叉ス、萼筒ニハ前ニ向フ毛アリ扁平、萼片ハ五個(3-4個ナルコトモアリ)、永存ス、花冠ハ長サ 3-5 粍外面ニ微毛アリ、裂片ハ五個、雄蕋ハ四個、花絲ハ無毛、葯ハ丸ク內向、花柱ハ花冠ヨリ短ク毛ナシ。

忠北、丹陽郡、梅甫面、於儀谷里ノ丘陵ニ生ジ稀品ナリ。

本種ハ花ガ繖房狀ニ枝ノ先端ニ集合シテ生ズル一種ニシテ之ニ類似ノモノハ支那、ヒマラヤ山ニ亘リ僅ニ三種アルノミ、而シテ本種ハ朝鮮ニ於ケル其群ノ代表者ナリ。學名 Abelia Tyaihyoni ハ本府山林課技手鄭台鉉氏ノ Chung-tyai-hyon ヨリ採ル、氏ハ余ガ總督府ノ囑託トナリシ翌年卽チ大正三年ヨリ通譯兼助手トシテ余ニ隨行シ、既ニ大正八年ニ至ル迄ニハ余ト共ニ朝鮮ノ山野中最モ困難ナル地ヲ踏ム事一千數百里、死生ノ域ニ出入スル事數回、或時ハ白頭山地方ニテ暴徒ノ襲擊ヲ遁レ、或時ハ馬賊ノ毒手ヨリ逸シ、金剛山中ニテハ余ガ前人未踏ノ大長峰頂ノ懸崖ヨリ墜落セントセシヲ助ケ、巧ニ蒙昧ノ人夫ヲ使役シテ採收植物ノ乾燥、物資ノ運搬、給養品ノ購求等ニ力メ、未ダ一度モ倦怠ノ狀アラズ、朝鮮植物調査ノ進行ハ氏ニ負フ所多シ、西曆千九百五年維納府ニ開カレタル萬國植物學會ニハ「植物ニ人名ヲ附スル際ニハ植物學者ノ名又ハ採收家ノ名ノミヲ用フルコト」ヲ議決セシトハ雖モ、余ハ敢テ余ノ採收ヲ助ケシ、忠實ナル鄭台鉉氏ノ功ヲ永久ニ紀念スル爲メ上記ノ學名ヲ附ス。

14. Abelia Tyaihyoni, *Nakai* (Tab. XVII).

Secundum nomen Coreani Chung-tyai-hyon 鄭台鉉 cui per sex annos in itineribus Botanicis meis ut interpres mihi fidele attentavit ita nominata.

Frutex usque 1 metralis ramosissimus. Caulis longitudine 6-sulcatus cortice sordide fusco. Ramus hornotinus fuscenti-viridis v. viridis reflexo-ciliatus. Petioli 1–4 mm. longi eorundem basis incrassata plus minus connata et persistens, antrorsum curvato-ciliati. Lamina late lonceolata v. oblanceolata v. lanceolata v. ovata utrinque attenuata v. basi acuta, supra viridis secus venas scaberula, infra pallida secus venas antrorsum pilosa, margine antrorsum pilosa 15–60 mm. longa 6–20 mm. lata. Inflorescentia terminalis, pedunculo circ. 20 mm. longo antrorsum ciliato. Bracteæ sessiles foliaceæ ovato-acuminatæ basi cordatæ. Bracteolæ lineares v. lanceolatæ. Pedicelli in axillis bractearum solitarii trifidi et flores laterales cum bracteis 1 et bracteolis 2 suffulti. Ovarium antrorsum pilosum 2 mm. longum compressum. Sepala 5 (3–4) persistentia oblonga v. lineari-oblonga venosa margine et venis pilosa acuta v. obtusa 3–4 mm. longa. Corolla 3–5 mm. longa extus pilosa, lobis 5. Lobi 3 quam ceteris superiores et exteriores et intus per totam longitudinem tubi pilosi. Stamina 4 inserta didynama, anteriora posteribus longiora. Filamenta fere tubo adhærentia glaberrima. Antheræ rotundæ introrsæ. Styli quam corolla breviores glaberrimi.

Nom. Jap. Hina-tsukubane-utsugi.

Hab. in colle Coreæ mediæ rara.

15. からつくばねうつぎ

（第十八圖）

莖ハ高サ 1-2 米突、幹ニハ縦ニ六條ノ溝アリ、若枝ハ帶紅色無毛、葉柄ハ基脚癒合シ毛アリ、長サ 2-7 粍、葉身ハ帶卵披針形又ハ廣披針形、縁ニハ半以上ニ粗大ノ鋸歯アリ。且微毛一面ニ生ズ、表面ハ毛ウスク、裏面ハ葉脈ニ毛アリ、花梗ハ長サ 1-3 粍、二花ヲツク、小花梗ハ長サ 2-3 粍毛アリ、蕚筒ハ細ク毛アリ、苞ハ三叉ス、蕚片ハ四個、未ダ花ヲ見ズ。

咸北鏡城郡、茂山郡ノ山ニ生ズ稀ナリ。

15. Abelia coreana, *Nakai* (Tab. XVIII).

in Tokyo Bot Mag. XXXII. p. 108 (1918).

Caulis 1–2 metralis fusco-cinereus longitudine regulariter 6-sulcatus erectus ramosus. Ramus hornotinus rubescenti-fuscus glaber. Folia opposita petiolis basi connatis ciliatis supra canaliculatis, e basi 2–7 mm. longis, laminis ovato-lanceolatis v. late lanceolatis supra medium grosse obtuseque serratis v. integris, apice acutis basi acutis v. acuminatis, margine ciliatis, supra sparsim pilosis, infra secus venas pilosis, 3.4–7.0 cm. longis 1.4–3.5 cm. latis. Pedunculi 1–3 mm. longi bifloris. Pedicelli 2–3 mm. longi ciliati. Calyx angustus ciliatus. Bracteæ minutæ 0.5–1.0 mm. longæ trilobæ. Sepala 4 oblanceolato-obtusa venosa margine ciliata 5–9 mm. longa 1.5–2.5 mm. lata. Flores ignoti.

Nom. Jap. Kara-tsukubane-utsugi.

Hab. in montibus Hamgyoeng bor. rara.

16. たけしまつくばねうつぎ

(第十九圖)

灌木、高サ 0.8 米突許、莖ハ縦ニ六條ノ溝アリ、若枝ハ帶紅褐色無毛、葉身ハ卵形又ハ廣卵形又ハ楕圓形又ハ倒卵形、表面ハ綠色無毛、裏面ハ淡綠色、無毛、邊緣ニ粗大ノ鋸歯アリ微毛生ズ、葉柄ハ長サ 4–6 粍、基脚ハ相癒着シ肥厚ス、花梗ハ長サ 3–4 粍無毛、二花ヲ着ク、小花梗ハ無毛、長サ 0.5–1.5 粍、苞ハ小ニシテ通例長サ 0.5–1.0 粍ナレドモ稀ニ絲狀トナリ長サ 3 粍トナルアリ、又葉狀トナリテ長サ 9 粍ニ達スルアリ、萼筒ハ無毛、長サ 7–9 粍、萼片ハ 4–5 個、花冠ハ淡黄色、花筒ハ長サ 5–7 粍許。

鬱陵島、道洞國有林並ニ南望樓臺國有林ノ岩上ニ生ズ。

16. Abelia insularis, *Nakai* (Tab. XIX).

in Tokyo Bot. Mag. XXXII. p. 109. (1918).

Frutex usque 0.8 metralis. Caulis cinereus longitudine 6-sulcatus. Ramus hornotinus rubescenti-fuscus glaberrimus flavido-punctatus. Folia ovata v. late ovata interdum elliptica v. obovata mucronata v. acuminata, supra viridia, infra pallida glabra, margine grosse serrata et ciliolata, 3.0–5.0 cm. longa 2.0–3.4 cm. lata, petiolis 4–6 mm. longis basi connato-amplexicaulibus margine ciliatis. Pedunculi 3–4 mm. longi glaberrimi bifloris. Pedicelli 0.5–1.5 mm. longi glaberrimi. Bracteæ minutæ 0.5–1.0 mm. longæ interdum filiformes 3.0 mm. longæ v. virides et ovato-acuminatæ usque 9 mm. longæ. Ovarium glabrum 7–9 mm. longum. Sepala 4–5 oblanceolata obtusa 2.5–5.0 mm. longa.

Corolla ochroleuca, tubo 5-7 mm. longo, lobis patentibus obovatis v. rotundatis intus barbatis.

Nom. Jap. Takeshima-tsukubane-utsugi.

Hab. in rupibus insulæ Dagelet, rarissima.

第四族 にんどう族

灌木、花ハ整正又ハ歪形、葯ハ内向。子房ノ各室ニハ多數ノ有性ノ胚珠アリ。子房ハ短ク、果實ハ丸ク漿果。朝鮮ニ次ノ一屬アリ。

Tribus 4. **Chamæceraseæ**, *Nakai.*

Loniceresæ, *R. Brown* l.c. p.p. *De Candolle* l.c. p.p. *G. Don* l.c. p.p. *Lindley* l.c. p.p. *Koch* l.c. p. 279. p.p. *Bentham* et *Hooker* l.c. p. 2. p.p. *Fritsch* l.c. p.p. *Engler* l.c. p.p.

Lonicereæ Subordo 1. Lonicereæ vereæ, *Endlicher* l.c. p.p.

Lonicereæ Subtrib. 1. Caprifoliæ, *Torrey* et *Gray* Fl. North America II. p. 2. p.p.

Frutex. Flores actinomorphi v. zygomorphi. Antheræ introrsæ. Ovarium breve, loculis ∞-spermis fertilibus. Fructus sphaericus baccatus.
In Corea sequens unicum genus adest.

第五屬 にんどう屬

灌木又ハ半喬木、直立又ハ横臥ス往々攀纒性、葉ハ單葉、一年生又ハ二年生、全緣又ハ鋸歯狀ノ缺刻アリ、花ハ腋生 1-3 個又ハ總狀花序ヲナス、苞ハ二個、小又ハ葉狀、小苞ハ離生又ハ癒合シ又ハナシ、萼筒ハ球形又ハ卵形、萼歯ハ五個又ハ小ニシテ不顯著ナルモノ又ハ相癒合シテ杯狀ヲナスモノナドアリ、花冠ハ筒狀又ハ鐘狀、裂片ハ覆瓦狀ニ排列ス、整正又ハ兩唇アリ、花筒ノ基部ハ膨ムコトアリ、雄蕋ハ花冠ニ附着シ、潛在又ハ抽出、花絲ハ無毛又ハ有毛、子房ハ 2-5 室離生又ハ癒合ス、卵子ハ子房ノ各室ニ少數二列ニ出ヅ。花柱ハ一個有毛又ハ無毛、漿果ハ紅色、緋紅色、黃色、黑色、碧黑色又ハ白色、癒合シ又ハ離生ス。種皮ハ滑ナルモノ凹點アルモノナドアリ。胚乳アリ。

南阿。南米。濠洲ヲ除キ全世界ニ産シ二百餘種アリ、其中十八種ハ朝鮮ニアリ、分テ次ノ節、亞節ニス。

1 莖ノ攀纏性、髓ハ白色、片狀又ハ消滅ス、花ハ枝ノ先端ニ腋生シテ總狀又ハ圓錐花叢ヲナス、花冠ハ兩脣アリ、花筒ハ細長ク、子房ハ離生。……………………………………すゐかづら節。
花筒ハ細長ク距ナシ。……………………長花亜節。
莖ハ直立又ハ横臥シ。攀纏性ナラズ、花梗ハ腋生1-4花ヲ有ス。……2

2 髓ハ褐色ニシテ一部ハ消滅ス。故ニ莖ハ中空ナリ、子房ハ離生、花冠ハ兩脣ヲ有シ、稀ニ整正、花梗ハ直立。……へうたんぼく節。
花冠ハ白色又ハ黄色、小苞ハ多少相癒合シ又ハ缺如ス。……………………………………黄花亜節。
髓ハ白色又ハ褐色密ナリ、子房ハ多少相癒合シ稀ニ離生。……………………………うぐひすかぐら節。……3

3 小苞ハ全然相癒合シテ嚢狀トナリ、子房ヲ全然包ミ子房ノ成長スルト共ニ成長ス、一花梗ニ二花ヲツク。……………………4
小苞ハ相癒合スルトキト雖モ嚢狀トナラズ、從テ子房ヲ全然包ムコトナシ。……………………5

4 花冠ハ兩脣、小苞ハ果實ニアリテハ乾燥シ丸シ、種子ハ大ニシテ直徑5粍許。……………………嚢苞亜節。
花冠ハ整正、小苞ハ果實ニアリテハ漿質ニシテ碧黒色トナル、種子ハ2-3粍。……………………黒苞亜節。

5 頂芽ハ其儘枯死シテ成長セズ、枝ノ先端ニアル側芽ガ成長シテ枝トナル、花冠ハ整正又ハ兩脣、漿果ハ紅色。…………大苞亜節。
頂芽ハ發達シテ枝トナル、花冠ハ整正又ハ兩脣。……………6

6 冬芽ハ卵形、鱗片ハ早ク落ツ。……………大種亜節。
冬芽ハ長ク、鱗片ハ永存ス。……………紅花亜節。

Gn. 5. **Lonicera,** (*Linné*) *Desfontaines* Fl. Atl. I. p. (1798). *La Marck* et *De Candolle* Fl. Franc. IV. p. 269 (1815). *De Candolle* Prodr. IV. p. 330 (1830). *G. Don* Gard. Dict. III. p. 444. (1834). *Endlicher* Gen. Pl. p. 569. *Lindley* Veg. Kingd. p. 767.

Lonicera, *Linné* Sp. Pl. p. 173. (1753) p.p. *Torrey* et *A. Gray* Fl. North America II. p. 4. *A. Gray* Syn. Fl. I. 2. p. 14. *Bentham* et *Hooker* Gen. Pl. II. p. 5. *Fritsch* in *Engler Prantl* Nat. Pflanzenfamilien IV. 4. p. 168. *Rehder* Syn. Lonic. p. 35. *Schneider* Illus. Handb. II. p. 681.

Caprifolium, *Tournefort* Instit. Rei Herb. p. 608 t. 378. (1700). *Jussieu* Gen. Pl. p. 212 (1789). *Adanson* Fam. II. p. 157 (1763). *La Marck* Fl.

Fr. III. p. 364. *Gærtner* Fruct. Sem. I. p. 135. *Roemer* et *Schultes* Syst. Veg. V. p. 19. *Nuttall* Genera North American Pl. I. p. 138. *D. Don* Prodr. Fl. Nepal. p. 140. *Lindley* Veg. Kingd. p. 767. *O. Kuntze* Rev. Gen. Pl. I. p. 273. *Greene* Fl. Fr. p. 345.

Chamaecerasus, *Tournefort* l.c. p. 609. t. 379. *Medicus* Phil. Bot. I. 126.

Chamerasia, *Rafinespue* Ann. Gen. Sci. Phys. VI. p. 83. (1820).

Cobaea, *Necker* Elementa Bot. n. 219.

Distegia, *Rafinesque* New Fl. North America III. p. 20 (1830).

Euchylia, *Dulac* Fl. Haut.-Pyrén. p. 463 (1867).

Isica, *Moench* Methodus Plantas Hort. Bot. et agri Marburg. p. 504.

Isika, *Adanson* Familles des Plantes II. p. 501 (1763).

Nintooa, *Sweet* Hort. Britann. ed. II. p. 258 (1830).

Phenianthus, *Rafinesque* Ann. Gen. Sci.-Phys. VI. p. 83.

Periclyma, *Rafinesque* l.c.

Periclymenum, *Tournefort* l. c. p. 608. t. 378. *Miller* Gard. Dict. (1754). *S. F. Gray* Nat. Arr. Brit. Fl. II. p. 487. (1821).

Xylosteon, *Tournefort* l. c. p. 609. t. 379. *Miller* l. c. *Jussieu* l. c. p. 212. *Adanson* l. c. p. 157. *Moench* l. c. p. 502. *Nuttall* Gen. North Amer. Pl. I. p. 138. *D. Don* Prodr. Fl. Nepal. p. 140.

Frutex v. arboreus erectus, decumbens v. volubilis. Folia simplicia sempervirentia v. decidua, integra v. incisa haud serrulata exstipullata. Flores axillari-cymoso 1–3 v. axillari-spicati v. paniculati. Bracteæ binæ parvæ v. foliaceæ. Bracteolæ saepe connatæ v. ovarium toto clausæ. Flores pentameri zygomorphi interdum actinomorphi. Calyx globosus v. ovoideus 5-dentatus v. obsoletus v. crenatus. Corolla tubulosa v. campanulata lobis imbricatis, bilabiata v. regulariter 5-lobata, tubo basi sæpe gibboso. Stamina corollæ affixa inserta v. exerta. Filamenta glabra v. pilosa. Ovarium 2–5 (vulgo 2–3) loculare connatum v. liberum. Ovula in quoque loculo pauca biserialis pendula. Styli solitarii sæpe exerti glabri v. pilosi. Bacca rubra, coccinea, flava, nigra, cærulescens v. alba distincta v. connata.

Circiter 200 species per totas regiones orbis (praeter Africam australem, Americam australem et Australiam) expansa, inter eas species 18 in Corea indigenæ, quæ in sequentes Sectiones distinguendæ.

1 Caulis volubilis v. flexuosus. Medulla evanida. Corolla bilabiata. Ovarium distinctum. .... Sect. Nintooa, *Fritsch.*
Corollæ tubus elongatus ecalcaratus......... Subsect. longifloræ, *Rehder.*
Caulis erectus v. procumbens nunquam volubilis. Pedunculi axillares v. terminales 1–4 floribus. 2

2 Medulla fusca partim evanida ita rami anguste fistulosa. Ovaria et fructus distincta. Corolla bilabiata rarius actinomorpha. Pedunculi erecti. .... Sect. Caeloxylosteum, *Rehder.*
Corolla alba v. flava. Bracteolæ plus minus connatæ v. destitutæ. .... Subsect. Ochranthæ, *Rehder.*
Medulla alba v. fusca solida nunquam evanida. Ovarium plus minus connata interdum distincta. Corolla bilabiata vel subregulares. Pedunculi nutantes v. hypophylli v. erecti......... Sect. Ishika, *Rehder*.... 3

3 Bracteolæ ovarium toto clausæ cum ovario accrescentes. Pedunculi 2-flori. 4
Bracteolæ ovario liberæ cupulares vel dentatæ aut lobatæ vel distinctæ destitutæve. Pedunculi 1–2 flori. 5

4 Corolla bilabiata. Bracteolæ in fructu subexsiccatæ globosæ. Semina magna 5 mm. longa. .... Subsect. Vesicariæ, *Rehder.*
Corolla subregulares. Bracteolæ in fructu succosæ cæruleo-atræ. Semina 2–3 mm. longa. .... Subsect. Cæruleæ, *Rehder.*

5 Gemmæ terminales non evolutæ et axillari-terminales evolutæ ita vulgo rami ramulis binis terminalibus bifurcati. Flores subregulares vel bilabiati. Bacca rubra................................ Subsect. Bracteatæ, *Rehder.*
Gemmæ terminales evolutæ. Flores subregulares vel bilabiati. 6

6 Gemmæ hyemales ovatæ squamis caducis....... Subsect. Alpigenæ, *Rehder.*
Gemmæ hyemales lanceolatæ v. ovato-lanceolatæ, squamis persistentibus. .... Subsect. Rhodanthæ, *Rehder.*

第一節 すゐかづら節

莖ハ纒攀狀、髓ハ消滅ス故ニ枝ハ中空ナリ、花ハ腋生、枝ノ先端ニテ圓錐花叢ヲナス事多シ。花冠ハ両唇。子房ハ離生。苞及ビ小苞アリ。

第一亞節、長花亞節

花冠ハ細長ク、白色又ハ黄色、漿果ハ黒色又ハ白色。

朝鮮ニハ唯次ノ一種アリ。

17. すゐかづら インドン、インドンチョー 又ハインドンノシクル。

(第二十圖)

莖ハ纒攀性、枝ハ帶紅色、若枝ニハ褐毛散生シ又ハ絨毛生ズ、腺毛ヲ混ズ、稀ニ殆ンド無毛ノモノアリ、葉柄ハ毛アリ長サ 2-10 粍、葉身ハ卵形又ハ長卵形又ハ橢圓形又ハ長橢圓形又ハ廣披針形、表面ハ綠色若キ時ハ微毛生ジ、裏面ハ微毛アルカ又ハ葉脈ノミニ毛アリ、花梗ハ腋生、長サ 1-12 粍、下方ノモノ程長ク絨毛生ズ、苞ハ葉狀、小苞ハ卵形又ハ圓形、絨毛ト腺アリ、子房ハ離生、無毛、蕚齒ハ披針形長サ 1-1.5 粍、微毛アリ、花冠ハ白色ニシテ後黃化シ、外面ハ微毛ト腺トアリ長サ 27-48 粍、花筒ハ 12-24粍、內面ハ微毛アリ、先端ハ兩唇ニ分レ、長サ 12-25 粍、雄蕋ハ花筒ノ口ニ近クツキ花冠ノ裂片トホボ同長、花絲ハ微毛アリ、花柱ハ央以下ニ毛アリ、漿果ハ離生、球形、黑色。

濟州島、群島、全羅南北道、慶尙南北道、忠淸南北道、江原、黃海、平安南北道、咸鏡南道ニ生ズ。

(分布) 北海道、本島、四國、九州、對島、支那。

Sect. 1. **Nintooa,** (*Sweet*) *Fritsch* in *Engler Prantl* Natuerliche Pflanzenfamilien IV. 4. p. 168 (1891). *Rehder* Syn. Lonic. p. 144 et in *Bailey* Standard Cyclop. p. 1910.

Gn. Nintooa, *Sweet* Hort. Brit.ed. 2. p. 258 (1830) *Webb* It. Hisp. p. 42. (1838).

Lonicera Untergatt. Nintooa, *Dippel* Handb. Laubholzk. I. p. 215.

Lonicera Sect. Nintooa, *De Candolle* apud *Rehder* in Pl. Wils. I. 1. p. 141. (1911). *Schneider* Illus. Handb. Laubholzk. II. p. 726.

L. Sect. Xylosteum I. Nintooa, *G. Don* Gard. Dict. III. p. 446 (1834). *Loudon* Arb. et Frutic. III. p. 1050 (1838).

L. Sect. Xylosteon, *De Candolle* §1. Nintooæ, *De Candolle* Prodr. IV. p. 333 (1830).

L. Subgn. Caprifolium, Sect. Nintooa, *Maximowicz* in Mél. Biol. X. p. 55 (1877).

L. § Eunenium. *Rafinesque* New Flora North America III. p. 20 (1836).

Caprifolium. § Nintooa, *Spach* Hist. Nat. Veg. VIII. p. 331 (1839).

Lonicera Subgn. 1. Caprifolium, *De Candolle* apud *C. B. Clarke* in *Hooker* Fl. Brit. Ind. III. p. 9. (1882).

L. B. Xylosteon a Nintooa, *Endlicher* Gen. Pl. p. 563.

Caulis volubilis. Rami medullis lamellatis v. evanescentibus perfecte fistulosi v. rarius solidi. Flores axillares sæpe paniculas terminales formantes. Corolla bilabiata. Ovarium liberum. Bracteæ et bracteolæ adsunt.

Subsect. **Longifloræ,** *Rehder* Syn. p. 151.

Corolla elongata, tubo longe tubuloso, alba demum flavescens. Fructus nigri rarius albi.

—— Species Coreana 1.

17. Lonicera japonica, *Thunberg* (Tab. XX).

Fl. Jap. p. 89 (1784). *Persoon* Syn. Pl. I. p. 213 (1805). *Edwards* in Bot. Regist. I. t. 70 (1815). *G. Don* Gard. Dict. III. p. 447 (1834). *Miquel* in Ann. Mus. Bot. Lugd. Bat. II p. 269 (1865-1866). *Franchet* et *Savatier* Enum. Pl. Jap. I. p. 203. II. p. 383. *Maximowicz* in Mél. Biol. X. p. 56 (1877). *Forbes* et *Hemsley* in Journ. Linn. Soc. XXIII. p. 364. *Nicholson* Illus. Dict. Gard. II. p. 297. *Fritsch* in Nat. Pflanzenf. IV. 4. p. 168. *Palibin* Consp. Fl. Kor. I. p. 104. *Diels* in *Engler* Bot. Jahrb. XXIX. p. 594. *Gilg* et *Loesner* in *Engler* Bot. Jahrb. XXXIV. Beiblatt p. 68. *Dippel* Handb. Laubholzk. I. p. 215. fig. 137. *Nakai* Fl. Kor. I. p. 288.

Caprifolium japonicum, *Dumort de Courset* Bot. Cult. ed. 2. VII. p. 209. (1814). *Roemer* et *Schultes* Syst. Veg. V. p. 263 (1819). *O. Kuntze* Rev. Gen. Pl. I. p. 274 (1891).

Nintooa japonica, *Sweet* Hort. Brit. ed. II. p. 258 (1830).

Lonicera cochinchinensis, *G. Don* l. c. p. 447.

L. repens, *Zippel* ex *Hasskarl* Cat. Hort. Bogor. p. 116 (1844).

L. acuminata var. japonica, *Miquel* in Ann. Mus. Bot. Lugd. Bat. II. p. 270.

L. chinensis, *Watson* Dendr. Brit. II. t. 117 (1825). *De Candolle* Prodr. IV. p. 333 (1830). *Hooker* Bot. Mag. t. 3316 (1834). *Miquel* Fl. Ind. Bat. II. p. 127 (1856). *K. Koch* Dendrol. II. p. 17. (1872).

L. japonica var. chinensis, *Baker* Ref. Bot. IV. p. 224 (1871).

L. longiflora, (non *De Candolle*) *Carriere* Rev. Hort. p. 248 (1873).

L. flexuosa, *Thunberg* in Trans. Linn. Soc. II. p. 330 (1794). *Persoon* Syn. Pl. I. p. 214 (1805). *Loddiges* Bot. Cab. XI. Pl. 1037 (1825). *Loudon* Arb. et Frutic. Brit. II. p. 1055 (1838). *Miquel* in Ann. Mus. Bot. Lugd. Bat. II. p. 270. *Nicholson* Illus. Dict. Gard. II. p. 279. f. 470. *Dippel* Handb. Laubholzk. I. p. 217.

L. Halliana, Hort. ex *K. Koch* Dendr. II. p. 18. (1872).

L. flexuosa var. Halliana, *Dippel* Handb. Laubholzk. I. p. 217 (1889).

Caprifolium chinensis, *Loudon* Hort. Brit. p. 70 (1830). *Spach* Hist. Nat. Veg. VIII. p. 331. (1839).

C. Hallianum, Hort, ex *Dippel* l.c. p. 217.

C. flexuosum, Hort. ex *Steudel* Nomencl. II. p. 278.

C. brachypodum, *Gordon* Gard. XI. p. 88 (1877).

C. japonicum var. subverticillare, *O. Kuntze* Rev. Gen. Pl. I. p. 273 (1891).

Lonicera nigra, (non *Linné*) *Thunberg* Fl. Jap. p. 89 (1874).

L. brachypoda, *De Candolle* Prodr. IV. p. 333 (1830).

L. confusa, (non *De Candolle*) *Miquel* in Ann. Mus. Bot. Lugd. Bot. II. p. 270. *Franchet* et *Savatier* Enum. Pl. Jap. I. p. 263.

L. diversifolia, *Carriere* Rev. Hort. 1866. p. 99.

L. japonica var. Halliana, *Nicholson* Handb. Arb. Kew. II. p. 17. (1896).

L. japonica var. flexuosa, *Nicholson* l.c.

Caulis flexuosus volubilisve. Ramus rubescens, juvenilis pilis fuscentibus patentibus vel recurvis velutinus v. tomentosus, glandulis stipitatis sparse intermixtus, adultus velutinus vel pilosus vel fere glabrescens. Medulla evanescens ita caulis perfecte fistulosus. Petioli pilosi v. pubescentes v. velutini 2–10 mm. longi arcuati. Lamina ovata v. ovato-oblonga v. elliptica v. oblongo-elliptica v. oblongo-lanceolata, supra viridia, juvenilia pilosa vel adpresse sericea demum glabrata v. pilosa, infra glabra v. secus venas pilosa v. pubescentia v. tota facie pilosa v. velutina 57 mm. longa 34 mm. lata (53–31, 49–21, 85–41, 35–27, 37–25 etc.). Pedunculi axillares 1–12 mm. longi, inferiores longiores velutini. Bracteæ foliaceæ petiolis 1–2 mm. longis pilosæ v. velutinæ ovatæ v. ellipticæ v. late ovatæ 4–25 mm. longæ. Bracteolæ ovatæ v. rotundatæ v. subquadrangulares velutinæ et glandulosæ. Ovaria libera glabra. Calycis dentes lanceolati 1–1.5 mm. longi pilosi. Corolla alba demum flavescens extus pilosa et glandulosa 27–48 mm. longa, tubo 12–24 mm. longo, intus piloso, apice bilabiata, labio 12–25 mm. longo. Stamina in fauce corollæ affixa lobis corollæ fere æquilonga. Filamenta basi pilosa. Styli infra midium adpresse pilosi. Bacca nigra sphærica apice calycis lobis persistentibus coronata.

Nom. Cor. Indon. v. Indonchō v. Indon-nong-kul.

Hab. per totas regiones Coreæ (præter Ham-gyoeng bor. et borealem partem Ham-gyoeng austr. et Pyoeng-an bor.) et Quelpaert.

Distr. China media, Kiusiu, Tsushima, Shikoku, Hondo et Yeso austr.

第二節 へうたんぼく節

髓ハ褐色中央ハ消失ス、故ニ莖ハ細ク中空ナリ、莖ハ直立ス、花冠ハ兩唇、子房ハ離生、三室。

第二亞節 黄花亞節

花ハ白色又ハ黄色、小苞ハ多少相癒合シ稀ニ缺如ス、朝鮮ニ次ノ四種アリ。

Sect. 2. **Cæloxylosteum,** *Rehder* Syn. Lonic. p. 124.

Lonicera Sect. Chamæcerasi, *De Candolle* Prodr. IV. p. 335 p.p. (1830). *G. Don* Gard. Dict. III. p. 448. p.p. (1834). *Loudon* Arb. et Frutic. Brit. III. p. 1052. p.p. (1838).

Medulla fusca medio evanida, ita caulis anguste fistulosus. Corolla bilabiata. Ovarium liberum triloculare.

Subsect. 2. **Ochranthæ,** *Rehder.*

Untergatt. Eulonicera Zweig Chamæcerasus, *Dippel* Handb. Laubholzk. I. p. 220. p.p.

Flores albi v. flavi. Bracteolæ vulgo plus minus connatæ rarius destitutæ.

18. **はなへうたんぼく** チヨルジヨーナム(平北)

(第二十一圖)

灌木、高サ 5–6 米突ニ達シ、枝ハ横ニ擴ガル、莖ノ大ナルハ直徑10珊ニ達スルアリ、皮ハ灰褐色又ハ灰白色ニシテ不規則ニ縱裂ス、髓ハ褐色、半ハ消滅ス、若枝ハ緑色、無毛又ハ二條ノ縱毛線アリ、葉柄ハ無毛又ハ微毛アリ、長サ 2–7 粍、葉身ハ長卵形又ハ楕圓形又ハ長倒卵形、基脚ハ圓形又ハトガリ、先端モトガル、表面ハ無毛、葉脈ニ又ハ中肋ニ沿ヒ毛アリ、邊縁ニハ一面ニ微毛生ズ、裏面ハ主脈ニノミ微毛アリ、花梗ハ腋生長サ 1–2 糎、小腺突起アリ、苞ハ細ク微毛アリ、長サ 2-6 粍、小苞ハ離生又ハ癒合シ先端丸キカ又ハトガリ又ハ不規則ニ缺刻アリ、花時ニハ子房ト同長又ハ其ヨリ長シ、子房ハ離生、萼筒ハ倒卵形、萼片ハトガル、花冠ハ白色、兩唇アリ、外面ハ微小ノ腺アリ、花筒ノ基部ハ腹面膨大ス、雄蕋ハ花冠ヨリモ短シ、花絲ノ基部ハ微毛アリ、花柱ハ全長ニ毛アリ、果梗ハ長サ 1-2.5 粍、漿果ハ紅色ニシテ球形、種子ハ長サ 4-4.5 粍。

咸北、咸南、平北、平南、黄海、江原、京畿、慶北ノ山野ニ生ズ。

（分布） 本島（上野）、滿洲、支那。

18. Lonicera Maackii, (*Ruprecht*) *Maximowicz* (Tab. XXI).

Prim. Fl. Amur. p. 136. (1859) et in Mél. Biol. X. p. 66. (1877). *Herder* Pl. Radd. III. p. 15. (1864). *Regel* in Gartenfl. XXXIII. p. 225. Pl. 1162. (1884). *Baker* and *Moore* in Journ. Linn. Soc. XVII. p. 383. *Forbes* et *Hemsley* in Journ. Linn. Soc. XXIII. p. 364. *Franchet* et *Savatier* Enum. Pl. Jap. II. p. 652. *Dippel* Handb. Laubholzk. I. p. 241. fig. 153. *Palibin* Consp. Fl. Kor. I. p. 104. *Diels* in *Engler* Bot. Jahrb. XXIX. p. 594. *Gily* et *Loesner* in *Engler* Bot. Jahrb. XXXIV. Beiblatt p. 68. *Komarov* Fl. Mansh. II. p. 548 (1857). *Makino* in Tokyo Bot. Mag. XVII. p. 209. (1903) *Nakai* Fl. Kor. I. p. 289. II. p. 496 et Veg. Diamond Mount. p. 185. n. 609 *Rehder* Syn. Lonic. p. 141 et in Bailey Stand. Cyclop. p. 1910. fig. 2203.

Xylosteum Maackii, *Ruprecht* in Mél. Biol. II. p. 548. (1857).

Caprifolium Maackii, *O. Kuntze* Rev. Gen. Pl. I. p. 274. (1891).

Frutex usque 5-6 m. altus ramis divaricatis. Truncus maximus usque 10 cm. diametro. Cortex sordide cinereus. Medulla semievanida fusca. Ramus hornotinus viridis glaber vel longitudine bilineolatus, divaricato-reflexus. Petioli 2-7 mm. longi pilosi v. glabri. Lamina ovato-oblonga aut oblonga aut obovato-oblonga, basi mucronata aut rotundata aut acuta, apice attenuata, supra glabra secus costas pilosa, margine pilosa, subtus præter venas primarias glabra pallida. Pedunculi axillares 1-2 mm. longi sub lente glanduloso-papillosi. Bracteæ lineares 2-6 mm. longæ. Bracteolæ liberæ v. connatæ, lobis rotundatis v. acutis v. irregulariter incisis, sub anthesin ovarium superantibus v. subæquantibus, margine setulosis extus sub lente glanduloso-papillosis. Ovarium liberum. Calyx turbinatus dentibus acutis, venis 5 deorso ciliatis et glandulis globosis papillosis paucis. Corolla alba bilabiata extus sub lente glandulis papillosa, tubo basi leviter saccato extus barbato. Stamina corolla breviora. Filamenta parte libera basi pilosa. Antheræ angustæ. Styli per totam longitudinem ciliati. Pedunculi fructiferi 1–2.5 mm. longi. Bacca rubra sphærica. Semina 4–4.5 mm. longa sub lente minute foveolata.

Nom. Jap. Hana-hyotanboku.

Nom. Cor. Chol-jyo-nam.

Hab. in montibus Coreæ mediæ et sept.

Distr. Hondo media, Amur, Manshuria et China.

19. ねむろぶしだま

（第二十二圖）

灌木、高サ 3–4 米突、冬芽ハ卵形ニシテトガル、若枝ハ綠色、散生セル毛アリ、葉柄ハ長サ 2–7 粍立毛アリ、葉身ハ卵形、倒卵形、表面ハ綠色、立毛アリ、緣ニ毛アリ、裏面ハ淡綠、脈ニ立毛アリ、又微小ノ腺モアリ。花梗ハ立チ毛ト小ナル腺トアリ、長サ 10–25 粍許、苞ハ細ク長サ 3–8 粍、腺點アリ。小苞ハ圓形又ハ廣卵形、腺點アリ、長サ 1 粍許、花冠ハ両唇アリテ白色後黃化ス、花筒ノ基脚膨ム、雄蕋ハ央以下ニ毛アリ、花冠ヨリ短シ、花柱ハ全長ニ毛アリ、漿果ハ球形、紅色、種子ハ長サ 3–3.5 粍。

咸北、咸南、平北ノ山地ニ生ジ、江原道金剛山ニ稀ニ生ズルハ其分布ノ南限ナリ。

（分布） 北海道、千島、樺太、滿洲、北支那、ダフリア、蒙古。

19. **Lonicera chrysantha,** *Turczaninow* (Tab. XXII).

Cat. Pl. Baical-Dah. n. 560 (1838) nom. nud. et in Bull. Soc. Nat. Mosc. XVIII. p. 304 (1845). *Ledebour* Fl. Ross. II. p. 388 (1844). *Maximowicz* Prim. Fl. Amur. p. 135 (1859) et in Mél. Biol. X. p. 68. (1877). *Regel* in Gartenflora XII. p. 211 Pl. 404 (1863). et Tent. Fl. Uss. n. 237. *Herder* in Pl. Radd. III. p. 12. tab. 1. fig. 5. g. h. (1864). *Korschinsky* in Act. Hort. Petrop. XII. p. 346. *Forbes* et *Hemsley* in Journ. Linn. Soc. XXIII. p. 360. *Dippel* Handb. Laubholzk. I. p. 222. fig. 141. *Fritsch* in *Engler* et *Prantl* Nat. Pflanzenf. IV. 4. p. 169. *Palibin* Consp. Fl. Kor. I. p. 104. *Gilg* et *Loesner* in *Engler* Bot. Jahrb. XXXIV. Beiblatt p. 68. *Rehder* Syn. p. 139 et in *Bailey* Stand. Cyclop. p. 1910. *Komarov* Fl. Mansh. III. p. 524. *Matsumura* Ind. Pl. Jap. II. 2. p. 599. *Nakai* Fl. Kor. I. p. 289 et Fl. Paiktusan p. 69. n. 256 (1818) et Veget. Diamond M't. p. 185. n. 606.

Caprifolium chrysanthum, *O. Kuntze* Rev. Gen. Pl. I. p. 274. (1891).

Xylosteum gibbiferum, *Ruprecht* in Mél. Biol. II. p. 430, (1856).

X. gibbiflorum, *Maximowicz* apud *Ruprecht* in Mél. Biol. II. p. 547 (1857).

Frutex usque 4 metralis. Cortex sordide cinereus profunde fissus. Medulla evanescens fusca. Gemmæ hyemales ovato-acuminatæ. Ramus hornotinus viridis patentim hirsutus. Petioli 2–7 mm. longi patentim hirtelli. Lamina ovata v. obovata, supra viridis erecto-pilosa, margine pilosa, infra pallida secus venas erecto-pilosa et sub lente glandulis papillosa. Pedunculi erecti axillares hirsuti et glandulis minimis papillosi 10–25 mm. longi. Bracteæ lineares 3–8 mm. longæ glanduloso-papillosæ. Bracteolæ rotundatæ v. late ovatæ glanduloso-papillosæ 1 mm. longæ. Corolla bilabiata alba, demum flavescens, tubo basi gibboso, intus barbato. Stamina saltem ad medium pilosa corolla breviora. Styli per totam longitudinem pilosa. Bacca sphærica rubra. Semina 3–3.5 mm. longa sub lente minute foveolata.

Nom. Jap. Nemuro-bushidama.

Hab. in montibus Corea sept. nec. non in montibus Kongosan Coreae mediæ ubi rara.

Distr. Mongolia, Dahuria, China bor., Manshuria, Sachalin, Kuril et Yeso.

20. たけしまきんぎんぼく

（第二十三圖）

灌木高サ5-6米突分岐多シ。海岸ニ生ス。若枝ニハ絨毛アリ、葉身ハ廣卵形又ハ廣倒卵形又ハ卵形又ハ楕圓形、葉柄ハ微毛生ジ長サ5-6粍、葉身ノ表面ニハ始メ微毛アレドモ後ニハ葉脈上ニノミ毛ヲ殘ス、裏面ハ絨毛生ジ、基脚ハ丸キカ又ハ僅ニ心臟形又ハトガリ、先端ハトガル、縁ハ全縁ナリ。頂芽ハ發達セズ、花梗ハ腋生、微毛生ジ長サ1珊許、苞ハ細ク0.5-1珊、微毛アリ、小苞ハ卵形ニシテ先丸ク、縁ニ腺毛アリテ子房ヨリ短シ。花ハ一花梗ニ二個宛生ズ、萼片ハ卵形又ハ楕圓形、縁ニ微腺毛アリ、長サ0.5-1粍、花冠ハ兩唇アリ、始メ白ク後黄化ス、花絲ノ下部ニ毛ト腺トアリ、花柱ハ全長ニ毛アリ、漿果ハ紅色、球形。

鬱陵島ノ海岸ニ生ジ、特產品ナリ。

北海道、本島ニ生ズルきんぎんぼくニ最モ類似シ唯木ノ大キクナル事ト、葉ノ幅ノ廣キト、花冠ガ彼ノ如ク規則正シク五裂セズシテ兩唇アルトヲ異ニスルノミ、多分其先祖ヲ一ニスルナルベシ。

20. Lonicera insularis, *Nakai* (Tab. XXIII).

in Tokyo Bot. Mag. XXXI. p. 30. (1917).

Frutex usque 6 metralis ramosissimus littoralis. Cortex cinereus profunde fissus. Ramus hornotinus velutinus. Folia late ovata vel obovata v. ovata v. elliptica v. oblonga. Petioli pilosi 5–6 mm. longi. Lamina supra adpresse sparsim ciliolata demum secus venas tantum pilosa, infra velutina, venis lateralibus primariis utrinque 4–6, basi rotundata v. subtruncata v. acuta, apice cuspidata v. acuta, margine integerrima, 50 mm. longa 40 mm. lata, (54–58, 48–25, 40–20 etc.). Gemmæ terminales non evolutæ. Pedicelli axillares 1 cm. longi velutini. Bracteæ lineares v. lanceolato-lineares 0.5–1 cm. longæ. Bracteolæ ovatæ obtusæ margine ciliato-glandulosæ ovario breviores. Flores bini. Sepala 5 oblonga v. ovata v. elliptica 0.5–1 mm. longa margine ciliato-glandulosa. Corolla alba demum flavescens bilabiata circ. 15 mm. longa basi gibbosa ubi intus glabra, tubo extus piloso intus secus filamenta barbato. Stamina lateralia bina ceteris longiora fere lobis posterioribus corollæ æquilonga. Filamenta basi pilosa et glandulosa. Styli per totam longitudinem pilosi. Bacca rubra sphærica.

Nom. Jap. Takeshima-kinginboku.

Hab. in littore insulæ Dagelet.

21. ぴろうどへうたんぼく

（第二十四圖）

灌木、高サ 2–3 米突、分岐多シ。樹皮ハ灰褐色ニシテ縦ニサク、髓ハ褐色ニシテ中空。若枝ハ綠色絨毛生ジ、成長後ハ無毛又ハ微毛アリ、葉柄ハ長サ 3–8 粍、若キトキニハ絨毛アリ、葉身ハ楕圓形又ハ帶卵楕圓形又ハ倒披針形、若キ時ハ表面ニ微毛散生シ中肋ニモ微毛アリ、緣ニハ微毛アリ、裏ニハ絨毛生ズ、老成スレバ表面ニ毛ナク、裏ニハ微毛生ズ緣ト中肋トニハ毛アリ、花梗ハ腋生、直立、長サ 6–12 粍、微毛アリ、二花ヲ附ク、苞ハ細ク又ハ葉狀ヲナシ長サ 3–26 粍、幅 0.3–7.0 粍、小苞ハ卵形無毛、子房ハ離生無毛、花冠ハ白色兩層、表面ハ無毛、花筒ノ基部膨ム、雄蕋ハ花冠ノ上層ヨリハ短シ、花絲ニ微毛アリ、花柱ニハ全長ニ毛アリ、漿果ハ帶黃紅色、離生、球形。種子ハ扁平長サ 3 粍許。

平南、咸南、咸北ノ諸道ニアリテ山地又ハ河邊ノ雜木ト混生ス。

（分布）滿洲。

21. Lonicera Ruprechtiana, *Regel* (Tab. XXIV).

in Gartenflora XIX. p. 68. Pl. 645. (1870). *Baker* and *Moore* in Journ. Linn. Soc. XVII. p. 383. *Maximowicz* in Mél. Biol. X. p. 70 (1877). *Forbes* et *Hemsley* in Journ. Linn. Soc. XXIII. p. 366 (1888). *Dippel* Handb. Laubholzk. I. p. 235. fig. 150. *Fritsch* in *Engler* Pflanzenf. IV. 4. p. 169. *Rehder* Syn. Lonic. p. 135 *Komarov.* Fl. Mansh. III. p. 523. *Schneider* Illus. Handb. II. p. 719. fg. 453. l.–m. fig. 454. h–k.

Caprifolium Ruprechtianum, *O. Kuntze* Rev. Gen. Pl. I. p. 274. (1891).

Lonicera chrysantha β. subtomentosa, *Ruprecht* in *Maximowicz* Prim. Fl. Amur. p. 136 (1859). *Herder* Pl. Radd. III. p. 13. taf. 1. fig. 5. (1864).

Xylosteum gibbiferum, var. subtomentosum, *Ruprecht* in Mélanges Biol. II. p. 548 (1857).

Frutex 2–3 metralis ramosus. Cortex atrocinereo-fuscus v. cinereus longitudine irregulariter fissus. Medulla fusca medio evanida. Ramus hornotinus viridis velutinus adultus pilosus v. glaber. Petioli 3–8 mm. longi juvenilis velutini adulti pilosi. Lamina elliptica aut oblonga aut ovato-oblonga aut oblanceolata, juvenilis supra sparsissime pilosa, secus costas pilosa viridis, margine ciliata, subtus velutina, adulta supra glabra secus costas et margine pilosa subtus toto pilosa, venis primariis pinnatis elevatis, basi obtusa v. acuta, apice mucronata v. attenuata rarius obtusa, 43 mm. longa 28 mm. lata (55–29, 55–42, 63–21 etc.). Pedunculi axillares biflori pilosi 6–12 mm. longi erecti. Bracteæ lineares v. foliaceæ 3–26 mm. longæ 0.3–7.0 mm. latæ. Bracteolæ ovatæ glabræ. Ovarium liberum glabrum. Corolla alba bilabiata extus glabra, tubo basi gibboso ubi intus papilloso cetera intus barbata. Stamina corollæ labio superiore breviora v. subæquilonga. Filamenta pilosa. Styli fere totam longitudinem pilosi. Bacca flavido-rubra sphærica libera. Semina compressa fere 3 mm. longa sub lente minute foveolata.

Nom. Jap. Birōdo-hyotanboku.

Hab. in dumosis et silvis Coreæ sept.

Distr. Amur et Manshuria.

第三節 うぐひすかぐら節

直立ノ灌木、髓ハ白色又ハ褐色、密ナリ、小苞ハ相癒合シ、離生スルコト又ハ皆無ノ事アリ、子房ハ 2–3 室。

Sect. 3. **Ishika,** (*Adanson*) *Rehder* Syn. Lonic. p. 49. (1903) et in Pl. Wils. I. 1. p. 131 (1911) et *Bailey* Stand. Cyclop. p. 1907 (1916). *Schneider* Illus. Handb. Laubholzk. II. p. 686 (1911).

Sect. Xylosteum §4. Isika, *G. Don* Gard. Dict. III. p. 449. (1834).

Sect. Xylosteon §4. Isicæ, *De Candolle* Prodr. IV. p. 336 (1830).

Gn. Isika, *Adanson* Familles des Plantes II. p. 501 (1763). *Medicus* Philosophische Bot. I. p. 726 (1789). *Moench* Methodus plantas horti botanici et agri Marburgensis p. 504 (1794).

Gn. Xylosteon, *Adanson* l. c. p. 157. p.p.

Sect. Xylosteon §3. Cuphanthæ, *De Candolle* l. c. p. 336.

Sect. Xylosteon § Chamæcerasi, *De Candolle* l. c. p. 335 (excl. L. punicea et brachypoda).

Frutex erectus. Medulla solida fusca v. alba. Bracteolæ connatæ aut liberæ aut destitutæ. Ovarium 2–3 loculare.

第三亞節 黒苞亞節

小苞ハ全ク相癒合シ嚢狀ヲナシ子房ヲ包ミ、花後子房ト共ニ生長シ、果實成熟時ニハ碧黒色トナリ漿質ヲナス、花冠ハ殆ンド整正、子房ハ三室。

次ノ一種アリ。

22. けよのみ

(第二十五圖 a—c)

高サ四五寸乃至三尺位ノ灌木、稀ニ一間位トナル事モアリ、分岐多シ、枝ハ二年生ノモノハ無毛又ハ纖生ノ長毛アレドモ一年生ノモノハ長毛密生ス、芽ノ鱗片ハ永存ス、葉柄ハ多毛、長サ1–6粍、葉身ハ披針形又ハ倒披針形又ハ廣披針形又ハ廣倒披針形、往々橢圓形又ハ狹長橢圓形、若キモノハ表面ニ絹毛アルカ又ハ微毛アレドモ、裏面ハ絹毛アリ、老成スレバ表面ニ短微毛生ズルカ又ハ無毛トナリ、裏面ハ多毛アリ、花梗ハ腋生、直立シ多毛アリ、苞ハ細ク長サ5–8粍綠色ニテ毛アリ、小苞ハ全然相癒合シ嚢狀ヲナシテ子房ヲ包ミ、果實ノ成熟スルニツレ成長シ碧黒色トナル無毛ナリ、子房ハ全然相癒合シ、稀ニ一方ノ子房ノ退化ノ爲メ單一トナル、萼片ハ短ク丸ク緣ニ毛アルカ又ハ毛ナシ、花冠ハ帶黄色、花筒ノ基部ハ腹部ニ膨ミアリ、裂片ハ始ンド同形ナリ、雄蕋ハ花筒ニツキ毛ナシ、葯ハ黄色、葯間ハトガル、花柱ハ無毛ニシテ雄蕋ヨリモ長シ、果實ハ橢圓形又ハ長球形、白キ粉ヲフク、美味ナリ。

咸北、(白頭山地方、鏡城郡金谷)、咸南(黄水院鳳山間、汝水坪、普天堡、寶泰洞、虚項嶺)、濟州島(漢拏山頂)等ニ生ズ。

(分布) 千島、北海道、本島、滿洲、黑龍江省、ダフリア、西藏。

一種**ひろはよのみ**(第二十六圖 a–c. 二十五圖 d.)ト云フハ枝ニ毛ナク、葉柄ニモ毛ナク、葉身ハ楕圓形又ハ倒卵楕圓形又ハ長楕圓形、老成スレバ殆ンド毛ナキモノヲ云フ。果實ハ苦味アリテ食フニ耐エザルモノアリ。

咸北(長白山彙中冠帽峯、雪嶺)、平北(飛來峯)ニ生ズ。

(分布) 北海道、本島、千島、樺太ヨリ滿洲、西比利亞ヲ經テ歐洲中部ノ高山ニ迄。

又一種**まるばよのみ**(第二十六圖 d)ト云フハ枝ト葉柄ニ毛ナク、葉身ハ廣卵形又ハ廣楕圓形、縁ニノミ毛アル事アル外ハ皆無毛、裏面ハ淡白キモノヲ云フ。

江原(金剛山彙中毘盧峯頂、大長峯頂、彌勒峯頂)ニ生ズ。

(分布) 本島中部、北海道、歐洲。

又一種**くろみのうぐひすかぐら**ト云フハ枝ハ少クモ一部ニ散生ノ絨毛アリ、葉身ハ楕圓形又ハ倒卵楕圓形又ハ倒卵形、微毛生ズ、果實ハ丸キ卵形又ハ楕圓形ナルモノヲ云フ。

咸北(農事洞)ニ生ズ。

(分布) 本島ノ中部、北海道、千島、樺太、滿洲、西比利亞ヲ經テ歐洲ニ至ル。

Subsect. 3. **Cærulea,** *Rehder* Syn. Lonic. p. 66.

Untergatt. Eulonicera Zweig. Xylosteum, *Dippel* Handb. Laubholzk. I. p. 251. p.p.

Sect. Xylosteum §4 Ishikæ, *G. Don* Gard. Dict. III. p. 449 p.p.

Bracteolæ toto connatæ et ovarium clausæ, maturitate succosæ atratæ. Corolla subregularis. Ovarium 3-loculare.

22. Lonicera cærulea, *Linné.*

Sp. Pl. I. p. 174. (1753).

var. **edulis,** (*Turczaninow*) *Regel* (Tab. XXV).

Russk. Dendr. p. 144 (1873). *Maximowicz* in Mél. Biol. X. p. 75. (1877). *Herder* in Pl. Radd. III. p. 21. *Rehder* Syn. Lonic. p. 72 (1903) et in *Bailey* Stand. Cyclop. p. 1907. *Schneider* Illus. Handb. Laubholzk. II. p. 694.

L. cærulea var. villosa, (non *Torrey* et *Gray*) *Miyabe* Fl. Kuril. p. 238.

L. edulis, *Turczaninow* mss. ex *Turczaninow* in Bull. Soc. Nat. Mosc. XVIII. p. 306 (1845). *Freyn* in Oester. Bot. Zeitschrift (1902). p. 112. *Komarov* Fl. Mansh. III. p. 516.

L. cærulea γ *Turczaninow* l. c. p. 306. *Herder* Pl. Radd. III. p. 205. Pl. 3. f. 1–2 a. *Maximowicz* Prim. Fl. Amur. p. 139 et in Mél. Biol. X. p. 75. Fr. *Schmidt* Fl. Amg.—Bur. n. 189 et Fl. Sachal. n. 225. *Korschinsky* in Act. Hort. Petrop. XII. p. 346. *Forbes* et *Hemsley* in Journ. Linn. Soc. I. p. 360.

Frutex circ. 1 metralis rarius usque 1.5–2.0 metralis altus ramosus. Ramus divaricatus, vetustus fuscenti-cinereus v. fuscens, cortice irregulariter longitudine fisso, annotinus glaber vel patentim hirsutus, hornotinus viridis v. rubescenti-viridis patentim hirsutus v. villosus basi squamis gemmarum subpersistentibus suffultus. Gemmæ fuscæ divaricatæ late lanceolatæ v. ovatæ acutissimæ dorsiventrali compressæ. Petioli villosi 1–6 mm. longi rosularum sæpe stipulis connatis rotundatis perfoliatis. Lamina lanceolata v. oblanceolata v. late lanceolata v. late oblanceolata interdum subelliptica v. anguste oblonga, juvenilia supra sericea vel pilosula, infra sericea, adulta supra adpresse pilosula v. glabra subtus villosula v. pilosula. Pedunculi axillares erecti villosuli. Bracteæ lineares 5–8 mm. longæ pilosæ virides. Bracteolæ toto connatæ et ovarium clausæ demum accrescentes et atro-cærulescentes glaberrimæ. Ovarium toto connatæ apice ita biflorum sed rarius cum ovario unico abortivo uniflorum. Calycis lobi breves obtusi margine ciliolati v. glabri. Corolla citrina tubo 5–9 mm. longa basi leviter gibbosa apice aperta, extus pilosa et glandulis sphæricis caducis sparsis, intus villosis, lobis erecto-patentibus ovatis subregularibus fauce ciliatis. Stamina basi tubo corollæ comnatæ ubi pilosæ et e fauce libera glabra exerta. Antheræ flavidulæ lanceolatæ connectivo producto acuto. Styli antheras superantes glaberrimi. Stigma depresso-sphæricum papillosum. Fructus caeruleo-nigri glaucini edules dulces ellipsoidei interdum subsphærici.

Nom. Jap. Ke-yonomi.

Hab. in montibus subalpinis Coreæ sept. et Quelpært.

Distr. Kuril, Yeso, Hondo, Sungoria, Amur, Manshuria, Dahuria et Tibetia.

var. **glabrescens,** *Ruprecht* (Tab. XXV. d. Tab. XXVI. a–c.)

Beitraege Pflanzenk. Russ. II. p. 37 (1845) nom. nud. *Herder* Pl. Radd.

III. p. 205. *Dippel* Handb. Laubholzk. I. p. 265 (1889). *Rehder* Syn. Gen. Lonic. p. 69. *Schneider* Illus. Handb. Laubholzk. II. p. 693. f. 442. a.

L. cærulea α *Turczaninow* l. c.

L. cærulea var. glabriuscula, *Regel* Russk. Dendr. p. 143 (1873).

Ramus glaber. Petioli glabri. Folia elliptica v. oblonga v. oblongo-obovata interdum anguste oblonga, juvenilia supra glabra infra pilosula adulta fere glabra. Fructus edulis cetera ut antea.

Nom. Jap. Hiroha-yonomi.

Hab. in alpinis Coreæ sept.

Distr. Yeso, Sachalin, Kuril, Hondo, Asia bor. et Europa.

var. **venulosa**, (*Maximowicz*) *Rehder* (Tab. XXVI d.).

Syn. Gen. Lonic. p. 71.

L. venulosa, *Maximowicz* in Mél. Biol. X. p. 741 (1880).

L. reticulata, (non *Champion*) *Maximowicz* l. c. p. 63.

L. reticulata, (non *Champion*) *Borbás* Erdeszeti Lapok XVI. p. 164. (1882).

L. cærulea var. reticulata, *Zabel* in *Beissner*, *Schelle* et *Zabel* Handb. Laubholzk. p. 463 (1903). *Schneider* Illus. Handb. Laubholzk. II. p. 694.

L. edulis, (non *Turczaninow*) *Nakai* Veg. Diamond mountains p. 185 n. 609 (1918).

Caprifolium Borbasianum, *O. Kuntze* Rev. Gen. Pl. I. p. 274. (1891).

C. venulosum, *O. Kuntze* l. c.

Ramus et petioli glabri. Folia late ovata vel late elliptica acuta vel obtusa margine ciliata vel glabra subtus glabra venulosa sæpe glaucina.

Nom. Jap. Maruba-yonomi.

Hab. in Diamond mountains.

Distr. Europa austr., Yeso et Hondo.

var. **altaica**, (*Pallas*) *Sweet*

Hort. Brit. ed. 2. p. 258 nom. nud. (1830). *Dippel* Handb. Laubholzk. I. p. 265 (1889). *Rehder* Syn. p. 71. *Schneider* Illus. Handb. Laubholzk. II. p. 694. fig. 442. d.

L. altaica, *Pallas* Fl. Ross. I. t. 37. p.p. (1789).

L. emphyllocalyx, *Maximowicz* in Mél. Biol. XII. p. 480 (1886).

L. cærulea var. altaica f. emphyllocalyx, *Rehder* l.c. p. 72.

Ramus saltem partim patentim villosus. Folia oblonga v. obovato-oblonga v. obovata v. elliptica pilosa. Fructus globoso-ovoideus v. oblongus.

Nom. Jap. Kuromino-uguisukagura.

Hab. in districtu montis Paik-tu-san rara.

Distr. Europa et Asia bor.

第四亞節 囊苞亞節

一花梗ニ二花ヲ附ク、苞ハ大形、小苞ハ囊狀ヲナシ全然子房ヲ包ミ、花後膨大ス、果實成熟期ニハ乾燥ス。花冠ハ兩唇、子房ハ離生、髓ハ褐色、密ナリ、唯一種アリ。

22. たまへうたんぼく

（第二十七圖）

灌木、高サ四五尺ニシテ分岐多シ、皮ハ灰色、側枝ニハ長剛毛アリ、葉身ハ缺刻アル事多シ、花ヲ附クル枝ハ長剛毛又ハ下向ノ毛アリ、稀ニ無毛、腺毛ヲ混ズ、芽ハ卵形又ハ長卵形ニシテトガリ、褐色、無毛、鱗片ハ角張ル、葉柄ハ長サ4-5粍、長剛毛アリ、葉身ハ卵形又ハ廣卵形、表面ハ綠色ニシテ脈上ニ毛アリ、葉面ニハ微毛散在シ、緣ニハ微毛アリ、裏面ハ淡綠色、脈ノミ毛アリ、花梗ハ腋生長サ3-4粍、腺毛アリ、苞ハ大形、卵形ニシテトガリ、長サ 5-20粍、緣ト脈トニ毛アリ、小苞ハ囊狀ヲナシ褐毛アリ、子房ヲ包ム。花冠ハ帶黃色兩唇アリ、上唇ハ丸キ四裂片トナリ、下唇ハ細長シ、外面ハ全然腺毛ニテ被ハレ內面ニハ腺毛ナシ、花筒ノ長サ5粍許、雄蕊ハ毛アリ、花柱ニモ毛アリ、種子ハ大形ニシテ徑5粍許、表面ハ網紋アリ。

朝鮮ノ特產植物ニシテ咸北(淸津、黃津)、咸南(三水)ニ生ズ。

Subsect. 4. **Vesicariæ,** *Rehder* Syn. p. 77.

Lonicera Sect. Vesicaria, *Komarov* in Act. Hort. Petrop. XVIII. p. 427 (1901).

Pedunculi 2-flori. Bracteæ ampulæ. Bracteolæ cupulas ovaria toto claudentes formantes et post anthesin accrescentes demum exsiccatæ. Corolla bilabiata. Ovarium liberum. Medulla solida fusca.

Species unica in Corea endemica.

22. Lonicera vesicaria, *Komarov* (Tab. XXVII).

in Act. Hort. Petrop. XVIII. p. 427 (1901) et Fl. Mansh. III. p. 78

(1907). *Rehder* Syn. Lonic. p. 78. t. 1. fig. 12–13. t. 10. *Nakai* Fl. Kor. II. p. 497. (1911).

Frutex circ. 1.5 metralis e basi cæspitoso-ramosus. Cortex cinereus. Rami rosulares hispidi apice sæpe flexuosi sed non volubiles, foliis ambitu ovatis grosse paucique incisis. Rami floriferi et fructiferi patentim v. subreflexim hispidulo-ciliati. interdum fere glabri virides apice glandulis papillosis subvisciduli. Gemmæ ovatæ v. oblongo-ovatæ acutæ fuscæ glabræ squamis carinatis. Folia ramorum floriferorum petiolis 4–5 mm. longis hispidis, laminis ovatis vel late ovatis, supra viridibus secus venas pubescentibus et facie sparsim ciliolatis, margine ciliatis, infra pallidis secus venas tantum pilosis. Pedunculi axillares 3–4 mm. longi glandulis papillosis subvisciduli. Bracteæ ampulæ ovatæ acutæ 5–20 mm. longæ margine et venis pilosæ. Bracteolæ vesicariæ ovarium inclusæ fuscente villosæ. Corolla flavescens bilabiata, lobis superioribus rotundato 4-dentatis, labiis elongatis, extus toto glandulis stipitatis villosula, intus villosa eglandulosa, tubo 5 mm. longo. Stamina filamentis patentim ciliatis basi tubo corollæ conniventibus e fauce liberis, lobis corollæ superioribus breviora, antheris elongato-oblongis glabris. Styli staminibus fere æquilongi toto pilosi. Stigma discoideum. Bacca subexsiccata in bracteolis vesicariis villosis occultans matura atro-fuscens. Semina magna 5 mm. longa facie sub lente reticulata.

Nom. Jap. Tama-hyotanboku.

Hab. in dumosis Coreæ sept. Endemica!

第五亞節　大苞亞節

頂芽ハ發育セズ其儘枯死スレドモ頂芽ニ隣レル腋芽ガ枝トナル、苞ハ通例大形ナリ、小苞ナシ、子房ハ離生又ハ基脚ノミ癒合シ三室、漿果ハ紅色、髓ハ白色密ナリ。

朝鮮ニ五種アリ。

Subsect. 5. **Bracteatæ,** (*Hooker* et *Thomson*) *Rehder* Syn. Gen. Lonic. p. 84 et in Pl. Wils. p. 136. *Schneider* Illus. Handb. Laubholzk. II. p. 699.

Lonicera Sect. Bracteatæ, *Hooker* et *Thomson* in Journ. Linn. Soc. II. p. 165 (1858).

L. Untergatt. Eulonicera Zweig Xylosteum, *Dippel* Handb. Laubholzk. I. p. 251. p.p.

Gemmæ terminales non evolutæ, sed laterali-terminales evolutæ. Bracteæ vulgo ampulæ. Bracteolæ destitutæ. **Ovarium** liberum v. basi connatum 3-loculare. Fructus rubri. Medulla alba solida.

Species in Corea indigenæ sunt 5.

23. はやざきへうたんぼく

（第二十八圖）

三尺内外ノ灌木分岐多シ、皮ハ灰色ニシテ不規則ニ裂開ス、若枝ハ無毛又ハ有毛、葉柄ハ長サ 1-5 粍毛多シ、葉身ハ廣卵形又ハ卵形又ハ楕圓形、若葉ニハ兩面ニ絹毛アリ、古葉ハ兩面ニ微毛アリテ裏面ハ淡白シ、花梗ハ葉ニ先チテ出デ若枝ノ基部ニ腋生ス、花梗ハ長サ 2-3 粍微毛ト丸キ腺トアリ、苞ハ披針形又ハ卵形又ハ廣卵形、微毛アリ、小苞ナシ、子房ハ無毛離生、萼片ハ卵形、花冠ハ短ク殆ンド整正、無毛、長サ 10-12 粍、雄蕋ハ無毛、葯間ハトガル、漿果ハ紅色、萼片ハ永存性、種子ハ三粍許。

咸南（用德嶺、上里、西湖津）、平北（江界、白碧山）、京畿（光陵、南山、冠岳山、華山）、忠南（雞龍山）、江原（長淵里、金剛山）、忠北（丹陽）、慶北（香山）等ニアリテ山林ノ下木又ハ雜木叢ヲナス。

（分布） 本島（越後）、滿洲。

23. Lonicera præflorens, *Batalin* (Tab. XXVIII).

in Act. Hort. Petrop. XII. p. 169 (1892). *Rehder* Syn. Lonic. p. 90. t. 13 et 14. *Komarov* Fl. Mansh. III. p. 527. *Nakai* Fl. Kor. II. p. 497 et Veg. Diamond Mountains p. 185 n. 611. (1918).

Frutex circ. 1 metralis divaricato-ramosus. Cortex sordide cinereus longitudine irregulariter fissus. Ramus hornotinus glaber vel pilosus. Folia petiolis 1–5 mm. longis villosis, laminis late ovatis v. ovatis interdum ellipticis, juvenilibus utrinque sericeis supra viridibus infra pallidibus, adultis utrinque adpresse ciliatis supra viridibus infra glaucinis, apice acutis basi obtusis v. truncatis rarius acutis 65 mm. longis 42 mm. latis (54–38, 57–41, 40–32 etc.) Flores præcoses basi rami hornotini axillares et in fructu gemmarum squamis suffulti. Pedunculi brevissimi 2–3mm. longi pilosi et glandulis sphæricis minutissimis dispersi. Bracteæ lanceolatæ v. ovatæ v. late ovatæ pilosæ. Bracteolæ destitutæ. Ovarium liberum glabrum, calycis dentibus ovatis glabris v. glanduloso-pilosis coronatum. Corolla brevis subregularis lilacina glaberrima 10–12 mm. longa. Stamina glaberrima semiexerta, connectivo acuto. Bacca rubra calycis lobis persistentibus coronata inedulis pedunculis 2–6 mm. longis. Semina fere 3 mm. longa.

Nom. Jap. Hayazaki-hyotanboku.

Hab. fere per totas regionibus Coreæ.

Distr. Hondo media et Manshuria.

24. ぐみへうたんぼく

（第二十九圖）

高サ1.0–1.5米突、分岐多シ。皮ハ暗灰色、縱裂ス。髓ハ白色密ナリ。若枝ハ無毛又ハ先端ニ微毛アリ。芽ハ卵形。葉ハ廣卵形又ハ卵形又ハ倒卵形又ハ長楕圓形又ハ楕圓形又ハ殆ンド圓形、緣ニ毛アリ。表面ハ剛毛アリ。裏面ニハ軟毛アリ。花梗ハ腋生、長サ10–25粍、唯一花ヲ附ク、苞ハ一個又ハ二個、廣披針形又ハ帶卵披針形、長サ9–14粍毛アリ、小苞ナシ、子房ハ無毛。漿果ハ紅色、楕圓形又ハ紡錘狀長サ8–14粍、種子ハ直徑3.5–4.0粍。

平北(南社水、牙得嶺)、咸南(葱田嶺)、咸北(黃雪嶺、冠帽峰)等ニ生ズ、朝鮮ノ特產植物ナリ。

24. **Lonicera monantha**, *Nakai* (Tab. XXIX).

L. hispida, (non *Pallas*) *Nakai* Veg. M't Waigalbon in Chōsen-iho extra edit. (Juni 1916) p. 72.

L. uniflora, *Nakai* l.c. p. 62 et 72 nom. nud. (non *Blume*).

Frutex 1.0–1.5 metralis altus ramosus. Cortex vetustus sordide cinereus longitudine irregulariter fissus. Medulla solida alba. Ramus annotinus fuscus glaber, hornotinus fusco-rubescens v. fusco-viridis glaber interdum ad apicem parce patentim ciliolatus. Gemmæ ovatæ breves, terminales non evolutæ. Folia late ovata v. ovata v. obovata v. oblongo-obovata v. oblonga v. subrotunda, margine ciliata, supra sparse scabro-ciliata, infra molliter pilosa, basi obtusa v. acuta, apice acuta v. mucronata, 53 mm. longa 12 mm. lata (68–35, 52–26, 40–25, 35–28, 39–32, 20–13 etc.). Pedunculi axillares laxe patentim glanduloso-hirsuti robustiusculi 10–25 mm. longi uniflori. Bracteæ 1 (–2), alia magna late lanceolata v. ovato-lanceolata acuminata 9–14 mm. longa pilosa, alia minima vulgo destituta. Bracteolæ nullæ. Ovarium glabrum. Bacca rubra fusiformis v. ellipsoidea 8–14 mm. longa. Semina 3.5–4.0 mm. longa.

Nom. Jap. Gumi-hyotanboku.

Hab. in silvis Coreæ sept.

Planta endemica!

25. あらげうぐひすかぐら
（第三十圖）

灌木。高サ二米突。分岐多シ。髓ハ白色密ナリ。皮ハ褐灰色縱裂ス。三年生ノ枝ハ暗灰色、粗糙ナリ、二年生ノ枝ハ粗糙ナリ。若枝ニハ散生ノ剛毛アリ、頂芽ハ發達セズ。葉柄ニハ長キ毛アリ。長サ 3-6 粍、若キ時ニハ腺アリ。葉身ハ楕圓形又ハ長倒卵形、縁ニ毛アリ。裏面ハ淡白色。表面ハ粗毛生ジ綠色。花梗ハ腋生、長サ 10-15 粍、腺毛疎生ス、唯一花ヲ附ク。苞ハ一個、廣披針形、粗毛アリ、萼筒ハ無毛、萼片ハ椀狀ニシテ縁ハ波狀ヲナス、花冠ハ黄色長サ 15-20 粍、基部腹面ニ膨ミアリ、裂片ハホボ同長同大。外面ニハ長剛毛散生ス、花絲ト花柱トニ毛ナシ。未ダ果實ヲ見ズ。

咸南(江口。上里)ニ生ジ朝鮮ノ特産ナリ。

25. Lonicera subhispida, *Nakai* (Tab. XXX).

Frutex usque 2 metralis a basi ramosus. Medulla alba solida. Cortex rami vetusti fusco-cinereus irregulariter longitudine fissus. Rami triennes sordide cinerei scabri, annotini fusco-cinerei scabri, hornotini fusco-virides patentim scabro-hirsuti. Gemmæ terminales centrales evanidæ, laterales evolutæ squamis oligoserialibus. Petioli primo glandulis sparsis, hirsuti 3–6 mm. longi. Lamina oblonga v. ovato-oblonga apice mucronata v. acuta, basi cuneata v. subrotundata, margine ciliata, infra glaucina venosa scabro-ciliata, supra laxe ciliata viridia 63 mm. longa 30 mm. lata (51–24, 4–24, 40–18 etc.). Flores axillares. Pedunculi 10–15 mm. longi stipitato-glandulosi. Bracteæ 1 late lanceolatæ hirsutae et glanduloæ. Calycis tubus glaber, lobi connati cupulares margine undulati. Corolla 15–20 mm. longa lutea basi ventre saccata, lobis aequalibus, extus scabro-hirtella. Filamenta et styli glabra. Frutus ignotus.

Nom. Jap. Arage-uguisukagura.

Hab. in dumosis Koreæ sept.

Planta endemica!

26. つしまへうたんぼく
（第三十一圖）

莖ノ高サ 1-1.5 米突、分岐多シ、髓ハ白色、密ナリ、若枝ノ基ニハ鱗片固着ス、一面ニ剛毛生ズ、芽ハ卵形、葉柄短シ、剛毛アリ、葉身ハ楕圓形又ハ倒卵楕圓形又ハ廣披針形、表面ハ綠色粗毛アリ且中肋ニ沿ヒ粗毛生ズ、緣ニハ前方ニ向フ粗毛アリ、裏面ハ淡綠又ハ淡白色、脈上ニ粗毛アリ、花ハ若枝ノ基部ニテ腋生ス、苞ハ二個廣披針形、舟狀長サ 4-6 粍、緣ニ粗毛アリ、小苞ナシ。萼片ハ五歯アリ、花冠ハ兩唇殆ンド整正、長サ 10-12.5 粍、外面ハ無毛、基部腹面膨ム、雄蕋ハ五個不同、花絲ハ無毛、花柱モ無毛、漿果ハ紅色少クモ半以上迄癒合ス、種子ハ長サ 3 粍許一面ニ小凹點アリ。

濟州島、南部ノ群島、全南、忠淸(雞龍山)、忠北(鎭川)等ニアリテ岩石地又ハ露地ニ多シ。

(分布) 對馬。

26. Lonicera Harai, *Makino* (Tab. XXXI).

in Tokyo Bot. Mag. XXVIII. p. 123 (1914).

L. hispida, (non *Pallas*) *Nakai* Veg. Isl. Quelp. p. 83. n. 1181 (1914) et Veget. Isl. Wangto p. 14. (1914).

Caulis e basi cæspitosus ramosus 1–1.5 metralis. Ramus divaricatus. Medulla alba solida. Cortex rami vetusti cinereus longitudine fissus, rami annotini flavo-fuscens v. cinerascens cum cicatrice pili hispiduli scaber. Rami annotini basi squamis subpersistentibus obtecti virides vel rubescentes pilis hispidulis leviter retrorsis hirsuti subteres. Gemmæ ovatæ acutiusculæ squamis imbricatis ∞. Folia breviter petiolata. Petioli 2–5 mm. longi hispiduli. Lamina elliptica vel oblongo-obovata v. late lanceolata 67 mm. longa 37 mm. lata (28–14, 74–40, 33–16, 47–18, 38–24, 44–23 etc.), basi rotundata v. cuneata v. subtruncata, apice acuta vel attenuata interdum obtusa, supra viridia sparse scabro-ciliata et secus costas scabro-hispidula, margine antrorsum scabro-hispidula, infra pallida v. glaucina, secus venas scabro-hispidula, facie sparse scabro-hispidula. Pedunculi in basi rami hornotini axillares v. in gemmis lateralibus propriis 1–3 mm. longi subglabri e squamis gemmarum haud v. leviter exerti. Bracteæ binæ late lanceolatæ subnaviculares 4–6 mm. longæ margine hispidulæ. Bracteolæ nullæ. Calyx cupulares breves viridescens 5-dentatus 1 mm. longus. Corolla bilabiata subregularis 10–12.5 mm. longa extus glabra, tubo intus piloso basi leviter gibboso. Stamina 5 inæqualia. Filamenta glabra. Styli staminibus æquilongi glabri. Bacca rubra supra medium v. fere ad apicem connata. Semina compressa 3 mm. longa sub lente minute foveolata.

Nom. Jap. Tsushima-hyotanboku.

Hab. in Quelpaert, archipelago Koreano et Korea austr.

Distr. Tsushima.

27. かうらいへうたんぼく

（第三十二圖）

高サ2.0-2.5米突許リ灌木分岐多シ、髓ハ白色、密ナリ、若枝ハ帶紅色、無毛、葉柄ハ長サ2-4粍、縁ニノミ微毛アリ。葉身ハ帶卵楕圓形又ハ楕圓形、縁ト中肋トニ微毛アルノミ。未ダ花ヲ見ズ。果實ハ腋生ノ花梗上ニ生ジ、綠色ヨリ白色トナリ後紅化ス。花梗ノ長サ8-13粍、無毛、苞ハ披針形又ハ廣披針形長サ6-8粍、縁ニノミ毛アリ、果實ハ少クモ半以上癒合ス、種子ハ長サ3.0-3.5粍小凹紋アリ。

全南長城郡白羊山ノ樹林下ニ生ジ、朝鮮特產ノ植物ナリ。

27. **Lonicera coreana**, *Nakai* (Tab. XXXII).

in Tokyo Bot. Mag. XXIX. p. 6. (1915).

Frutex 2.0–2.5 metralis e basi ramosus. Ramus divaricatus. Medulla solida alba. Cortex trunci cinereus longitudine fissus, rami annotini flavidus glaberrimus lucidus v. cicatrice pili sparsim nigro-punctulatus. Rami hornotini rubescentes v. rubescenti-virides glaberrimi. Gemmæ ovato-acutæ compressæ, terminales evanescentes, squamis imbricatis in fructu persistentibus. Folia ovato-oblonga v. elliptica præter margines et costas sparsas ciliatas glaberrima, supra viridia, infra pallida, juvenilia rubescentia, margine cum basi pili elevata subserrulata v. integerrima, apice cuspidata, basi obtusa v. subacuta. Petioli 2–4 mm. longi margine tantum hispiduli. Lamina 80 mm. longa 47 mm. lata (54-36, 51-27, 60-32, 34-18 etc.). Flores ignoti. Fructus in basi rami hornotini axillares cernui. Pedicelli 8–13 mm. longi glaberrimi. Bracteæ liberæ v. basi connatæ 6-8 mm. longæ margine ciliatæ, lanceolatæ v. late lanceolatæ. Bacca rubra usque 8 mm. longa fere ad medium v. supra medium (interdum ad medium) connata. Semina compressa 3.0–3.5 mm. longa sub lente minute foveolata.

Nom. Jap. Kôrai-hyôtanboku.

Hab. in monte Hakuyozan Coreæ austr.

Planta endemica.

第六亞節 大種亞節

芽ハ卵形、頂芽ハ發達シテ枝トナル。花梗ニ二花ヲ附ス、苞ハ永存性又ハ脫落ス、小苞ハ小、永存性、子房ハ多少相癒合シ三室。漿果ハ紅色、種皮ハ滑ニシテ光澤アリ。

朝鮮ニハ二種アリ。

Sect. 6. **Alpigenæ,** *Rehder* Syn. Gen. Lonic. p. 102. (1903) et in Pl. Wils. I. 2. p. 138. *Schneider* Illus. Handb. Laubholzk. II. p. 707.

Lonicera Sect. Xylosteum §4 Isikæ, *G. Don* Gard. Dict. III. p. 449. p.p.

Gemmæ ovatæ terminales evolutæ. Pedunculi biflori. Bracteæ persistentes vel decidui. Bracteolæ parvæ persistentes. Ovarium triloculare plus minus connatum. Bacca rubra. Semina lucida. —— Species 2 in Corea indigenæ.

28. をにへうたんぼく ケプルナム(濟州島)、パッサクテナム(全南)
(第三十三圖 a–d.)

灌木高サ二米突許、分岐多シ、芽ハ卵形、髓ハ白色、密ナリ、若枝ハ微小ノ腺毛アレドモ後無毛トナル、葉柄ノ長サ3–15粍、先端ハ稍翼狀ニ擴ガリ、腺毛アリ。葉身ハ楕圓形又ハ長圓形、基脚トガリ、先端ハ著シクトガル表面ハ綠色、最初微毛アレドモ後無毛トナル、裏面ハ淡綠色稍剛毛アリ且腺突起アリ、緣ニ毛アリ、花梗ハ二花ヲ附ケ長サ10–15粍、腺突起アリ。苞ハ細ク長サ2–3粍、腺突起アルトナキモノトアリ、小苞ハ卵形又ハ長卵形先ハ丸ク子房ヨリモ短ク基部ハ相癒合ス、萼齒ハ五個緣ニ腺アリ。子房ハ多クモ央迄ヨリ癒着セズ、腺突起アリ、花冠ハ帶黃白色長サ約10粍、兩唇アリ、外面ニ毛アリ、腹面、基脚ニ膨ミアリ、雄蕋ハ花冠ト同長。花絲ハ基部ニ毛アリ、花柱ハ花冠ト同長ニテ毛アリ、漿果ハ紅色大形、種子ハ褐色ニテ滑ニ光澤アリ、直徑4–5粍。

全南、(白羊山、智異山)、濟州島(漢拏山)ニ生ズ。

(分布) 本島(信濃)。

28. Lonicera Vidalii. *Franchet* et *Savatier* (Tab. XXXIII. a–b.)

Enum. Pl. Jap. II. p. 386 (1879). *Rehder* Syn. Lonic. p. 112. *C. K. Schneider* Illus. Handb. Laubholzk. II. p. 711. fig. 450. e–f. fig. 451. h–i. (1911).

L. chrysantha, (non *Turczaninow*) *Nakai* Veg. Isl. Quelp. p. 83. n. 1178 (1914) et Veg. m't Chirisan p. 45. n. 420 et p. 64.

Caprifolium Vidalii, *O. Kuntze* Rev. Gen. Pl. I. p. 274 (1891).

Frutex usque 2 metralis e basi ramosus. Gemmæ hyemales ovatæ. Medulla alba solida. Cortex longitudine fissus. Ramus teres juvenilis minute glanduloso-ciliolatus demum glabrescens. Petioli 3-15 mm. longi apice subalati glanduloso-papillosi supra canaliculati. Lamina elliptica v. oblonga basi mucronata vel cuspidata apice cuspidata v. subattenuata 40–98 mm. longa 18–48 mm. lata, supra viridia primo sparsim pilosula demum glabrata, infra pallida subhispidulo-ciliata et glanduloso-papillosa margine ciliata. Pedunculi floriferi 10–15 mm. longi glanduloso-papillosi arcuati 2-flores. Bracteæ lineares 2–3 mm. longæ glanduloso-papillosæ v. glabræ. Bracteolæ ovatæ v. oblongo-ovatæ obtusæ basi connatæ glanduloso-papillosæ ovario breviores. Calyx vix 1 mm. longus ovato-5-dentatus margine glandulosus. Ovarium basi vel ad medium connatum glanduloso-papillosum. Corolla citrina circiter 10 mm. longa bilabiata extus sparse hispidula et tubo breve extus glanduloso-papilloso intus albo-barbato basi ventre gibboso. Stamina corollæ lobis fere æquilonga. Filamenta basi barbata. Styli corolla subæquilongi ciliati. Bacca rubra magna. Semina fusca 4–5 mm. longa hemisphærica lucida.

Nom. Jap. Oni-hyōtanboku.

Nom. Cor. Kepul-nam v. Patsakute-nam.

Hab. in montibus Coreæ austr. et Quelpaert.

29. ちいさんへうたんぼく

(第三十三圖 e)

高サ一米突許ノ灌木、若枝ハ無毛、髓ハ白色、密ナリ、芽ハ卵形、葉柄ハ無毛長サ 5-10 糎、葉身ハ廣楕圓形、基脚丸キカトガリ、先端ハ著シクトガリ緣ニ毛アリ、表面ハ緣ニ近ク微毛アレドモ裏面ニハ一面ニ疎ニ毛アリ、未ダ花ヲ見ズ、花梗ハ無毛、苞ハ長サ 2-5 糎細ク毛ナシ、小苞ハ高サ 2-3 糎ノ椀狀ヲナシ、緣ハ波狀ナリ、漿果ハ紅色先端迄相癒合ス、子房ハ三室、種子ハ帶褐黃色、直徑 5 糎許。

全南、智異山ニ生ジ稀ナリ、朝鮮ノ特產品トス。

29. Lonicera cerasoides, *Nakai* (Tab. XXXIII. e).

Frutex circ. 1 metralis ramis ascendentibus. Cortex cinereus glaberrimus. Ramus hornotinus rubescenti-viridis glaberrimus crassiusculus. Medulla alba solida. Gemmæ ovatæ terminales evolutæ. Petioli glaberrimi 5–10 mm. longi. Lamina late elliptica basi acuta vel rotundata apice acuminata, margine ciliata, supra circa marginem sparsissime ciliolata viridia, infra pallida sparsissime ciliolata 65 mm. longa 29 mm. lata (52–29 etc.). Flores ignoti. Pedunculi axillares biflori glaberrimi 1.3 mm. lati. Bracteæ 2–5 mm. longæ lineares glabræ. Bracteolæ in cupula 3–3 mm. alta toto connatæ glabræ margine undulatæ. Bacca rubra ad medium connata cicatrice florum aperta. Ovarium 3-loculare. Semina fuscenti-flavida lucida trigono-subsphærica circ. 5 mm. lata sub lente minutissime impresso-punctulata.

Nom. Jap. Chiisan-hyôtanboku.

Hab. in silvis montium Chirisan, Coreæ austr.

Planta endemica!

第七亞節 紅花亞節

芽ハ四角形ヲナシ帶卵披針形、苞及ビ小苞ハ固着ス、花ハ帶紅又ハ帶紫色、果實ハ紅色又ハ黑色、種子ハ直徑 2–4 粍、其面ハ小粒狀ナリ。

朝鮮ニ四種アリ。

Subsect. 7. **Rhodanthæ**, (*Maximowicz*) *Rehder* Syn. Gen. Lonic. p. 113 (1903).

Lonicera Subgn. Chamæcerasus 1. Rhodanthæ, *Maximowicz* in Mél. Biol. X. p. 60 (1877) exel. L. Glehnii.

L. Sect. Rhodanthæ, *Zabel* in *Beissner*, *Schelle* et *Zabel* Handb. Laubholz. Ben. p. 452 (1903).

L. Untergatt. Eulonicera Zweig. Chamæcerasus, *Dippel* Handb. I. p. 220 p. p.

L. Sect. Xylosteum § 2. Chamæcerasi, *G. Don* Gard. Dict. III. p. 448 p.p.

Gemmæ ovato-lanceolatæ quadrangulares. Bracteæ et bracteolæ persistentes. Flores vulgo purpurei. Fructus rubri v. nigri. Semina 2–4 mm. longa granulosa.

Species 4 in Corea indigenæ.

30. みどりへうたんぼく

(第三十四圖)

高サ 1.5 許ノ灌木、髓ハ白色、密ナリ、若枝ハ綠色、無毛、芽ハ披針形、四稜、鱗片ハ永存ス、葉柄ハ長サ 2–4 粍、綠色、無毛、葉身ハ倒卵形又ハ楕圓形兩端トガリ、表面ハ深綠色無毛、裏面ハ綠色無毛、緣ニ毛アリ。花梗ハ腋生長サ4–5粍、無毛、苞ハ卵形長サ0.5–1.0粍、腺突起アリ。小苞ハ全然相癒合シ椀狀ヲナシ、長サ1.0–1.5粍、無毛、子房ハ先端迄相癒合シ無毛、萼片ハ狹披針形、長サ1.0–1.5粍、緣ニ腺突起アリ。

江原道、金剛山、長安寺附近ノ森林中ニ生ズ、朝鮮ノ特產植物ナリ。

30. Lonicera diamantiaca, *Nakai* (Tab. XXXIV),

L. Chamissoi, (non *Bunge*) *Nakai* Veg. Diamond m't. p. 185. n. 605. (1918).

L. orientalis affinis est, attamen bracteis brevissimis, bracteolis cupularibus exqua distincta.

Circ. 1.5 metralis ramosissimus. Cortex sordide cinereus longitudine fissus. Medulla solida alba. Ramus hornotinus glaberrimus viridis. Gemmæ hyemales lanceolatæ quadrangulares. Squamæ gemmarum distincte carinatæ. Folia præter margines minutissime ciliatas glaberrima. Petioli virides 2–4 mm. longi. Lamina obovata v. elliptica apice cuspidata vel acuminata basi cuneata v. acuta v. mucronata, supra viridissima secus costas popilloso-glandulosa infra viridia glaberrima 60 mm. longa 30 mm. lata (50–26, 47–22, 53–31 etc.). Pedunculi axillares 4–5 mm. longi glaberrimi. Bracteæ ovatæ 0.5–1.0 mm. longæ papilloso-glandulosæ. Bracteolæ toto connatæ cupulares 1.0–1.5 mm. altæ glaberrimæ. Ovarium ad apicem connatum glaberrimum. Calycis lobi lineari-lanceolati attenuati 1.0–1.4 mm. longi margine papilloso-glandulosi.

Nom. Jap. Midori-hyōtanboku.

Hab. in silvis montis Diamanti.

Planta endemica!

31. うらじろへうたんぼく
(第三十五圖)

高サ1.5米突許ノ灌木、皮ハ汚褐色。髓ハ白色密ナリ。冬芽ハ四稜、披針形、若枝ハ無毛、葉柄ハ長サ1–2粍、無毛、葉身ハ廣披針形兩端トガリ表面ハ綠色、無毛、邊緣ハ無毛、裏面ハ中肋ノ外ハ短小ノ白毛密生ス。花梗ハ細ク無毛、長サ10–13粍、苞ハ永存性、無毛、長サ0.5粍、小苞ハ苞ト同長卵形ニテ緣ニ微毛アリ、花冠ハ長サ5–7粍、紅紫色、外面ハ無毛、兩唇アリ、花筒ノ基部ハ膨ミ內面ニ毛アリ、雄蕊ノ基部ニ毛アリ、花柱ハ全長ニ毛アリ。未ダ果實ヲ見ズ。

濟州島、漢拏山上ニ生ズ。稀品ナリ、北支那、滿洲ニ産スル Lsnicera Tatarinovi ノ一變種ニシテ、基本種ヨリ異ナルハ其各部ガ小ナルニアリ。

31. **Lonicera Tatarinowi,** *Maximowicz.*

Prim. Fl. Amur. p. 138 (1859).

var. **leptantha,** (*Rehder*) *Nakai* (Tab. XXXY)

L. leptantha, *Rehder* in *Fedde* Rep. VI. p. 274 (1909).

L. hypoleuca, (non *Decaisne*) *Nakai* in Tokyo Bot. Mag. XXIX. p. 6. (1915). in Veg. Isl. Quelpært. p. 83. n. 1180 (1914).

Folia et flores quam typica minora.

Planta 1.5 metralis alta ramosa. Cortex sordide fuscus. Medulla solida alba. Gemmæ hyemales lanceolatæ quadrangulares. Rami hornotini basi squamis gemmarum hyemalium persistentibus suffulti glaberrimi. Petioli 1–2 mm. longi glaberrimi. Lamina foliorum late lanceolata basi acuta v. attenuata apice acuminata supra viridissima glaberrima, margine glaberrima, infra præter costas glaberrimas pilis curvatis adpressis albis subvelutina, 30 mm. longa 12 mm. lata (33–13, 25–10, 14–6 etc.). Pedunculi graciles glaberrimi 10–13 mm. longi. Bracteæ persistentes 0.5 mm. longæ glaberrimæ. Bracteolæ utrinque binæ bracteis fere æquilongæ ovatæ margine ciliolatæ. Corolla 5–7 mm. longa purpurea extus glabra, bilabiata, tubo basi gibboso et extus barbato. Stamina basi barbata lobis corollæ posterioribus breviora. Connectivum non productum. Styli per totam longitudinem pilosi staminibus fere æquilongi. Stigmata discoidea. Bacca ignota.

Nom. Jap. Urajiro-hyotanboku.

Hab.

Quelpaert: in monte Hallasan.

Planta endemica.

32. めへうたんぼく

（第三十六圖）

灌木高サ 1–1.5 米突、枝ハ細シ、皮ハ汚褐色、縦ニサク、髓ハ白色、密ナリ。芽ハ披針形、若枝ハ縦ニ二條ノ毛線アリ、且腺毛散生ス。葉柄ハ長サ 2–5 粍無毛又ハ微毛アリ、葉身ハ披針形又ハ倒披針形、兩端トガリ、表面ハ綠色、中肋ニノミ短微毛アリ、縁ハ全縁、無毛、裏面ハ綠色又ハ淡綠色、中肋ニ沿ヒテ白毛アリ、花梗ハ細ク長サ20-27粍、二條ノ毛線アリ、又腺毛生ズ。苞ハ小ニシテ長サ1粍、小苞ハ丸ク離生又ハ癒合シ縁ニ腺突起アリ、長サ1-1.5粍、萼片ハ披針形又ハ橢圓形又ハ卵形、縁ニ腺毛アリ、長サ1粍許。花冠ハ紅色長サ約8粍、兩唇アリ、花柱ハ半以下ニ微毛アリ、果實ハ黑色。

茂山地方ニ生ジ稀品ナリ。歐洲產ノ Lonicera nigra ノ一變種トスベキモノニテ、基本種ニハ花柱ノ全長ニ毛ヲ生ズルモ、本變種ニテハ唯半以下ニノミ微毛アルヲ異ニス。

32. Lonicera nigra, *Linné.*

Sp. Pl. I. p. 173 (1753).

var. **barbinervis,** (*Komarov*) *Nakai* (Tab. XXXVI).

L. barbinervis, *Komarov* in Act. Hort. Petrop. XVIII. p. 426 (1901).

L. nigra, (non *Linné*) *Rehder* Syn. Gen. Lonic. p. 121. p.p. (1903). *Komarov* Fl. Mansh. III. p. 522 (1907). *Nakai* Fl. Kor. II. p. 496 (1911).

Stylis tantum infra medium sparse pilosis a typo recedit.

Frutex 1.0-1.5 metralis. Ramus gracilis. Cortex sordide fuscus, longitudine fissus. Medulla alba solida. Gemmæ hyemales lanceolatæ. Ramus hornotinus sub lente longitudine ciliato-bilineolatus et sparse papilloso-glandulosus quæ demum partim deciduus. Petioli 2-5 mm. longi glabri v. parce papilloso-glandulosi. Lamina oblanceolata v. lanceolata utrinque acuta v. acuminata v. basi obtusa 66 mm. longa 21 mm. lata (34-27, 25-12, 32-14 etc.), supra viridissima præter costas adpresse ciliatas glabra, margine integerrima et glaberrima, subtus viridia v. pallida secus costas tantum barbulata. Pedunculi graciles 20-27 mm. longi adpressissime bilineolato-ciliati simulque sparse papilloso-glandulosi. Bracteæ minimæ 1 mm. longæ. Bracteolæ rotundatæ connatæ v. liberæ margine glanduloso-papillosæ 1.0-1.5 mm. longæ. Calycis lobi late lanceolati v. elliptici v. ovati margine glanduloso-papillosi 1 mm. longi. Corolla rubescens circ. 8 mm. longa bilabiata, tubo basi gibboso ubi intus ciliolato, fauce ciliata. Stamina basi tubo corollæ adhærentia ubi barbata, parte libera glabra, corolla fere æquilonga. Styli infra medium ciliati. Stigmata discoidea. Bacca nigra. Semina 3-4 mm. longa sub lente minute granulosa.

Nom. Jap. Me-hyotanboku.

Hab. in silvis districtus Musang.

Planta endemica!

33. べにばなへうたんぼく

（第三十七圖）

高サ2-3米突ノ灌木、皮ハ褐灰色ニシテ縦ニサク、若枝ハ四角、葉身ハ卵形、楕圓形、又ハ廣披針形、兩端トガリ、縁ニ微毛アリ、表面ハ綠色無毛、裏面ハ淡綠又ハ淡白色、有毛又ハ無毛、花梗ハ腋生直ニ葉ノ裏面ニ沿ヒテ出ヅ、長サ1-2珊、無毛、苞ハ細ク且小、小苞ハ極小、相癒合ス。花冠ハ濃紅色、長サ5-7粍。萼片ハトガル。花柱ニハ全長ニ毛アリ、果實ハ紅色、少クモ半以上癒合ス。

平安南北、咸鏡南北ノ諸山、金剛山、智異山、漢拏山ニ生ズ。

（分布） 北海道、千島、樺太、滿洲。

Lonicera Maximowiczii, *Maximowicz* ハ本種ト混ズルモノ多シ。但シ其最初ノ記載ニ準ズレバ彼ニアリテハ、花梗ハ直立シ且果實ハ食シ得。

33. Lonicera sachalinensis, (*Fr. Schmidt*) *Nakai* (Tab. XXXVII).

L. Maximowiczii var. sachalinensis, *Fr. Schmidt* Fl. Sachal. p. 142 (1868). *Rehder* Syn. Lonic. p. 116. *Schneider* Illus. Handb. II. p. 712.

L. Maximowiczii, (non *Maximowicz*) *Herder* in Bull. Soc. Nat. Mosc. XXXVII p. 203. Pl. 2. f. 6. d. (1864).

Ut *Maximowicz* in Primtiæ Floræ Amurensis dicit et *Regel* in Gartenflora figura 597 anno 1863 edita, Lonicera Maximowiczii pedunculos erecto-patentes habet et fructus edulis.

Caulis 2–3 metralis. Cortex sordide fusco-cinereus longitudine fissus. Rami hornotini quadrangulares. Gemmæ lanceolatæ squamis multis imbricatis. Folia petiolata, ovata v. elliptica v. oblonga v. lanceolato-oblonga acuminata v. attenuata 2–12 cm. longa 1.5–5.0 cm. lata, margine ciliata, supra glabra viridia subtus pallida v. glaucina glabra v. ciliata v. secus costas albo-pubescentia. Pedunculi secus costas foliorum infra arcuato declinati 1–2 cm. longi glabri. Bracteæ minimæ angustæ. Bracteolæ connatæ minimæ. Flores atro-rubri 5–7 mm. longi. Calycis lobi acutissimi. Stamina exerta. Styli exerti per totam longitudinem ciliati. Ovarium fere connatum interdum ad medium bifidum. Bacca coccinea inedulis.

Nom. Jap. Benibana-hyotanboku.

Hab. in montibus subalpinis Quelpaert et Coreæ.

Distr. Manshuria, Sachalin, Yeso et Kuriles.

第五族 たにうつぎ族

灌木。花冠ハ歪形又ハ整正。葯ハ內向稀ニ聚葯、子房ハ二室多數ノ胚珠ヲ有ス、果實ハ蒴二瓣ニ裂開ス。次ノ一屬アリ。

Trib. 5. **Diervilleæ,** *Nakai.*

Loniceretæ, *R. Brown* l. c. p. p. *De Candolle* l. c. p. p. *G. Don* l. c. p. p. Lindley l.c. p.p. *Bentham* et *Hooker* l. c. p. p. *Fritsch* l. c. p. p. *Engler* l.c. p. p.

Loniceretæ Subordo 1. Loniceretæ veræ, *Endlicher* l. c. p. p.

Loniceretæ Subtrib. 1. Caprifoliæ, *Torrey* and *A. Gray* Fl. North America II. p. 2. p.p.

Frutex. Flores subzygomorphi v. fere actinomorphi. Antheræ introrsæ interdum connatæ. Ovarii loculi ∞-spermi fertiles. Fructus capsularis 2-valvatus.

第六屬 たにうつぎ屬

灌木、芽ニハ鱗片アリ、髓ハ白色ニシテ密。葉ハ單葉、對生、有柄又ハ無柄、全緣又ハ鋸齒アリ、花ハ腋生又ハ頂生、聚繖狀ニ出ヅ、萼筒ハ長ク、萼片ハ五叉又ハ五裂シ、脫落スルト永存スルトアリ、花冠ハ五叉シ、裂片ハ相重ナリ、花色ハ薔薇紅色、白色、黃色等アリ、雄蕋ハ五個、花筒ニツキ內潛又ハ抽出、花托ハ球形又ハ橢圓形花冠ノ基ニ側在ス、花柱ハ細シ、子房ハ二室、蒴ハ硬ク木質、胞間裂開ス、種子ハ小、多角形又ハ翼アリ、胚乳ハ多肉、胚ハ小。

北米、東亞ヲ通ジテ十三種アリ、其中、朝鮮ニ次ノ三種アリ。

Gn. 6.). **Diervilla,** *Tournefort* in Acta Acad. Paris. t. 7. f. 1. (1706). *Linné* Hortus Cliffortianus p. 63. t. 7. (1737). *Adanson* Familles Nat. II. p. 157. (1763). *Jussieu* Gen. Pl. p. 211. *Torrey* and *A. Gray* Fl. North America II. p. 10. *Nuttall* Gen. I. p. 139. *Endlicher* Gen. Pl. p. 568 n. 3336. *Bentham* et *Hooker* Gen. Pl. II. p. 6. (1873). *Fritsch* in *Engler Prantl* Nat. Pflanzenf. IV. 4. p. 169. (1891). *Schneider* Illus. Handb. Laubholzk. II. p. 745.

Lonicera, *Linné* Sp. Pl. p. 173. p.p. (1753).

Weigela, *Thunberg* in Acta Stockh. p. 137. t. 5. (1790) et Fl. Jap. p. 6. t. 16. (1784).

Weigelia, *Persoon* Syn. Pl. I. p. 176. (1805).

Calysphyrum, *Bunge* Enum. Pl. Chin. bor. p. 33. (1831).

Calystrostigma, *Trautvetter* et *Meyer* Fl. Ochot. p. 46.

Frutex. Gemmæ squamosæ. Medulla solida. Folia simplicia opposita petiolata v. sessilia, serrata v. integra. Flores in cymas terminales et axillares sæpe trichotomi. Calycis tubus elongatus limbis 5-lobatis v. partitis persistentibus v. deciduis. Corolla rosea, alba, viridescens v. flava, infundibularis v. subcampanulata 5-loba, lobis imbricatis. Stamina 5 tubo corollæ adnata inserta v. exerta. Discus globosus v. elongatus basi corollæ tubi adnatus. Stylus filiformis. Stigma capitatum v. 2-lobum exertum v. insertum. Ovarium 2-loculare. Capsula coriacea v. sublignosa elongata septicide 2-valvatim dehiscens. Semina minuta angulata sæpe alata. Albumen carnosum. Embryo minuta.

Species 13 in America boreali-orientali et Asia orientali incolæ. Inter eas species tres in Corea indigenæ.

34. ひろうどうつぎ
(第三十八圖)

灌木、高サ 1–2 米突、若枝ハ帶紅色、開出毛アル事ト無毛ノ事トアリ。葉ハ無柄、廣倒卵形又ハ倒卵形又ハ卵形又ハ廣倒卵橢圓形、表面ニハ微毛アリ、裏面ハ絨毛アリ。花ハ腋生又ハ頂生一個又ハ三個。苞及ビ小苞ハ早ク落チ且細シ。萼筒ハ少クモ央以上ニ開出毛アリ。萼片ハ長サ 10–15 粍央迄五叉シ開出密毛アリ、脫落性。花冠ハ薔薇紅色、長サ 30–40 粍、外面ニ微毛アリ、五叉ス、雄蕋ハ花筒ニツク、花托ハ橢圓形ニシテ毛アリ。蒴ハ長サ 12–18 粍無毛、種子ニ翼ナシ。

咸北、咸南ノ諸山ニ生ジ花頗ル美シ。

(分布) 滿洲。

一種萼筒ニ毛ナク、葉ハ裏面葉脈上ニノミ微毛アルアリ。**おくやまうつぎ**ト云フ、平北、咸南、咸北ノ諸山ニアリ、朝鮮ノ外未ダ所生地ヲ知ラズ。

34. Diervilla præcox, *Lemoine* (Tab. XXXVIII).

in Gartenflora XLVI. p. 393. t. 1441 (1897). *Schneider* Illus. Handb. Laubholzk. II. p. 748. fig. 468. k. *Rehder* in *Bailey* Standard Cyclop. p.

1008. *Nakai* in Tokyo Bot. Mag. XXIX. p. 5. (1915).

D. florida, (non *Siebold* et *Zuccarini*) *Maximowicz* in Mél. Biol. XII. p. 482. p.p. *Komarov* Fl. Mansh. III. p. 530. p.p. *Nakai* Fl. Kor. II. p. 497. p.p.

Frutex usque 2-metralis. Ramus adultus cortice sordide cinereo- v. fusco-cinereo, annotinus sordide fuscus, hornotinus rubescens patentim pilosus v. glaber. Folia subsessilia late obovata v. obovata v. ovata oblongo-ovata, supra pilosa v. pubescentia, infra subvelutino-tomentosa. Flores in apice et axillis ramorum hornotinorum brevium solitarii v. terni. Bracteæ et bracteolæ sphacelatæ angustæ. Calycis tubus saltem supra medium patentim ciliatus. Calycis limbus 10–15 mm. longus ad medium 5-fidus patentim barbatus deciduus. Corolla rosea 30–40 mm. longa extus ciliata campanulato-infundibularis 5-lobis. Stamina et styli inserta. Stamina infra medium corollæ tubo adnata ubi ciliata. Discus oblongus barbatus. Capsula 12–18 mm. longa leviter curvata glabra in stylo piloso persistente attenuata. Semina exalata.

Nom. Jap. Birōdo-utsugi.

Hab. in montilus Ham-gyoeng.

var. **pilosa**, *Nakai.*

D. florida var. pilosa, *Nakai* in Tokyo Bot. Mag. XXXII. p. 229. (1918). Folia subtus secus venas pilosa. Ovarium glabrum.

Nom. Jap. Okuyama-utsugi.

Hab. in montibus Pyong-an et Ham-gyoeng.

Distr. sp. Manshuria.

35. おほべにうつぎ

（第三十九圖）

灌木、高サ 2–3 米突、若枝ハ綠色又ハ帶紅綠色、縱ニ二條ノ毛線アリ、葉ハ殆ンド無柄、楕圓形又ハ倒卵形、鋸齒アリ、先端トガル、表面ハ綠色脈ニ毛アリ。裏面ハ中肋ニ沿ヒ白色ノ氈毛密生ス、花ハ腋生、萼筒ハ無毛又ハ上方ニ微毛アリ、萼片ハ長サ 6–13 粍五叉シ微毛アリ、花冠ハ薔薇紅色長サ 25–36 粍、美シ。蒴ハ長サ 12–22 粍、種子ニ翼ナシ。

咸南、平北以南濟州島迄分布ス。

（分布） 滿洲、北支那。

一種げんぺいうつぎト云フハ花冠ガ始メ白ク後紅化スルモノヲ云フ。

又一種**げんじうつぎ**ト云フハ花冠ハ後迄白ナルヲ云フ。

又一種**さんしきうつぎ**ト云フハ花冠ガ帶綠白色ニシテ花筒ノ外面ニ紅色ヲ帶ビ唇ニ沿ヒ黃色ナルヲ云フ。

又一種**こがくうつぎ**(第四十圖)ト云フハ花ハ基本種ノ如クナルモ萼片ノ長サ僅ニ 5.0-6.5 粍許ナルヲ云フ。

36. Diervilla florida, (*Bunge*) *Siebold* et *Zuccarini.*

Fl. Jap. I. p. 75. (1835).

var. **venusta,** *Rehder* (Tab. XXXIX).

in *Bailey* Stand. Cyclop. p. 1008 (1914).

D. florida, *Palibin* Cousp. Fl. Kor. I. p. 105 (1898). *Komarov* Fl. Mansh. III. p. 530. p p. *Nakai* Fl. Kor. I. 291 et II. p. 497. p.p.

Frutex 2-3 metralis. Cortex sordide cinereus ramorum annotinorum rubescente-fuscus, hornotinorum viridis v. rubescenti-viridis longitudine bifariam ciliatus. Folia subsessilia oblonga v. obovata serrulata apice attenuata v. mucronata basi acuta, rotundata v. cuneata, supra viridia secus venas pubescentia, infra secus costas v. venas primarias dense tomentosa. Flores axillares solitarii. Calycis tubus glaber v. apice parce pilosulus, limbus 6-13 mm. longus 5-fidus ciliatus, lobis lanceolato-acuminatissimis. Corolla cempanulato-infundibularis 26-36 mm. longa rosea. Stamina inserta. Styli lobis corollæ æquilongi. Capsula 12-22 mm. longa. Semina exalata.

Nom. Jap. Ōbeni-utsugi.

Hab. fere per totas regiones Coreæ.

Distr. China bor. et Manshuria.

f. **alba,** *Nakai.*

var. alba, *Moore* in Royal Hort. p. 331. (1861). *Rehder* in Cyclop. Americ. Hort. p. 483.

var. alba, *Rehder* sic *Schneider* Illus. Handb. II. p. 948.

Flores primo albi demum rubricans.

Nom. Jap. Genpei-utsugi.

Hab. in monte Coreæ mediæ.

f. **candida,** *Nakai.*

var. candida, *Rehder* in *Bailey* Cyclop. Americ. Hort. p. 483. (1900). *Schneider* l.c. *Nakai* in Tokyo Bot. Mag. XXIX. p. 5. (1915).

Flores albi.

Nom. Jap. Genji-utsugi.

Hab. in montibus Coreæ mediæ et Quelpært.

f. **Isoline,** *Nakai.*

Weigela Isoline, *V. Houtte* in Flores des Serres XIV. p. 142 cum. tab. (1859).

var. Isoline, *Rehder* in *Bailey* Cyclop. p. 483. *Schneider* Illus. Handb. II. p. 748.

Flores albo-viridescentes extus in tubo rubro-tincti, subtus secus labio flavidi.

Nom. Jap. Sanshiki-utsugi.

Hab. in monte Coreæ mediæ.

f. **brevicalycina,** *Nakai,* (Tab. XL).

Diervilla brevicalycina, *Nakai* in Tokyo Bot. Mag. XXIX. p. 5. (1915).

Calyx 5.0-6.5 mm. longus. Corolla rosea.

Nom. Jap. Kogaku-utsugi.

Hab. in montibus circa Seoul.

36. かうらいうつぎ ミョンシエーナム(全南)

(第四十一圖)

灌木、高サ 2-3 米突、若枝ハ開出毛アリ、葉身ハ表面、綠色、緣ト中肋トニ開出毛アリ、倒卵形、倒卵楕圓形、基脚ハ楔形叉ハ丸シ、先端ハトガリ、緣ニ鋸齒アリ、花梗ハ腋生 1-2 個ノ花ヲツケ開出毛アリ、蕚片ハ五個、細シ、花冠ハ帶黃綠色ニシテ後帶紅色トナル、果實ハ長サ 1.0-1.5 珊、微毛アリ、種子ニ翼アリ。

全羅、忠淸、慶尙、江原、京畿、黃海、平南ノ諸山ニ生ズ、朝鮮ノ特產植物ナリ。

36. Diervilla subsessilis, *Nakai* (Tab. XLI).

in Tokyo Bot. Mag. XXXII. p. 229. (1918).

D. floribunda, (non *Siebold* et *Zuccarini*) *Palibin* Consp. Fl. Kor. I. p. 105. (1898). *Nakai* Fl. Kor. I. p. 201. II. p. 497 et Veg. m't. Chirisan p. 45. n. 419 et Veg. Diamond Mountains p. 158. n. 603.

D. florida, (non *Siebold* et *Zuccarini*) *Maximowicz* in Mél. Biol. XII. p. 485. p.p.

D. versicolor, (non *Siebold* et *Zuccarini*) *Miquel* Prol. Fl. Jap. p. 157.

Usque 2–3 metralis. Rami arcuato-declinati, annotini glabri cinereo-fusci, hornotini patentim pilosi. Turionis superne bifariam pilosa, foliis subrotundatis v. late ovatis basi subcordatis v. obtusis, apice acutis v. acuminatis, subtus pallidis secus venas pilosis. Folia ramorum floriferorum supra viridia secus costas et marginem patentim pilosa obovata v. obovato-oblonga basi cuneata interdum rotundata apice attenuata v. acuta, margine serrulata. Pedunculi axillares 1–2 floris patentim pilosi. Calyx 5-partitus. Sepala linearia patentim pilosa. Corolla flavo-viridis v. flavo-rosea patentim pilosa v. glabra. Styli exerti v. inserti. Fructus tubulosus leviter curvatus 1.0–1.5 cm. longus parce pilosus. Semina alata.

Nom. Jap. Kōrai-utsugi. Nom. Cor. Myong-shee-nam.

Hab. in montibus Coreanæ peninsulæ, præter partem borealem.

Planta endemica !

(六) 朝鮮產忍冬科植物ノ和名、朝鮮名、學名ノ對稱表

和名	朝鮮名	學名
たんなにはとこ	トッナム(濟州島).	Sambucus Sieboldiana, *Blume* v. glabrescens, *Nakai.*
ひろはにはとこ	タクチョンナム(京畿).	Sambucus latipinna, *Nakai.*
かうらいにはとこ	クロンモ(全南).	Sambucus latipinna, *Nakai.* var. coreana, *Nakai.*
えぞにはとこ	カイトンナム. チロングナム(平北).	Sambucus latipinna, *Nakai.* var. Miquelii, *Nakai.*
ひろはえぞにはとこ	....	Sambucus latipinna, *Nakai* var. Miquelii, *Nakai* f. latifolia, *Nakai.*
やうらくにはとこ	マルヲチョムテ(欝陵島).	Sambucus pendula, *Nakai.*
からすがまずみ	....	Viburnum burejæticum, *Regel* et *Herder.*
おほちゃうじがまずみ	....	Viburnum Carlesii, *Hemsley.*
ちゃうじがまずみ	....	Viburnum Carlesii, *Hemsley* var. bitchuense, *Nakai.*
あはぶき	アウェイナム. アヲイナム(濟州島).	Viburnum Awabucki, *K. Koch.*
むしかり. おほかめのき	....	Viburnum furcatum, *Blume.*
がまずみ	カーマクサルナム(全南). スクナム(濟州島).	Viburnum dilatatum, *Thunberg.*
みやまがまずみ	....	Viburnum Wrightii, *Miquel.*
てうせんみやまがまずみ	....	Viburnum Wrightii, *Miquel* var. stipellatum, *Nakai.*
こばのがまずみ	....	Viburnum erosum, *Thunberg.*
ひろはがまずみ	....	Viburnum koreanum, *Nakai.*
かんぼく	パイアナム. ピヤンナム(平北) モロチョムナム(京畿. 平北) チュルンナム(平北) ブルトウホア(全南).	Viburnum pubinerve, *Blume* f. intermedium, *Nakai.*
けかんぼく		Viburnum pubinerve, *Blume* f. puberulum, *Nakai.*
けなしかんぼく	ピヤンナム. チュルンナム(平北).	Viburnum pubinerve, *Blume* f. calvescens, *Nakai.*
かんぼくあぢさい	....	Viburnum pubinerve, *Blume* f. lutescens, *Nakai.*
てまりかんぼく	....	Viburnum pubinerve, *Blume* f. hydrangeoides, *Nakai.*
りんねさう	....	Linnæa borealis, *Linné* f. arctica, *Wittrock.*
ひなつくばねうつぎ	....	Abelia Tyaihyoni, *Nakai.*
からつくばねうつぎ	....	Abelia coreana, *Nakai.*
たけしまつくばねうつぎ	....	Abelia insularis, *Nakai.*
すゐかづら	インドン. インドンチョー. インドンノンクル.	Lonicera japonica, *Thunberg.*
はなへうたんぼく	チョルジョーナム(平北).	Lonicera Maackii, *Maximowicz.*
ねむろぶしだま	....	Lonicera chrysantha, *Turczaninow.*
たけしまきんぎんぼく	....	Lonicera insularis, *Nakai.*
びろうどへうたんぼく	....	Lonicera Ruprechtiana, *Regel.*

和　名	朝鮮名	學　名
けよのみ	....	Lonicera cærulea, *Linné* var. edulis. *Regel.*
ひろはよのみ	....	Lonicera cærulea, *Linné* var. glabrescens, *Ruprecht.*
まるばよのみ	....	Lonicera cærulea, *Linné* var. venulosa, *Rehder.*
くろみのうぐひすかぐら	....	Lonicera cærulea, *Linné* var. altaica, *Sweet.*
たまへうたんぼく	....	Lonicera vesicaria, *Komarov.*
はやざきへうたんぼく	....	Lonicera præflorens, *Batalin.*
ぐみへうたんぼく	....	Lonicera monantha, *Nakai.*
あらげうぐひすかぐら	....	Lonicera subhispida, *Nakai.*
つしまへうたんぼく	....	Lonicera Harai, *Makino.*
かうらいへうたんぼく	....	Lonicera coreana, *Nakai.*
をにへうたんぼく	....	Lonicera Vidaliii, *Franchet* et *Savatier.*
ちいさんへうたんぼく	....	Lonicera cerasodies, *Nakai.*
みどりへうたんぼく	....	Lonicera diamantaca, *Nakai.*
らうじろへうたんぼく	....	Lonicera Tatarinow.i, *Maximowicz* var leptantha, *Nakai*
めへうたんぼく	....	Lonicera nigra, *Linné* var. barbinervis *Nakai.*
べにばなへうたんぼく	....	Lonicera sachalinensis, *Nakai.*
びろうどうつぎ	....	Diervilla præcox, Lemoine.
おくやまうつぎ	....	Diervilla præcox. Lemine var. pilosa, *Nakai.*
おほべにうつぎ	....	Diervilla florida, *Siebold* et *Zuccarini.*
げんぺいうつぎ	....	„ „ f. alba, *Nakai.*
げんじうつぎ	....	„ „ f. candida, *Nakai.*
さんしきうつぎ	....	„ „ f. Isoline, *Nakai.*
こがくうつぎ	....	„ „ f. brevicalycina, *Nakai*
かうらいうつぎ	....	Diervilla subsessilis, *Nakai.*

第 壹 圖

た ん な に は と こ

Sambucus Sieboldiana, *Blume*
var. **glabrescens,** *Nakai.*

果實ヲ附クル枝（自然大）。

第　一　圖

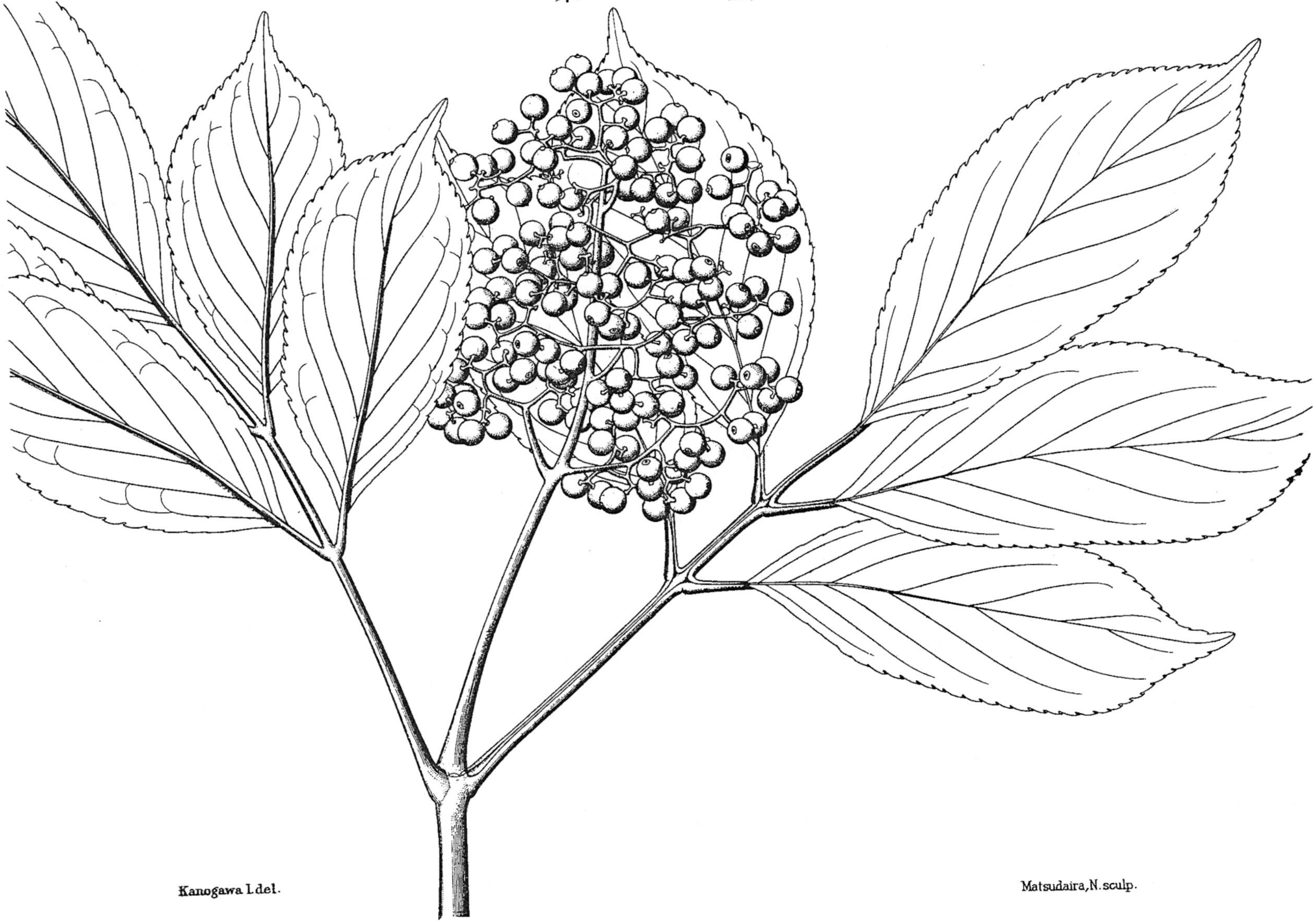

Kanogawa I. del.

Matsudaira, N. sculp.

第　貳　圖

ひろはにはとこ

Sambucus latipinna, *Nakai.*

a.　果實ヲ附クル枝（自然大）。

b.　若枝ノ葉ノ一部（自然大）。

c.　花序ノ一部（自然大）。

d.　花（廓大）。

e.　果實（廓大）。

第 二 圖

Terauchi, M. del. Matsudaira, N. sculp.

第 參 圖

かうらいにはとこ

Sambucus latipinna, *Nakai*
var. **coreana,** *Nakai.*

a. 花序ヲ附クル枝（自然大）。
b. 果序ヲ附クル枝（自然大）。
c. 花（廓大）。
d. 果實（廓大）。

第　三　圖

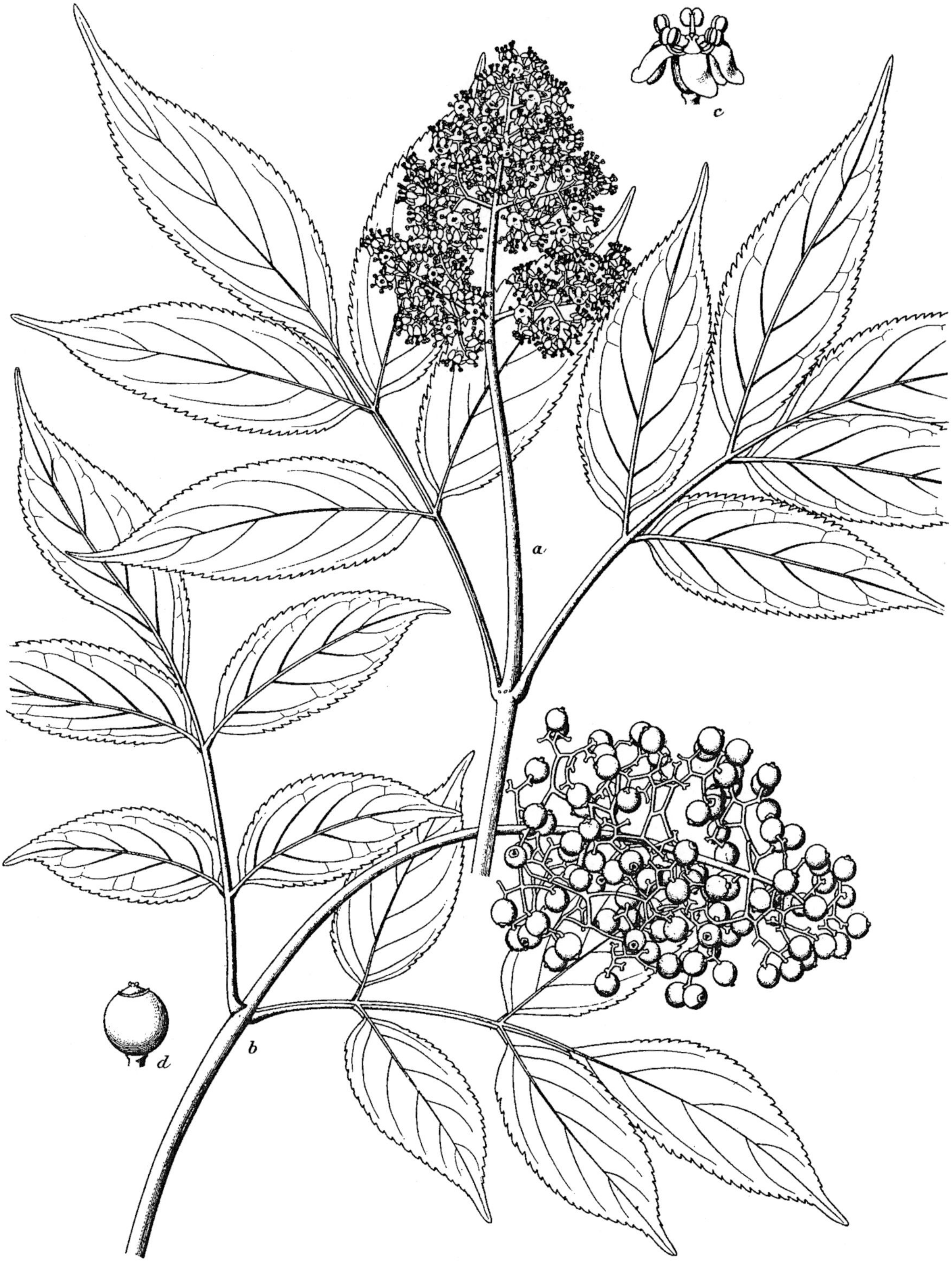

Terauchi, M. del.　　Matsudaira, N. sculp.

第 四 圖

えぞにはとこ

Sambucus latipinna, *Nakai*
var. **Miquelii,** *Nakai.*

a. 果實ヲ附クル枝（自然大）。
b. 若枝ノ最頂羽片（自然大）。

第　四　圖

Santa,Y. del.　　　　Matsudaira,N.sculp

第　五　圖

やうらくにはとこ

Sambucus pendula, *Nakai.*

a.　花ヲ附クル枝（自然大）。

b.　果實ヲ附クル枝（自然大）。

c.　幹ノ一部（自然大）。

d.　花（廓大）。

e.　果實（廓大）。

第五圖

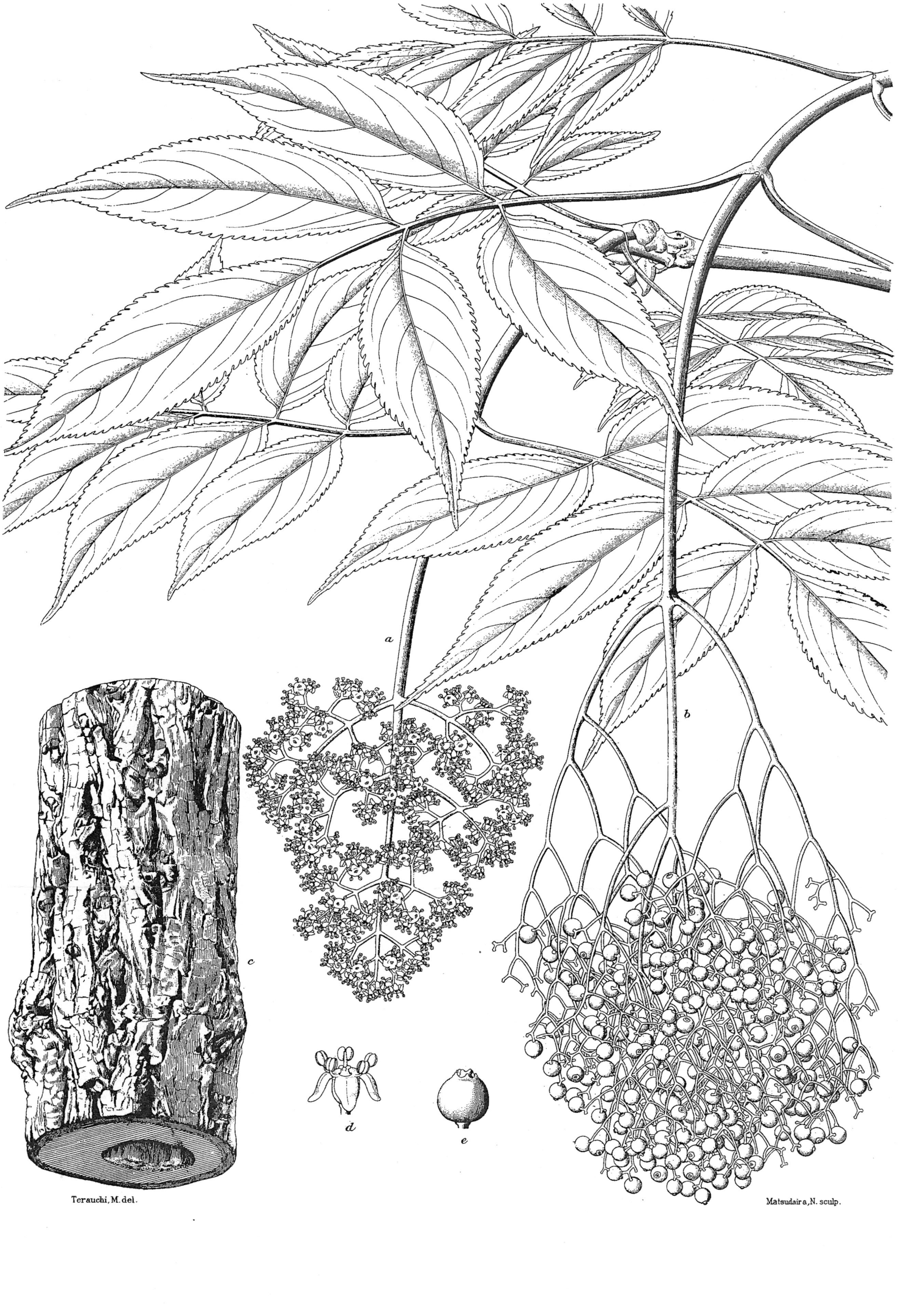

Terauchi, M. del.

Matsudaira, N. sculp.

第　六　圖

からすがまずみ

Viburnum burejæticum, *Regel* et *Herder.*

a.　花序ヲ附クル枝（自然大）。
b.　果序ヲ附クル枝（自然大）。
c.　花ヲ側ヨリ見ル（廓大）。
d.　花ヲ上ヨリ見ル（廓大）。
e.　核ヲ腹面ヨリ見ル（廓大）。
f.　核ヲ背面ヨリ見ル（廓大）。
g.　核ノ横斷面（廓大）。

第　六　圖

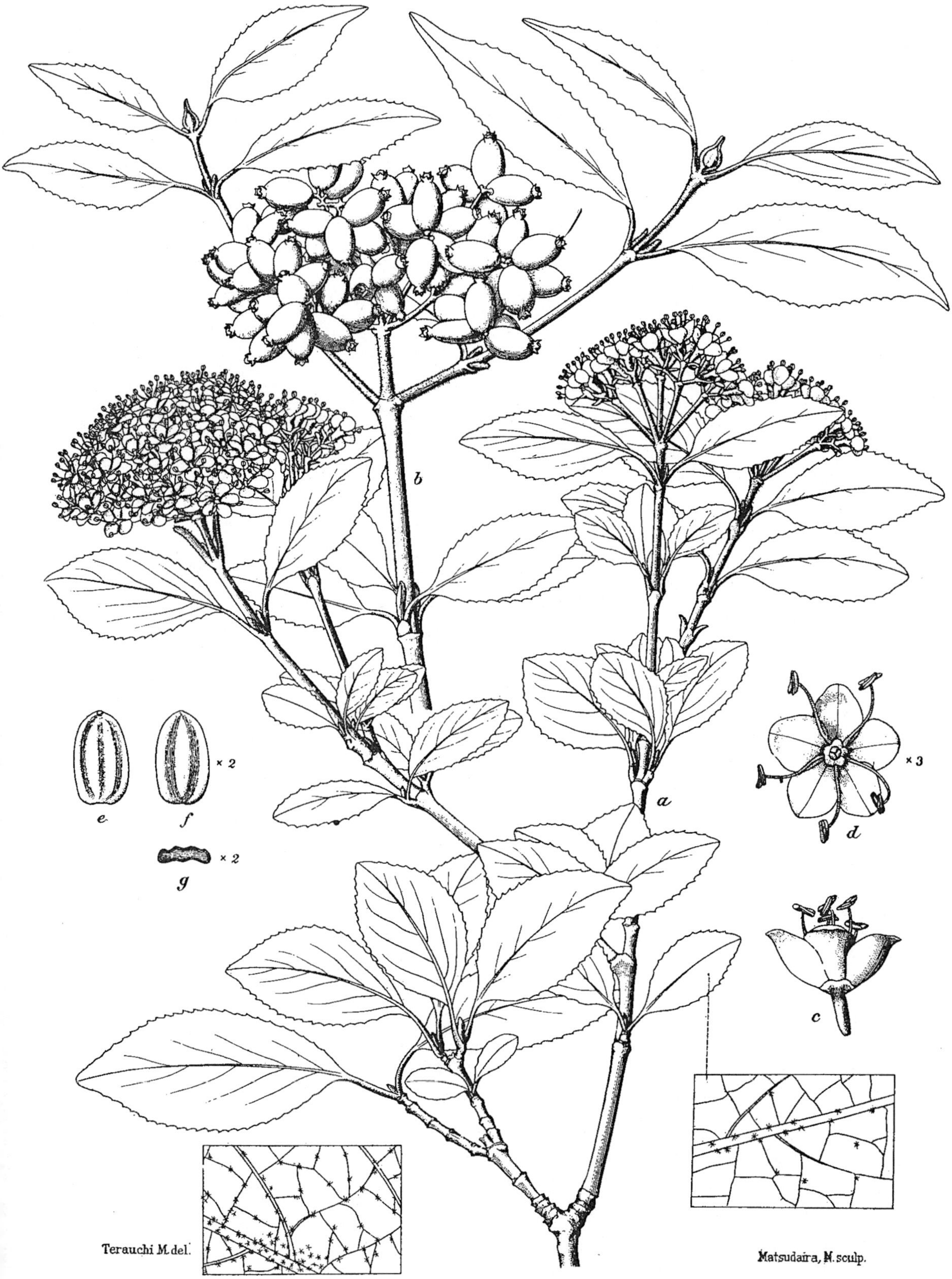

Terauchi M. del.　　Matsudaira, M. sculp.

第七圖 a–f.

おほちやうじがまずみ

Viburnum Carlesii, *Hemsley*

同 g.

ちやうじがまずみ

Viburnum Carlesii, *Hemsley*
var. **bitchuense,** (*Makino*) *Nakai.*

a. g. 花ヲ附クル枝（自然大）。
b. 果實ヲ附クル枝（自然大）。
c. 花ヲ開キテ內面ヲ見ル（廓大）。
d. 核ヲ側面ヨリ見ル（廓大）。
e. 核ヲ背面ヨリ見ル（廓大）。
f. 核ノ横斷面（廓大）。

第　七　圖

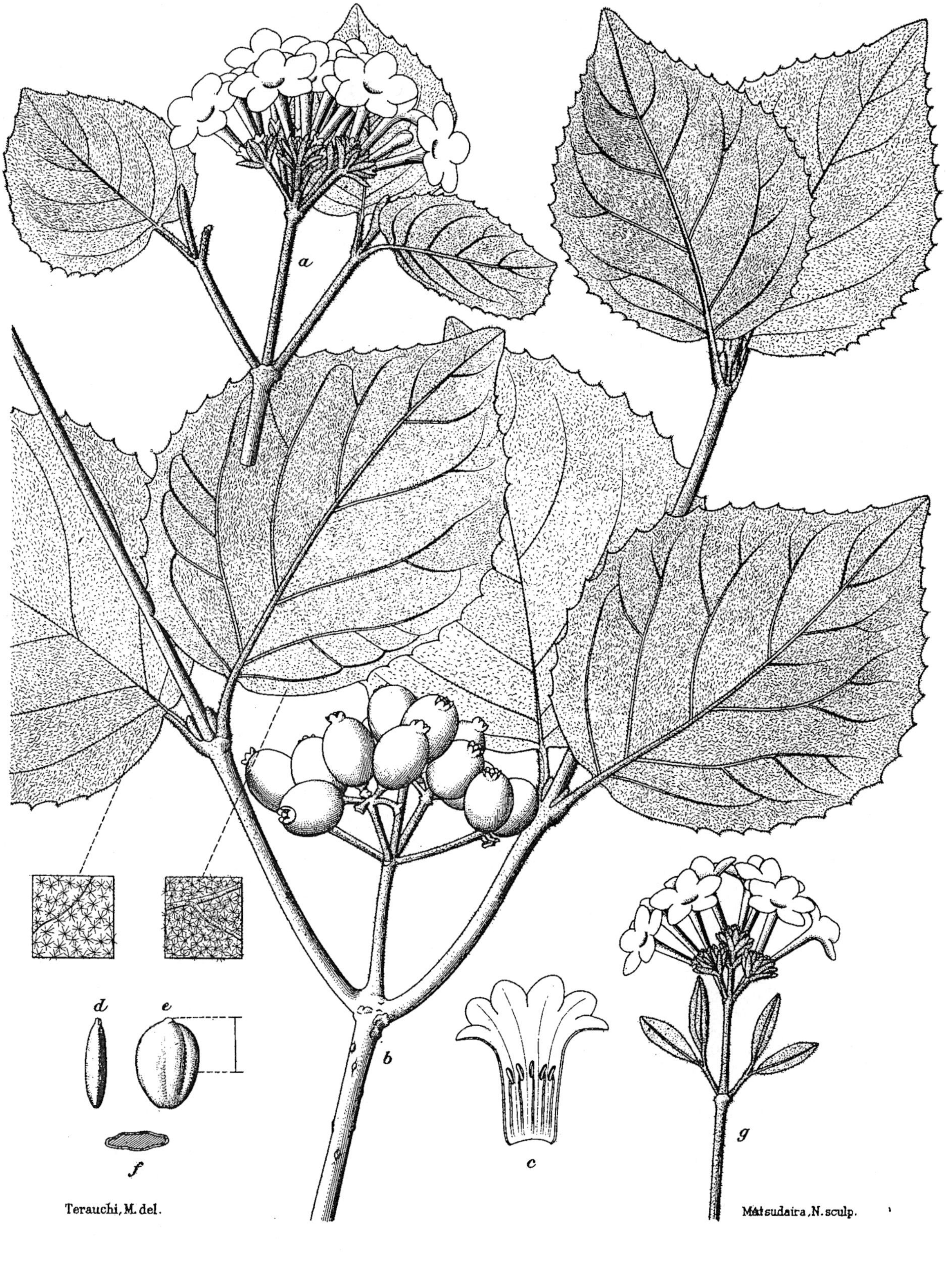

Terauchi, M. del.　　　　Matsudaira, N. sculp.

第八圖

さんごじゆぼく

Viburnum Awabucki, *K. Koch.*

a. 花ヲ附クル枝（自然大）。

b. 果序ノ一部（自然大）。

第 八 圖

Kanagawa, I. del.　　Matsudaira, N. sculp.

第　九　圖

む　し　か　り

Viburnum furcatum, *Blume.*

a. 花序ヲ附クル枝（自然大）。
b. 果序ヲ附クル枝（自然大）。
c. 兩全花（廓大）。
d. 花柱ト柱頭（廓大）。
e. 種子ヲ背面ヨリ見ル（廓大）。
f. 種子ヲ腹面ヨリ見ル（廓大）。
g. 種子ノ横斷面（廓大）。

第九圖

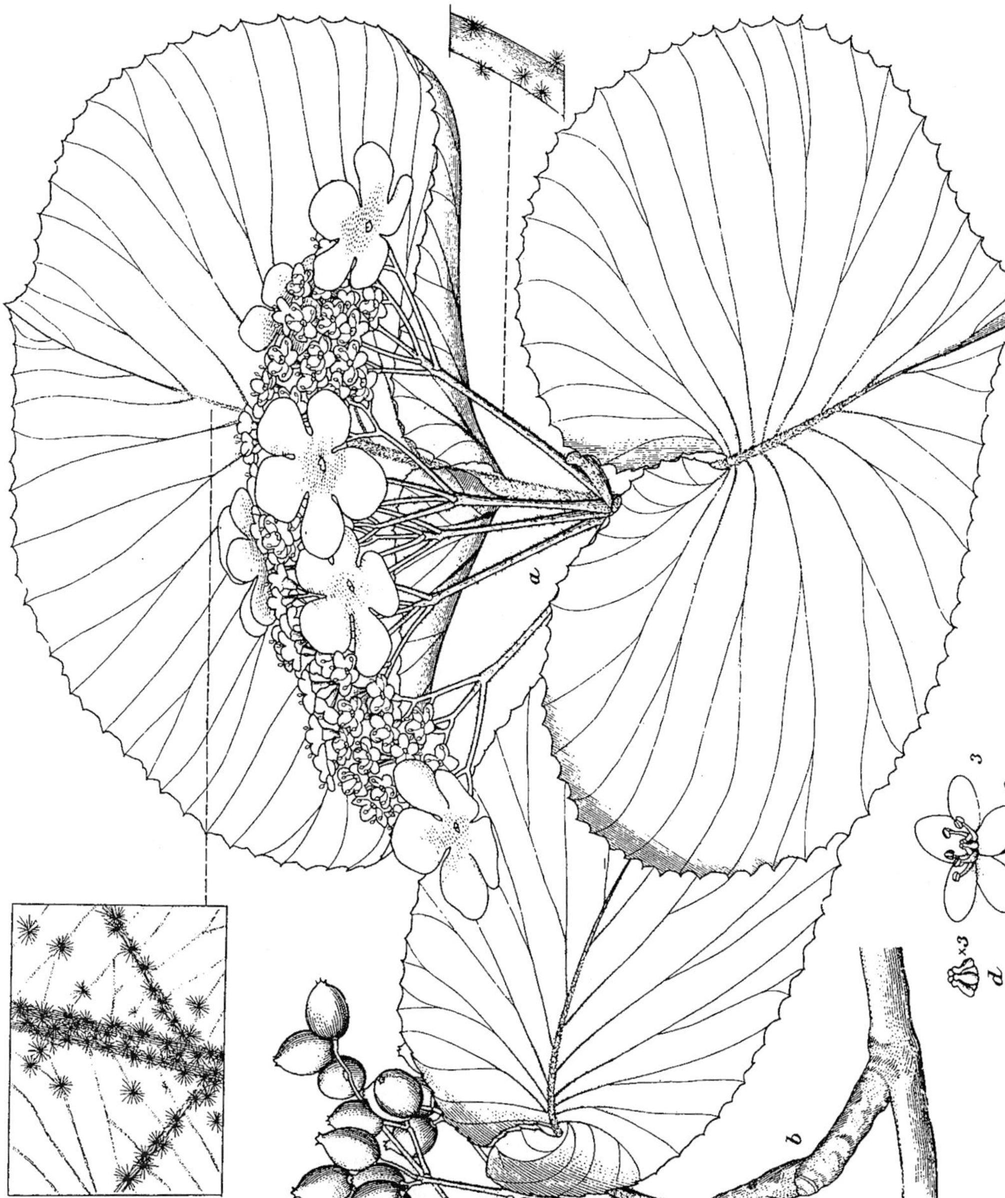

Kanogawa I. del.

Matsudaira, N. sculp.

第 十 圖

が ま ず み

Viburnum dilatatum, *Thunberg.*

a. 花序ヲ附クル枝（自然大）。

b. 果序ヲ附クル枝（自然大）。

c. c. 種子（廓大）。

第 十 圖

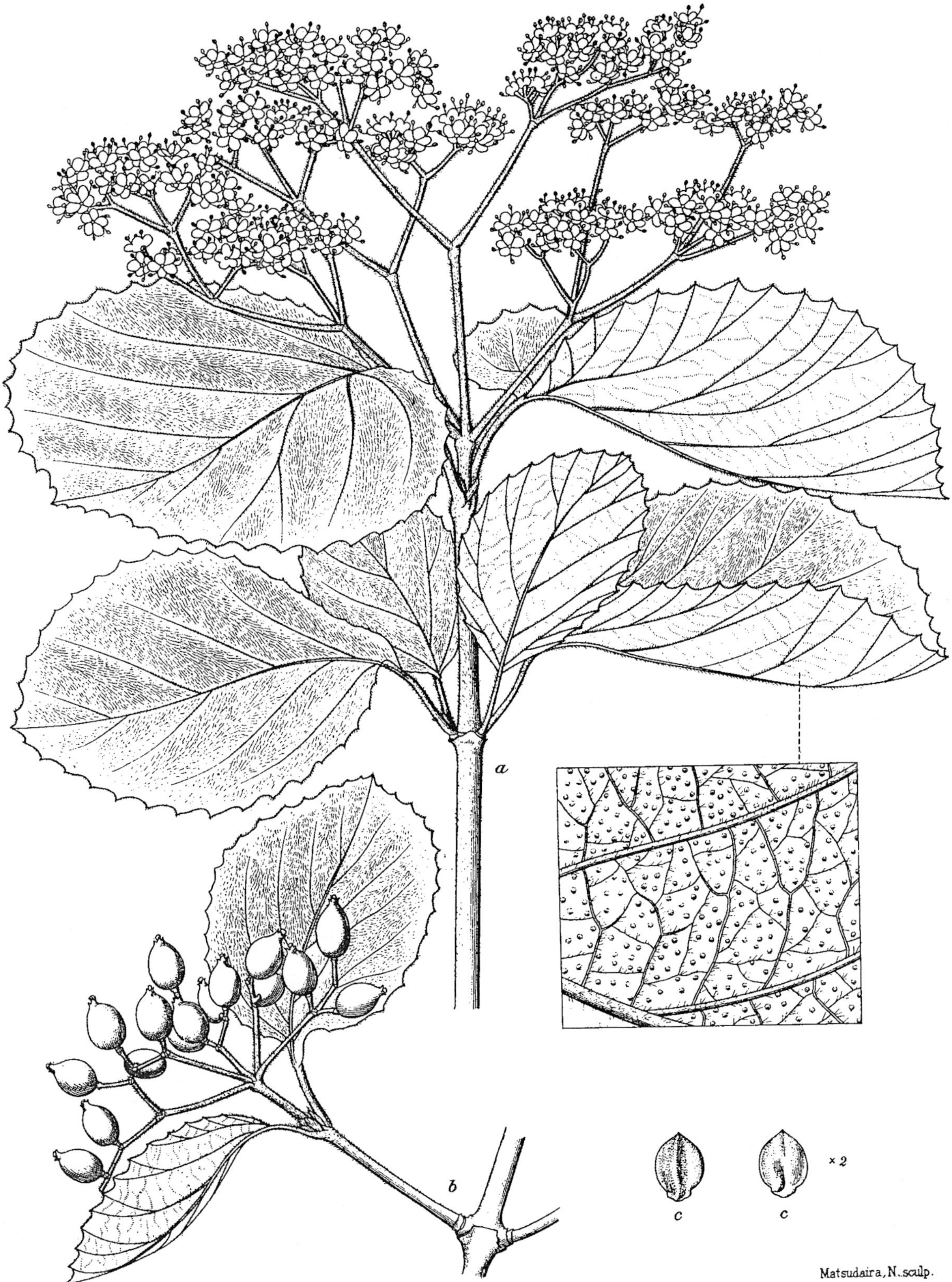

Kanogawa. I. del.

Matsudaira, N. sculp.

第十一圖 a, c—f.

みやまがまずみ

Viburnum Wrightii, *Miquel.*

a. 花序ヲ附クル枝（自然大）。

c. 花（廓大）。

d. 花梗ト蕚（自然大）。

e. 核ヲ背面ヨリ見ル（自然大）。

f. 核ヲ腹面ヨリ見ル（自然大）。

b.

てうせんみやまがまずみ

Viburnum Wrightii, *Miquel*
var. **stipellatum,** *Nakai.*

果序ヲ附クル枝（自然大）。

第十一圖

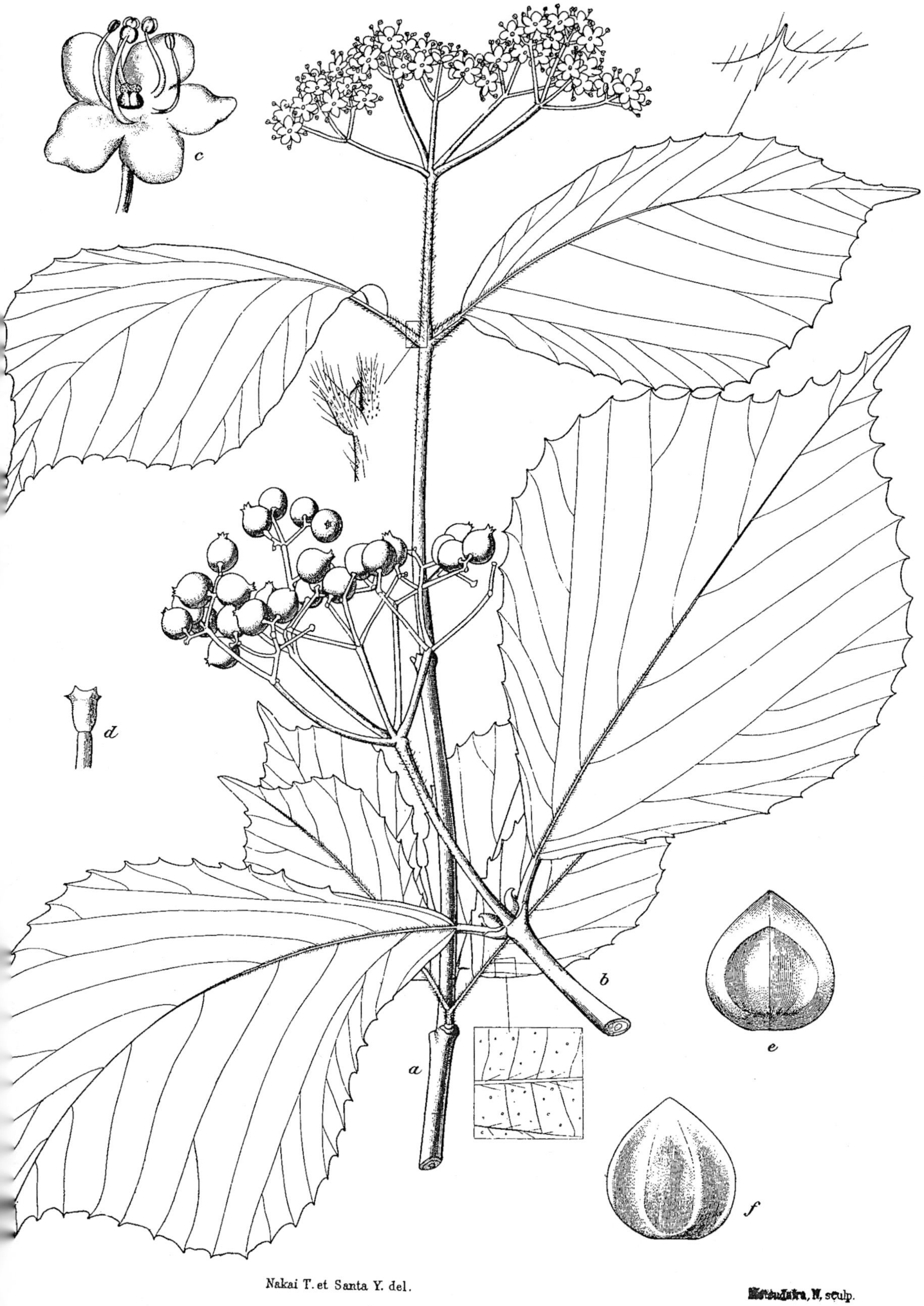

Nakai T. et Santa Y. del.

Matsudaira, N, sculp.

第十二圖

こばのがまずみ

Viburnum erosum, *Thunberg*
var. **punctata,** *Franchet* et *Savatier.*

a. 花序ヲ附クル枝（自然大）。

b. 果序ヲ附クル枝（自然大）。

a b. 共ニ大形ノ葉ヲツクルモノ。

c. 果序ヲ附クル枝（自然大）。小形ノ葉ヲツケ *Léveillé* ガ Viburnum Taquetii ト命ゼシ形。

d. 側枝ノ一部（自然大）。

e. e. 核（廓大）。

第十四圖

Santa, Y. et Nakai, T. del.

Matsudaira, N. sculp.

第十五圖

かんぼくあぢさい

Viburnum pubinerve, *Blume*
f. lutescens, *Nakai.*

花序ヲ附クル枝（自然大）。

第十五圖

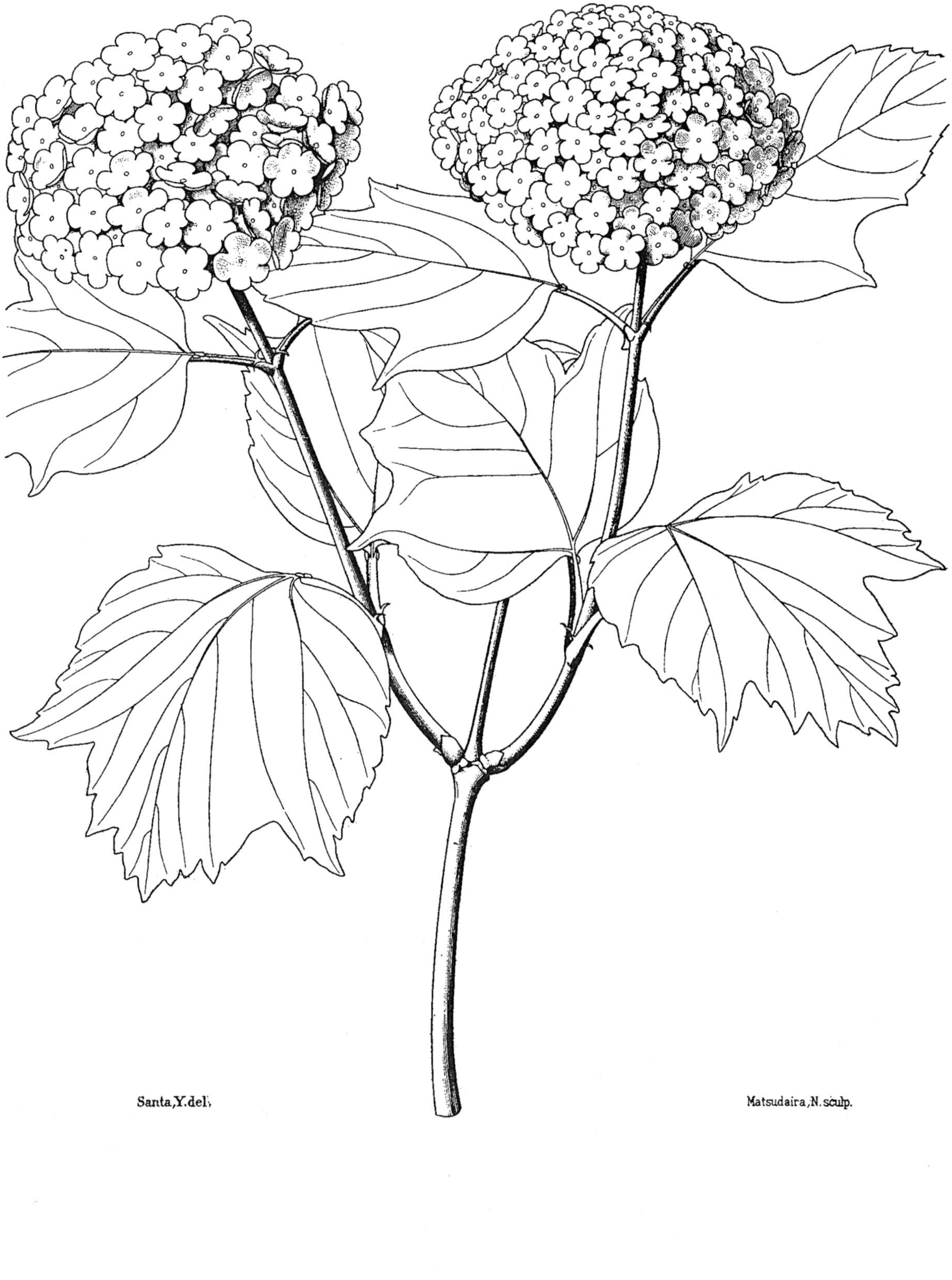

Santa, Y. del.　　Matsudaira, N. sculp.

第十六圖

りんねさう

Linnæa borealis, *Linné*
f. arctica, *Wittrock.*

a. 花ヲ附クル植物（自然大）。
b. 苞、子房、蕚（廓大）。
c. 花冠ヲ開キテ内面ヲ見ル（廓大）。

第十六圖

上

下

Terauchi M. del.

K. Nakazawa sculp.

第十七圖

ひなつくばねうづき

Abelia Tyaihyoni, *Nakai.*

a. 幹ノ一部（自然大）。
b. 花序ヲ附クル枝（自然大）。
c. 蕚ト子房（廓大）。
d. 花冠（廓大）。
e. 花冠ヲ開キテ內面ヲ見ル（廓大）。
f. 花柱（廓大）。
g. 花式圖。

第十七圖

Terauchi M. del.

K. Nakazawa sculp.

第十八圖

からつくばねうつぎ

Abelia coreana, *Nakai.*

a. 果實ヲ附クル枝（自然大）。

b. 若キ側枝ノ一部（自然大）。

第十八圖

Terauchi M. del.

K. Nakazawa sculp.

第十九圖

たけしまつくばねうつぎ

Abelia insularis, *Nakai.*

a. 花ヲ附クル枝（自然大）。

b. 若枝ノ一部（自然大）。

c. 花冠ヲ開キテ內面ヲ見ル（廓大）。

d. 蕚ノ上部ト花柱（廓大）。

第十九圖

Terauchi M. del.

K. Nakazawa sculp.

第二十圖

すゐかづら

Lonicera japonica, *Thunberg.*

a. 花ヲ附クル枝（自然大）。
b. 果實ヲ附クル枝（自然大）。
c. 花冠ヲ開キテ內面ヲ見ル（自然大
d. 花柱（自然大）。

第二十圖

Terauchi M. del.

K. Nakazawa sculp.

第二十一圖

はなへうたんぼく

Lonicera Maackii, (*Ruprecht*) *Maximowicz.*

a. 花ヲ附クル枝（自然大）。

b. 果實ヲ附クル枝（自然大）。

c. 葉ヲ裏面ヨリ見ル（自然大）。

第二十一圖

Hayami F. del.

K. Nakazawa sculp.

第二十二圖

ねむろぶしだま

Lonicera chrysantha, *Turczaninow.*

a. 花ヲ附クル枝（自然大）。
b. 果實ヲ附クル枝（自然大）。
c. 幹ノ一部（自然大）。
d. 花ヲ開キテ內面ヲ見ル（廓大）。
e. 花柱（廓大）。
f. 子房、苞、小苞等（廓大）。

第二十二圖

Terauchi M. del.

K. Nakazawa sculp.

第二十三圖

たけしまきんぎんぼく

Lonicera insularis, *Nakai.*

a. 花ヲ附クル枝（自然大）。

b. 果實ヲ附クル枝（自然大）。

c. 苞、小苞、蕚等（廓大）。

d. 花冠ヲ開キテ内面ヲ見ル（廓大）。

e. 花柱（廓大）。

第 二 十 三 圖

Terauchi M. del.

K. Nakazawa sculp.

第二十四圖

びろうどへうたんぼく

Lonicera Ruprechtiana, *Regel.*

a. 花ヲ附クル枝（自然大）。

b. 果實ヲ附クル枝（自然大）。

c. 花冠ヲ開キテ內面ヲ見ル（廓大）。

d. 花柱（廓大）。

第二十四圖

Terauchi M. del.

K. Nakazawa sculp.

第 二 十 五 圖 a—c.

け よ の み

Lonicera cærulea, *Linné*
var. **edulis,** (*Turczaninow*) *Regel.*

a. 果實ヲ附クル枝（自然大）。

b. 花ヲ附クル枝（自然大）。

c. 花ヲ開キテ內部ヲ見ル（廓大）。

d.

ひ ろ は よ の み

濟州島漢拏山上ニ生ジ倭小トナリシ形
Lonicera cærulea, *Linné*
var. **glabrescens,** *Ruprecht* f. **alpina,** *Nakai.*

花ヲ附クル植物（自然大）。

第二十五圖

上

下

Terauchi M. del.

K. Nakazawa sculp.

第二十六圖 a–c.

ひろはよのみ

Lonicera cærulea, *Linné*
var. **glabrescens,** *Ruprecht.*

a. 花ヲ附クル枝（自然大）。
b. 果實ヲ附クル枝（自然大）。
c. 若枝ノ一部（自然大）。

d.

まるばよのみ

Lonicera cærulea, *Linné*
var. **venulosa,** (*Maximowicz*) *Rehder.*

枝ノ一部（自然大）。

第 二 十 六 圖

Kanogawa I. del.

K. Nakazawa sculp.

第 二 十 七 圖

たまへうたんぼく

Lonicera vesicaria, *Komarov.*

a. 花ヲ附クル枝（自然大）。

b. 果實ヲ附クル枝（自然大）。

c. 若枝ノ一部（自然大）。

d. 花冠ヲ開キテ內面ヲ見ル（廓大）。

e. 花柱（廓大）。

第二十七圖

Terauchi M. del.

K. Nakazawa sculp.

第二十八圖

はやざきへうたんぼく

Lonicera præflorens, *Batalin.*

a. 若枝ノ一部（自然大）。

b. 花ヲ附クル枝（自然大）。

c. 果實ヲ附クル枝（自然大）。

d. 蕚ト子房（廓大）。

e. 花冠ヲ開キテ內面ヲ見ル（廓大）。

f. 花柱（廓大）。

第二十八圖

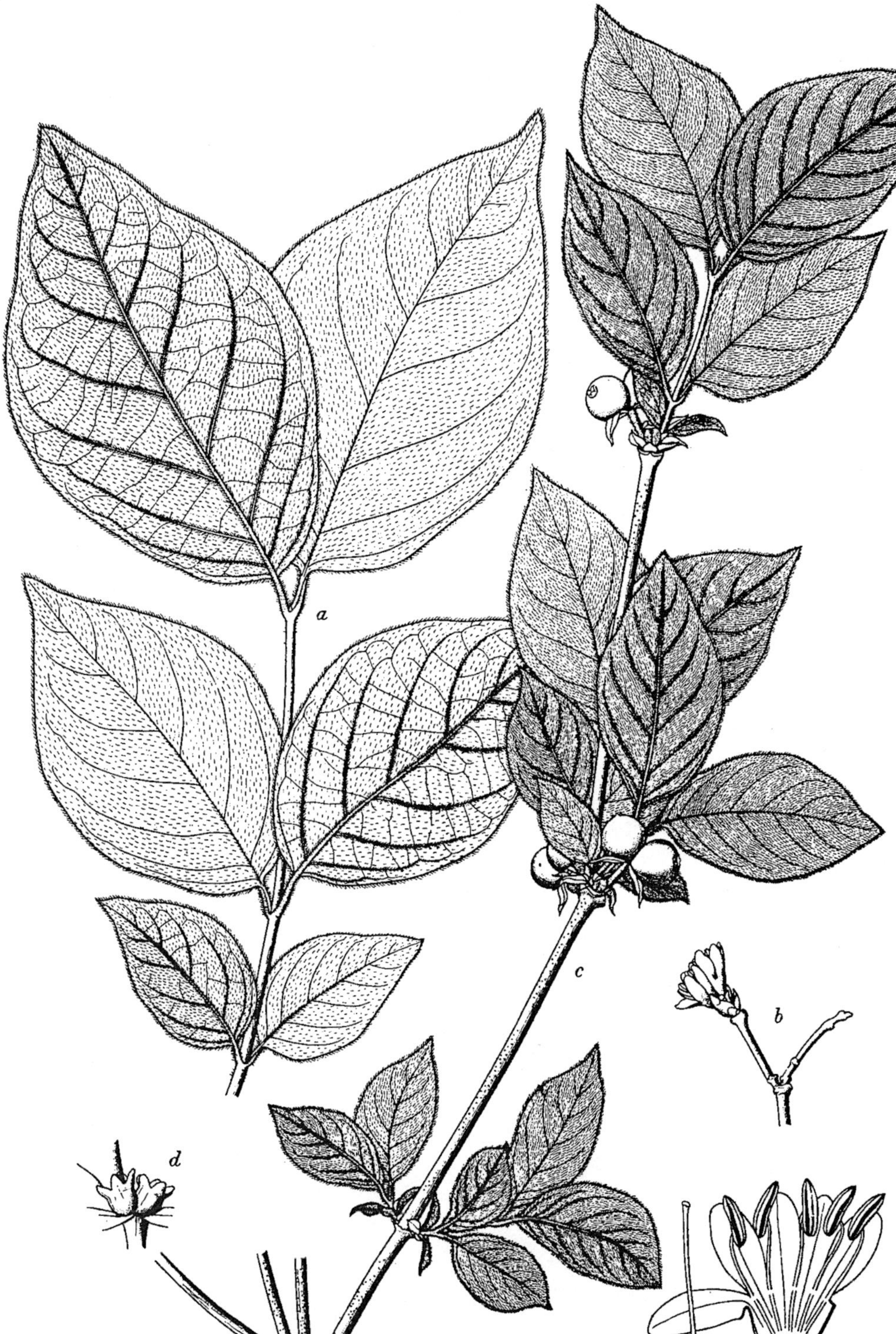

Terauchi M. del.

K. Nakazawa sculp.

第二十九圖

ぐみへうたんぼく

Lonicera monantha, *Nakai.*

果實ヲ附クル枝（自然大）。

第二十九圖

Terauchi M. del.

K. Nakazawa sculp.

第三十圖

あらげうぐひすかぐら

Lonicera subhispida, *Nakai.*

a. 花ナキ枝(夏期ノ採收)(自然大)。
b. 頂芽ト最頂腋芽。頂芽ノ發達セヌ事ヲ示ス(廓大)。
c. 花ヲ附クル枝(自然大)。
d. 花柱(自然大)。

第 三 十 圖

Nakai T. et. Terauchi M. del.

K. Nakazawa sculp.

第三十一圖

つしまへうたんぼく

Lonicera Harai. *Makino.*

a. 若枝ノ一部（自然大）。
b. 果實ヲ附ケタル枝（自然大）。

第三十一圖

Terauchi M. del. K. Nakazawa sculp.

第三十二圖

かうらいへうたんぼく

Lonicera coreana, *Nakai.*

a. 若枝（自然大）。

b. 果實ヲ附クル枝（自然大）。

第三十二圖

Terauchi M. del.

K. Nakazawa sculp.

第三十三圖 a—d.

をにへうたんぼく

Lonicera Vidaii, *Franchet* et *Savatier.*

a. 花ヲ附クル枝（自然大）。

b. 果實（自然大）。

c. 花冠ヲ開キテ內部ヲ見ル（廓大）。

d. 花柱（廓大）。

e.

ちいさんへうたんぼく

Lonicera cerasoides, *Nakai.*

果實ヲ附クル枝（自然大）。

第三十三圖

Terauchi M. del.

K. Nakazawa sculp.

第三十四圖

みどりへうたんぼく

Lonicera diamantiaca, *Nakai.*

未熟ノ果實ヲ附クル枝（自然大）

第三十四圖

Terauchi M. del.

K. Nakazawa sculp.

第三十五圖

うらじろへうたんぼく

Lonicera Tatarinowi, *Maximowicz*
var. **leptantha,** (*Rehder*) *Nakai.*

a. 花ヲ附クル枝（自然大）。
b. 葉ヲ裏ヨリ見ル（自然大）。
c. 苞、小苞及ビ萼（廓大）。
d. 花冠ヲ開キテ內部ヲ見ル（廓大）。
e. 花柱（廓大）。

第三十五圖

上

下

Terauchi M. del.

K. Nakazawa sculp.

第三十六圖

めへうたんぼく

Lonicera nigra, *Linné*
var. **barbinervis,** (*Komarov*) *Nakai.*

a. 花ヲ附クル枝（自然大）。
b. 果實ヲ附クル枝（自然大）。
c. 花冠ヲ開キテ内面ヲ見ル（廓大）。
d. 花柱（廓大）。

第 三 十 六 圖

Terauchi M. del.

K. Nakazawa sculp.

第三十七圖

べにばなへうたんぼく

Lonicera sachalinensis, (*Fr. Schmidt*) *Nakai.*

a. 花ヲ附クル枝（自然大）。

b. 果實ヲ附クル枝（自然大）。

c. 花冠ヲ開キテ內面ヲ見ル（廓大）。

d. 花柱（廓大）。

第 三 十 七 圖

Terauchi M. del.

K. Nakazawa sculp.

第三十八圖

びろうどうつぎ

DierVilla præcox, *Lemoine.*

a. 花ヲ附クル枝（自然大）。

b. 若枝（自然大）。

c. 萼ノ一部ト花柱（廓大）。

d. 花冠ヲ開キテ内部ヲ見ル（廓大）。

e. 果實（自然大）。

第三十八圖

Terauchi M. del.

K. Nakazawa sculp.

第三十九圖

おほべにうつぎ

Dierville florida, (*Bunge*) *Siebold* et *Zuccarini* var. **venusta**, *Rehder*.

a. 花ヲ附クル枝（自然大）。

b. 葉ヲ裏ヨリ見ル（自然大）。

c. 果實ヲ附ケタル枝ノ一部（自然大）。

第三十九圖

Kanogawa I.del.

K.Nakazawa sculp.

第四十圖

こがくうつぎ

Diervilla florida, (*Bunge*) *Siebold* et *Zuccarini*

var. **venusta,** *Rehder*

f. **brevicalycina,** *Nakai.*

a. 花ヲ附クル枝（自然大）。

b. 蕚ノ一部ト花柱（廓大）。

c. 花冠ヲ開キテ内面ヲ見ル（廓大）。

第四十圖

Terauchi M. del.

K. Nakazawa sculp.

第四十一圖

かうらいうつぎ

Diervilla subsessilis *Nakai.*

a. 花ヲ附クル枝（自然大）。

b. 果實ヲ附クル枝（自然大）。

c. 若枝ノ葉ヲ裏ヨリ見ル（自然大）。

d. 萼ノ一部ト花柱（廓大）。

e. 花冠ヲ開キテ內面ヲ見ル（廓大）。

第四十一圖

Terauchi M. del.

K. Nakazawa sculp.

朝鮮森林植物編

12 輯

葡 萄 科　**SARMENTACEAE**

VITACEAE

田 麻 科　**TILIACEAE**

膽八樹科　**ELAEOCARPACEAE**

目次 Contents

第12輯

葡 萄 科 SARMENTACEAE (*VITACEAE*)

田 麻 科 TILIACEAE

膽八樹科 ELAEOCARPACEAE

葡萄科

SARMENTACEAE

VITACEAE

(一) 主要ナル引用書類

著者	書名
C. P. Thunberg.	Flora Japonica p. 103—105, 170—171 (1784).
C. L. Willdenow.	Species Plantarum I. 2 p. 1180—1185 (1798).
A. Michaux.	Flora boreali-Americana I. p. 159 (1803).
J. L. M. Poiret.	*Lamarck* Encyclopédie Méthodique V. p. 95—102 (1804). VIII. p. 594—613 (1808),
C. H. Persoon.	Synopsis Plantarum seu Enchiridium Botanicum I. p. 252—253, 442—444 (1805).
F. G. Dietrig.	Vollständiges Lexicon der Gärtnerei und Botanik X. p. 514—520 (1810).
F. Pursh.	Flora Americae septentrionalis I. p. 169—170 (1814).
La Marck et *De Candolle.*	Flore Française IV. 2. p. 856—857 (1815).
La Marck.	Tableau Encyclopedique et méthodique II. p. 133—135 (1823).
A. P. de Candolle.	Prodromus systematis naturalis regni vegetabilis I. p. 627—636(1824)
K. Sprengel.	Systema Vegetabilium I. p. 777—8 (1825).
D. Don.	Prodromus Floræ Nepalensis p. 188 (1825).
Al. Bunge.	Enumeratio plantarum quas in China boreali collegit p. 11—12 (1831).
St. Endlicher.	Genera Plantarum p. 796—797 (1836—40).

J. C. Loudon. Arboretum et fruticetum Britannicum I. p. 477—483 (1838).

J. Torrey and *A. Gray.* A Flora of north America I. p. 242—245 (1838—1840).

J. Lindley. The Vegetable Kingdom p. 439—440 (1853).

G. Bentham et *J. D. Hooker.* Genera Plantarum I. p. 386—388 (1862).

E. Regel. (1) Tentamen Floræ Ussuriensis p. 34—36 (1861).

(2) Vitis Thunbergii in Gartenflora (1864) p. 34—35 tab. 424. 3 et 4.

(3) Conspectus specierum generis Vitis regiones Americæ borealis, Chinæ borealis et Japoniæ habitantium, in Acta Horti Petropolitani II. p. 391—399 (1873).

K. Koch. Dendrologie I. p. 546—559 (1869).

A. Franchet et *Lud. Savatier.* Enumeratio plantarum Japonicarum I. p. 83—85 (1875).

F. B. Forbes and *W. B. Hemsley.* Index Plantarum Sinensium I. p. 131—138 (1886).

E. Gilg. Vitaceæ in Engler und Prantl Die natürlichen Pflanzenfamilien III. 5. p. 427—456 (1896).

J. E. Planchon. Ampelideæ in De Candolle Monographiæ Phanerogamarum V. 2. (1887).

A. Engler. Syllabus der Vorlesungen über specielle und medicinisch-pharmaceutische Botanik. Aufl. I. p. (1892).

L. Dippel. Handbuch der Laubholzkunde II. p. 543—575 (1892).

N. L. Britton and *A. Brown.* An illustrated Flora of the Northern United States, Canada and the British Possessions II. p. 407—413 (1897).

J. Palibin. Conspectus Floræ Koreæ I. p. 56—58 (1898).

V. Komarov. Flora Manshuriæ III. p. 14—23 (1907).

C. K. Schneider. Illustriertes Handbuch der Laubholzkunde II. p. 300—323 (1909).

T. Nakai. Flora Koreana I. p. 128—131 (1909).
„ „ II. p. 461—461 (1911).

F. Gagnepain. Vitaceæ in Plantæ Wilsonianæ I. p. 99—105 (1911).

J. Matsumura. Index Plantarum Japonicarum II. 2. p. 345—348 (1912).

W. J. Bean. Trees and shrubs hardy in the British Isles p. 663—679 (1914).

A. Rehder.
(1) Ampelopsis in Standard Cyclopedia of Horticulture p. 277—278(1914).
(2) Parthenocissus in Standard Cyclopedia of Horticulture p. 2477—2479 (1916).

L. H. Bailley. Vitis in Standard Cyclopedia of Horticulture p. 3481—3492 (1917).

T. Makino. The Journal of Japanese Botany Vol. I. n. 10 p. 31—32 (1818).

矢部吉頑 南滿洲植物目錄 p. 90—91 (1912).

中井猛之進
(1) 朝鮮植物第一巻 p. 215—219 (1914).
(2) 濟州島植物調査書 p. 63 (1914).
(3) 莞島植物調査書 p. 10 (1914).
(4) 智異山植物調査書 p. 39 (1915).
(5) 金剛山植物調査書 (1918).
(6) 鬱陵島植物調査書 (1919).

(二) 朝鮮産葡萄科植物研究ノ歴史

1886 年 *F. B. Forbes, W. B. Hemsley* 兩氏ガ The Journal of the Linnæan Society 第二十三卷ニ Vitis flexuosa, Vitis heterophylla, Vitis Labrusca ノ三種ガ朝鮮ニ産スル事ヲ報ゼリ 其中 Vitis heterophylla ハ Ampelopsis heterophylla ニシテ Vitis Labrusca ハ Vitis ficifolia ナリ.

1887 年 *J. E. Planchon* 氏ハ Monographiæ Phanerogamarum 第五卷第二部ニ Vitis Thunbergii, Vitis flexuosa, Ampelopsis heterophylla ノ三種ヲ朝鮮産トセリ. Vitis Thunbergii ハ Vitis ficifolia v. Thunbergii ニ同ジ.

1896 年 *E. Gilg* 氏ハ Die Natürlichen Pflanzenfamilien 第三卷五部ニ朝鮮産 Vitis flexuosa ヲ記セリ.

1898 年 *J. Palibin* 氏ハ其著 Conspectus Floræ Koreæ ニ Vitis amurensis, Vitis flexuosa, Vitis Thunbergii, Ampelopsis hetero phylla, Cissus japonica, Quinaria tricuspidata ノ六種ヲ載セタリ. 其中 Cissus japonica ハ Cayratia japonica ニ Quinaria tricuspidata ハ Psedera Thunbergii ニ改ムベキナリ.

1907 年 *V. Komarov* 氏ハ Flora Manshuriæ 第三卷ニ北鮮ニ Ampelopsis heterophylla ノアルヲ記セリ.

1909 年余ハ Flora Koreana 第一卷ニ Vitis vinifera, Vitis amurensis, Vitis Thunbergii, Vitis flexuosa, Ampelopsis heterophylla, Cissus japonica, Quinaria tricuspidata ノ七種ヲ載セシモ Vitis vinifera ハ Vitis amurensis ノ一形ナリ. Cissus japonica ハ Cayratia Japonica. Quinaria tricuspidata ハ Psedera Thunbergii ニ改ムベシ.

同年 *C. K. Schneider* 氏ハ其著 Illustriertes Handbuch der Laubholzkunde 第二卷ニ Vitis Thunbergii, Vitis flexuosa, Vitis amurensis, Ampelopsis heterophylla, Ampelopsis japonica ノ五種ヲ朝鮮産トセリ.

1910 年 *H. Léveillé* 氏ハ Bulletin de l'Academie internationale de Geographie Botanique ニ Vitis Taquetii. ト云フ新種ヲ記セシモ其ハ Psedera Thunbergii ナリ.

1911 年余ハ Flora Koreana 第二卷ニ Vitis vinifera, Vitis serianæfolia, Vitis amurensis, Vitis flexuosa, Ampelopsis heterophylla,

Quinaria tricuspidata ノ六種ヲ記セシモ Vitis vinifera ハ Vitis amurensis ニ Vitis serianæfolia ハ Ampelopsis japonica ニ Quinaria tricuspidata ハ Psedera Thunbergii ニ改ムベシ.

1914 年余ハ濟州島植物報告書中ニ Ampelopsis heterophylla, Cissus japonica, Quinaria tricuspidata, Vitis amurensis, Vitis ficifolia, Vitis flexuosa, Vitis Thunbergii ノ七種ヲ擧グ. 右ノ中 Cissus ハ Cayratia ニ Quinaria ハ Psedera ニ Vitis Thunhergii ハ Vitis ficifolia ニ移スベシ.

同年余ハ莞島植物報告書中ニ Ampelopsis heterophylla, Quinaria tricuspidata ノ二種ヲ載ス. 而シテ Quinaria ハ Psedera ニ移スベキハ前記ノ如シ.

1915 年余ハ智異山植物調査書ニ Ampelopsis heterophylla, Vitis amurensis, Vitis Thunbergii, Vitis Thunbergii var. glabrata, Quinaria tricuspidata ノ四種一變種ヲ擧グ.

1918 年余ハ東京植物學雜誌第三十二卷ニ鬱陵島産ノ新植物 Vitis Coignetii var. glabrescens ヲ記述セリ.

同年金剛山植物調査書ノ刊行アリ. 其中ニハ Quinaria tricuspidata, Vitis amurensis アリ.

1919 年ニハ鬱陵島植物調査書出デ其中ニ Ampelopsis heterophylla, Quinaria tricuspidata, Vitis Coignetii var. glabrescens ノ三種アリ.

以上ノ研究ヲ綜合シ並ニ其他ノ採品ヲ併セ, 東京帝國大學, 帝室博物館其他ノ藏書ニ照シテ朝鮮ノ葡萄科ハ次ノ七種三變種トナル.

Cayratia japonica, (*Thunberg*) *Nakai*.	やぶからし
Psedera Thunbergii, (*Siebold* et *Zuccarini*) *Nakai*.	なつづた
Ampelopsis japonica, (*Thunberg*) *Makino*.	かがみぐさ
Ampelopsis heterophylla, (*Thunberg*) *Siebold* et *Zuccarini*.	のぶどう
Vitis flexuosa, *Thunberg*.	さんかくづる
Vitis ficifolia, *Bunge* var. Thunbergii, (*Siebold* et *Zuccarini*) *Nakai*.	えびづる
Vitis ficifolia, Bunge var. glabrata, *Nakai*.	うすげえびづる
Vitis amurensis, Ruprecht.	てうせんやまぶどう
,, ,, var. glabrescens, *Nakai*.	たけしまぶどう
,, ,, var. Coignetii, (*Pulliat*) *Nakai*.	やまぶどう

其中 Cayratia Japonica ハ多年生ノ草本故本編ヨリ除外ス.

(三) 朝鮮產葡萄科植物ノ分布

(1) つた屬 Psedera.

本屬ニハつた一名なつづた Psedera Thunbergii 一種アルノミ。平安南道、江原道、忠淸南北道、全羅南北道、京畿道、黃海道、慶尙南北道、鬱陵島、濟州島、大黑山島ニ亘リ分布ス。

(2) のぶどう屬 Ampelopsis.

かがみぐさハ平壤附近及ビ鎭南浦附近ニアリ、昔時支那ヨリ移セシモノガ逸出シテ野生狀態トナリシヤモ知レズ。

のぶどうハ平安南北道、黃海、京畿、江原、慶尙南北、忠淸南北、全羅南北ノ諸道並ニ大黑山島、梅加島、濟州島、鬱陵島等ニ廣ク生ズ。國外ニモ滿洲支那(四川、湖北、河西ノ各省)ニアリ。內地ニテハ對馬、九州、琉球、四國、本州、臺灣ニ產ス。

(3) ぶどう屬 Vitis.

さんかくづる一名ぎやうじやのみづハ南地性ノ植物ニシテ京畿道、忠淸南北道、全羅南北道、濟州島ニ生ズ。內地(四國、九州、本島)及ビ支那(湖北省)ニ分布ス。

きくばえびづるハ主トシテ朝鮮、支那產トモ云フベク濟州島、全羅南道ニ產シ北支那ニモアリ。一種葉裏ニ毛ノ乏シキうすげえびづるト云フハ智異山ノ特產品ナリ。

てうせんやまぶどうハ濟州島ニハ稀ナルモ朝鮮半島ニハ全道ニ亘リテ廣ク分布ス、內地ニテハ備中國ニ產スルノミ、國外ニテハ滿洲ニ多シ。鬱陵島ニ毛ノ多キモノアリ、たけしまぶどうト云フ、北海道ニモ產ス、又一種一層毛ノ深キモノモアリ鬱陵島ニ產シ極メテ少シ、やまぶどう是ナリ、內地ニハ頗ル普通ニシテ北ハ樺太、北海道ヨリ南ハ四國、九州迄廣ク分布ス。

(四) 朝鮮葡萄科植物ノ效用

てうせんやまぶどう、さんかくづる、のぶどう、たけしまぶどう、きくばえびづる等ハ皆其果實ヲ食シ得レドモ酸味强クシテ美味ナラズ、義州ニテてうせんやまぶどうノ果實ヨリ葡萄酒ヲ釀造セル人アリ、一種刺激性ニ富メル飮料トナル、久シク貯藏スレバ或ハ良酒ト化スルヤモ知レザル故今後ノ試驗ヲ俟ツヲ要ス。

藥用トシテハかがみぐさノ根ヲ白蘞ト云ヒ漢法ニテ腫物ヲ治スルニ用フ。

野生ノ葡萄類ハ栽培ノ葡萄類ノ臺木トシテ適當ナリ、特ニてうせんやまぶどう、たけしまぶどう、のぶどう等ヲ宜シトス。之レ Phylloxyera 等ニ侵サレ難キト瘠地ニ耐エ得ルヲ以テナリ。

てうせんやまぶどう、つたハ秋期紅葉ヨシ洋風建築物ニ應用シテ美觀ヲ添ユ。

(五) 朝鮮產葡萄科植物ノ分類ト各種ノ圖說

葡　萄　科

Sarmentaceæ

(甲) 科ノ特徵

灌木又ハ喬木多クハ纒攀性ナリ、葉ハ互生、葉柄アリ、托葉ヲ有ス、葉身ハ單一又ハ三葉又ハ掌狀又ハ羽狀複葉、葉柄ノ先端ハ葉身ト關節スルヲ常トス、花ハ圓錐花叢、繖房花序、總狀花序等ヲナシ通例葉ニ對シテ出ヅレドモ稀ニ腋生狀トナルアリ、花ハ整正兩全又ハ單性、萼ハ小ニシテ四乃至五齒アリ、花瓣ハ四個又ハ五個、鑷合狀ニ排列ス、雄蕊ハ四個又ハ五個ニシテ花瓣ニ對ス、花托ハヨク發達ス、葯ハ二室、離生又ハ合生、花柱ハ短シ、柱頭ハ頭狀又ハ圓板狀、胚珠ハ子房ノ各室ニ一個又ハ二個、脊ハ腹面ニアリ、果實ハ漿果、種皮ハ硬ク、幼根ハ下向、子葉ハ小ナリ。

世界ニ十一屬ト約五百種アリ、主トシテ溫帶及ビ熱帶ノ產ナリ、其中四屬八種ハ朝鮮ニ自生スレドモ一屬一種ハ草本故本編ヨリ除ク、屬ノ區分ハ次ノ如シ

1 {花序ハ繖房狀 2
花序ハ圓錐花叢 3

2 {草本、根ハ多年生、葉ハ鳥足狀、卷鬚ハ葉ニ對ス、花硬ハ腋生狀 ....やぶからし屬(本編ヨリ除ク)
灌木又ハ半灌木、葉ハ單葉又ハ掌狀、花序ノ枝ハ卷鬚トナル事多シ ....のぶどう屬

3 {卷鬚ハ葉ニ對シ、枝ノ先ハ圓盤狀トナリ吸盤ノ作用ヲナス、花序ニハ卷鬚ナシ、葉ハ單葉又ハ掌狀複葉、花瓣ハ離生 ....つた屬
卷鬚ハ葉ニ對シ先ハ圓盤狀トナラズ、花序ニハ卷鬚ヲ具フルヲ常トス、葉ハ單葉、花瓣ハ先端癒合シ花時ハ一團トナリテ脫落ス ....ぶどう屬

Sarmentaceæ, *Ventenat* Tabl. III. p. 167 (1799). *Lamarck* et *De Candolle* Fl. Fran. IV. p. 856 (1815).

Vitices. *Jussieu* Gen. Pl. p. 267 (1789).

Viniferæ, *Jussieu* Mem. Mus. III. p. 144 (1817). *Link* Enum. Pl. Hort. Berol. p. 235 (1821).

Ampelideæ, *Humboldt Bonpland* et *Kunth* Nova Gen. et Sp. Pl. V. p. 223 (1821). *De Candolle* Prodr. I. p. 627 (1824). *Endlicher* Gen. Pl. p. 796 ordo CXXIV (1836—40). *Bentham* et *Hooker* Gen. Pl. I. p. 386 (1862). *Planchon* in *De Candolle* Monogr. Phan. V. 2 (1887).

Ampelideæ, *Richard* fide *Wight* et *Arnott* Prodr. Fl. Penins. Ind. orient. I. p. 124 (1834).

Vitigineæ, *D. Don* Prodr. Fl. Nepal. p. 188 (1825).

Leeaceæ, *Bartling* Ord. Nat. Pl. p. 354 (1830).

Vitaceæ, *Lindley* Nat. Syst, ed. II. p. 30 (1836) et Veg. Kingd. p. 439 (1853). *Loudon* Arb. et Frut. Brit. I. p. 477 (1838). *E. Gilg* in *Engler* und *Prantl* Nat. Pflanzenf. III. 5. p. 427 (1896) *Engler* Syllabus ed. I. p. 136 (1892). *Britton* and *Brown* Illus. Fl. North, United States and Canada. II. p. 407 (1897).

Vitaceæ, *Jussieu* fide *Torrey* and *A. Gray* Fl. North Amer. I. p 242 (1838—40).

Frutices v. arbor maxime scandentes v. sarmentosi rarins erecti. Folia alterna petiolata simplicia; ternata, digitata v. pinnata, stipullata. Petioli utrinque articulati. Inflorescentia thyrsoidea, corymbosa, cymosa v. racemosa sæpe oppositifolia. Flores regulares hermaphroditi v. unisexuales. Calyx minimus 4—5 dentatus v. lobatus v. indivisus cupularis. Petala 4—5 valvata. Stamina 4—5 petalis opposita basi disco inserta. Filamenta subulata. Antheræ biloculares distinctæ v. connatæ biloculares. Ovarium sæpe disco immersum. Stylus brevis v. nullus. Stigma capitatum v. discoideum sublobatum. Ovula in ovariis 2-locularibus gemina, in ∞ locularibus solitaria ascendentia anatropa, raphe ventrali. Fructus baccatus 1—6 locularis, loculis 1—2 spermis. Semina erecta, testa ossea. Albumen oleoso-carnosum. Embryo rectus. Radicula infera. Cotyledones parvæ plano-convexæ.

Genera 11 species circ. 500 in regionibus tropicis et temperatis indigena, inter eas 4 genera et 8 species in Corea et Quelpært sponte nascent, quarum Cayratia japonica, *Nakai* (Cissus japonica, *Willdenow*) est planta herbacea et ab hoc opusculo exclusa.

1 { Inflorescentia cymoso-decomposita. 2
  { Inflorescentia thyrsoidea. 3

2 { Herba, radice perenne. Folia pedata. Cirrhus oppositifolius. Pedunculi pseudoaxillares. ....Cayratia, *Jussieu* (Ab hoc opusculo exclusa)
  { Frutex v. suffrutex. Folia digitata v. simplicia. Pedunculi sæpe cirrhosi. ....Ampelopsis, *Michaux*

3 { Cirrhi oppositifolii apice in disciformes cupulas formant. Inflorescentia ecirrhosa. Folia digitata v. simplicia. Petala libera. ....Psedera, *Necker*
  { Cirrhi oppositifolii apice non dilatati. Inflorescentia vulgo cirrhifera. Folia simplicia. Petala apice cohærentia. ....Vitis, *Tournefort*

(乙) 各屬各種ノ記載竝ニ圖解

第一屬　つた屬

纒攀性ノ灌木、幹ヨリハ附着根ヲ生ズ、卷鬚ハ先端吸盤ヲナス。葉ハ單葉又ハ掌狀ニ二個乃至五個ノ葉片ヲ有ス、葉柄ノ先端ハ關節ス、花序ハ圓錐花叢ヲナシ葉ニ對シテ出ヅ、花ハ兩全、蕚ハ椀狀、花瓣ハ五個離生、鑷合狀ニ排列ス、雄蕋ハ五個花瓣ニ對生ス、子房ハ二室、各室ニ二個宛ノ胚珠ヲ有ス、漿果ハ一個乃至三個ノ種子ヲ有ス、種皮ハ硬シ、
亞細亞及ビ北米ニ亘リ七種アリ、其中一種ハ朝鮮ニモアリ。

Gn 1. **Psedera,** *Necker* Elementa Botanica I. p. 158 (1790). *Sehneider* Illus. Handb. Laubholzk. II. p. 313 (1909).

Ampelopsis, *Michaux* Fl. bor.-Americ. I. p. 160. p.p. (1803). *De Candolle* Prodr. I. p. 632 p.p. *Loudon* Arb. et Frut. Brit. I. p. 48. p.p. *Torrey* et *A. Gray* Fl. North America I. p. 245. *A. Gray* Gen. Illustr. t. 165.

Cissus, *Persoon* Syn. Pl. I. p. 142 p.p. (1805).

Quinaria, (non *Loureiro*) Rafinesque Amer. Manual of Grape Vine p. 6 (1830). *Gilg* in *Engler Prantl* Nat. Pflanzenf. III. 5. p. 448 (1896).

Vitis, *Bentham* et *Hooker* Gen. Pl. I. p. 387. p.p. (1862). *Dippel* Handb. Laubholzk. II. p. 543 p.p. (1892).

Parthenocissus, *Planchon* in *De Candolle* Monogr. Phan. V. 2. p. 447 (1887). *Britton* and *Brown* Fl. North. United Stat. II. p. 413 (1897). *Rehder* in Stand. Cyclop. p. 2477 (1916).

Alte scandens frutex. Truncus et rami radices multas emittens. Cirrhi oppositifolii apice disciforme dilatat. Folia alterna simplicia digitatim 3—5 foliolata. Petioli utrinque articulati. Inflorescentia paniculata v. thyrsoidea v. subcymoso-paniculata oppositifolia. Flores hermaphroditi. Calyx cupularis obscure 5-dentatus v. truncatus. Petala 5 libera valvata. Stamina 5 disco inserta. Ovarium biloculare, loculis 2-ovulatis. Bacca 1—3 sperma. Testa seminum ossea.

Species 7 in Asia et America septentrionali incolæ, quarum unica in Corea et Quelpært indigena.

1. つた 一名 なつづた

タンヂヤンイ (濟州島)、タンデヨンチユル (莞島)、
タムジヤンイノンクル (京畿)

(第 一 圖)

岩面及ビ樹膚ニ着生纒攀スル灌木、幹ハ直徑 10 珊ニ達スルアリ、多數ノ附着根ヲ出ス、卷鬚ハ三葉ニ二葉宛アリテ葉ニ對生シ、羽狀ニ分岐シ先端ハ吸盤狀トナル、托葉ハ薄ク早落ス、葉柄ハ 1 乃至 10 珊許、葉身ト關節ス故ニ葉身ハ秋期葉柄ト離レ落ツ、葉身ハ一個又ハ二個乃至五個掌狀ヲナス、表面ハ無毛ニシテ光澤アリ、緣ニハ鋭鋸歯ト微毛トアリ、花序ハ圓錐花叢ヲナシ葉ニ對生シ短枝ノ先ニ出ヅ通例先ヅ二叉シ其各枝ガ圓錐花叢トナル、苞ハ小ニシテ永存性、花ハ短キ花梗ヲ具フ、蕚ハ皿狀ヲナス、花瓣ハ五個、雄蕊ニ對生シ長サ 3 粍許、葯ハ丁字様ニ着ク、漿果ハ大豆大成熟スレバ濃紫色ヲナス。

平安南道、黃海、京畿、江原、忠淸南北、慶尙南北、全羅南北ノ諸道、大黑山島、濟州島、鬱陵島等ニ産ス。

(分布) 北海道、本島、四國、九州、對馬、臺灣、支那 (陝西、湖北、四川)。

1. **Psedera Thunbergii,** (*Siebold* et *Zuccarini*) *Nakai*

Cissus Thunbergii, *Siebold* et *Zuccarini* in Abhandl. Muench. Akad. IV. 2. p. 195 (1846).

Ampelopsis tricuspidata, *Siebold* et *Zuccarini* l.c.p. 196.

Psedera tricuspidata, *Rehder* in Rhodora X. p. 29 (1908). *Schneider* Illus. Handb. Laubholzk. II. p. 315. fig. 211. f-i (1909).

Quinaria tricuspidata, *Kœhne* Deutsch. Dendrol. p. 383 (1893). *Gilg* in *Engler Prantl* Nat. Pflanzenf. III. 5. p. 449 (1886). *Palibin* Consp. Fl. Kor. I. p. 58 (1898). *Nakai* Fl. Kor. I. p. 131 (1909) et Veg. Isl. Quelp. p. 63 n. 875 et Veg. Isl. Wangto p. 10 et Veg. m't Chirisan p. 39 n. 318 et Veg. Diamond m'ts p. 178 n. 432 et Veg. Isl. Dagelet p. 22 n. 227.

Parthenocissus tricuspidata, *Planchon* in *De Candolle* Monogr. V. 2. p. 452. *Matsumura* Ind. Pl. Jap. II. 2. p. 342 (1912). *Gagnepain* in Pl. Wils. I. p. 102. *Yabe* Enum. Pl. South Manch. p. 90. *Rehder* in Stand. Cyclop. Hort. p. 2478 (1916).

Vitis inconstans, *Miquel* in Ann. Mus. Bot. Lugd. Bat. I. p. 91 (1863—4). *Regel* in Act. Hort. Petrop. II. p. 393 (1873). *Forbes* et *Hemsley* in Journ. Linn. Soc. XXIII. p. 133. *Franchet* et *Savatier* Enum. Pl. Jap. I. p. 84 et II. p. 316. *Dippel* Handb. Laubholzk. II. p. 570. *Matsumura* et *Hayata* Enum. Pl. Form. p. 91. *Hayata* Icon. Pl. Form. I. p. 148 (1911). *Bean* Trees and Shrubs II. p. 671 (1914).

Vitis Taquetii, *Léveillé* in Bull. Acad. Int. Geogr. Bot. (1910) p. 11.

Supra truncos et saxos scandens. Truncus saepe 10 cm. diametiens radices fibrosas creberrime emittit quibus atque discis haustriiformibus scandens. Stipulæ membranaceæ caducæ. Petioli elongati 1.0-20.0 cm. longi cum laminis articulatis. Lamina simplicia v. digitatim 2-3 foliolata supra fere glabra luciduscula infra pallida, margine minute ciliolata et mucronato v. acuto-serrata. Cirrhi pinnati apice discum haustriiformem formantes. Inflorescentia paniculata in apice rami breves oppositifolia. Bracteæ parvæ persistentes sphacelatæ. Flores brevissime pedicellati. Calyx cupularis margine subtruncatus. Petala 5 viridescentia valvate 3 mm. longa. Stamina petala opposita. Stamina corolla longiora antheris versatilibus. Drupa matura atropurpurea sæpe glaucescens magnitudine pisi inedulis.

Nom. Jap. Tsuta v. Natsu-zuta.

Nom. Cor. Tan-jan-i (Quelpært). Tande-yong-chul (Wangtō). Tamjaninongkul (Kyoeng-gewi).

Hab. in Coreana peninsula, insula Dagelet, Quelpært nec non insula Daikokuzantō.

Distr. Yeso, Hondo, Shikoku, Kiusiu, Tsushima, Formosa et China (Schensi, Hupei, Sztschwan).

第二屬　のぶどう屬

攀纏性又ハ匍匐性ノ灌木、卷鬚ハ葉ニ對生ス、葉ハ葉柄ト托葉トアリ。單葉又ハ掌狀複葉又ハ掌狀羽狀複葉。花序ハ葉ニ對生シ繖房花序ヲナシ多クハ枝ニ卷鬚アリ。花ハ雌雄同株多性的單性、萼ニハ五齒アリ、花瓣ハ五個、鑷合狀、雄蕋ハ五個花瓣ニ對生ス。花托ハ椀狀五叉ス、柱頭ハ單一、子房ハ二室、各室ニ二個ノ胚珠アリ。

亞細亞及ビ亞米利加ノ溫帶、熱帶ニ亘リ約二十種アリ。其中二種ハ朝鮮ニ自生ス。

Gn. II. **Ampelopsis,** *Michaux* Fl. bor.-Americ. I. p. 159 p.p. (1803). *De Candolle* Prodr. I. p. 632 p.p. (1824). *G. Don* Gard. Dict. I. p. 694 p.p. (1843). *Loudon* Arb. et frut. Brit. I p. 481 p.p. (1838). *Torrey* and *A. Gray* Fl. North America. I. p. 245 (1834–40). *Planchon* in *De Candolle* Monogr. Phan. V. 2. p. 453. *Gilg* in Nat. Pflanzenf. III. 5. p. 449. *Britton* and *Brown* Illus. Fl. II. p. 412. *Dippel* Handb. Laubholzk. II. p. 574 (1892). Schneider Illus. Handb. Laubholzk. II. p. 318. *A. Rehder* in Stand. Cyclop. p. 277 (1914).

Cissus, *Persoon* Syn. Pl. I. p. 143 p.p. *Endlicher* Gen. Pl. p. 796 p.p.

Vitis, *Link* Enum. Pl. Hort. Berol. p. 235 p.p. *Bentham* et *Hooker* Gen. Pl. I. p. 387 p.p. *Dippel* Handb. Laubholzk. II. p. 544 p.p. (1892). *Bean* Trees and Shrubs p. 663 p.p.

Frutices sarmentosi v. scandentes. Cirrhi oppositifolii. Folia petiolata stipullata simplicia v. digitatim 3-5 foliolata v. digitato-pinnata. Inflorescentia cymosa sæpe cirrhoso-volubilis oppositifolia. Flores polygamo-monœici. Calyx 5-dentatus. Petala 5 valvata. Stamina 5. Discus cupularis 5-lobus. Stigma simplex. Ovarium biloculare, loculis biovulatis.

Circ. 20 species in Asiæ et Americæ regionibus temperatis et tropicis incolæ, inter eas species 2 in Corea indigenæ.

2. かがみぐさ、白蘞

(第 二 圖)

攀纏性ノ灌木、若枝ハ無毛、托葉ハ楕圓形、邊緣ニ微毛生ズ、葉柄ハ長サ 1.5 乃至 4 珊、無毛、葉身ハ掌狀複葉、葉片ハ羽狀叉ハ缺刻アリ、葉脈及ビ緣ニ微毛アリ、卷鬚ハ葉ニ對生シ枝ノ上方ノモノハ次第ニ花序ニ變化ス、苞ハ小ニシテ鱗片狀、萼ハ薄ク先端ニ小開孔アリ、花瓣ノ成長ト共ニ不規則ニ裂ク、永存性、花瓣ハ五個、鑷合狀ニ排列シ花時ハ廣ク開ク、漿果ハ菫紫色、食フベカラズ。

平壤及ビ鎭南浦附近ノ丘陵ニ自生ス。或ハ昔時高麗ノ支那ト交通セシ頃藥用トシテ輸入セシモノヨリ逸出セシニ非ルヤヲ思ハシム。

(分布) 滿洲、支那 (直隷、湖北)。

2. **Ampelopsis japonica,** (*Thunberg*) *Makino*

In Tokyo Bot. Mag. XVII. p. 113 (1903). *Rehder* in Stand. Cyclop. p. 278 (1914).

A. japonica, *Schneider* Illus. Handb. Laubholzk. II. p. 320 (1909).

Paullina japonica, Thunberg Fl. Jap. p. 170 (1784).

Paullina japonica, *Thunberg*. *Willdenow* Sp. Pl. II. p. 463. *Poiret* Encyclop. V. p. 97 (1804). *Persoon* Syn. Pl. I. p.443 (1805), *Dietrig* Gart. Lexic. VI. p. 711 (1806). *De Candolle* Prodr. I. p. 606 (1824). *Sprengel* Syst. Veg. II. p. 250 (1825).

Ampelopsis serianæfolia, *Bunge* Enum. Pl. Chin. bor. p. 12. n. 70 (1831). Regel in Gartenfl. (1867) p. t. 531. *Hance* in Journ. Linn. Soc. XIII. p. 77. *Planchon* in De Candolle Monogr. Phan. V. 2. p. 467. *Diels* Fl. Centr. Chin. in *Engler* Bot. Jahrb. XXIX. p. 446.

Yabe Fl. South Manch. p. 90. *Schneider* Illus. Handb. Laubholzk. II. fig. 213 e-f.

Cissus serianæfolia, *Walpers* Repert. I. p. 441.

C. viticifolia α et β *Siebold* et *Zuccarini* in Abhandl. Muench. Akad. IV. 2. p. 196.

Ampelopsis napæformis, *Carrier* Rev. Hort. (1870) p. 17.

A. tuberosa, *Carrier* l.c.

Vitis serianæfolia, *Koch* Dendr. I. p. 558. *Maximowicz* in Mél. Biol. IX. p. 149. *Forbes* et *Hemsley* in Journ. Linn. Soc. XXIII. p. 136. *Franchet* et *Savatier* Enum. Pl. Jap. II. p. 316. *Dippel* Handb. Laubholzk. II. p. 569. *Nakai* Fl. Kor. II. p. 461.

Vitis pentaphylla, (non *Thunberg*) *Miquel* Prol. Fl. Jap. p. 90. *Baker* et *Moore* in Journ. Linn. Soc. XVII. p. 381.

V. pentaphylla var. β. pinnatifida, *Franchet* et *Savatier* Enum. Pl. Jap. I. p. 85.

Frutex radicans v. scandens. Rami hornotini glabri virides vel purpurascentes. Nodus incrassatus. Stipulæ ellipticæ margine fimbriato-ciliatæ parvæ sphacelatæ persistentes. Petioli 1.5—4.0 cm. longi glabri. Lamina digitatim quinnata. Foliola mediana 2—3 jugo pinnatim decomposita, dua lateralia ternata v. bijugo-pinnata, extrema simplicia incisa, omnia mucronato-lobulata margine et supra venas minutissime setuloso-ciliata. Cirrhi superiores omnes in inflorescentias variant. Inflorescentia cymoso-decomposita oppositifolia. Bracteæ minimæ squamosæ. Calyx membranaceus apice pore apertus et petalis accrescentibus irregulariter fissus persistens. Petala valvata 5 demum expansa. Drupa violaceo-cærulea inedulis 6—7 mm. lata.

Nom. Jap. Kagamigusa v. byakuren.

Hab. in collibus Phyoeng-an austr.

Distr. China (Hupeh et Tschili) et Manshuria.

3. のぶどう

クエモル（濟州島）　キヤイモルク（平安）

（第　三　圖）

纒攀性又ハ傾上スル莖ヲ有ス、枝ハ無毛又ハ褐色アリ、節ハ太シ、托葉ハ卵形又ハ帶卵橢圓形、後脫落ス、葉柄ハ無毛又ハ有毛、葉身ハ三乃至五叉シ下方ノ葉ハ深ク三乃至五裂ス、基脚ハ心臟形、緣ニハ鋭鋸齒アリ、表面ハ無毛又ハ最初ハ微毛散生シ綠色ナリ、裏面ハ淡綠色無毛又ハ葉脈上ニ微毛アリ、卷鬚ハ葉ニ對生シ上方ノモノハ漸次花序ニ移行ス、花序ハ繖房花序ナリ、蕚ハ椀狀ニシテ短カキ波狀ノ鋸齒アルモノト全然ナキモノトアリ、花瓣ハ五個鑷合狀ニ排列ス、漿果ハ始メ綠色後白化シ而シテ後紫化又ハ靑化ス、食フベカラズ。

濟州島、全羅南北、慶尙南北、大黑山島、忠淸南北、梅加島、莞島、京畿道、江原道、平安南北道ニ分布ス。

（分布）支那（四川、湖北、江西）、臺灣、琉球、九州、四國、本島、對馬、南滿洲。

3. Ampelopsis heterophylla, (*Thunberg*) *Siebold* et *Zuccarini*

In Abhandl. Muench. Akad. IV. 2. p. 197 (1845). *Regel* in Act. Hort. Petrop. II. p. 392 cum var. (1873). *Planchon* in *De Candolle* Monogr. p. 455 excl. var. Wallichii. *Gilg* in Nat. Pflanzenf. III. 5. p. 449. *Britton* and *Brown* Illus. Fl. North. United States II. p. 412. *Dippel* Handb. Laubholzk. II. p. 565. f. 268. *Komarov.* Fl. Mansh. III. p. 20. *Schneider* Illus. Handb. Laubholzk. II. p. 320 fig. 213 b—d. *Matsumura* Ind. Pl. Jap. II. 2. p. 341. *Nakai* Fl. Kor. I. p. 130 et Veg. Isl. Quelp. p. 63 n. 873 a et b. Veg. Isl. Wangto p. 10 et Veg. m't Chirisan p. 39 n. 314 et Veg. Isl. Dagelet p. 22 n. 226. *Yabe* Fl. South Manch. p. 90 n. 314 et Veg. Isl. Dagelet p. 22 n. 226. *Yabe* Fl. South Manch. p. 90. *Rehder* in Stand. Cyclop. p. 277 cum. var.

A. humulifolia, *Bunge* Enum. Pl. Chin. bor. p. 12. n. 69 (1831).

Vitis heterophylla, *Thunberg* Fl. Jap. p. 103. *Willdenow* Sp. Pl. I. p. 1181 (1797). *Persoon* Syn. Pl. I. p. 253 (1805). *Dietrig* Gart. Lexic. X. p. 516 (1810). *De Candolle* Prodr. I. p. 634 (1824).

Sprengel Syst. Veg. I. p. 778 (1825). *Miquel* in Ann. Mus. Bot. Lugd. Bat. I. p. 92. *Koch.* Dendrol. I. p. 555. *Franchet* et *Savatier* Enum. Pl. Jap. I. p. 84. *Forbes* et *Hemsley* in Journ. Linn. Soc. XXIII. p. 133. *Ito* et *Matsumura* Tent. Fl. Lutch. p. 381. *Matsumura* et *Hayata* Enum. Pl. Form. p. 90 p.p. *Hayata* Icon. Pl. Form. I. p. 148 p.p. *Bean* Trees & Shrubs p. 671 (1914).

V. heterophylla β. Maximowicjii, *Regel* in Act. Hort. Petrop. II. p. 392 et Gartenfl. t. 185 f. 2.

V. heterophylla var. humulifolia, *Hooker* fil. in Bot. Mag. t. 5682.

Cissus bryoniæfolia (non *Bunge*) *Regel* Tent. Fl. Uss. t. 41. f. 3.

Frutex scandens v. ascendens. Rami glabri v. fusco-pilosi. Nodus incrassatus. Stipulæ ovatæ v. ovato-oblongæ sphacelatæ deciduæ. Petioli glabri v. pilosi. Lamina varie 3—5 fida, inferiora rarissime 3—5 partita, basi cordata, margine mucronato-serrata supra glabra v. initio sparsissime pilosa viridia, infra pallida glabra v. secus venas hispidulo-ciliata. Cirrhi oppositifolii v. superiores sæpe in inflorescentias transformantes. Inflorescentia cymoso-decomposita. Calyx cupularis breve 5-dentatus v. undulatus. Petala 5 valvata. Drupa initio viridis tum albicans tum violascens demum cærulescens inedulis diametro circ. 1 cm.

Nom. Jap. Nobudo.

Nom. Cor. Que-moru (Quelpært). Kyai-moruk (Phŏng-an).

Hab. insula Dagelet, insula Baikato, insula Daikokuzanto, insula Quelpært, insula Wangto et fere totæ regiones Peninsulæ Koreanæ excl. Ham-gyoeng.

Distr. China (Szechuan, Hupeh, Kiangsi), Formosa, Liukiu, Kiusiu, insula Tsushima, Shikoku et Hondo.

第三屬　ぶどう屬

纒攀性ノ灌木又ハ喬木、皮ハ縦ニサク、葉ハ互生、托葉アリ、葉柄ヲ具ヘ單葉ナリ、掌状ニ缺刻アリ。花序ハ葉ニ對シテ出デ圓錐花叢ヲナシテ下方ノ枝ハ卷鬚トナル事多シ。花ハ多性的雌雄異株、蕚ハ椀状又ハ皿状、永存ス、花瓣ハ五個、鑷合状排列ヲナシ先端ハ相癒合シ花時ハ一團トナリテ脱落ス。花托ハ輪状又ハ裂刻アリ。雄蕋ハ花瓣ニ相對ス。子房ハ二室、胚珠ハ各室ニ二個宛アリ、果實ハ漿果、種皮ハ硬シ、胚乳ハ腹面ニ二溝アリ。 胚ハ直立シ子葉ハ細シ。

北半球ニノミアリテ約三十種アリ。其中三種四變種ハ朝鮮ニ自生ス。

Gn. III. **Vitis,** (*Plinius*) *Tournefort* Instit. Rei Herb. p. 613 t. 384 (1700). Linné Gen. Pl. n. 284 p.p. (1737). *Miller* Gard. Dict. ed. IV. (1754). *Lamarck* Tabl. Encyclop. II. p. 133 (1793). *Willdenow* Sp. Pl. I. p. 1181. p.p. (1798). *Persoon* Syn. Pl. I. p. 252 p.p. (1805). *Lamarck* et *De Candolle* Fl. Fran. IV. 2. p. 857 (1815). *Poiret* in *Lamarck* Encyclop. VIII. p. 594 p.p. (1808). *De Candolle* Prodr. I. p. 633 p.p. (1824). *Endlicher* Gen. Pl. p. 797. p.p. (1836—4). Plée Gen. Pl. Franc. I. Pl. 96 (1844—6). *Bentham* et *Hooker* Gen. Pl. I. p. 387. p.p. (1862). *Planchon* in *De Candolle* Monogr. Phan. V. 2. p. 322 (1887). *Dippel* Handb. Laubholzk. II. p. 544 (1892). *Gilg* in Nat. Pflanzenf. III. 5. p. 442 (1896). *Schneider* Illus. Handb. Laubholzk. II. p. 301 (1909).

Frutex v. arborea scandens. Cortex longitudine fissus. cirrhi oppositifolii sæpe interrupti. Folia stipullata simplicia palmatim nervia indivisa v. 3—5 secta. Petioli apice in auctumno articulatim e lamina sejuncti. Inflorescentia oppositifolia paniculata v. 2—3 furcato-paniculata, Flores polygamo-dioici. Calyx cupularis persistens. Petala 5 valvata apice conniventia sub anthesin e basi ut tota sejuncta. Discus annularis v. lobatus. Stamina petala opposita. Ovarium biloculare. Ovula in loculis 2 ascendens. Fructus drupaceus. Testa seminum ossea. Albumen ventre bisulcatum. Embryo erectus. Cotyledones angustæ.

Species circ. 30 in boreali-hemisphærica incolæ, inter eas species 3 in Corea indigenæ.

4. さんかくづる一名ぎやうじやのみづ

モル（濟州島）　サイモル（京畿）

（第 四 圖）

纏攀性ノ灌木、枝ハ稍細ク若キモノハ綿毛アレドモ老成スレバ無毛トナル。 芽ニハ褐絨毛アリ、葉柄ハ初メ微毛ト綿毛アリ、葉身ハ廣卵形又ハ帶卵三角形又ハ四角、表面ハ綠色ニシテ裏面ハ葉脈上ニ微毛アリ、緣ニハ鋭鋸齒アリ、往々三乃至五裂ス。花序ハ葉ニ對生シ卷鬚ヲ伴フモノ多シ、圓錐花叢ヲナシ無毛又ハ綿毛アリ、苞及ビ小苞ハ小ナリ、雄花ハ細キ小花梗ヲ有シ蕚ハ椀狀ニシテ長サ 0.5 乃至 0.7 粍、花瓣ハ長サ 2 粍許ニシテ先端ハ相癒合シ花時ハ一團トナリテ脫落ス。雄蕋ハ長サ 2 粍、花托ハ五溝アリ。雌花ハ兩全花ニシテ花梗ハ太ク雄蕋ハ短ク約一粍許ナリ。子房ハ卵形、花柱ハ長サ半粍許、柱頭ハ平タシ。漿果ハ直徑一珊許、濃紫色ニシテ酸味ニ富ム。

濟州島、全羅南北道、忠淸南北道、京畿道ニ野生ス。

(分布) 支那 (湖北)、臺灣、琉球、九州、對馬、四國、本島。

4. Vitis flexuosa, *Thunberg*

In Trans. Linn. Soc. II. p. 103 (1793). *Willdenow* Sp. Pl. I. p. 1181 (1798). *Persoon* Syn. Pl. I. p. 253 (1805). *Poiret* in *Lamarck* Encyclop. VIII. p. 607 (1808). *De Candolle* Prodr. I. p. 634 (1824). *Sprengel* Syst. Veg. I. p. 777 (1825). *Siebold* et *Zuccarini* in Abhandl. Muench. Akad. IV. 2. p. 197 (1843—4). *Planchon* in *De Candolle* Monogr. V. 2. p. 347 excl. β—η (1887). *Gilg* in Nat. Pflanzenf. III. 5. p. 444 (1896). *Palibin* Consp. Fl. Kor. I. p. 56 (1898). *Matsumura* et *Hayata* Enum. Pl. Form. p. 89 (1906). *Schneider* Illus. Handb. Laubholzk. II.—p. 309. fig. 209 f—g′ (1909). *Bean* Trees and Shrubs p. 670 (1914). *Nakai* Fl. Kor. I. p. 129 (1909) et Fl. Kor. II. p. 461 (1911) et Chōsenshokubutsu I p. 217. fig. 258 (1914) et Veg. Isl. Quelp. p. 63 (1914). *Gagnepain* in Pl. Wils. I. p. 102 (1914). *L. H. Bailley* in Stand. Cyclop. p. 3491 (1917).

Vitis indica, (non *Linné*) *Thunberg* Fl. Jap. p. 103 (1784).

Frutex scandens. Ramus potius gracilis, juvenilis araneus adultus glabrescens. Gemmæ fusco-velutinæ. Petioli primo ciliati simulque aranei. Lamina latissime ovata v. ovato-deltoidea v. quinquangularis supra viridis infra pallida secus venas ciliata, argute serrata dentibus apice glandulosis, interdum breve 3—5 lobata. Inflorescentia folia opposita ecirrhosa rarius cirrhosa paniculata glabra sed parce aranea. Bracteæ et bracteolæ parvæ. Flores masculi pedicellis gracilibus 3 mm. longis glabris, calyce cupulare margine undulato 0.5—0.7 mm. longo, petalis 2 mm. longis apice cohærentibus deciduis, staminibus 2 mm. longis, disco 5-sulcats. Flores feminæi pedicellis robustis, calyce brevissimo, petalis 2 mm. longis deciduis, staminibus fere 1 mm. longis, ovario ovato, stylo brevissimo 0.5 mm. longo, stigmate subdiscoideo. Fructus maturus circ. 1 cm. latus globosus atro-violasceus eximie acidus. Semina late obovata.

Nom. Jap. Sankakuzuru v. Gyojano-mizu.

Nom. Kor. Moru (Quelpært). Saimoru (Kyŏng-geui).

Hab. insula Quelpært et Corea media et austr.

Distr. China (Hupeh), Formosa, Liukiu, Kiusiu, insula Tsushima et Hondo.

5. きくばえびづる

カマグイモルグウイ（濟州島）　モライナム（慶尙南道）

（第 五 圖）

纏攀性ノ灌木稍細シ、卷鬚ハ葉ニ對生ス、枝ニハ白色ノ綿毛アリ、葉柄モ綿毛ヲ被ル、葉身ハ五叉シ裂片ハ種々ニ缺刻アリ、表面ハ始メ毛アルモノトナキモノトアリ、裏面ハ白色又ハ褐色ノ絨毛アリ、花梗ニハ卷鬚アルモノトナキモノトアリ、葉ニ對生ス、花ハ圓錐花叢ヲナス、雄花ハ小形ニシテ蕚ノ長サハ 0.2 乃至 0.3 粍、雄蕋ハ 1 乃至 1.3 粍許、雌花ハ雄花ヨリモ稍太キ花梗ヲ具フ、漿果ハ直徑 7 乃至 8 粍、成熟スレバ濃紫色トナリ酸味甚シ。

濟州島、慶尙南道並ニ全羅南道ノ山野ニ生ズ。

（分布）對馬、本島（周防）支那。

一種葉裏ニハ葉脈上ニノミ毛アルモノアリ、枝ニモ毛少シ之ヲ「**うすげえびづる**」ト云フ、智異山ノ特產植物ナリ。

5. Vitis ficifolia, *Bunge*

Enum. Pl. Chin. bor. p. 12 n. 68 (1831). *Koch* Dendrol. I. p. 549 (1869). *Nakai* Veg. Isl. Quelp. p. 63. n. 877.

Var. **Thunbergii**, (*Siebold* et *Zuccarini*) *Nakai.*

Vitis Thunbergii, *Siebold* et *Zuccarini* in Abhandl. Muench. Akad. IV. 2. p. 198. *Forbes* et *Hemsley* in Journ.

Linn. Soc. XXIII. p. 134. p.p. *Planchon* in *De Candolle* Monogr. Phan. V. 2. p. 333. *Dippel* Handb. Laubholzk. II. p. 548. *Palibin* Consp. Fl. Kor. I. p. 56. *Nakai* Fl. Kor. I. p. 129 et Veg. Isl. Quelp. p. 63 n. 879 et Veg. m't Chirisan p. 39. n. 316. *Schneider* Illus. Handb. Laubholzk. II. p. 305 p.p. fig. 207 d. *Matsumura* Ind. Pl. Jap. II. p. 344. p.p. *Gagnepain* in Pl. Wils. I. p. 104.

Vitis Labrusca *α.* typica c. ficifolia et d. sinuata, *Regel* in Act. Hort. Petrop. II. p. 396 (1873).

V. Labrusca var. Thunbergii, *Ito* et *Matsumura* Tent. Fl. Lutch· in Journ. Science Coll. Imp. Univ. Tokyo XII. p. 396. p.p. (1899).

V. Thunbergii var. partita, *Makino* in Journ. Jap. Bot. I. 10. p. 32 (1918).

Frutex potius gracilis scandens. Cirrhi oppositifolii. Ramus dense albo v. rufescente lanatus demum araneus. Petioli aranei v. lanati. Lamina 5-loba, lobis indivisis v. incisis v. eroso-panduræformibus supra primo ciliata v. glabra simulque aranea demum glabrescens, infra albo v. rufescente lanata. Pedunculi ecirrhosi v. cirrhosi lanati oppositifolii. Flores paniculati. Flores masculi minimi, calyce brevissimo 0.2—0.3 mm. longo, staminibus 1.0—1.3 mm. longis. Flores feminæi pedicello robustiore. Drupa diametro 7—8 mm. intense violacea acida.

Nom. Jap. Kikuba-ebidzuru.

Nom. Kor. Kamagi-molugwi (Quelpært). Morainam (Kyöng-san).

Hab. insula Quelpært et in monte Chirisan.

Distr. Tsushima, Hondo (Suwo) et China.

Var. **glabrata,** *Nakai.*

Vitis Thunbergii var. glabrata, *Nakai* in Veg. m't Chirisan p. 39 n. 317 (1915) nom. nud.

Foliorum forma ut var. Thunbergii sed ramis adpresse lanuginosis, foliis subtus secus venas tantum lanatis differt.

Nom. Jap. Usuge-ebidzuru.

Hab. in monte Chirisan.

6. てうせんやまぶどう

サンボドウナム（莞島）　モル（濟州島）　モイットモル（京城）

ワンモル（京畿）　チャンモルック（平南）　モルック（平北）

（第 六 圖）

纒攀性植物、卷鬚ハ葉ニ對生ス、枝ハ始メ綿毛アレドモ後無毛トナル。葉柄ハ長キハ 20 珊ニ達スルモノスラアリ。葉身ハ廣卵形又ハ廣五角形、淺ク 3 乃至 5 叉スルモノトセザルモノトアリ。表面ハ無毛又ハ薄キ綿毛アリ。裏面ハ薄キ綿毛アレドモ後無毛トナル。花序ハ圓錐花叢ヲナシ枝ノ先ニ花ハ繖形ニ集合ス。雄花ハ小花梗ノ長サ 3 乃至 4 粍、萼ハ長サ半粍、花瓣ハ先端癒着シ長サ 2 乃至 2.5 粍、雄蕋ハ 2. 5 乃至 3 粍、雌花ハ長サ 2 粍許ノ小花梗ヲ具ヘ雄蕋ノ長サハ 一 粍ニスギズ、子房ハ帶卵球形、花柱ハ長サ半粍許、漿果ハ直徑一珊許成熟スレバ濃紫色トナリ酸味ニ富ム。

濟州島並ニ朝鮮全道ニ亘リ分布ス。

（分布）黑龍江省、滿州、烏蘇利、本島（備中）。

一種葉ノ毛ノ多キモノアリ。若葉ノ裏面ニハ毛多ケレドモ秋期ニハ僅カニ綿毛ヲ殘スノミ、**たけしまぶどう**ト云ヒ欝陵島ニ多在シ北海道ニモアリ。

又一種葉裏ノ毛甚ダ多ク秋期ト雖モ一面ニ褐色ノ綿毛アルモノアリ、**やまぶどう**ト云ヒ欝陵島ニアリテ稀ナリ。樺太、北海道、本島、四國、九州ニ分布ス。

6. Vitis amurensis, *Ruprecht*

Pl. Maack. p. 524 (1857). *Maximowicz* Prim. Fl. Amur. p. 69. *Koch* Dendrol. I. p. 548. *Planchon* in *De Candolle* Monogr. V. 2. p. 349. *Gilg* in Nat. Pflanzenf. III. 5. p. 444. *Franchet* Pl. Dav. p. 74. *Palibin* Consp. Fl. Kor. I. p. 56. *Komarov* Fl. Mansh. III. p. 14. *Schneider* Illus. Handb. II. p. 311. fig. 309 d—e. *Nakai* Fl. Kor. I. p. 129. II. p. 461 et Chōsenshokubutsu p. 219. fig. 259 et Veg. Isl. Quelp. p. 63. n. 876 et Veg. m't Chirisan p. 39 n. 315 et Veg. Diamond m'ts p. 178 n. 433. *Yabe* Fl. South Manch. p. 91. *Bean* Trees and Shrubs. p. 666.

V. vinifera var. amurensis, *Regel* Tent. Fl. Uss. n. 109.

V. vulpina var. amurensis, *Regel* in Act. Hort. Petrop. II. p. 394 et Gartenfl. t. 339.

V. Thunbergii, *Regel* in Gartenfl. t. 424.

V. vinifera, (non *Linné*) *Forbes* et *Hemsley* in Journ. Linn. Soc. XXIII. p. 136. p.p. *Nakai* Fl. Kor. I. p. 128 et II. p. 461.

V. Shiragai, *Makino* Journ. Jap. Bot. I. 4. Jap. p. 105 cum fig. (1917) et I. 10. p. 32 (1918).

Frutex alte scandens. Cirrhi oppositifolii. Ramus primo araneus sed glabrescens. Petioli 1—20 cm. longi. Lamina forma variabilis ambitu latissime ovata v. late quinquangularis breve v. ad medium 3-lobata v. indivisa basi sinuata grosse mucronato v. argute serrata apice acuminata, supra glabra v. aranea infra araneosa sed mox glabrescens. Pedunculi oppositifolii cirriferi v. ecirriferi glabri. Inflorescentia paniculata. Flores in apice ramorum inflorescentiæ umbellati. Flores masculi pedicellis 3—4 mm. longis, calyce breve subtruncato 0.5 mm. alto, petalis apice cohærentibus 2.0—2.5 mm. longis, staminibus 2.5—3.0 mm. longis. Flores feminæi pedicellis 2 mm. longis, staminibus 2 mm. longis, ovario ovali-globoso, stylo 0.5 mm. longo. Drupa circ. 1 cm. diametro, intense violacea acida edulis.

Nom. Jap. Chōsen-yama-budō.

Nom. Kor. Wan-moru (Kyŏng-geui). Sanpodō-nam (Wangto), Moru (Quelpært). Moruk (Phyŏng-an bor.). Moit-mor (Seoul). Chang-moruk (Phyŏng-an austr.).

Hab. insula Quelpært et per totas regiones Peninsulæ Koreanæ.

Distr. Manshuria, Amur, Ussuri et Hondo occid. (Bitchu).

Var. **glabrescens,** *Nakai.*

Vitis Coignetii var. glabrescens, *Nakai* in Tokyo Bot. Mag XXXII. p. 108 (1918) et Veg. Isl. Dagelet p. 22. n. 228 (1919). *Takeda* in Tokyo Bot. Mag. XXXII. p. 196 (1918).

Rami aranei v. lanati. Folia subtus parce aranea v. lanata sed demum subglabrescentia.

Nom. Jap. Takeshima-budō.

Hab. in insula Dagelet et satis vulgaris.

Distr. Yeso.

Var. **Coignetii,** (*Pulliat*) *Nakai.*

Vitis Coignetii, *Pulliat* in litt. apud *Planchon* in Journ. La Vigne

Americ. (1883) p. 186 et *De Candolle* Monogr. V. 2. p. 325. *Matsumura* Ind. Pl. Jap. II. p. 343 (1912). *Schneider* Illus. Handb. Laubholzk. II. p. 305. fig. 207 e—f. *Bean* Trees and Shrubs II. p. 669. *Bailley* in Stand. Cyclop. p. 3491 (1917).

V. Labrusca, (non *Linné*) *Thunberg* Fl. Jap. p. 103. *Franchet* et *Savatier* Enum. Pl. Jap. I. p. 83.

V. Labrusca *α*. typica a. grandifolia, *Regel* in Act. Hort. Petrop. II. p. 395 p.p. (1873).

Folia subtus in auctumno ferrugineo-lanata.

Nom. Jap. Yama-budō.

Hab. in insula Dagelet.

Distr. Sachalin, Yeso, Hondo, Shikoku et Kiusiu.

六) 朝鮮產葡萄科植物ノ和名朝鮮名學名ノ對稱

和名	朝鮮名	學名
ツタ。ナツヅタ	Tan-jan-i (濟州島). Tande-yong-chul (莞島). Tamjan-i-nong-kul (京畿)	Psedera Thunbergii, *Nakai.*
カガミグサ	....	Ampelopsis japonica, *Makino*
ノブドウ	Que-moru (濟州島) キャイモルク (平安)	Ampelopsis heterophylla, *Siebold* et *Zuccarini.*
サンカクヅル。ギヤウジヤノミヅ	Moru (濟州島). Sai-moru (京畿)	Vitis flexuosa, *Thunberg.*
キクバエビヅル	Kamagi-molugwi (濟州島). Morainam (慶南)	Vitis ficifolia, *Bunge* var. Thunbergii, *Nakai.*
ウスゲエビヅル	....	Vitis ficifolia, *Bunge* var. glabrata, *Nakai*
テウセンヤマブドウ	Wan-moru (京畿). Sanpodō-nam (莞島). Moru (濟州島). Moruk (平北). Chang-moruk (平北). Moit-mor (京城)	Vitis amurensis, *Ruprecht.*
タケシマブドウ	....	Vitis amurensis, *Ruprecht* var. glabrescens, *Nakai.*
ヤマブドウ	....	Vitis amurensis, *Ruprecht* var. Coignetii, *Nakai.*

田麻科

TILIACEAE

(一) 主要ナル引用書類

著　者	書　名
Houttuyn	Pflanzensystem II. p. 31—36, p. 260—264 (1777).
M. Lamarck	Encyclopédie Méthodique III. p. 45 (1789).
C. L. Willdenow	Species Plantarum II. 2. p. 1161—1163. p. 1164—1167 (1799).
C. H. Persoon	Synopsis Plantarum I. p. 64—67 (1805).
J. L. M. Poiret	*Lamarck* Encyclopédie Méthodique VII. p. 677—680 (1806).
Fr. Pursh	Flora Americæ septentrionalis II. p. 362—363 (1814).
La Marck et *De Candolle*	Flore Française IV. p. 824—826 (1815).
H. F. Link	Enumeratio plantarum horti regni Botanici Berolinensis II. p. 71—72 (1822).
La Marck	Recucil de planches de Botanique de L'encyclopédie II. pl. 467 (1823)
A. P. De Candolle	Prodromus systematis naturalis regni vegetabilis I. p. 503—518 (1824).
Al. Bunge	Enumeratio plantarum quas in China boreali collegit p. 9 (1831).
St. Endlicher	Genera Plantarum p. 1004—1010 (1836—40).
J. C. Loudon	Arboretum et fruticetum Britannicum I. p. 364—376 (1838).
J. Torrey and *A. Gray*	A Flora of North America I. p. 238—240 (1848—40).

A. Regel	Tentamen Floræ Ussuriensis p. 30—32 (1861).
G. Bentham	Notes on Tiliaceæ in Journal of the Linnæan Society Vol. V. suppl. p. 52—74 (1861).
G. Bentham et *J. D. Hooker*	Genera Plantarum I. p. 228—240 (1862).
K. Koch	Dendrologie I. p. 469 (1869).
H. Baillon	The natural history of plants IV. p. 167—209 (1875).
A. Franchet et *L. Savatier*	Enumeratio plantarum Japonicarum I. p. 66—67 (1875).
C. J. Maximowicy	Tiliæ Asiæ orientalis in Mélanges Biologiques X. p. 582—589 (1880)
I. R. Szyszylowicz	Zur Systematik der Tiliaceen in *Engler* Botanische Jahrbücher VI. p. 428—457 (1885).
F. B. Forbes and *W. B. Hemsley*	Index Floræ Sinensis I. p. 92—94 (1886).
K. Schumann	Tiliaceæ in *Engler* and *Prantl* Die natürlichen Pflanzenfamilien III. 6. p. 8–30 (1890).
L. Dippel	Handbuch der Laubholzkunde III. p. 56—75 (1893).
Adolf Engler	Syllabus der Vorlesungen über specielle und medicinisch-pharmaceutische Botanik ed. 1. p. 136 (1892).
N. L. Britton and *A. Brown*	An illustrated Flora of the Northern United states, Canada and the British Posessions II. p. 413—414 (1897).
J. Palibin	Conspectus Floræ Koreæ I. p. 47 (1898).
C. S. Sargent	Manual of the Trees of north America p. 669—675 (1905).

V. Komarov Flora Manshuriæ III. p. 23—31 (1907).

Victor Engler Monographie der Gattung Tilia (1909).

T. Nakai Flora Koreana I. p. 104—106 (1909) II. p. 454 (1911).

C. K. Schneider Illustriertes Handbuch der Laubholzkunde II. p. 365—389 (1909).

J. Matsumura Index plantarum Japonicarum II. 2. p. 341—344 (1912).

W. J. Bean Trees and shrubs hardy in the British Isles p. 589—597 (1914).

A. Rehder et *E. H. Wilson* Plantæ Wilsonianæ II. part 2 p. 363—371 (1915).

中井猛之進
(1) 濟州島植物調査書 p. 63 (1914).
(2) 莞島植物調査書 p. 10 (1914).
(3) 智異山植物調査書 p. 39 (1915).
(4) 金剛山植物調査書 (1918).
(5) 欝陵島植物調査書 (1919).
(6) 朝鮮植物第一卷 p. 172—176 (1914).

東京植物學雑誌 第三十一卷第三十三卷第二十七卷

(二) 朝鮮産田麻科植物研究ノ歴史

1886 年 *Forbes, Hemsley* 兩氏ハ The Journal of the Linnæan Society 第二十三卷ニ始メテ朝鮮産ノ田麻科植物一種 Grewia parviflora ヲ記セリ.

1899 年 *Jwan Palibin* ハ其著 Conspectus Floræ Koreæ 第一卷ニ同ジク Grewia parviflora 丈ケヲ擧グ.

1907 年 *Vradimir Komarov* ハ Acta Horti Petropolitani 第二十五卷ニ Tilia mandshurica ガ北朝鮮ニアル事ヲ報ズ.

1909 年 *Victor Engler* ハ其著 Mongraphie der Gattung Tilia ニ Tilia amurensis ガ江原道及ビ元山附近ノ山ニアル事並ニ Tilia mandshurica ガ北朝鮮ニアル事ヲ記ス.

同年余ノ Flora Koreana 第一卷ニハ Grewia parviflora, Tilia amurensis, Tilia mandshurica ノ三種ヲ載ス.

同年 *C. K. Schneider* ハ Fedde ノ Repertorium 中ニ濟州島產しなのきノ一種 Tilia Taquetii ヲ記述ス.

1911 年余ノ Flora Koreana 第二卷ニ Grewia parviflora, Tilia mandshurica, Tilia Taquetii ノ三種ヲ載ス. 其中 Tilia mandshurica ノ一部ハ Tilia semicostata トシテ別ツベキモノトス.

1913 年東京植物學雜誌第二十七卷ニ余ハ朝鮮新植物目錄ヲ記セシ中ニ Tilia subintegra, Tilia megaphylla, Tilia glabrata, Tilia semicostata, Tilia koreana ノ五新種ヲ擧グ. 其中 Tilia subintegra ハ Tilia megaphylla f. subintegra ニ Tilia glabrata ハ Tilia amurensis v. oligantha ニ改ムベシ.

1914 年濟州島植物報告書出ヅ其中ニハ Tilia Taquetii 及ビ新植物 Grewia parviflora var. angusta ヲ記ス. 又莞島植物報告書中ニハ Grewia parviflora 丈ケヲ記シ且. 朝鮮植物第一卷ニハ Grewia parviflora, Tilia megaphylla, Tilia mandshurica, Tilia semicostata, Tilia koreana, Tilia amurensis, Tilia glabrata, Tilia Taquetii ノ七種ヲ記ス. 其中 Tilia amurensis ハ Tilia rufa ニシテ Tilia glabrata ハ Tilia amurensis var. oligantha ナリ.

1915 年余ノ智異山植物報告書ノ中ニハ Tilia mandshurica ト Tilia Taquetii トヲ記ス.

同年 *Rehder Wilson* 兩氏ハ Plantæ Wilsonianæ 中ニ Tilia mandshurica ヲ朝鮮產トシテ記セシモ其中鎭南浦產トアルハ余ノ Tilia semicostata ナリ.

1917 年余ハ東京植物學雜誌第三十一卷ニ鬱陵島ノ新植物 Tilia insularis ヲ記ス.

1918 年余ハ金剛山植物調査書ニ Tilia amurensis, Tilia amurensis var. glabrata, Tilia Koreana, Tilia mandshurica, Tilia megaphylla ノ四種一變種ヲ記セシモ Tilia amurensis トセシハ Tilia rufa ニシテ Tilia amurensis var. glabrata ハ var. oligantha ナリ.

1919 年余ハ東京植物學雜誌第三十三卷ニ Tilia amurensis ニ關シテ記シ Tilia Taquetii ヲ其品種ニ下シ var. rufa ヲ新變種トシ Tilia koreana ヲ變種ニ下セリ. 然レドモ其等ハ皆獨立ノ種トスル方可ナリ.

以上ノ外各方面ヨリノ採品ヲ併セ考ヘ朝鮮ニ次ノ既知種ヲ得タリ.

1. Tilia amurensis, *Rupprecht* var. oligantha,
   V. Engler あむーるしなのき
   „ „ f. polyantha, (*V. Engler*) *Nakai.*

	„ „ var. grosse-serrata, *Nakai*.	
2.	Tilia rufa, *Nakai*	さびしなのき
3.	Tilia koreana, *Nakai*	てうせんしなのき
4.	Tilia insularis, *Nakai*	たけしましなのき
5.	Tilia Taquetii, *Nakai*	くはのはしなのき
6.	Tilia mandshurica, *Ruprecht* e. *Maximowicz*	まんしうぼだいじゆ
7.	Tilia megaphylla, *Nakai*	おほぼだいじゆ
	„ „ f. subintegra, *Nakai*	
8.	Tilia semicostata, *Nakai*	ぼだいじゆもどき
9.	Tilia ovalis, *Nakai*	かうらいぼだいじゆ
10.	Grewia parviflora, *Bunge*	えのきうつぎ
	„ „ var. angusta, *Nakai*	ほそばえのきうつぎ

(三) 朝鮮産田麻科植物ノ分布

(1) えのきうつぎ屬 Grewia.

えのきうつぎハ全羅南道（梅加島、莞島、木浦、）全羅北道（南原）、京畿道（楊州、仁川）、平安南道（鎭南浦）等ニアリ、支那ニハ廣ク產ス。

ほそばえのきうつぎハ濟州島ノ特產植物ニシテ且稀品ナリ。

(2) しなのき屬 Tilia.

あむーるしなのきは最モ分布廣ク江原道、平安南北道、咸鏡南道ニ生ジ特ニ平北、咸南ニハ純林ヲナス所サヘアリ、滿洲、アムール地方ニ分布ス、きつねしなのき一名さびしなのきハ江原道金剛山上ニテ採レリ、滿洲ニモアレドモ寧ロ稀品ナリ。

てうせんしなのきハ金剛山及ビ咸南、甲山郡白德嶺ニテ採收セリ、朝鮮ノ特產植物ナリ。

たけしましなのきハ欝陵島ニ最モ普通ニアル植物ノ一ニシテ且最大樹ノ一ナリ、此種ハあむーるしなのきニ似テ非ナル同島特產植物ナリ。

くはのはしなのきハ金剛山、智異山、濟州漢拏山ニアリ、而シテ其個數多カラズ、朝鮮ノ特產種ニシテ特ニ智異山及ビ漢拏山ニテハ唯一ノしなのきナリ。

まんしうぼだいじゆハ咸北、咸南、平北、平南、江原ノ諸道ニ分布シ國外ニアリテハ滿洲ヲ經テ北支那直隸省ノ山地ニ生ズ。

おほぼだいじゆハ金剛山ニノミ發見セル朝鮮特產品ナリ、其一種葉ノ半部ハ鋸齒ナキモノアリ咸南北靑ノ產ナリ。

ぼだいじゆもどきハ平南鎭南浦ノ公園飛發島ヲ飾ル巨樹ニシテ同島開發前ヨリアリ、大ニ簇生ス、朝鮮ニ於ケル名木ノ一ナリ。

かうらいぼだいじゆハ咸北雄基郡黃勾基ノ山ニアリ、高サ三四間ノ木ガまんしうぼだじゆト混生ス、朝鮮特產種ノ一ナリ。

(四) 朝鮮產田麻科植物ノ效用

しなのきの類ハ大木トナリ、材ハ下駄ニ作リ得、建築用、器具用トシテハ推奬スベキモノニ非ズ、昔時韓國政府當時ハしなのき類ノ若枝ノ延ビヨキモノヲ撰ビ採リ皮ヲ剝ギ取リ木炭ニシ火藥用ニセシト云フ。一般ニ新材ハ軟故燐寸ノ軸木ニナシ得。

しなのき類ノ皮ハ靭皮强靱ニシテ編デ强靱ナル綱ヲ作リ得レドモ其皮ヲ剝ギ取ル爲メ木ヲ枯死セシムル故推奬スベキ事ニ非ズ、咸南、平北ノ山地方ニハ特ニ大樹ヲ撰ビ皮ヲ丸ク剝ギ取リ桶ノ胴ニ用フ。

挿圖一。

あむーるしなのき (Tilia amurensis) ノ內皮ヲ丸ク剝ギ桶ノ胴ヲ作リツツアル狀、咸鏡南道長津郡江口。　(大正三年七月撮影)

まんしうぼだいじゆノ果實ハ珠數ニ作リ得。

歐州ニテハ Tilia platyphylla, Tilia ulmifolia ノ花ヲ乾シ民間ニ發汗劑トナス、朝鮮産ノぼだいじゆ類ノ花モ恐ラク同樣ノ效アルベケレドモ未ダ試ミシモノアラズ。

しなのき類、ぼだいじゆ類ハ共ニ生長早ク比較的瘠地ニモ生育シ殊ニ簇生シテ大形ノ葉ヲ多ク落ス故早ク腐蝕土ヲ作ラシムルニ用キテヨシ。

(五) 朝鮮産田麻科植物ノ分類ト各種ノ圖說

田　麻　科

Tiliaceæ.

(甲) 科　ノ　特　徵

喬木又ハ灌木又ハ草本、葉ハ互生、托葉ト葉柄トアリ、鋸齒アルヲ常トス。花ハ繖房狀ニシテ兩全又ハ單性又ハ多性、整正五數又ハ四數、蕚ハ下位、蕚片ハ相重ナル、花瓣アルモノトナキモノトアリ、雄蕋ハ多數アリ、花瓣ノ基部ニ附クカ又ハ花托上ニ生ズ、往々五體又ハ十體、有葯又ハ無葯、花絲ハ細ク、葯ハ二室、各室ハ相癒合スルトキト分離スルトアリ。子房ハ蕚ヨリ離レ花托柱上ニツキ 2 乃至 10室 、花柱ハ一個又ハ基脚迄サク、中軸胎坐ヲ有ス、胚珠ハ各室ニ 1 個乃至多數、種子ハ胚乳ヲ有スルモノト有セザルモノトアリ、幼根ハ上向、子葉ハ卵形又ハ球形。

溫帶及ビ熱帶ニ亘リ四十屬ト約四百種アリ、其中四屬十四種ハ朝鮮ニ自生スレドモ二屬四種ハ草本故之ヲ除ク、除外スベキモノハ左ノ如シ。

1. Corchoroysis intermedia, *Nakai*　　ひめからすのごま
　平　北　産
2. Corchoropsis psilocarpa, *Harms* et *Loesner* かうらいからすのごま
　濟州島、京畿、平南、黃海各道産
3. Corchoropsis tomentosa, *Makino*　　からすのごま
　京畿全南濟州島ニ亘リ産ス
4. Triumfetta japonica, *Makino*　　らせんさう
　全　羅　道　産

以上ヲ除ク二屬十種ハ本編ニ入ルベキモノニシテ分テ次ノ二族トス。

{花托ハ高マラズ、花瓣ハ基脚ニ蜜槽ナシ………………しなのき族
{花托ハ筒狀又ハ柱狀ニ高マル、花瓣ハ基脚ニ蜜槽アリ ….えのきうつぎ族

Tiliaceæ, (*Jussieu*) *Lamarck* et *De Candolle* Fl. Fran. IV. 2. p. 824. (1815). *De Candolle* Prodr. I. p. 503 (1824). *Wight* et *Arnott* Fl. Penins. Ind. Orient. I. p. 72 (1834). *Koch* Dendrol. I. p. 470 (1869). *Schumann* in nat. Pflanzenf. III. 6. p. 8. (1890). *Engler* Syllabus ed. 1. p. 136 (1892). *Sargent* Manual p. 669 (1905). *Schneider* Illus. Handb. II. p. 365 (1909).

Tiliaceæ pro parte *Jussieu* Gen. Pl. 289 (1789). *Link.* Enum. Pl. Hort. Berol. II. p. 5. p. 71 (1822). *Endlicher* Gen. Pl. p. 1004 (1836—40). *Lindley* Veg. Kingd. p. 371 (1853). *Bentham* in Journ. Linn. Soc. V. suppl. p. 52 (1861). *Bentham* et *Hooker* Gen. Pl. I. 1. p. 228. *Eichler* Syllabus p. 47 (1886). *Baillon* Nat. Hist. IV. p. 166 (1875). *Szyszylowicz* in *Engler* Bot. Jahrb. IV. p. 427 (1885).

Arbores, frutices v. herbæ. Folia alterna simplicia petiolata stipullata vulgo serrata. Flores cymosi v. corymbosi, hermaphroditi v. monoeci v. polygami regulares 5 v. 4-meri. Calyx inferus, sepalis mbricatis. Petala interdum destituta. Stamina numerosa supra torum elevatum affixa v. petalis basifixa libera v. 5—10 delpha antherifera v. interdum in staminodes variant. Filamenta filiformia Antheræ biloculares, loculis parallelis v. divaricatis. Ovarium liberum supra torum sessile 2—10 loculare. Styli simplices v. ad basin fissi. Placenta vulgo axillaria. Ovula in loculis 1—∞ ascendentia iv. horizontalia v. pendula. Semina albuminosa v. exalbuminosa Radicula supera. Cotyledones ovatæ v. orbiculares.

Genera 40 et circ. 400 species in regionibus calidis et tropicis incola, inter eos genera 4 species 14 in Corea sponte nascent, quarum genera 4 species 10 sunt plantæ lignosæ.

Torus destitutus. Petala non foveolata. ....Tilieæ, *Bentham.*
Torus elevatus. Petala basi foveolata. ....Grewieæ, (*Endlicher*) *Bentham.*

(乙) 各族、各屬、各種ノ記載並ニ圖解

第一族　しなのき族

萼片ハ離生、花瓣ニ蜜槽ナク雄蕋ニ接シテ附ク、葯ハ相平行ス、次ノ一屬朝鮮ニアリ。

第一屬　しなのき屬

喬木又ハ小喬木、葉ニ互生、葉柄アリ、托葉ハ早ク落ツ、苞ハ細長ク花梗ニ着癒ス、花ハ繖房狀ニシテ腋生、萼片ハ五個、花瓣ハ五個、無葯雄蕋ハ五個乃至二十個稀ニ之ヲ缺ク、雄蕋ハ多數アリテ離生シ又ハ多體、葯ハ二室、子房ハ五室、各室ニ二個宛ノ胚珠アリ、花柱ハ一個柱頭ハ五叉ス、果實ハ硬ク、球形、卵形又ハ倒卵形、中ニ一個又ハ二個ノ種子ヲ藏ス、種子ニ胚乳アリ、子葉ハ廣シ。

北半球ノミニ生ジ五十種許アリ、其中九種ハ朝鮮ニ自生ス、分テ次ノ二節トス。

葉ノ裏面ニハ葉脈ノ分岐點ニ毛アリ、又稀ニ褐色ノ星狀毛ヲ生ズル事アリ。
..............しなのき節
葉ノ裏面ニハ短キ白色ノ星狀毛蜜生シ爲メニ葉裏ハ白色ヲ呈ス。
..............ぼだいじゆ節

Trib. 1 **Tilieæ,** *Bentham* in Journ. Linn. Soc. V. suppl. p. 55 (1861). *Bentham* et *Hooker* Gen. Pl. I. p. 235 (1862). *Schumann* in Nat. Pflanzenf. III. 6. p. 18. *Engler* Syllabus ed. 1. p. 136 (1892). *Dippel* Handb. III. p. 59 (1893).

Grewieæ pro parte *Endlicher* Gen. Pl. p. 1006 (1836—1840) *Baillon* Nat. Hist. IV. p. 183 et 193. *Lindley* Veg. Kingd. p. 372 (1853).

Sepala distincta. Petala non foveolata, circa stamina immediate inserta. Antheræ loculis parallelis. Genus unicum in Corea adest.

Gn. I. **Tilia,** (*Brunfels*) *Tournefort* Instit. Rei Herb. p. 611. fig. 381. (1700). *Linné* Gen. Pl. n. 6.0 (1737). *Houttuyn* Pflanzensyst. II. p. 31 (1777). *Willdenow* Sp. Pl. II. 2. p. 1161 (1799). *Michaux* Fl. bor. Americ. I. p. 306 (1803). *Persoon* Syn. Pl. II. p. 66 (1806) *Poiret* in *Lamarck* Encycl. VII. p. 677 (1806). *Lamarck* et *De Candolle* Fl. Fran. IV. 2. p. 825 (1815). *Lamarck* Illus. II. Pl. 467 (1823). *De Candolle* Prodr. I. p. 512 (1824). *G. Don* Gen. Syst. I. p. 552 (1831). *Endlicher* Gen. Pl. p. 1008 u. 5373 (1838—40). *Loudon* Ard. et Frut. I. p. 364 (1838). *Plee* Gen. Pl. Fran. I. Pl. 92 (1844—64). *Bentham* et *Hooker* Gen. Pl. I. p. 236 (1862). *Koch.* Dendr. I. p. 470 (1869). *Schumann* in Nat. Pflanzenf. III. 6. p. 24 (1890). *Dippel* Handb. Laubholzk. III. p. 60 (1893). *Victor Engler* Monogr. (1909). *Schneider* Illus. Handb. II. p. 367 (1909).

Arbor v. arboreus. Folia alterna petiolata serrata obliqua. Stipulæ caducæ. Bracteæ elongatæ pedunculo adnatæ. Flores cymosæ axillares. Sepala 5. Petala 5. Staminodia 5—20 interdum destituta. Stamina ∞ libera v. polyadelpha. Antheræ biloculares. Ovarium 5-loculare, loculis 2-ovulatis. Stylus simplex. Stigma 5-lobum. Fructus exsiccatus globosus v. ovatus v. pyriformis indehiscens1—2 spermis· Semina ascendentia albuminosa. Cotyledones latæ marginibus involutis.

Circ. 50 species in regionibus borealis hemisphærici incolæ, inter eas species 9 in Korea sponte nascent.

Folia subtus præter venas glabra v. pilis stellulatis fuscis v. albidis barbulata. ....Sect. Anastræa, *V. Engler.*
Folia subtus pilis albis adpressis stellulatis densissime obtecta. ....Sect. Astrophilyra. *V. Engler.*

第一節　しなのき節

特徴ハ前出。

亞節　しなのき亞節

葉脈ハ網狀ニシテ平行セズ。外果皮ハ洋紙質ナリ、次ノ各種ヲ含ム。

1 若枝ハ晩夏尚ホ褐毛ヲ有ス。 ....2.
若枝ハ夏時既ニ無毛、葉ハ無毛ニシテ裏面葉脈ノ分岐點ニノミ毛アリ。 ....3.

2 葉ハ裏面ニ褐毛アリ、果實ハ長倒卵形又ハ倒卵形。 ....さびしなのき
葉ハ小サク裏面ニハ葉脈ノ主脈分岐點ニノミ毛アリ、果實ハ長倒卵形。 ....くはのはしなのき

3 苞ハ白色ノ星狀毛アリ、葉ハ生時表面ニ少シク光澤アリ。 ....たけしましなのき
苞ハ無毛又ハ中肋ニ沿ヒ僅カニ微小ノ星狀毛アリ、葉ニ光澤ナシ。 ....4.

4 果實ハ長倒卵形。 ....てうせんしなのき
果實ハ倒卵形又ハ球形。 ....5.

5 { 花ヲ附クル枝ノ葉ハ小形ニシテ通例先端迄3又ハ4珊許 ....くはのはしなのき(再出)
花ヲ附クル枝ノ葉ハ通例4乃至9珊アリ。 ....あむーるしなのき }

Sect. 1. **Anastræ,** *V. Engler* Monogr. p. 68 (1909).

Subsect. **Reticulares,** *V. Engler* l.c.

Lindnera, *Reichenbach* Consp. Regn. Veg. I. p. 209. p. p. (1828)

Eutilia, *Neilreich* Fl. Neder-Oesterr. II. p. 327 p. p. (1859).

Haplopetaloideæ et Diplopetaloideæ, *Bayer* in Verh. Zool.—Bot. Gesells. Wien XII. p. 15 et 46. p. p. (1862).

Pentapetalæ et Decapetalæ, *Čelakovsky* Fl. Böhm. I. p. 518 (1867).

Nervi foliorum reticulatum non paralleli. Pericarpium chartaceum fragile. Continens sequentes species.

1 { Rami hornotini adulti rufo-tomentosi. ....2.
Rami hornotini adulti glaberrimi. Folia glabra subtus in axillis venarum tantum rufo-tomentosa. ....3. }

2 { Folia subtus adulta rufo-pilosa v. tomentosa. Fructus oblongo-obovatus v. obovatus. ....T. rufa, *Nakai.*
Folia parva adulta subtus in axillis venarum tantum barbata Fructus pyriformis. ......T. Taquetii. *Schneider.* }

3 { Bracteæ primo albo-stellulato-pilosæ. Folia chartacea viva supra luciduscula. ....T. insularis, *Nakai.*
Bracteæ glabræ v. secus venas rarissime minute stellulatæ. Folia tenera. ....4. }

4 { Fructus pyriformis. .... T. Koreana, *Nakai.*
Fructus obovatus v. obovato-globosus. ....5. }

5 { Folia ramorum floriferorum parva vulgo cum acumine 3—4 cm. longa. ......T. Taquetii, *Schneider* (bis)
Folia ramorum floriferorum majora vulgo 4—9 cm. longa basi cordata v. subtruncata. ....6. }

6 { Folia grosse serrata ....T. amurensis v. grosse-serrata, *Nakai.*
Folia moderate serrata. ....7. }

7 { Flores 3—20...........T. amurensis v. oligantha, *V.* Engler.
Flores 20—294..T. amurensis v. oligantha f. polyantha, *Nakai.* }

1. アムールしなのき

ピ ナ ム (咸鏡、平安、黄海、京畿、江原)

(第　七　圖)

高サ20米突ニモ達スル喬木、幹ハ直立スルモノ多シ、樹膚ハ灰色、古枝ハ褐色又ハ帶紫褐色皮目散點ス、若枝ハ最初ヨリ無毛又ハ微毛アルアリ、決シテ星狀毛ヲ生ズル事ナシ、葉柄ハ無毛長サ1.5乃至6珊、葉身ハ始メ微毛アルモノト始メヨリ無毛ノモノトアリ長サ3乃至9珊、幅ハ2.3乃至8.5珊鋭鋸齒アリ、表面ハ緑色無毛、先端ハ急ニトガリ、裏面ハ淡白ク主脈ノ分岐點ニ褐毛密生ス、花梗ハ無毛3個乃至20個ノ花ヲツク、苞ハ披針形又ハ倒披針形先ハ丸ク脈著シク艶アリ、萼ノ外面ハ先端ニ微小ノ星狀毛アリ、花瓣ハ五個細ク倒披針形、雄蕋ハ多數、子房ハ白絨毛アリ、柱頭ハ五叉ス、果實ハ球形又ハ倒卵形白毛又ハ褐毛密生ス。

咸鏡南北、平安南北、江原ノ諸道ニ生ズ。

(分布) アムール地方、滿洲。

一種花ガ一花梗上ニ30乃至294個モツクモノアリ、花多キ一品種ナリ、平北昌城昌州間鴨綠江岸及ビ碧潼豐年山ニテ採收ス。

又一種鋸齒ノ粗大ナルアリ鎭南浦飛發島及ビ平壤ノ北ニアル大聖山等ニ生ズ。

1. **Tilia amurensis,** *Ruprecht.*

Fl. Cauc. p. 253 in textu (1869). Schneider Illus. Handb. Laubholzk. II. p. 374 (1909). *V. Engler* Monogr. p. 84 (1909).

T. amurensis, *Komarov* Fl. Mansh. III. p. 24 (1907). *Nakai* Fl. Kor. I. p. 105 (1909) et in Tokyo Bot. Mag. XXXIII. p. 61 (1919)

T. cordata var. mandshurica, *Maximowicz* in Mél. Biol. X. p. 585 (1880). *Koehne* Deutsch. Dendrol. p. 409 (1893).

T. cordata. *Miller* Gard. Dict. ed. 8. p. 373. p. p. (1768),

T. Maximowiczii, *Baker* in Journ. Bot. XXXVI. p. 319 (1898).

var. **oligantha,** *Engler* Monogr. p. 84 (1908).

var. glabrata, *Nakai* Veg. Diamond mt's p. 179 n. 434 b. (1918) et in Tokyo Bot, Mag. XXXIII. p. 60 (1919).

T. glabrata, *Nakai* in Tokyo Bot. Mag. XXVII. p. 130 n. 64 nom. nud. (1913) et Chosenshokubutsu I. p. 174 (1914).

Arbor usque 20 m. alta. Truncus erectus. Cortex cinereus. Rami annotini fusci v. purpureo-fusci, lenticellis sparsim punctati, hornotini ab initio glabri v. paulum pilosi non stellulato pilosi. Petioli glabri 1.5—6.0 cm. longi. Lamina primo pilosa v. glabra 3.0—9.0 cm. longa 2.3.—8.5 cm. lata mucronato-serrata supra viridis glabra, apice subito attenuata, infra glaucina in axillis venarum fusco-barbata. Pedunculi glabri 3—20 floribus. Bracteæ lanceolatæ v. oblanceolatæ obtusæ venosæ lucidæ. Sepala extus in apice minute stellulata. Petala 5 angustæ oblanceolatæ. Stamina numerosa. Ovarium albo-villosum. Stigma 5-fidum. Fructus globosus v. obovatus albo v. fuscente lanuginosus.

Nom. Jap. Amur-shinanoki.

Nom. Cor. Pi-nam.

Hab. in Corea media et sept.

f. **polyantha,** *Nakai.*

T. amurensis var. acuminatissima f. polyantha, *Engler* l.c. p. 84.

Flores 30—294 in quoque pedunculo.

Hab. in Corea sept.

var. **grosseserrata,** *Nakai.*

Rami hornotini badi. Folia grosse-serrata longe acuminata. Bracteæ lanceolatæ glabræ venosæ. Flores 8—15 in quoque pedunculo.

Hab. in montibus Phyöng-an austr.

Distr. sp. Amur et Manshuria.

2. きつねしなのき 一名さびしなのき

ピ ナ ム (江 原)

(第 八 圖)

高サ10米突許ノ小喬木、皮ハ灰白色、若枝ニハ褐色ノ星狀毛密生ス。葉柄ハ長サ 1.5乃至 3.5 珊、褐色ノ星狀毛アリ、葉身ハ圓板狀ニシテ先端急ニトガリ、鋭鋸齒アリ、長サ 2.5 乃至 6.0 珊、幅 2.3 乃至 5.0 珊、表面ハ葉脈上ニノミ白色ノ星狀毛アリ、裏面ニハ 褐色ノ星狀毛密生シ 後漸次脱落ス、花梗ハ細ク褐色ノ星狀毛アリ、長サ 2.5 乃至 4 0 珊、苞ハ倒披針形ニシテ先端丸ク、表面ハ光澤アリテ網脈著シク裏面ハ星狀毛アリ、花ハ一花梗ニ 3 乃至 5 個、萼ハ先端ニ褐毛生ズ、花瓣ハ 5 個、果實ハ倒卵形又ハ球形褐毛生ズ。

江原道金剛山ニ生ズ。

(分布)滿洲。

2. Tilia rufa, *Nakai.*

T. amurensis, *Nakai* Chosenshokubutsu I. p. 174 (1904) et Veg. Diamond mt's p. 178 n. 434 a (1918).

T. amurensis var. rufa, *Nakai* in Tokyo Bot. Mag. XXXIII. p. 61. (1919).

Arborea circ. 10 m. alta. Cortex cinereus longitudine fissus, ramorum annotinorum sordide atro-fuscens lenticellis crebris punctulatus. Rami hornotini fusco-stellulato-tomentosi. Petioli fusco-stellulato-tomentosi 1.5—3.5 cm. longi. Lamina orbiculato-attenuata, mucronato-serrata cum acumine 2.5—6.0 cm. longa 2.3--5.0 cm. lata supra glabra nervis albo-stellulato-pilosis, infra glaucina præcipue secus venas ferrugineo-stellulato-lanata. Pedunculi graciles fusco-stellulato-pilosi 2.5—4.0 cm. longi. Bracteæ oblanceolatæ obtusæ infra stellulato-pilosæ supra lucidæ venosæ. Flores 3—5 in quoque pedunculo. Sepala in apice fuscente-lanata. Petala 5. Fructus obovatus v. subglobsus fuscente-lanatus.

Nom. Jap. Kitsune-shinanoki v. Sabi-shinanoki.

Hab. in montibus Diamantis.

Distr. Manshuria.

3. てうせんしなのき

ピナム(江 原)

(第 九 圖)

高サ 15 米突許ノ喬木、皮ハ灰色、若枝ハ最初毛アレドモ早ク落ツ又最初ヨリ無毛ノモノモアリ、葉柄ハ無毛又ハ微毛アリ、葉身ハ表面無毛綠色、裏面ハ淡綠色又ハ帶白色脈ニ沿ヒテ微毛アルモノト無毛ノモノトアリ、主脈ノ分岐點ニハ褐毛生ズ、廣卵形又ハ圓板狀ニシテ先端急ニトガリ、縁ニ鋭鋸歯アリ、長サ3乃至9珊幅3乃至5珊、花梗ハ無毛又ハ微毛アリテ3乃至8個ノ花ヲ附ク、苞ハ披針形無毛、脈著シク先端丸キトトガルトアリ、萼片ハ外面ニ微小ノ星狀毛散生ス、花瓣ハ5個細クシテ萼片ヨリモ長シ、雄蕋ハ多數、子房ハ多毛、柱頭ハ五叉ス、果實ハ長倒卵形ニシテ短星狀毛密生シ長サ10粍幅5乃至6粍許アリ。

江原道金剛山及ビ咸南甲山郡白德嶺ニテ採ル。

朝鮮特産。

3. Tilia koreana, *Nakai.*

In Tokyo Bot. Mag. XXVII. p. 130 nom. nud. (1913) et in *Matsumura* Icon. Pl. Koish. II. t. 85 (1913) et Chōsenshokubutsu I. p. 174 fig. 208 (1914) et Veg. Diamond m'ts p. 179 n. 435 (1918).

T. amurensis var. koreana, *Nakai* in Tokyo Bot. Mag. XXXIII. p. 61 (1919).

Arbor circ. 15 m. alta. Cortex cinereus. Ramus annotinus fuscus v. sordide fuscus lenticellis minutis sparsim punctulatus. Rami hornoti i primo pilosi v. ab initio glabra. Petioli glabri v. pilosiusculi. Lamina supra viridis glabra infra pallida v. glaucina secus venas pilosa v. glabra in axillis venarum primarium fusco-barbulata, late ovata v. orbiculata, mucronato-serrulata apice subito caudato-attenuata 3.0—9.0 cm. longa 3.0—8.5 cm. lata. Pedunculi glabri v. paulum pilosi 3—8 floribus. Bracteæ lanceolatæ glabræ venosæ apice obtusæ v. acutæ. Sepala extus minutissime stellulata. Petala 5 angusta sepalis longiora. Stamina numerosa. Ovarium villosum. Stigma 5-lobum. Fructus pyriformis adpressissime lanatus 10 mm. longus 5—6 mm. latus.

Nom. Jap. Chōsen-shinanoki.

Nom. Cor. Pi-nam.

Hab. in Corea sept. et media.

Planta endemica!

4. たけしましなのき

ピナム（鬱陵島）

第十圖

高サ30米突ニモ達スル巨樹トナル。幹ノ周圍ハ目通一丈三四尺トナル樹膚ハ灰白色、若枝ニハ白色ノ星狀毛散生スレドモ後無毛トナル。葉柄ハ無毛又ハ先端ニノミ微毛アリ、葉身ハ歪圓形又ハ卵形ニシテ基脚ハ彎入ス。先端

挿圖二〇 たけしましなのき Tilia insularis, Nakai. 鬱陵島羅里洞峯ニアリ。（大正六年五月撮影）

ハ急ニトガリ、表面ハ始メ葉脈上ニ微毛アレドモ後無毛トナル、裏面ハ淡白色無毛、主脈ノ分岐點ニ白毛又ハ褐毛密生ス。花梗及ビ苞ニ星狀毛生ズ、未ダ花及ビ果實ヲ見ズ。

欝陵島ノ特產植物ニシテ同島ニハ最モ多在スル木ノ一ナリ。

4. Tilia insularis, *Nakai*

In Tokyo Bot. Mag. XXXI. p. 27 (1917) et Veg. Isl. Dagelet p. 22. Phot. in p. 40 (919).

挿圖三。たけしましなのき (Tilia insularis, *Nakai*) ノ樹膚
欝陵島上峯ノ樹林中。(大正六月六月撮影)

Arbor magna usque 35 m. alta. Truncus diametro 1.5 metralis. Cortex cinerens. Rami hornotini pilis stellulatis albis sparsissime pilosi sed demum glabrescentes, annotini fusco-purpurascentes. Folia distincte petiolata, petiolis glabris v. apice tantum pilosis, laminis basi profunde sinuata v. anguste sinuata, oblique rotundata v. ovata, margine mucronato-serrata, apice subito attenuata, supra initio secus venas pilosula, demum glabrescentia, subtus glaucina glabra, sed in axillis venarum albido v. pallidissime fuscente barbata. Bracteæ oblanceolatæ albo-stellulato-pilosæ. Flores et fructus non vidi.

Nom. Jap. Takeshima-shinanoki.

Hab. in insula Dagelet.

Planta endemica!

5. くはのはしなのき

(第十一圖)

高サ 4 米突許ノ樹、分岐多シ、若枝ハ褐色ノ星狀毛アルモノト無毛ノモノトアリ。葉柄ハ褐色ノ星狀毛アルモノト無毛ノモノトアリ長サ 0.7 乃至 4.5 珊、葉身ハ卵形又ハ廣卵形又ハ殆ンド圓板狀、長サ 1.5 乃至 11 珊幅 1. 乃至 8 珊、表面ハ綠色又ハ黃綠色無毛、裏面ハ帶白色又ハ淡綠色、主脈ノ分岐點ニ褐色生ジ、先端ハ長ク急ニトガリ、基脚ハ彎入スルト截形ノモノトアリ、苞ハ表面ハ無毛ナレドモ裏面ニハ星狀毛散生ス、花梗及ビ小花梗ニハ褐色ノ星狀毛アルモノト殆ンド無毛ノモノトアリ、蕚片ハ先端ニ星狀毛生ズ、花瓣ハ細ク五個、子房ハ球形、果實ハ長倒卵形。

金剛山、智異山及ビ濟州島漢拏山ニ生ズ。

朝鮮特產ナリ。

5. **Tilia Taquetii,** *Schneider*

In *Fedde* Rep. p. 200 (1909) et Illus. Handb. Laubholzk. II. p. 372. *Nakai* Fl. Kor. II. p. 454 et in *Matsumura* Icon. Pl. Koish. II. t. 86 (1913) et Veg. m't Chirisan p. 39 n. 319 (1915) et Veg. Isl. Quelp. p. 63 n. 884 (1914) et Chōsenshokubutsu I. p. 134 (1914).

Tilia amurensis var. glabrata f. Taquetii, *Nakai* in Tokyo Bot. Mag. XXXIII. p. 60 (1919).

Arborea 4 m. alta ramosissima. Rami hornotini fusco-stellatopilosi v. glabri. Petioli fusco-stellati v. glabri 0.7—4.5 cm. longi. Lamina ovata v. late ovata v. fere orbicularis 1.5—11.0 cm. longa 1.4—8.0 c.m lata supra glabra viridis, subtus glaucina v. pallida in axillis venarum rufo-barbata, apice caudato-attenuata, basi cordata v. subtruncata. Bracteæ supra glabra subtus sparsim stellulata. Pedunculi et pedicelli fusco-stellulati v. fere glabri. Sepala in apice stellulata. Petala 5 angusta. Ovarium globosum. Fructus pyriformis.

Nom. Jap. Kuwanoha-shinanoki.

Hab. in monte Diamantes, Chirisan et Hallasan.

Planta endemica!

第二節　ぼだいじゅ節

毛ハ星狀ナリ。雄蕋ハ約 50 個、葯ハ多生離生、無葯雄蕋アリ。

亞節　ぼだいじゅ亞節

葉ノ表面ハ始メ微毛アレドモ後無毛トナリ裏面ハ白色ノ星狀毛密生ス。次ノ各種アリ。

1	果實ハ球形又ハ扁平球形	....まんしうぼだいじゆ
	果實ハ倒卵形又ハ卵形	....................2.
2	果實ハ稍卵形脈條ナク先端太クトガル	....かうらいぼだいじゆ
	果實ニハ明ニ五條ノ脈アリ.............	....................4.
3	果實ハ大形ニシテ全長ニ明ニ五條ノ脈アリ	........おほぼだいじゆ
	果實ハ半以上ハ丸ク半以下ニ五條ノ脈アリ	.....ぼだいじゆもどき

Sect. 2. A trophilyra, *V. Engler* Monogr. p. 69

Pili stellati. Nervi tertiani paralleli. Stamina circ. 50. Thecæ ± distinctæ. Staminodia evoluta.

Subsect. Ebarbulatæ, *V. Engler* l. c.

Folia ebarbulata, juniora supra pilosa, adulta glabra subtus pilis stellatis albo-tomentosa. Continens sequentes species.

1	Fructus globosus v. depresso-globosus.	T. mandshurica, *Ruprecht* et *Maximowicz*.
	Fructus obovatus v. ovalis.	....................2.

2 { Fructus non costatus ovalis grosse mucronatus. ......T. ovalis, *Nakai.*
Fructus plus minus costa tusobovatus v. oblongo-obovatus. ....3.

3 { Fructus per totam longitudinem 5-costatus, obovato-ellipticus. ..T. megaphylla, *Nakai.*
Fructus infra medium 5-costatus, supra medium globosus. ....T. semicostata. *Nakai.*

6. まんしうぼだいじゅ

キャイピナム（平安、咸南）

（第 十 二 圖）

高サ 7—8 米突ノ小喬木、幹ハ直徑 30 糎許、芽及ビ若枝ニハ星狀毛密生ス。側枝ノ葉ハ廣大ニシテ長サ 23 糎幅 22 糎ニ達スルナリ、粗大ノ鋸齒アリ、表面ハ小星狀毛散生スレドモ後脱落ス、裏面ハ星狀毛密生シ、基脚ハ彎入ス、葉柄ニハ星狀毛密生シ長サ 7 糎ニ達スルモノアリ。花ヲ附クル枝ノ葉ハ歪形廣卵形又ハ帶卵四角形ニシテ表面ハ無毛綠色、裏面ハ星狀毛密生シ先端ハ急ニ著シクトガリ基脚ハ截形又ハ多少彎入ス。苞ハ長サ 7—9 糎ノ星狀毛ニテ被ハレタル花梗ノ半迄基脚ヨリ癒合シ倒披針形ニシテ先端丸ク脈著シク表面ハ葉脈上ニ星狀毛生ジ裏面ハ全然星狀毛生ジ、長サ 5—12 糎幅ハ 1.3—3.2 糎、花ハ一花梗ニ 5—20 個織房狀ニツキ下垂ス、萼片ハ廣披針形外面ニハ星狀ノ微毛アリ、裏面ニハ星狀毛密生ス、花瓣ハ萼片ト交互ニ出デ其レヨリモ長ク淡黃色ニシテ長サ 8—10 糎アリ、無葯雄蕋ハ五個花瓣ニ對シテ出デ細シ、雄蕋ハ多數アリテ先端二叉ス、花柱ハ無毛、果實ハ球形又ハ扁球形、縱脈ナク全ク星狀毛ニ被ハル。

江原、咸南、咸北、平北、平南ニ自生ス。

（分布）滿洲、支那（直隷）。

6. **Tilia mandshurica,** *Ruprecht* et *Maximowicz*

In Bull. Acad. Pétersb. XV. p. 124 (1856). XXVI. p. 434 (1880). *Maximowicz* in Bull. Acad. Pétersb. XVII. p. 262 (1857) et Prim. Fl. Amur. p. 65 (1859) et in Mél. Biol. X. p. 586 (1880). *Forbes* et *Hemsley* in Journ. Linn. Soc. XIII p. 94. *Dippel* Handb. Laubholzk. III. p. 73. (1893). *Komarov* Fl. Mansh. III. p. 28. *Franchet* Pl.

Dav. p. 60. *Schneider* Illus. Handb. Laubholzk. II. p. 384 t. 257 i—k (1909). *V. Engler* Monogr. p. 114. *Nakai* Fl. Kor. I. p. 106 p.p. II. p. 454 p.p. et Veg. m't Chirisan p. 73 (1915) et Veg. Diamond m'ts p. 179 n. 436. *Bean* Trees and Shrubs II. p. 591 (1914). *Rehder* et *Wilson* Pl. Wil. II. 2. p. 370 excl. pl. ex Chinnampo.

T. argentea var. mandshurica, *Regel* Tent. Fl. Uss. p. 30 (1861).

Arborea 7—8 metralis alta, trunco diametro 30 cm. Gemmæ et rami hornotini dense stellato-lanati. Folia ramorum juvenilium magna late oblique ovata usque 28 cm. longa 22 cm. lata argute grosse serrata, supra primo stellulata demum glabrescentia, subtus dense stellulato-tomentosa basi sinuata, petiolis stellato-lanatis usque 7 cm. longis, ramorum floriferorum late oblique ovata v. ovato-quadrangularia, supra glabra viridissima subtus minute stellulato-lanata apice subito acuminata basi subtruncata v. leviter sinuata. Bracteæ pedunculo 7—9 cm. longo stellulato-lanato nutante fere e basi usque medium adnatæ oblanceolatæ obtusæ venosæ supra secus venas stellato-lanatæ, subtus toto stellato-lanatæ 5—12 cm. longæ 1.3—3.2 cm. latæ. Flores in quoque pedunculo 5—20 cymosi penduli. Sepala late lanceolata extus paulo intus dense stellulato-lanata. Petala sepalis alterna et longiora citrina 8—10 mm. longa. Staminodia 5 petalis alterna et breviora et angustiora. Stamina numerosa apice bifida ita thecæ apertæ. Styli recti glabri. Frūctus globosus v. depresso-globosus non costatus toto stellulatus.

Nom. Jap. Manshu-bodaiju.

Nom. Kor. Kyai-pi-nam.

Hab. in Corea sept. et media.

Distr. Manshuria et China (Tschili).

7. おほぼだいじゅ

(第 十 三 圖)

高サ 5 米突許ノ喬木分岐多シ、若枝ニハ星狀毛密生ス、側枝ノ葉ハ大形ニシテ基脚ハ深ク彎入シ緣ニハ粗大ノ鋭鋸齒アリ、先ハ著シクトガル、長サ 33 糎幅 26 糎ニ達スルアリ、表面ハ殆ンド無毛、裏面ハ淡綠色ニシテ星狀毛散生ス、花ヲ附クル枝ノ葉ハ歪形廣卵形ニシテ表面ハ深綠色、裏面ニハ星狀毛密生ス、先端ハトガリ基脚ハ彎入ス。未ダ花ヲ見ズ、苞ハ長サ 8—14 糎、脈著シク兩面共ニ星狀毛アリ、先端ハ丸シ、果實ハ一花梗ニ 3—9 個倒卵形又ハ倒卵楕圓形先端トガリ五本ノ縱脈アリテ星狀毛密生シ長サ 10 12 粍許。

金剛山ニ生ズ、一種葉緣ノ鋸齒少ナキモノ北青ニ產ス。

7. Tilia megaphylla, *Nakai*

In Tokyo Bot. Mag. XXVII. p. 130 n. 63 nom. nud (1913) et Chōsenshokubutsu p. 173 n. 225 fig. 207 (1914) et Veg. Diamond m'ts p. 179 n. 437.

T. mandshurica, (non *Ruprecht* et *Maximowicz*) *Nakai* Fl. Kor. I p. 106 p.p.

Arborea 5 metralis v. ultra alta ramosa. Rami hornotini dense stellati. Folia rosularum magna, basi profunde sinuata, margin., grosse argute v. mucronato-serrata, apice acuminata usque 33 cm. longa 26 cm. lata, supra fere glabra, subtus pallida et sparse stellata· ramorum fructiferorum late oblique ovata supra viridissima infre dense stellulato-lanata argute serrata apice acuminata basi sinuataə Flores ignoti. Bracteæ 8—14 cm. longæ venosæ utrinque stellulatæ apice obtusæ. Fructus in quoque pedunculo 3—9 obovatus apice mucronatus distincte 5-costatus dense stellulatus 10—12 mm. longus.

Nom. Jap. Ōbodaiju.

Hab. in monte Diamantis.

f. **subintegra,** *Nakai.*

Tilia subintegra, *Nakai* in Tokyo Bot. Mag. XXVII. p. 130 n. 62 nom. nud. (1913).

Folia margine partim integerrima.

Hab. in Hokusei.

Planta endemica!

8. ぼだいじゅもどき

(第 十 四 圖)

高サ 15 米突、大ニ簇生シ分岐多シ、側枝ハ星狀毛少ナク大ナル葉ヲ附ク、葉ノ表面ハ綠色ニシテ裏面ニハ星狀毛散生シ長サ幅共ニ 20 糎ニ達ス、果實ヲ附ル枝ハ星狀毛密生シ、葉ハ廣卵形又ハ歪圓形ニシテ基脚ハ深ク彎入シ邊緣ニ鋭鋸齒アリ、先端ハ著シクトガリ、表面ハ綠色、裏面ハ白色ノ星狀毛密生ス。苞ハ長サ 6.5—7.5 粍表面ハ無毛、裏面ハ星狀毛アリ。果實ハ花梗!ニ 2—3 個宛生ジ倒卵球形半以下ニ 5 脈アリ。全體ニ星狀毛生ジ長サ 9—10 粍。

平安南道鎭南浦飛發島ニ生ジ朝鮮特產ナリ。

挿圖四。ぼだいじゆもどき (Tilia semicostata, *Nakai*)
平安南道、鎭南浦、飛發島。(大正五年九月撮影)

8. Tilia semicostata, *Nakai*

In Tokyo Bot. Mag. XXVII. p. 130 n. 65 nom. nud. (1913) et Chōsenshokubutsu I. p. 173 (1914).

T. mandshurica, (non *Ruprecht* et *Maximowicz*) *Nakai* Fl. Kor. II. p. 454 p.p. *Rehder* et *Wilson* in Pl. Wils. II. 2. p. 370 p.p.

Arbor 15 metralis cæspitoso-ramosa. Rosula paulo stellulata foliis magnis ambitu pentagonalibus grosse serratis supra viridibus infra sparse adpresse stellulatis 20 cm. longis et latis, basi leviter sinuatis. Rami fructiferi hornotini dense stellulato-lanati, foliis late ovatis v. oblique orbicularibus basi profunde sinuatis margine argute serratis apice acuminatis supra viridibus infra dense albo-stellulato-lanatis. Bracteæ 6.5—7.5 cm. longæ supra glabræ infra stellulatæ. Fructus in quoque pedunculo 2—3 globoso-obovati infra medium 5-costati toto stellulato-lanati 9—10 mm. longi.

Nom. Jap. Bodaiju-modoki.

Hab. in insula Pipaltong circa Chinnampo.

9. かうらいぼだいじゅ

(第 十 五 圖)

高サ 5 米突許ノ木ナリ。若木ハ星狀毛密生ス。葉柄ハ 2—5.5 糎白色ノ星狀毛アリ。葉身ハ廣卵形又ハ歪廣卵形鋭鋸齒アリ。先端ハ著シクトガリ、表面ハ綠色裏面ハ白色ノ星狀毛密生ス、苞ハ倒披針形又ハ狹倒披針形長サ 5.5—8.0 糎、兩面ニ星狀毛アリ、未ダ花ヲ見ズ、果實ハ一花梗ニ 1—3 個宛ツキ帶圓卵形又ハ卵形、先端ハ著シク嘴狀ニ突出ス、長サ 12—13 粍帶褐色星狀毛密生ス。

咸鏡北道、雄基郡黃勾基ノ山中ニ生ズ。

9. Tilia ovalis, *Nakai*

Arborea 5 m. alta ramosa. Rami hornotini dense stellulato-lanati. Petioli 2.0—2.5 cm. longi albo-stellulati. Lamina late ovata v. oblique late ovata argute incurvato-serrata apice acuminata supra viridis infra albo-stellato-lanata. Bracteæ oblanceolatæ v. anguste oblanceolatæ 5.5—8.0 cm. longæ utrinque stellulato-pubescentes,

Flores ignoti. Fructus in quoque pedunculo **1—3** globoso-ovalis v. ovalis non striatus nec costatus apice magni-rostratus cum rostro 12—13 mm. longus fuscente stellulato-lanatus.

Nom. Jap. Korai-bodaiju.

Hab. in monte circa Hoang-gui-to.

Planta endemica!

挿圖五。かうらいぼだいじゆ (Tilia ovalis, *Nakai*)
咸鏡北道雄基郡黃勾基（大正三年八月撮影）

第二族　えのきうつぎ族

蕚片ハ離生、花瓣ハ基脚蜜槽ヲナシ、花托ハ著シク高マル、葯ハ短カク離生ス、朝鮮ニ次ノ一屬アリ。

第二屬　えのきうつぎ屬

小喬木又ハ灌木、葉ハ單葉、鋸歯アルモノトナキモノトアリ 3　7 脈ヲ有ス、花ハ腋生 又ハ繖房 又ハ圓錐花叢ヲナシ小形ナリ。蕚片ハ五個離生、花瓣ハ 5 個柱狀ノ花托ノ基ニツキ蜜槽ヲナス。稀ニ無瓣、雄蕋ハ多數離生、子房ハ 2—4 室、各室ニ 2 個以上ノ胚珠アリ。花柱ハ細ク、柱頭ハ 2—4 裂、果實ハ漿果 1—4 個ノ小堅果ヲ有シ屢々 2—4 裂ス、各小堅果ニハ 1 個又ハ 2 個以上ノ種子ヲ藏ス、種子ニ胚乳多シ、子葉ハ平タシ。

溫帶、熱帶ニ亘リ約 70 種アリ。其中一種一變種ハ朝鮮ニ自生ス。

Trib. II. Grewieæ, Bentham in Journ. Linn. Soc. V. suppl. p. 54 (1861). *Bentham* et *Hooker* Gen. Pl. I. p. 234 (1862). *Schumann* in Nat. Pflanzenf. III. 6. p. 26. *Engler* Syllabus ed. 1. p. 137 (1892). *Dippel* Handb. Laubholzk. III. p. 56 (1893).

Grewieæ pro parte *Endlicher* Gen. Pl. p. 1006 (1836—40) *Lindley* Veg. Kingd. p. 372 (1853). *Baillon* Nat. Hist. IV. p. 183 et 192.

Sepala distincta. Petala basi foveolata, circa basin tori elevati apice staminiferi inserta. Antheræ breves, loculis parallelis distinctis.

Gn. 1. in Corea indigenum.

Gn. II. Grewia, *Linné* Gen. Pl. n. 1026(1737). *Houttuyn* Pflanzensyst. II. p. 260 (1777). Gaertner Fruct. Sem. t. 106. *Willdenow* Sp. Pl. II. 2. P. 1164, *Jussieu* in Ann. Mus. II. p. 82. *Persoon* Syn. Pl. II. P. 65. *Link* Enum. Pl. Hort. Berol. II. P. 71. *Lamarck* Illus. Encycl. Pl. 467. *De Candolle* Prodr. I. P. 508. *Wight* et *Arnott* Fl. Peninsul. Ind. orient. I. P. 75. *Bentham* in Journ. Linn. Soc. V. suppl. P. 55 et 57 et Fl. Hongk. p. 41. *Endlicher* Gen. Pl. p. 1009. *Bentham* et Hooker Gen. Pl. I. p. 233. *Schumann* in Nat. Pflanzenf. III. 6. p. 27. *Dippel* Handb. Laubholzk. III. p. 57.

Schneider Illus. Handb. Laubholzk. II. p. 366.

Arsis, *Loureiro* Fl. Cochinch. p. 335 (1790).

Cladara, *Forskal* Fl. Aegyptiaco-arabica p. 105 (1775).

Microcos, *Linné* Gen. Pl. n. 662 (1737).

Omphacarpus, *Korthals* Verhandl. nat. Gesch. Nederl. p. 192 t. 42 (1839—42).

Vincentia, *Bojer* in *Hooker* Bot. Miscell. I. p. 293 t. 62 (1830).

Arbores v. frutices. Folia simplicia serrata v. integra 3—7 nervia. Flores axillares v. cymosi v. paniculati parvi. Sepala distincta 5. Petala 5 basi foveolata circa tori basin inserta rarissime destituta. Stamina numerosa toro turbinato inserta libera. Ovarium 2—4 loculare, loculis 2—∞ ovulatis. Stylus subulatus, stigmate :—4 lobato. Drupa 1—4 pyrena, integra v. 2—4 loba, pyrenis 1-spermis v. 2-∞ spermis. Semina ascendentia v. horizontalia. Albumen copiosum carnosum v. rarius paucum. Cotyledones planæ foliaceæ v. carnosæ.

Species circ. 70 in regionibus tropicis v. temperatis incolunt, inter eas unica in Corea nascit.

10. えのきうつぎ

チャンビルナム（莞島）

（第 十 六 圖 a—f）

高サ二米突許ノ分岐多キ灌木、若枝ニハ星狀毛生ズ、葉ハ互生托葉ハ細ク永存性星狀毛アリ。葉柄ハ長サ 2—16 粍星狀毛アリ、葉身ハ卵形又ハ廣卵形又ハ楕圓形又ハ倒卵形三脈アリ、稀ニ三叉スルモノアリ。縁ニハ不規則ノ鋸歯アリ、表面ハ綠色ニシテ星狀毛散生シ、裏面ニハ星狀毛密生ス長サ 3—12 珊、幅 2—9 珊先端ハトガリ、基脚ハ丸シ。花梗ハ葉ニ對生スルモノト腋生ノモノトアリ、星狀毛密生ス長サ 1 珊許、花ハ聚繖花序又ハ繖形ニ排列ス。萼片ハ倒披針形長サ 7—8 粍鑷合狀ニ排列シ外面ハ白色ノ星狀毛生ジ內面ハ無毛、花瓣ハ長サ 3 粍基脚ハ蜜槽ヲナス。花托ハ高ク雄蕋ハ多數アリ。葯ハ二室、花柱ハ單一雄蕋ヨリ長シ、柱頭ハ四叉ス、果實ハ漿果ニシテ深ク二叉シ、四個ノ小堅果ヲ有ス。各小堅果ニ一個ノ種子ヲ藏ス。

莞島、梅加島、全羅南北道、京畿道、平安南道ニ產ス。

（分布）遼東半島、支那（直隸、山東、江西）。

一種葉ノ廣披針形ノモノアリ、**ほそばえのきうつぎ**(第十六圖 g) ト云フ濟州島ノ特産ナリ。

10. Grewia parviflora, *Bunge*

Enum. Pl. Chin. bor. p. 9. n. 57 (1831). *Hance* in Journ. Bot. XX. p. 3 (1882). *Franchet* Pl. Dav. I. p. 59 (1883). *Forbes* et *Hemsley* in Journ. Linn. Soc. XXIII. p. 93 (1886). *Maximowicz* Pl. Chin. n. 201. *Palibin* Consp. Fl. Kor. I. p. 47. *Dippel* Handb. Laubholzk. III. p. 57. t. 35 (1893). *Diels* in *Engler* Bot. Jahrb. XXIX. p. 468. *Komarov* Fl. Mansh. III. p. 31. Gagnepain in *Lecomte* Not. Syst. p. 124 (1909), *Dunn* et *Tutscher* in Kew Bull. Ser. X. p. 51 (1912). *Yabe* Enum. Pl. South Manch. p. 93 (1912). *Nakai* Fl. Kor. I. p. 105 (1909). II. p. 454 et Veg. Isl. Wangto p. 10 (1914) et Chōsenshokubutsu I. p. 175 n. 224 fig. 209 (1914). *Schneider* Illus. Handb. Laubholzk. II. p. 366 f. 248 a—c. *Rehder* et *Wilson* in Pl. Wils. II. 2. p. 371 (1915).

Frutex usque 2 m. altus ramosissimus. Rami hornotini stellulato-canescentes. Folia alterna stipulis angustis persistentibus stellulato-pilosis, petiolis 2—16 mm. longis stellutato-canescentibus, laminis ovatis v. late ovatis aut oblongis v. obovatis subtrinerviis rarissime trilobatis margine inæqualiter serrulatis v. dentatis supra viridibus sparse stellulato-pilosis, infra stellulato-canescentibus 3—12 cm. longis 2—9 cm. latis apice acuminatis v. acutis basi rotundatis. Pedunculi foliis subopposititi v. axillares stellulato-canescentes circ. 1 cm. longi. Flores cymoso-decompositi v. subumbellati. Sepala oblanceolata 7—8 mm. longa valvata extus stellulato-canescentia intus glabra. Petala glabra 3 mm. longa basi foveolata. Torus elevatus. Stamina numerosa. Antheræ biloculares. Stylus glaber simplex staminibus longior. Stigma 4-lobum. Fructus drupaceus alte 2-lobatus, 4-pyrenis. Pyrena 1-sperma.

Nom. Jap. Enoki-utsugi.

Nom. Cor. Chanbilnam.

Hab. in latere occidentale Peninsulæ Koreanæ et insulis Wangto et Baikato.

Distr. Peninsula Liaotung et China (Tschili, Shantung, Kiangsi).

var. **angusta,** *Nakai* Veg. Isl. Quelpært p. 63 n. 883 (1914) nom. nud.

Folia lanceolato-oblonga v. late lanceolata.

Nom. Jap. Hosoba-enoki-utsugi.

Hab. in Quelpært.

(六) 朝鮮産田麻科植物ノ和名朝鮮名學名ノ對稱

和名	朝鮮名	學名
エノキウツギ	Chang-bil-nam (莞島)	Grewia parviflora, *Bunge.*
ホソバエノキウツギ	....	Grewia parviflora, var. angusta, *Nakai.*
カウライボダイジユ	....	Tilia ovalis, *Nakai.*
ボダイジユモドキ	....	Tilia semicostata, *Nakai.*
オホボダイジユ	....	Tilia megaphylla, *Nakai.*
マンシウボダイジユ	Kyai-pi-nam (平安 咸南)	Tilia mandshurica, *Ruprecht* et *Maximowicz.*
クハノハシナノキ	....	Tilia Taquetii, *Schneider.*
タケシマシナノキ	Pi-nam (鬱陵島)	Tilia insularis, *Nakai.*
テウセンシナノキ	Pi-nam (江原)	Tilia koreana, *Nakai.*
キツネシナノキ 一名サビシナノキ	....	Tilia rufa, *Nakai.*
アムールシナノキ	Pi-nam (咸鏡、平安、黃海、江原)	Tilia amurensis, *Ruprecht.*

膽八樹科

ELAEOCARPACEAE

(一) 主要ナル引用書類

著　者	書　名
Houttuyn.	Pflanzensystem II. p. 39—42 (1777).
G. Forster.	Characters generum plantarum p. 79—80 Pl. 40 (1776).
C. H. Persoon.	Synopsis Plantarum II. p. 69 (1805).
St. Endlicher.	Genera Plantarum p. 1011 (1836—40).
A. Engler.	Syllabus der Vorlesungen über specielle und medicinisch-pharmaceutische Botanik 1 Aufl. p. 136 (1892).
F.B. Forbes and *W.B. Hemsley.*	Index Floræ Sinensis I. p. 94—95 (1886).
A. Franchet et *L. Savatier.*	Enumeratio Plantarum Japonicarum I. p. 67—68 (1875).
K. Schumann.	Flæocarpaceæ in natürlichen Pflanzenfamilien III. 6. p. 1—8 (1890).
J. Matsumura.	Index Plantarum Japonicarum II. 2. p. 344—345 (1912).
中井猛之進	(1) 濟州島植物調査書 p. 63 (1914).
	(2) 朝鮮植物第一卷 p. 177 (1914).
東京植物學雜誌第三十二卷第十八卷	

(二) 朝鮮產膽八樹科植物研究ノ歷史及ビ其分布

1914 年余ハ濟州島植物報告書ニ Elæocarpus japonica アルヲ報ゼシガ其ハ Elæocarpus elliptica ナリ。 1918 年東京植物學雜誌第三十二卷ニ之ヲ訂正セリ。

本科植物ニハほるとのきアルノミ、濟州島ノ南側ノ樹林ニアリ、大正元年頃迄ハ大木アリシモ今ハ皆伐リ盡シテ僅カニ株ヨリノ新萠芽ヲ見ルノミ。

材ハ黄色ニシテ建築用、器具製作用ニナシ得。

(三) 朝鮮産膽八樹科植物ノ分類ト圖說

膽　八　樹　科

Elæocarpaceæ

喬木又ハ灌木、葉ハ互生又ハ對生單葉、托葉アリ。花ハ總狀花序又ハ圓錐花叢ヲナシ稀ニ單獨ニ出ヅ、兩全花ニシテ 4—5 數ヨリ成ル、萼片ハ鑷合狀又ハ覆瓦狀ニ並ビ、花瓣ハ鑷合狀又ハ覆瓦狀ニ並ビ子房ヨリ下位、稀ニ無瓣、雄蕋ハ離生花托ニ附ク、葯ハ二室ニシテ先端相通ゼル一孔ニ開ク、子房ハ無柄 2 個以上ノ室ヲ有シ稀ニ 1 室ノモノモアリ。側膜胎坐ヲ有シ胚珠ハ下垂ス。花柱ハ一個、分岐スルモノモアリ。果實ハ蒴狀又ハ漿果又ハ核果樣、種子ニ胚乳多シ、子葉ハ扁平又ハ多肉。

溫帶及ビ熱帶ニ 8 屬 120 種アリ其中一屬一種ハ朝鮮産ナリ。

ほ る と の き 屬

喬木又ハ小喬木、葉ハ互生又ハ對生全緣又ハ鋸齒アリ。花ハ腋生ニシテ總狀花序ヲナシ、兩全又ハ多性、萼片ハ 4—5 個鑷合狀ニ排列ス。花瓣ハ先端細ク多數ニ分裂ス、雄蕋ハ多數アレドモ稀ニ 8—12 個ノモノアリテ蜜腺ノ間ニ介在ス、葯ハ細ク先端開孔ス。子房ハ 2—5 室、各室ニ 2 個以上ノ胚珠アリ。花柱ハ一個、漿果ハ一個ノ小堅果ヲ有ス、小堅果ハ 3—5 室又ハ 1 室各室ニ 1 個ノ種子ヲ藏シ堅シ、種子ハ下垂シ、胚乳ハ多肉、子葉ハ廣ク扁タシ。

亞細亞及ビ濠洲ニ亘リ約 60 種アリ其中次ノ一種ハ濟州島ニモアリ。

ほ る と の き 一名 づ く の き

(第　十　七　圖)

高サ 20 米突許ノ喬木トナル、幹ノ直徑ハ 1 米突ニ達スルアリ、樹膚ハ不規則ニ剝グ、枝ニ毛ナシ、葉ハ互生無毛倒披針形又ハ狹倒披針形、邊緣ハ波狀ノ鋸齒アリ、先端ハ丸キカ又ハトガル、基脚ハ葉柄ニ向ヒトガリ、表面ハ光澤アリ綠色、裏面ハ淡白シ。總狀花序ハ腋生ニシテ前年ノ葉腋ニ生ズ。故ニ二年生ナリ。苞ハ橢圓形又ハ倒卵形ニシテ早ク落チ、絹毛アリ，花軸ハ毛アリ。小花梗ハ下垂シ絹毛アリ。萼片ハ鑷合狀ニシテ廣披針形又ハ披針形、外面ハ微毛アリテ緣及ビ内面ニハ白色ノ絹毛アリ長サ 3—4 粍、幅ハ

1—2 粍、先端トガル。花瓣ハ 5個、半以上ハ細カク切レ淡黄色長サ 4—5 粍、腺ハ 5 個花瓣ト交互ニ出デ毛アリ。雄蕊ハ 20 個、花絲ハ短ク、葯ハ細長ク、先端ハ共通ノ孔ニテ開キ外面ハ顯微鏡下ニテハ小突起アリ、子房ハ絹毛生ズ、花柱ハ一個、漿果ハ楕圓形ニシテ長サ 20—25 粍、小堅果ハ硬ク不規則ノ彫刻アリ。

濟州島ノ南側ニアリ。

(分布) 本島、四國、伊豆列島。

Elæocarpaceæ, *Lindley* Nat. Syst. Bot. ed. II. p. 97 (1836). *Szyszylowicz* in *Engler* Bot. Jahrb. VI. p. 451 (1885). *Schneider* Illus. Handb. Laubholzk. II. 364 (1909). *Schumann* in Nat. Pflanzenf. III. 6. p. 1 (1890). *Engler* Syllab. ed. 1. p. 136 (1892).

Elæocarpeæ, *Jussieu* Ann. Mus. II. p. 223 (1803). *De Candolle* Prodr. II. p. 519 (1824). *Wight* et *Arnott* Prodr. Fl. Penins. Ind. orient. I. p. 81 (1834).

Tiliaceæ Subordo Elæocarpeæ, *Endlicher* Gen. Pl. p. 1011 (1836—40).

Tiliaceæ II. Elæocarpeæ, *Lindley* Veg. Kingd. p. 372 (1853).

Tiliaceæ Trib. Flæocarpeæ, *Bentham* in Journ. Linn. Soc. V. suppl. p. 56 (1861). *Bentham* et *Hooker* Gen. Pl. I. p. 239 (1862).

Tiliaceæ IV. Elæocarpeæ, *Baillon* Nat. Hist. p. 183. p. 205 (1875).

Aristoteliaceæ, *Link* emend. apud *Szyszylowicz* in *Engler* Bot. Jahrb. VI. p. 455 (1885).

Elæocarpinæ, *Link* Enum. Pl. Hort. Berol. II. p. 73 (1822).

Arbor v. frutex. Folia alterna v. opposita simplicia stipullata. Flores racemosi v. paniculati rarissime solitarii hermaphroditi 4—5 meri. Sepala valvata v. subimbricata. Petala hypogyna valvata v. imbricata v. destituta. Stamina libera toro affixa. Antheræ bilocuares apice pore commune apertæ. Ovarium sessile 2—∞ loculare rarissime 1-loculare. Placenta parietalia ovulis ∞ pendulis. Stylus 1 simplex v. multifidus. Fructus capsularis v. drupaceus. Albumen copiosum. Cotyledones carnosæ v. planæ.

Genera 8 et circ. 120 species in regionibus tropicis et temperatis incola, inter eas genus 1 et species 1 in Quelpært sponte nascit.

Gn. **Elæocarpus,** *Linné* Gen. Pl. n. 663 (1737). *Houttuyn* Pflanzensyst. II. p. 40 (1777). *Willdenow* Sp. Pl. II. 2. p. 1169. (1799). *Persoon* Syn. Pl. II. p. 69 (1806). *De Candolle* Prodr. I. p. 519 (1824). *Endlicher* Gen. Pl. p. 1011 n. 5384 (1836—40). *Bentham* in Journ. Linn. Soc. V. suppl. p. 74 (1861) et Fl. Hongk. p. 42 (1861). *Bentham* et *Hooker* Gen. Pl. I. p. 239 (1862). *Schumann* in Nat. Pflanzenf. III. 6. p. 5 (1890). *Lamarck* Illus. t. 459 (1823). Gærtner Fruc. et Sem. I. t. 43 (1788). *Wight* et *Arnott*. Prodr. Fl. Penin. Ind. orient. I. p. 82 (1834).

Aceratium, *De Candolle* Prodr. I. p. 529 (1824).

Acronodia, *Blume* Bijidragen p. 123 (1825). Endlicher Gen. Pl. p. 1012.

Acrozus, *Sprengel* Syst. Veg. IV. 2. p. 149 (1827).

Adenodus, *Loureiro* Fl. Cochinch. p. 294 (1790).

Beythea, *Endlicher* Gen. Pl. p. 1011. *Walpers* Repert. V. p. 121

Craspedum, *Loureiro* l. c. p. 336.

Dicera, *Forster* Char. Gen. Pl. p. 79 t. 40 (1776). *De Candolle* Prodr. I. p. 520.

Ganitrus, *Gaertner* Fruct. Sem. II. p. 271. t. 139 (1791).

Lochneria, *Scopoli* Introd. Hist. Nat. p. 271 (1777).

Monocera, *Jack* in Malay. Miscell. ex *Hooker* Bot. Miscellany II. p. 85. *Wight* et *Arnott* Prodr. Fl. Pen. Ind. Orient. I. p. 83 (1834) *Endlicher* Gen. Pl. p. 1011.

Perinka, *Rafinesque* Sylva Tellur. p. 60 (1838).

Arbor v. arborea. Folia alterna v. opposita integra v. serrata. Flores axillari-racemosi hermaphroditi v. polygami. Sepala 4—5 valvata. Petala laciniata v. rarius integra induplicato-valvata. Stamina ∞ rarius 8—12 intra glandulas inserta. Antheræ lineares apice dehiscentes. Ovarium 2—5 loculare, loculis 2—∞ ovulatis. Stylus simplex. Drupa 1-pyrena. Pyrena ossea tuberculata v. varie furcata 3—5 locularis v. abortive 1-locularis, loculis 1-spermis. Semina pendula. Albumen carnosum. Cotyledones latæ planæ v. undulatæ.

Circ. 60 species in Asia trop. et Australia adsunt, inter eas unica in Quelpært sponte nascent.

1. **Elæocarpus elliptica,** (*Thunberg*) *Nakai*

In Tokyo Bot. Mag. XXXII. p. 221 (1918).

E. ellipticus, *Makino* in Tokyo Bot. Mag. XVIII. p. 67 excl. syn. E. decipiens (1904).

E. decipiens, (non *Hemsley*) *Matsumura* Ind. Pl. Jap. II. 2. p. 344 p.p. (1912).

E. japonica, (non *Siebold* et *Zuccarini*) *Siebold* Syn. Pl. Oecon. Jap. p. 63 (1830). *Nakai* Veg. Isl. Quelp. p. 63 n. 880 (1914).

E. photiniæfolia, (non *Hooker* et *Arnott*) *Siebold* et *Zuccarini* in Abhandl. Muench. Acad. IV. 2. p. 164 (1845). Miquel Prol. Fl. Jap. p. 205. *Franchet* et *Savatier* Enum. Pl. Jap. I. p. 67.

Prunus elliptica, *Thunberg* Fl. Jap. p. 179 (1784). *Persoon* Syn. Pl. II. p. 34 (1806).

Cerasus elliptica, *Loiseleur* apud *De Candolle* Prodr. II. p. 540.

Arbor magna circ. 20 m. alta, trunco diametro 1 m. cortice irregulariter lamelleo-fissa. Rami glaberrimi. Folia alterna glabra oblanceolata v. lineari-oblanceolata margine undulato-serrata v. apice obtusiuscula v. acuta basi in petiolos 1-2 cm. longos attenuata supra viridia luciduscula infra pallida. Racemus in axillis foliorum annotinorum evolutus biennis. Bracteæ caducæ oblongæ v. obovatæ integræ v. pauci-dentatæ sericeæ. Axis inflorescentiæ pilosæ. Pedicelli nutantes sericei. Sepala valvata late lanceolata v. lanceolata extus pilosa intus et margine albo-sericea 3-4 mm. longa 1—2 mm. lata acuta. Petala 5 supra medium lacerata ochroleuca 4—5 mm. longa. Glandulæ 5 petalis alternæ pilosæ. Stamina 20 filamentis brevibus, antheris elongatis bilocularibus apice pore commune apertis sub lente minutissime ciliolatis. Ovarium sericeum. Stylus glaber simplex. Drupa elliptica 20—25 cm. longa. Pyrena ossea irregulariter furcata.

Nom. Jap. Horutonoki v. Zukunoki.

Hab. in Quelpaert.

Distr. Hondo, Shikoku et Formosa.

第　一　圖

つた（一名なつづた）

Psedera Thunbergii (*Siebold* et *Zuccarini*) *Nakai*..

a. 花序ヲ附クル枝（自然大）
b. 果序ヲ附クル枝（同）
c. 複葉ト果序ヲ附クル枝（同）
d. 花瓣ト雄蕊ヲ內面ヨリ見ル（約五倍大）
e. 雄蕊（約四倍大）
f. 雌蕊、蜜腺及ビ蕚（約五倍大）

第一圖

Nakai T. et Kanogawa I. del.

K. Nakazawa sculp.

第　二　圖

か　が　み　ぐ　さ

Ampelopsis japonica, *Makino.*

a. 花ト葉トヲ附クル枝（自然大）
b. 果實ト葉トヲ附クル枝（同）
c. 花序ヲ廓大ス（三倍）
d. 種子ヲ廓大ス（同）

第二圖

Kanogawa I. del.

K. Nakazawa. sculp.

第　三　圖

のぶどう

Ampelopsis heterophylla, *Siebold* et *Zuccarini.*

a. 花ト葉トヲ附クル枝 (var. amurensis ト云フ形ノモノ) (自然大)
b. 卷鬚ヲ有スル枝ノ下部 (自然大)
c. 果實ヲ附クル枝 (同)
d. 缺刻深キ葉 (同)
e. 萼ト花托ト雌蕊 (廓大)

第 三 圖

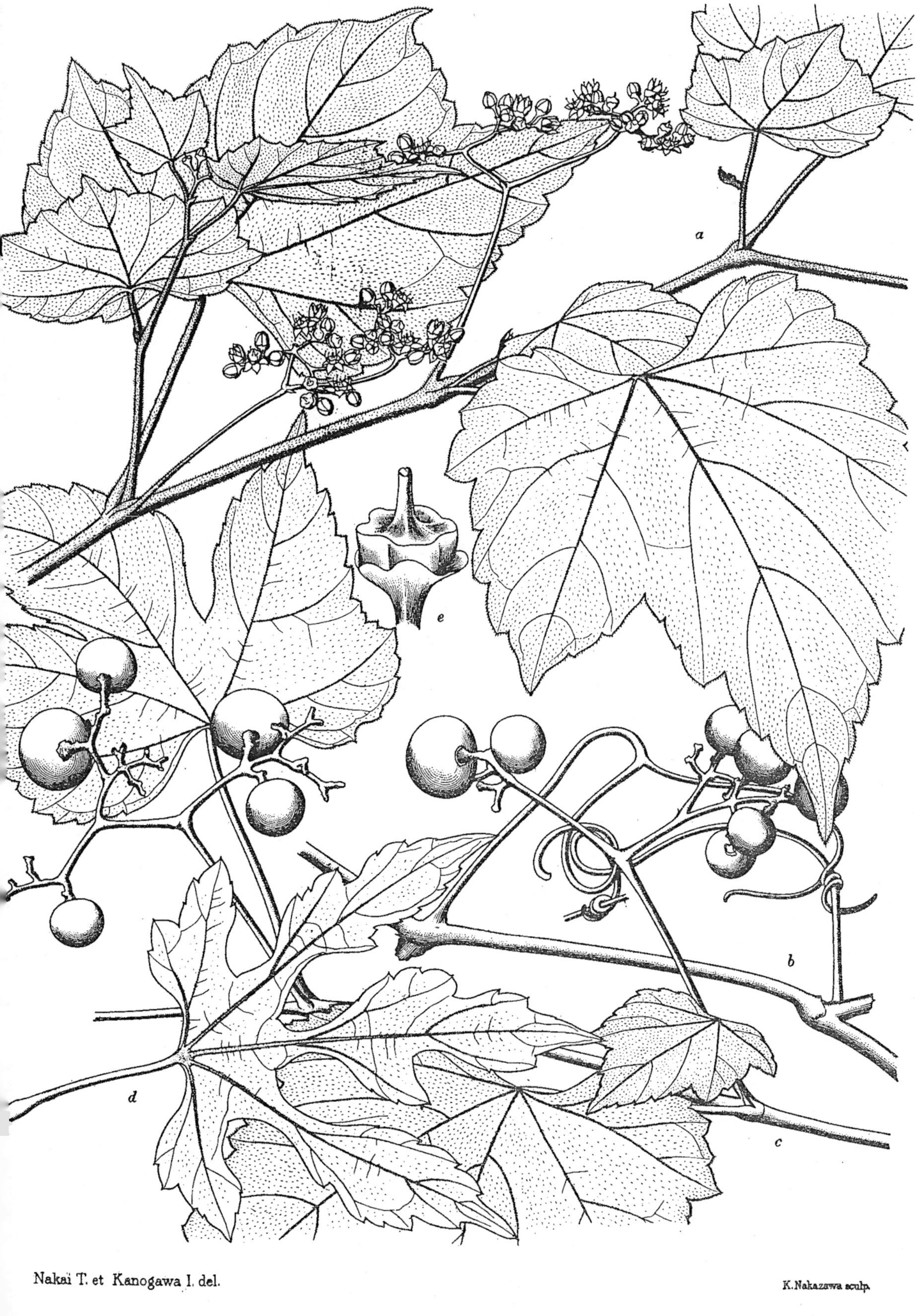

Nakai T. et Kanogawa I. del.

K. Nakazawa sculp.

第　四　圖

さ　ん　か　く　づ　る

Vitis flexuosa, *Thunberg.*

1. 花ヲ附クル枝ノ一部（自然大）
2. 果實ヲ附クル枝ノ一部（同）
3. 雄花（四倍大）
4. 雄花ノ花瓣（同）
5. 種子ヲ腹面ヨリ見ル（三倍大）
6. 種子ヲ背面ヨリ見ル（同）

第四圖

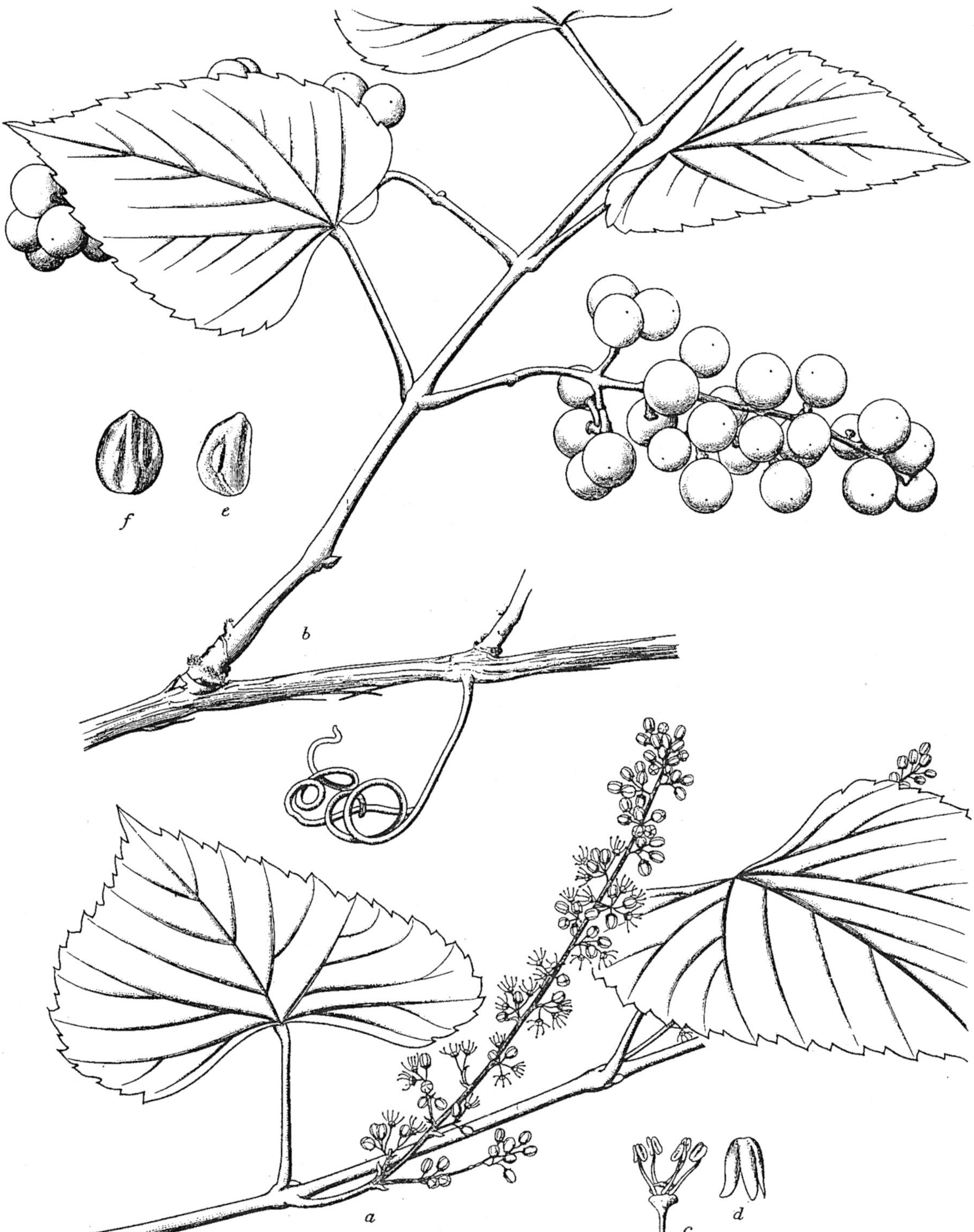

Kanogawa I. del.

K. Nakazawa sculp.

第　五　圖

きくばえびづる

Vitis ficifolia, *Bunge* var. Thunbergii, *Nakai.*

1. 雄本ノ花ト葉ヲ附クル枝（自然大）
2. 雌本ノ果實ト葉ヲ附クル枝（同）
3. 古枝ノ一部（同）
4. 雄花ヲ四倍大ニス
5. 種子ヲ背面ヨリ見ル（三倍）
6. 種子ヲ腹面ヨリ見ル（同）

第五圖

Kanogawa I. del.

K. Nakazawa sculp.

第 六 圖

てうせんやまぶどう

Vitis amurensis, *Regel.*

1. 果實ト葉トヲ附クル枝（自然大）
2. 雄花穗ヲ附クル枝（同）
3. 雄花（3 倍大）
4. 雄花ノ花瓣（同）
5. 雌花穗ヲ附クル枝（自然大）
6. 雌花蕾（4 倍大）
7. 雌花（同）
8. 雌花ノ花瓣（同）
9. 種子ヲ背面ヨリ見ル（2 倍大）
10. 種子ヲ腹面ヨリ見ル（同）

第六圖

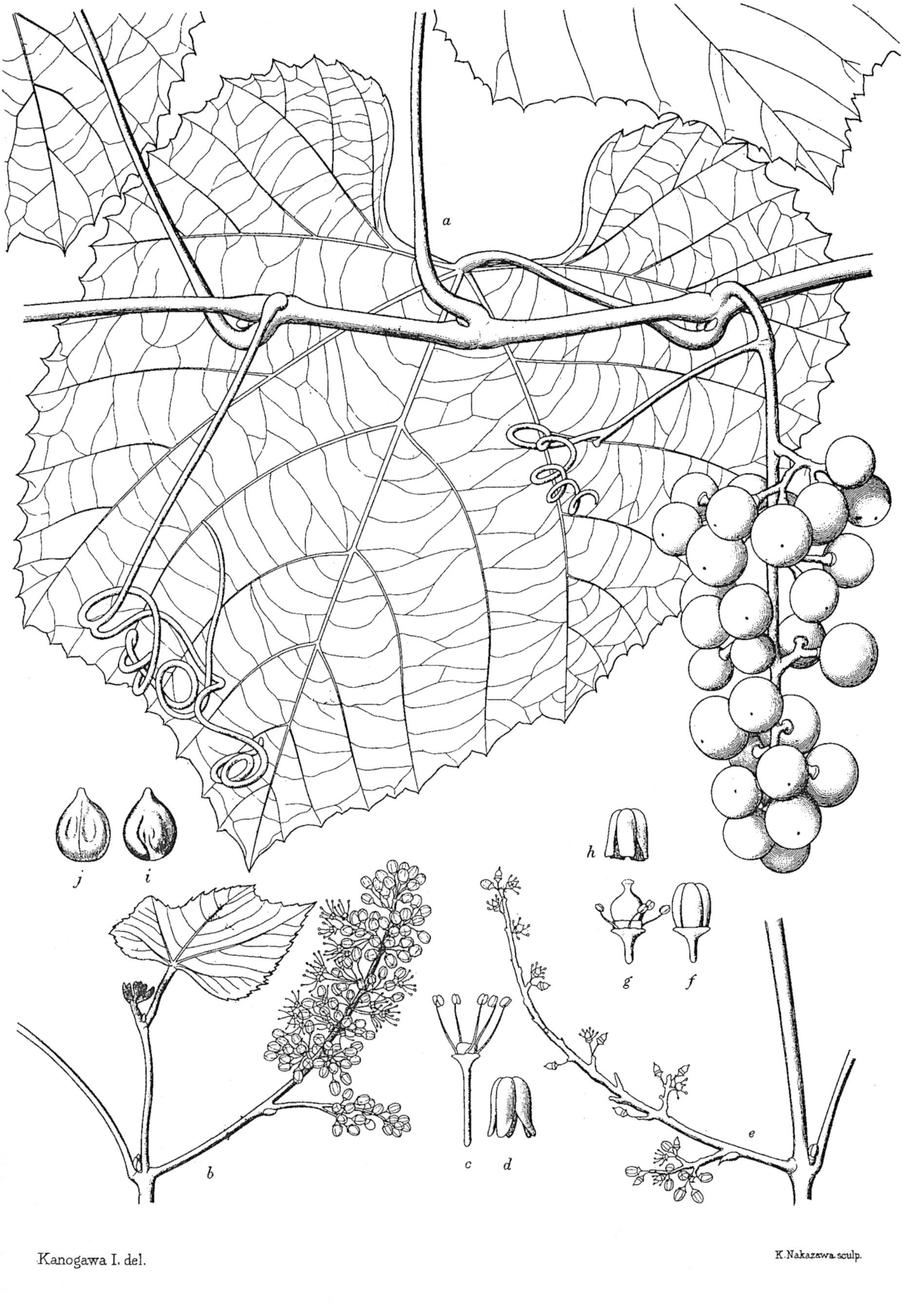

Kanogawa I. del.

K. Nakazawa sculp.

第　七　圖

あむーるしなのき

Tilia amurensis, *Ruprecht.*

a. 蕾ヲ附クル枝（自然大）f. polyantha
ト云フモノ

b. 花ヲ附クル枝（同）v. oligantha
ト云フモノ

c. 果實ヲ附クル枝（同）

d. 葯（廓大）

e. 柱頭（同）

第七圖

Nakai T. et Kanogawa I. del.

K. Nakazawa sculp.

第　八　圖

き つ ね し な の き

Tilia rufa, *Nakai*.

a. 果實ト葉ヲ附クル枝（自然大）
b. 葉裏ノ一部ヲ廓大ス
c. 葉ヲ表面ヨリ見ル（自然大）
d. 雄蕋ノ廓大圖

第八圖

上

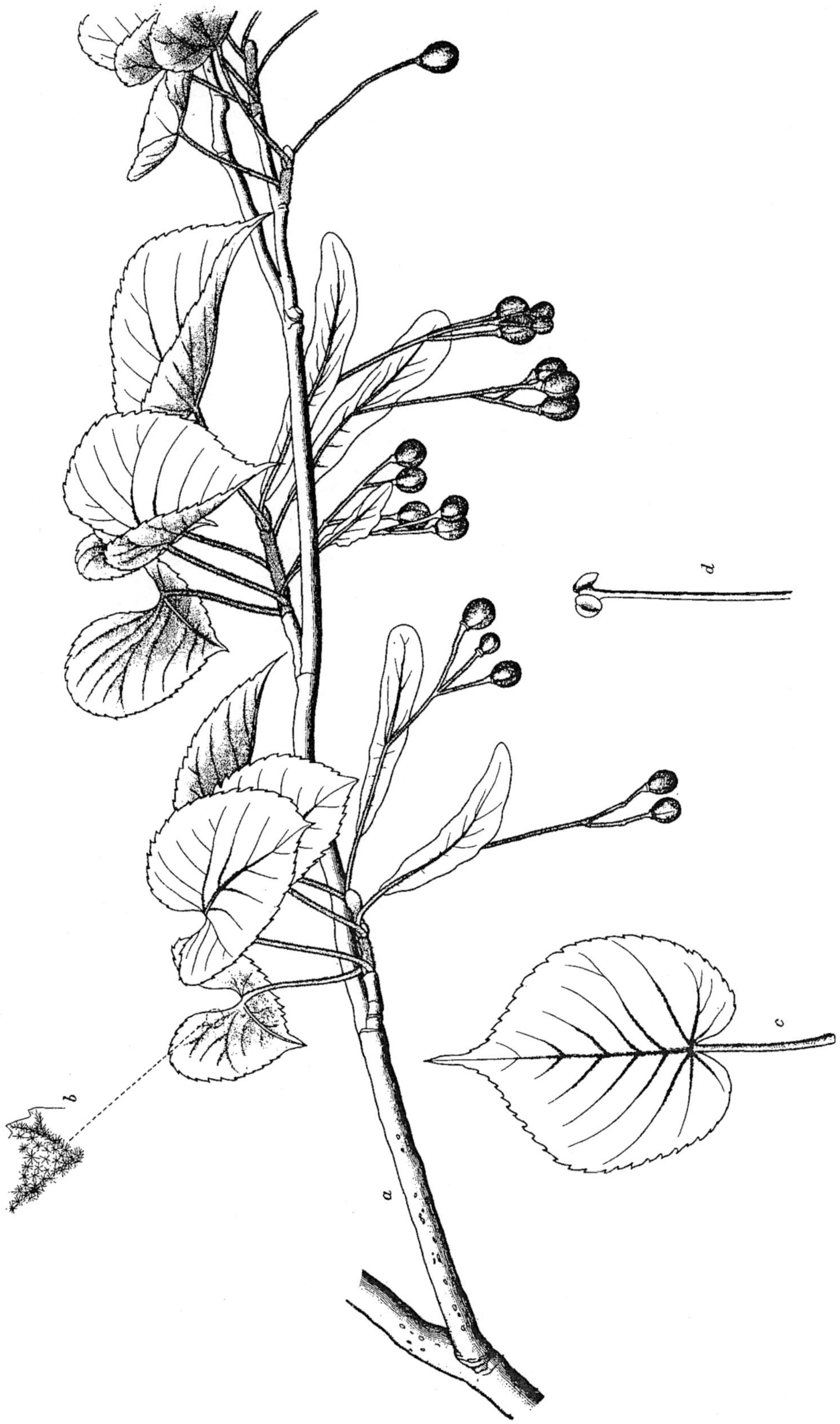

下

Kanogawa I. del.

K. Nakazawa sculp.

第 九 圖

てうせんしなのき

Tilia koreana, *Nakai.*

a. 果實ヲ附クル枝（自然大）

b. 花（同）

c. 柱頭ヲ廓大ス

第九圖

Nakai T. et Kanogawa I. del.

K. Nakazawa sculp.

第　十　圖

たけしましなのき

Tilia insularis, *Nakai.*

a. 蕾ヲ附クル枝（自然大）
b. 側枝ノ葉（同）
c. 葉裏ノ一部ヲ廓大ス
d. 苞ノ一部ヲ廓大ス

第十圖

上

下

Kanogawa I. del. K. Nakazawa. sculp.

第 十 一 圖

くはのはしなのき

Tilia Taquetii, *Schneider*.

a. 蕾及ビ葉ヲ附クル枝（自然大）
b. 側枝ノ葉（同）
c. 果實ヲ附クル枝ノ一部（同）
d. 花瓣（廓大）
e. 葯（同）
f. 雌蕊（同）

第十一圖

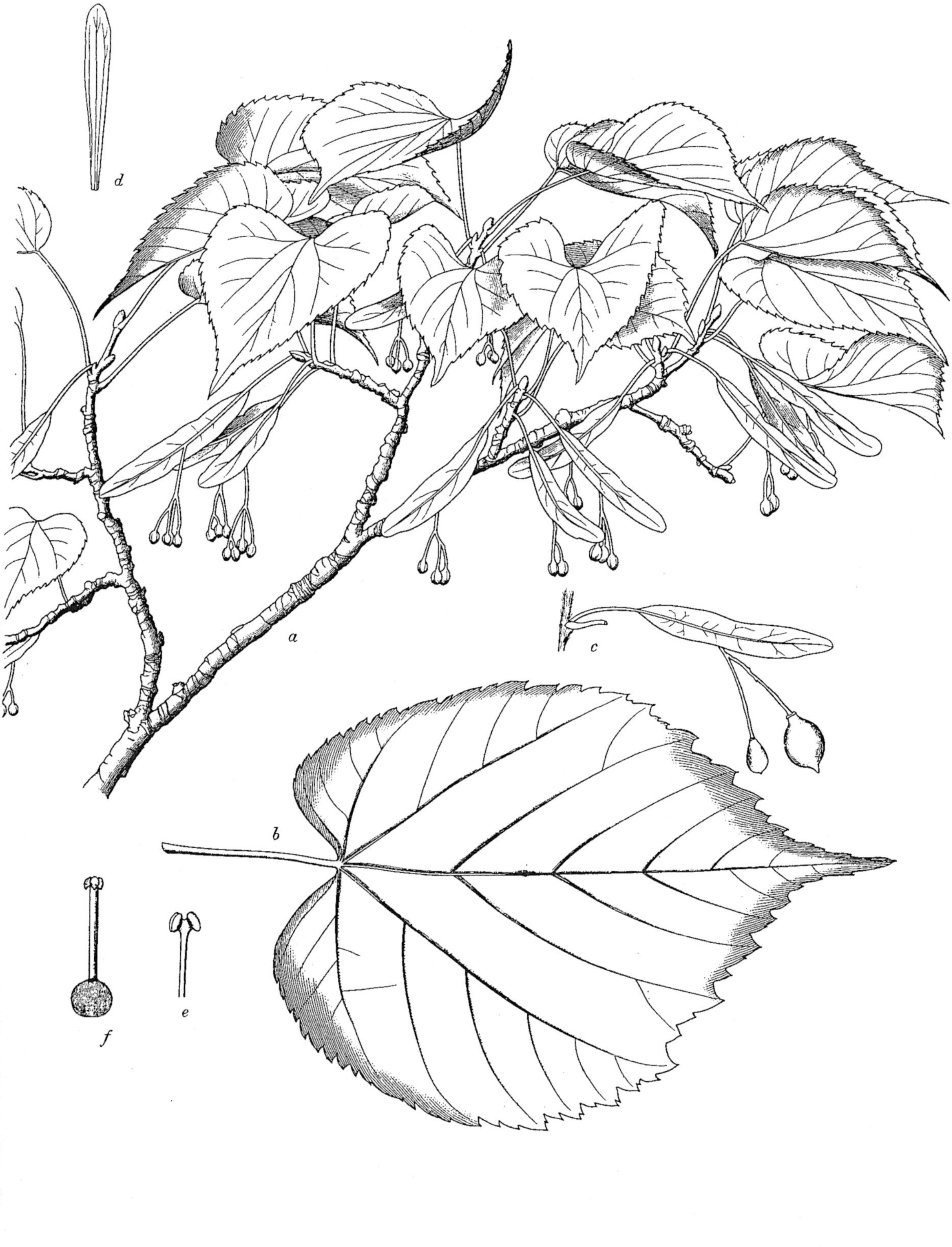

Nakai T. et Kanogawa I. del.

K. Nakazawa sculp.

第十二圖

まんしうぼだいじゅ

Tilia mandshurica, *Ruprecht* et *Maximowicz.*

a. 花ヲ附クル枝 (自然大)
b. 果實ヲ附クル枝 (同)
c. 側枝ノ葉ヲ表ヨリ見ル (同)
d. 花 (同)
e. 葯ヲ內面ヨリ見ル (廓大)
f. 葯ヲ外面ヨリ見ル (同)

第十二圖

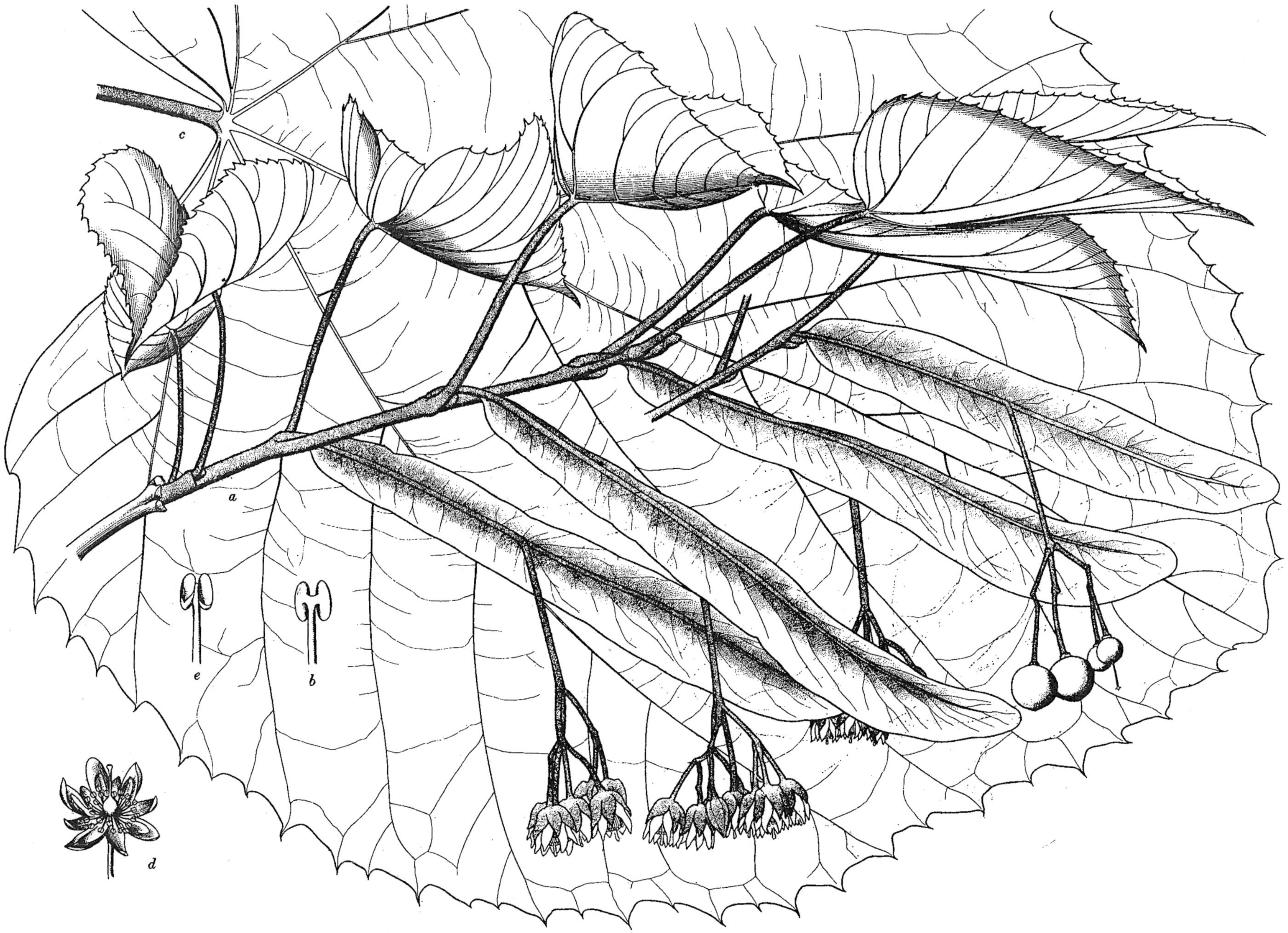

Nakai T. et Kanogawa I. del.

K. Nakazawa sculp.

第十三圖

おほばだいじゅ

Tilia megaphylla, *Nakai.*

a. 果實ヲ附クル枝（自然大）
b. 側枝ノ葉（實物ノ 2/3 大）

第十三圖

Kanogawa I. del.

K. Nakazawa. sculp.

第十四圖

ばだいじゅもどき

Tilia semicostata, *Nakai.*

a. 果序ヲ附クル枝（自然大）

b. 側枝ノ葉ヲ裏ヨリ見ル（同）

第十四圖

Kanogawa I. del.　　　　K. Nakazawa sculp.

第十五圖

かうらいぼだいじゅ

Tilia ovalis, *Nakai*.

a. 果實ト葉ヲ附クル枝（自然大）
b. 無葯雄蕋（約七倍）
c. 花梗ノ一部ヲ廓大ス
d. 雄蕋ノ廓大圖
c. 花柱ト柱頭トノ廓大圖

第十五圖

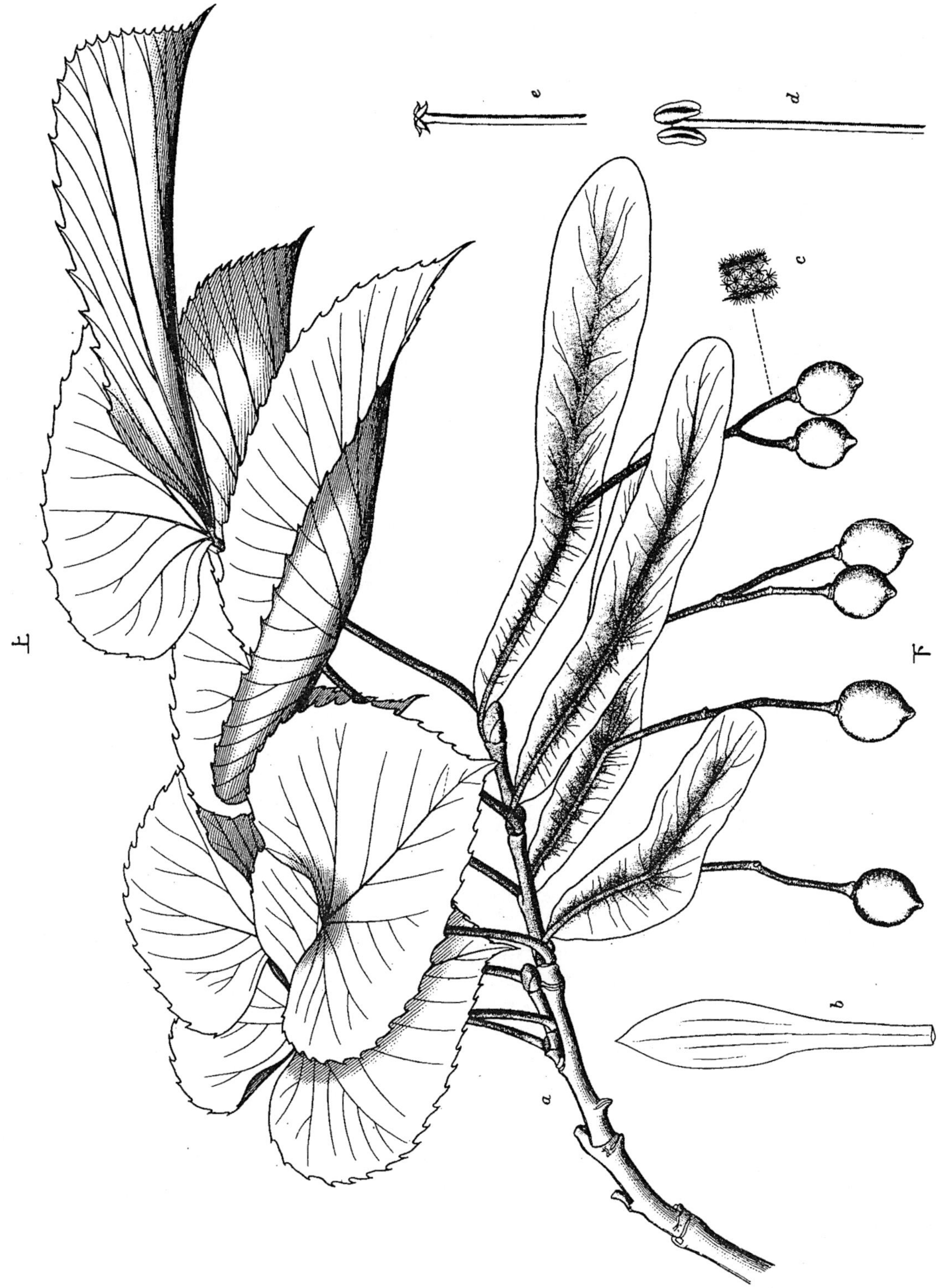

Nakai T. et Kanogawa I. del.

K. Nakazawa sculp.

第 十 六 圖

a—f. えのきうつぎ

Grewia parviflora, *Bunge.*

a. 果實ト葉トヲ附クル枝（自然大）

b. 花ト葉トヲ附クル枝（同）

c. 花瓣ノ内面ト腺（廓大）

d. 子房（同）

e. 柱頭（同）

f. 雄蕋（同）

g. ほそばえのきうつぎ

Grewia parviflora, *Bunge* var. angusta, *Nakai.*

蕾ト葉トヲ附クル枝（自然大）

第十六圖

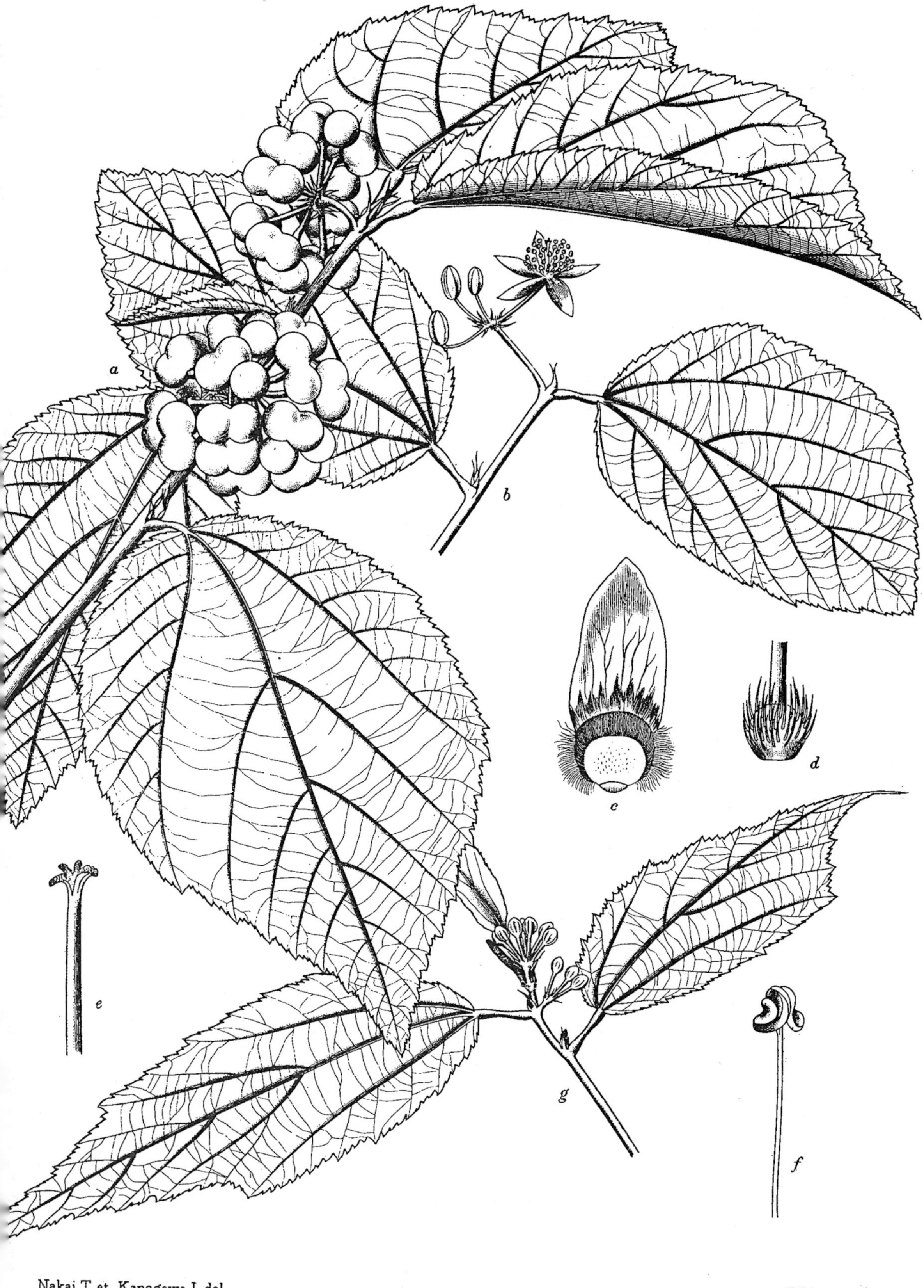

Nakai T. et Kanogawa I. del.

K. Nakazawa. sculp.

朝鮮森林植物編

13 輯

岩 梅 科　**DIAPENSIACEAE**

紫金牛科　**ARDISIACEAE**

MYRSINACEAE

柹 樹 科　**EBENACEAE**

灰 木 科　**SYMPLOCACEAE**

齊墩果科　**HALESIACEAE**

STYRACACEAE

目次 Contents

第13輯

岩 梅 科 DIAPENSIACEAE

紫金牛科 ARDISIACEAE (*MYRSINACEAE*)

柿 樹 科 EBENACEAE

灰 木 科 SYMPLOCACEAE

齊墩果科 HALESIACEAE (*STYRACACEAE*)

岩梅科

DIAPENSIASEAE

(一) 主要ナル引用書類

著者名	書名
Al. de Candolle	Prodromus Systematis naturalis regni vegetabilis XIII. I, p. 691 (1852).
S. Endlicher	Genera Plantarum p. 760 (1836–40).
J. Lindley	A natural system of Botany ed. II. p. 233–234 (1836).
,,	The Vegetable Kingdom ed. 3. p. 606 (1853).
Fr. Schmidt	Florula Sachalinensis p. 161 (1868).
F. v. Herder	Diapensiaceæ in Acta Horti Petropolitani I. p. 488 (1872).
G. Bentham et J. D. Hooker	Genera Plantarum II. p. 618 (1876).
C. B. Clarke	Diapensiaceæ in Hooker's Flora of British India III. p. 478 (1882).
O. Drude	Diapensiaceæ in die natürlichen Pflanzenfamilien IV. 1. p. 80–84 (1889).
N. L. Britton and A. Brown	Diapensiaceæ in an illustrated Flora of the Northern United States, Canada and the British Possessions II. p. 582–584 (1897).
C. K. Schneider	Diapensiaceæ in illustriertes Handbuch der Laubholzkunde II. p. 569–570 (1911).
宮部金吾、三宅勉	樺太植物誌第 317-318 頁(大正二年).
三好學、牧野富太郎	日本高山植物圖譜卷一、第三圖版18(明治三十九年).
中井猛之進	濟州島植物調査報告書第 72 頁(大正三年)

(二) 朝鮮産岩梅科植物研究ノ歴史.分布及ビ効用

歴史トシテハ 1914 年濟州島植物調査報告書ニいはうめ一種ヲ載セシニ過ギズ、濟州島漢拏山上ニ生ジ、其分布ハ極メテ限定サレ居ルモノ、如ク佛人故フォーリー氏及ビタケー氏ガ同山ニ登リシ時一回之ヲ發見セシノミ、森爲三、石戸谷勉、下郡山誠一、中井猛之進、*E. H. Wilson* 等相踵デ同山ニ採收ヲ試ミシモ遂ニ發見シ得ザリキ、漢拏山ノ高山植物ハ生產區域ノ極メテ限定セルモノアリ、例令バくろまめのきノ如キモ山頂數坪ノ地ニノミ限ラル、故ニいはうめモ吾人ガ未踏ノ小區域ニ限ラレアルモノヽ如シ。

岩上ニ着生スル極小ノ灌木故何等ノ効用ナシ、唯山草愛養家ガ珍重スルニスギズ。

(三) 朝鮮產岩梅科植物ノ分類ト圖說

岩　梅　科

Diapensiaceæ.

極小ノ灌木又ハ多年生草本、葉ハ互生、屢々密生ス、全緣又ハ鋸齒アリ、花ハ無柄又ハ有柄、獨生又ハ總狀花序又ハ頭狀花序ヲナス、苞アリ、兩全、整正、萼ハ五裂シ、永存性、裂片ハ相重ナル、花冠ハ雌蕋下ニツク、鐘狀又ハ漏斗狀五叉又ハ五裂ス、永存性又ハ脫落性、裂片ハ全緣又ハ細裂シ、相重ナル、雄蕋ハ五個、花冠ノ口ニツク、花糸ハ短シ、葯ハ 1-2 室、花托ナシ、子房ハ殆ンド球形、三室、花柱ハ太ク短ク或ハ長シ、柱頭ハ三叉ス、中軸胎坐、卵子ハ多數、蒴ハ胞背裂開ス、種子ハ丸ク或ハ兩端突出ス。胚乳アリ、幼根ハ下向。

北半球ノ周極地方及ビ高山ニノミ生ジ六屬十二種アリ、朝鮮ニハ唯次ノ一屬一種アルノミ。

Diapensiaceæ, *Lindley* Nat. Syst. ed. 2. p. 233 (1836) et Veg. kingd. ed. 3. p. 606 (1853). *Endlicher* Gen. Pl. p. 760 (1836–40). *Meisner* Plantarum vascularium genera II. p. 178. *Bentham* et *Hooker* Gen. Pl. II. p. 618 (1876). *C. B. Clarke* in *Hooker* Fl. Brit. Ind. III. p. 478 (1882). *Drude* in Nat. Pflanzenf. IV. 1. p. 80 (1889). *Schneider* Illus. Handb. II. p. 569 (1911).

Diapensiaceæ, *Link* sic *Britton* and *Brown* Illus. Fl. II. p. 582 (1897).

Convolvulaceæ trib. Diapensiaceæ, *Link* Handb. Frkenn. Nutzb. Gewächse I. p. 595 (1827).

Polemoniaceæ trib. Diapensieæ, *De Candolle* Prodr. XIII. 1. p. 691. (1852).

Herbæ perennes v. fruticuli. Folia alterna sæpe rosulata, integra v. serrata. Flores sessiles v. pedunculati, solitarii v. racemosi v. capitati, bracteati, hermaphroditi, regulares. Calyx 5-partitus, persistens, segmentis imbricatis. Corolla hypogyna campanulata v. hypocrateriformis 5-loba v. partita, persistens v. decidua, lobis integris v. fimbriato-laceratis imbricatis. Stamina 5 fauce corollæ affixa. Filamenta brevia. Antheræ 1–2 loculares. Discus 0. Ovarium subglobosum 3-loculare. Styli crassi breves v. elongati. Stigmata 3-loba. Placenta centralis. Ovula numerosa ∞ serialia. Capsula coriacea loculicide dehiscens. Semina rotunda v. utrinque producta. Albumen carnosum. Radicula infera.

Genera 6 species 12 in alpinis et regionibus circumpolaribus borealihemisphæricæ incola. Inter eas 1 genus 1 species in Quelpært indigenum.

いはうめ屬

簇生ノ小灌木ニシテ岩上ヲ匐フ。葉ハ互生、密生ス、全緣、二年生ニシテ其儘枯死シ脫落セズ。花ハ單生、頂生、花梗ニ苞アリ。萼ノ直下ニ 2–3 個ノ苞アリ。萼片ハ五個覆瓦狀ニ排列ス。花冠ハ五叉シ、裂片ハ覆瓦狀ニ排列ス。雄蕊ハ五個花筒ノ口ニ附ク。花糸ハ幅廣ク、短シ。葯ハ二室基脚ニ向テ擴ガル。無葯雄蕊ナシ。子房ハ三室、卵子ハ倒生、多數、蒴ハ丸シ。

ヒマラヤ連山、及ビ周極地方並ニ高山ニ亘リ三種アリ、其中一種ハ濟州島ニ產ス。

いはうめ

(第一圖)

匍匐性ノ小灌木、枝ハ傾上ス、葉ハ密生シ二年生、倒卵形又ハ長倒卵形厚ク、網狀脈アリ、脈ハ凹入スルコト多シ、先端ハ丸ク或ハトガル。花梗ハ獨生無毛、頂生、苞ハ花梗ノ中央ニ一個アル事モアリ、萼ノ直下ニハ 2–3 個宛アリ、楕圓形、綠色、萼片ハ五個、楕圓形、覆瓦狀ニ排列シ永存性、花冠ハ白色、鐘狀、裂片ハ五個、覆瓦狀ニ排列ス、雄蕊ハ五個、花冠ノ裂片ト互生シ花筒ノ口ニ附ク、花糸ハ廣ク短シ。子房ハ球形三溝アリ、三室、蒴ハ卵形、三裂ス。

濟州島漢拏山頂ニ生ズ。

（分布） 本島、北海道、千島、樺太、カムチヤツカ、白令海峡地方、スタノボイ山脈。

本種ハ歐米ノ高山及ビ周極地方ニ産スル Diapensia lapponica ニ近似スレ共彼ニアリテハ葉ハ細ク網狀脈ナク且花梗ハ中央ニ概ネ一個ノ苞ヲ具フ。

Diapensia, (non *Brunfels* nec *Matthiolus*) *Linné* Fl. Lapp. p. 55 t. 1. f. 1. excl. syn. (1737). *La Marck* Illus. t. 102. *Endlicher* Gen. Pl. p. 760. *Clarke* l.c. *Bentham* et *Hooker* Gen. Pl. II. p. 620 (1876). *Drude* in Nat. Pflanzenf. IV. 1. p. 82. *Britton* and *Brown* Illus. Fl. II. p. 582.

Fruticulus parvus cæspitosus sarmentosus. Folia alterna congesta integerrima biennia sed non decidua. Flores solitarii terminales. Pedunculi bracteati. Calyx bracteis 2–3 suffultus sepalis 5 imbricatis. Corolla 5-loba, lobis imbricatis. Stamina 5 fauce corollæ affixa, filamentis dilatatis brevibus, antheris basi divaricatis. Staminodia 0. Ovarium 3-loculare. Ovula anatropa numerosa. Capsula globosa.

Species 3 in Himalaya et regionibus circumpolaribus incolæ, inter eas unica in Quelpært crescit.

1. **Diapensia obovata,** (*Fr. Schmidt*) *Nakai.*

Diapensia lapponica var. obovata, *Fr. Schmidt* Florula Sachal. p. 161. n. 319 (1868). *Herder* in Act. Hort. Petrop. I. p. 488 in adnot. sub D. lapponica (1872) et Plantæ Radd. IV. p. 205. *Miyabe* et *Miyake* Fl. of Saghalin p. 318. n. 396. (1915).

D. lapponica β. asiatica, *Herder* in Acta Hort. Petrop. I. p. 489 et Pl. Radd. p. 206. nom. nud. *Franchet* et *Savatier* Enum. Pl. Jap. II. p. 428 (1879). *Miyoshi* et *Makino* Pocket-Atlas of Alpine plants of Japan I. p. 6. Pl. III. f. 18 (1906). *C. K. Schneider* Illus. Handb. Laubholzk. II. p. 570 (1911).

Fruticulus repens ramosus, ramis ascendentibus. Folia eximie congesta biennia obovata crassa reticulato-venosa, venis sæpe impressa, apice obtusa v. acutiuscula. Pedunculi terminales solitarii glabri. Bractea 1 rarissime in media pedunculi posita, 2–3 sub calycem suffultæ, ellipticæ virides. Sepala 5 elliptica imbricata persistentia. Corolla alba campanulata lobis 5 rotundatis imbricatis. Stamina 5 lobis corollæ alterna fauce corollæ affixa. Filamenta dilatata. Ovarium globosum 3–sulcatum, 3-loculare Capsula ovoidea 3-valvis.

Nom. Jap. Iwa-ume v. Fukizumesô.

Hab. in Quelpært: in rupibus Hallaisan 2000 m. (*Faurie* n. 1885) ibidem (*Taquet*).

Distr. Hondo, Yeso, Kuriles, Sachalin, montibus Stanovoi, regio Beringensis et Kamtschatica.

Diapensia lapponica quæ hac adhuc confusa differt foliis lineari-spathulatis evenis, pedunculis fere semper e calyce aperte 1-bracteatis. Nostra species interdum folia aeque angusta ut Diapensia lapponica agit sed semper venæ laterales insignes.

紫金牛科

ARDISIACEAE

MYRSINACEAE

(一) 主要ナル引用書類

著者名	書名
C. P. Thunberg	Flora Japonica p. 95–97. f. 18–19 (1784).
J. de Loureiro	Flora Cochinchinensis I. p. 148–149 (1793).
F. G. Dietrig	Vollständiges Lexicon der Gärtnerei und Botanik I. p. 681–685 (1802). II. p. 239–240 (1802).
W. T. Aiton	Hortus Kewensis ed. II. p. 4–5 (1811).
C. Loddiges	The Botanical Cabinet I. no 2. (1817).
J. Sims	in *Curtis'* Botanical Magazine t. 1950 (1818).
S. Edwards	The Botanical Register t. 533 (1821).
J. Lindley	in *Edwards* The Botanical Register t. 827 (1824) t. 1892 (1836).
,,	A natural system of Botany ed. II. p. 224–225 (1836).
C. L. Blume	Bijdragen tot de Flora van Nederlandsch Indië 11 stuck p. 684–692 (1825).
W. Roxburgh	Flora Indica I. ed. Carey p. 579–584 (1832).
S. Endlicher	Myrsineæ in Genera Plantarum p. 734–739 (1836–1840).
Al. de Candolle	A Review of the Natural Order Myrsineæ in Transaction of the Linnæan Society XVII. p. 95–138. tab. 4–8 (1837).
,,	Myrsineaceæ in Prodromus systematis naturalis regni vegetabilis VIII. p. 75–140 (1844).
G. Don	The Dictionary of Gardening and Botany IV. p. 7–18 (1838).

Fr. de Siebold et J. G. Zuccarini.	Myrsineæ in Abhandlung der Academien der Wissenschaften zu München IV. 3. p. 137–139 (1846).
R. Wight	Icones Plantarum Indiæ Orientalis IV. p. 7–8 tab. 1206–1215 (1850).
F. A. G. Miquel	Flora Indiæ Batavæ II. p. 1005–1030 (1856).
”	Myrsineæ in *Martius* Flora Brasiliensis X. p. 270–323 tab. XXIV–LIX (1856).
”	Myrsineæ in Annales Musei Botanici Lugduno-Batavi II. p. 262–263. (1866) III. p. 190–191 (1867).
C. J. Maximowicz at E. Regel	Ardisia Hortorum in Gartenflora XIV. p. 363–364. t. 491 (1865).
A. Franchet et L. Savatier	Enumeratio Plantarum Japonicarum I. p. 304–305 (1875).
G. Bentham et J. D. Hooker	Genera Plantarum II. 2. p. 630–650 (1875).
C. B. Clarke	Myrsineæ in *Hooker* Flora of British India III. p. 507–534 (1882).
W. B. Hemsley	Myrsineæ in Journal of the Linnæan Society XXVI. p. 59–67 (1889).
F. Pax	Myrsinaceæ in *Engler* und *Prantl* Die natürlichen Pflanzenfamilien IV. 1. p. 84–97 (1889).
C. Mez.	Myrsinaceæ in *Engler* Pflanzenreich IV. 236. p. 1–437 (1902).
J. Matsumura et B. Hayata	Enumeratio Plantarum Formosanarum p. 224–227 (1906).
C. K. Schneider	Illustriertes Handbuch der Laubholzkunde II. p. 570–572 (1911).
T. Nakai	Flora Koreana II. p. 84 (1811).
”	Vegetation of Island Quelpaert p. 72 (1914).

J. Matsumura Index Plantarum Japonicarum II. 2. p. 471-472 (1912).

B. Hayata Icones Plantarum Formosanarum V. p. 87-93 (1915).

A. Rehder Myrsinaceæ in Plantæ Wilsonianæ II. 3. p. 580-585 (1916).

(二) 朝鮮產紫金牛科植物研究ノ歷史.分布及ビ効用

(歷史)

1889年 *W. B. Hemsley* 氏ガ Ardisia japonica ガ朝鮮群島ニアルヲ記セリ、1911年余ハ Flora Koreana 第二巻ニ同種ヲ載セタリ、1914年ニハ濟州島植物調査報告書ニ Ardisia crispa, A. crispa var. Taquetii, A. japonica, A. pusilla ノ三種一變種ヲ載ス、又莞島植物調査報告書ニハ Ardisia japonica ヲ載ス. 1919年鬱陵島植物調査書ニハ同ジク Ardisia japonica ヲ載ス。

(分布)

まんりやうハ濟州島ノ下部溪谷ニ生ズ。

やぶかうじハ木浦附近ヨリ南部ノ諸島特ニ濟州島ニ多ク生ジ又鬱陵島ニモアリ。

つるやぶかうじハ濟州島ノ下部溪谷地又ハ森林ノ下ニ生ズ。

(効用)

まんりやう並ニやぶかうじハ盆栽又ハ庭園用トシ其冬期ニアル紅果ト綠葉トヲ賞ス。

やぶかうじハ支那ニテハ漢法ニ紫金牛ト呼ビ陰暦八月、其根ヲ去リ幹ノ皮ヲ剝ギテ心材ヲ去リ、其皮ノミヲ乾シ後之ヲ粉末トシ、腫物ニ附ケ又煎出シテ飲ミ、風邪ヲ治シ去痰ノ用ニ供ス。

まんりやうハ之ヲ漢法ニ硃砂根ト云ヒ、其根ノ皮ヲ煎出シ咽喉カタルヲ洗ヒ又ハ醋ニ浸出シテ飲ミテ同病ヲ治スルニ用フ。

(三) 朝鮮產紫金牛科植物ノ分類ト圖說

紫金牛科(ヤブカウジ)

Ardisiaceæ.

喬木又ハ灌木稀ニ草本、葉ハ單葉、互生又ハ對生又ハ輪生、托葉ナシ、二年生、通例葉柄アリ。全緣又ハ鋸齒アリ。微毛又ハ鱗片アリ。花序ハ頂生又ハ腋生、總狀、圓錐花叢、繖房、繖形、複繖形、集團等トナル。花ハ兩全又ハ多性又ハ雌雄異株、整正、通例五數稀ニ四數又ハ六數。萼片ハ 4–6 個、覆瓦狀、又ハ左旋稀ニ鑷合狀。花冠ハ 4–6 叉又ハ 4–6 裂シ裂片ハ左旋又ハ右旋又ハ覆瓦狀ニ排列ス、雄蕊ハ 4–6 個、花冠ノ裂片ニ對生シ其口又ハ筒部ニ附着シ無柄又ハ花糸アリ。花糸ハ離生稀ニ癒合ス葯ハ二室、離生、內裂、子房ハ萼ヨリ離生シ又ハ萼ト癒合シ一室、無毛又ハ有毛又ハ鱗片アリ。胎坐ハ中央、離生、花柱ハ圓筒狀又ハ糸狀、柱頭ハ單一又ハ缺刻アリ。卵子ハ少數(1–5 個)又ハ多數(10個以上)、核果ハ丸ク裂開セズ一個ノ核ヲ有ス。

世界ニ四十屬ト九百余種アリ。南米、濠州、馬來地方、日本、亞細亞及ビ阿弗利加ニ生ズ、其中一屬三種ハ朝鮮ニアリ。

Ardisiaceæ, *Jussieu* in Annales du Musée d'histoire naturelle XV. p. 349 (1810). *Bartling* Ordines naturales plantarum p. 163 p.p. (1830).

Sapotæ genera Sapotis affinia p.p. *Jussieu* Gen. Pl. p. 152 (1789).

Ophiospermæ, *Ventenat* Jard. Cels. p. 86.

Myrsineæ, *R. Brown* Prodr. Floræ Nov. Holland. p. 533 (1810). *Link* Enum. Pl. Hort. Berol. I. p. 196 (1821). *D. Don* Prodr. Fl. Nep. p. 146 (1825). *A. de Candolle* in Trans. Linn. Soc. XVII. p. 100 (1837). *Endlicher* Gen. Pl. p. 734 (1836–40). *Miquel* Fl. Ind. Bat. II. p. 1005 (1856). *Bentham* et *Hooker* Gen. Pl. II. p. 639–650 (1876). *C. B. Clarke* in *Hooker* Fl. Brit. Ind. III. p. 507.

Myrsinaceæ, *Lindley* Nat. Syst. ed. 2. p. 224 (1836) et Veg. Kingd. ed. 3. p. 647 (1853). *Dippel* Handb. Laubholzk. I. p. 301. *Pax* in Nat. Pflanzenf. IV. 1. p. 84. *Mez* in Pflanzenreich. IV. 236.

Myrsineaceæ, *G. Don* Gard. Dict. IV. p. 7. (1838).

Myrsineaceæ, *A. de Candolle* in Annales du Musee d'Histoire naturelle de Paris ser. 2. XV. p. 65 t. 5–7 (1840) et Prodr. VIII. p. 75 (1844).

Arbores v. frutices rarius herbæ. Folia simplicia alterna v. opposita v. verticillata exstipullata biennia, vulgo petiolata, integra v. serrata, pilosa v. lepidota. Inflorescentia terminales v. axillares racemosa, paniculata, corymbosa, umbellata, umbellato-decomposita v. glomerata. Flores hermaphroditi v. polygami v. dioici regulares saepe 5-meri rarius 4–6 meri. Calyx 4–6 fidus v. partitus, lobis imbricatis v. quincuncialibus v. sinistrorsum contortis, rarius valvatis. Corolla 4–6 fida v. partita, lobis sinistrorsum v. dextrorsum contortis v. imbricatis. Stamina 4–6 lobos corollæ opposita et fauce v. tubo corollæ affixa sessilia v. filamentosa. Filamenta libera interdum connata. Antheræ biloculares liberæ introrsæ, longitudine fissæ. Ovarium liberum v. calyci adnatum 1-loculare glabrum v. pilosum v. lepidotum. Placenta centralis libera. Styli cylindrici v. filiformes. Stigmata simplicia laciniata. Ovula pauca (1–5) v. numerosa (10 v. ultra). Drupa globosa indehiscentia 1-sperma.

Circ. 40 genera et ultra 90 species in America australi, Australia, Malaya, Japonia, Asia et Africa indigenæ. Inter eas genus 1 et species 3 in Corea, Quelpaert et Dagelet indigenæ.

やぶかうじ屬

喬木又ハ灌木、莖ハ單一又ハ分岐ス、葉ハ互生、對生又ハ輪生二年生、花序ハ腋生又ハ節間ニ生ジ、繖房、繖形、稀ニ複繖形又ハ複繖房又ハ總狀、直立又ハ下垂ス。蕚ハ五叉又ハ五裂シ、裂片ハ始メ左旋スレ〼間モナク開ク。花冠ハ五叉又ハ五裂シ裂片ハ始メ左旋シ後開ク。雄蕋ハ五個、花筒ニツキ花冠ノ裂片ニ對生ス、花糸ハ或ハ短ク或ハ長シ。葯ハ二室先端尖ル、花柱ハ糸狀、柱頭ハ點狀、子房ハ上位一室、獨立中央胎坐。卵子ハ 5–15 個、果實ニ一個ノ種子アリ。

亞細亞ノ熱帶地方及ビ亞熱帶、馬來地方、フキリッピン群島、熱帶濠洲、フキジー群島、錫蘭、日本、支那、朝鮮ニ亘リ約九十種アリ。

Gn. **Bladhia,** *Hornstedt* Diss. Nov. Gen. Pl. I. p. 6–7 cum fig. (1781). *Thunberg* Fl. Jap. p. 7. (1784). *Roemer* et *Schultes* Syst. Veg. IV. p. XLVII et 512 (1819).

Ardisia subgn. Bladhia p.p. *Pax* in Nat. Pflanzenf. IV. 1. p. 94. *Mez* Myrsinaceæ p. 150 (1902).

A. sect. Euardisia β. Bladhia, *Endlicher* Gen. Pl. p. 736 (1836–40).

A. sect. Euardisia p.p. *De Candolle* Prodr. VIII. p. 124 (1844). *Miquel* Fl. Ind. Bat. II. p. 1016 (1854).

Ardisia p.p. *Blume* Bijidragen p. 684 (1825). *De Candolle* in Trans. Linn. Soc. XVII. p. 115 (1834) et Prodr. VIII. p. 120 (1844). *Lindley* Veg. Kingd. ed. 3. p. 648. *Bentham* et *Hooker* Gen. Pl. II. p. 645 (1876). *Clarke* in *Hooker* Fl. Brit. Ind. III. p. 518 (1882).

Pyrgus, *Loureiro* Fl. Coch. I. p. 120 (1790).

Niara, *Dennstaedt* Schlüssel zum Hortus indicus malabaricus p. 31. (1818).

Ardorea v. frutex. Caulis simplex v. ramosus. Folia alterna v. opposita v. verticillata biennia. Inflorescentia axillaris v. intra-axillaris corymbosa v. umbellata rarius iterum umbellata v. corymbosa v. racemosa, erecta v. pendula. Calyx 5-partitus v. 5-fidus, lobis dextre obtegentibus ita sinistro-contortis demum patulis. Corolla 5-partita v. 5-loba, lobis dextre obtegentibus. Stamina 5 tubo corollæ affixa et lobos opposita. Filamenta brevia v. elongata. Antheræ biloculares acuminatæ. Styli filiformes. Stigmata punctata. Ovarium superum 1-loculare. Placenta centralis. Ovula 5–15. Fructus 1-spermis.

Circ. 90 v. ultra species in Asia trop. et subtrop., Malaya, Philippin, Australia trop., insula Fiji et Zeylano indigenæ.

1. やぶかうじ 紫金牛（本草綱目）

（第 二 圖）

高サ三四寸以上一尺余迄ノ小灌木、地下莖ハ長ク地中ヲ匐ヒ、其先端ヨリ地上莖ヲ生ズ。若芽及ビ枝ノ先端ニハ細カキ腺毛密生ス。葉ハ對生又ハ三四枚宛輪生シ、楕圓形又ハ長倒卵形、兩端トガリ縁ニ鋭鋸齒アリ、花序ハ葉腋又ハ節間ニアル苞ノ間ヨリ腋生ス。花ハ總狀又ハ繖形花數少シ。花梗ト小花梗トニ小サキ腺毛密生ス。花ハ下垂シ、小苞ハ極小、蕚片ハ卵形ニシテ先端尖リ長サ1–2粍、花冠ハ五裂シ輻狀、裂片ハ卵形ニシテ尖ル、腺點アリ、花糸短シ、果實ハ紅朱色、徑6–9粍許。

全羅南道(木浦、莞島、大黒山島 、濟州島、鬱陵島ニ產ス。

（分布） 支那、九州、對馬、四國、本島、後尻島。

1. **Bladhia japonica,** *Hornstedt.*

Dissertio de novis generibus plantarum p. 7. (1781). *Thunberg* Fl. Jap. I. p. 95. t. 18 (1784). *La Marck* Illustr. t. 133. f. 1. *Persoon* Syn. Pl. I. p. 233 (1805). *Dietrig* Gart. Lexic. II. p. 239 (1802).

Ardisia japonica, (*Hornstedt*) *Blume* Bijidragen tot de Flora van Nederlandsch Indië XI. p. 690 (1825). *Morren* et *Decaisne* in Bulletin de l'Académie royale des science et belles-lettres (1836) p. 171. *G. Don* Gard.

Dict. IV. p. 17. (1838). *De Candolle* Prodr. VIII. p. 135 (1844). *Siebold* et *Zuccarini* in Abhandl. Acad. Muench. IV. 3. p. 138 (1846). *Miquel* in Ann. Mus. Bot. Lugd. Bat. II. p. 263 (1865–1866) excl. syn. Bladhia glabra. III. p. 190 (1867). *Franchet* et *Savatier* Enum. Pl. Jap. I. p. 305 excl. Bladhia glabra (1875). *Mez* in *Engler* Pflanzenreich IV. 236. p. 151 excl. fig. et syn. (1902). *Matsumura* Ind. Pl. Jap. II. p. 472. excl. syn. A. montana, Blad. glabra etc. (1912). *Rehder* in Pl. Wils. II. part. III. p. 583 excl. Bladhia glabra, Ardisia glabra, A. odontophylla etc. (1916). *Schneider* Illus. Handb. Laubholzk. II. p. 571. excl. fig. *Nakai* Fl. Kor. II. p. 84 excl. syn. Bladhia glabra. et Veg. Isl. Quelp. p. 72. n. 1006 et Veg. Isl. Dagelet p. 24. n. 281.

Caulis 30 cm. non excedens, hypogaeus longe repens. Gemmæ et apex caulis dense minute glandulosæ. Folia opposita v. verticillatim 3–4 foliata elliptica v. oblongo-obovata utrinque acuta margine argute serrulata. Inflorescentia in axillis bractearum in axillis foliorum v. internodis positarum axillares racemosa v. subumbellata oligantha. Pedunculi et pedicelli minute glanduloso-puberula. Flores nutantes. Bracteolæ minimæ, Sepala lanceolata v. ovata apice acuta 1–2 mm. longa. Corolla 5-partita rotata, lobis ovatis acutis punctatis. Filamenta brevia. Fructus coccineo-rubri diametro 6–9 mm.

Nom. Jap. Yabukōji.

Hab. in Quelpaert, in insula Daikokuzantō, insula Wangto et circa Mokpo nec non insula Dagelet.

Distr. China, Tsushima, Kiusiu, Shikoku, Hondo et insula Okujiri.

2. つるやぶかうじ 又ハ つるかうじ

(第 三 圖)

莖ハ長ク地上ヲ曳キ枝ノ先端ノミ傾上ス、褐毛密生ス、葉ハ 2–5 枚宛輪生ス、葉ハ兩面共ニ毛アリ、葉柄ニ密毛アリ。花序ハ節間ノ細キ苞ノ間ヨリ出デ褐毛密生ス、小苞モ細長シ 1–3 個ノ花アリ。小花梗ニモ毛アリ、蕚片ハ細シ。花冠ハ輻狀、裂片ハ卵形ニシテトガル、葯ハ殆ンド無柄、果實ハ球形、直徑 3–5 粍紅朱色ナリ。

濟州島ノ下部森林又ハ溪畔ニ生ズ。

(分布) 四國、九州、紀伊、和泉。

2. **Bladhia villosa,** *Thunberg.*

Flora Japonica p. 96. t. 19 (1784). *Dietrig* Garten Lexicon II. p. 239 (1802). *Persoon* Syn. Pl. I. p. 233 (1805).

Ardisia pusilla, *A. P. De Candolle* in Trans. Linn. Soc. XVII. p. 125. (1834) et Prodr. VIII. p. 137. (1844). *G. Don* Dict. Gard. IV. p. 18 (1838). *Miquel* in Ann. Mus. Bot. Lugd. Bat. II. p. 263. III. p. 190. *Franchet* et *Savatier* Enum. Pl. Jap. I. p. 305. *Nakai* Veg. Isl. Quelp. p. 72. n. 1007.

A. villosa, (non *Roxburgh*) *Mez* Myrsin. p. 152. *Schneider* Illus. Handb. Laubholzk. II. p. 572 (1911). *Matsumura* Ind. Pl. Jap. II. 2. p. 473 (1912).

Caulis supra terram longe repens apice ascendens fusco-pubescens. Folia verticillatim 2–5 foliata. Petioli dense pubescentes. Lamina foliorum utrinque pilosa. Inflorescentia in axillis bractearum in internodis positarum axillaris fusco-pubescens. Bracteolæ angustæ. Flores in quaque inflorescentia 1–3. Pedicelli pubescentes. Sepala angusta pilosa. Corolla rotata, lobis ovatis acutis. Stamina subsessilia. Fructus globosus ruber diametro 3–5 mm.

Nom. Jap. Tsuru-kōji.

Hab. in silvis v. secus torrentes Quelpaert.

Distr. Hondo austr., Kiusiu et Shikoku.

3. **まんりゃう** 硃砂根
(第 四 圖)

莖ハ直立シ太ク高サ二三尺無毛、先端花序ヲ生ズル所ニ至リ分岐シ、枝ハ莖ト關節ス、葉ハ楕圓形兩端尖リ少シク外卷シ緣ハ波狀ニシテ波ノ凹入部ニ腺アリ、葉質厚シ、表面ハ深綠色ニシテ光澤ニ富ミ裏面ハ淡綠色ニシテ脈ハ著シカラズ。花序ハ枝ノ先端ニ出デ繖形ナリ、往々複繖形ヲナス、苞ハ小ナリ、花ハ下垂シ、蕚片ハ卵形、花冠ハ白色ニシテ紅點アリ、輻狀、裂片ハ卵形ニシテ尖ル、雄蕋ハ無柄、花柱ハ糸狀、果實ハ紅色、球形又ハ扁球形。

濟州島ノ下方殊ニ溪畔ニ多シ。

（分布） 本島ノ中部以南、豆南列島、四國、對馬、九州、琉球、臺灣支那、瓜哇。

一種高サ五六尺ニ達シ葉ノ波狀甚ダシカラヌアリ、**おほまんりゃう**（第五圖）ト云フ。

3. **Bladhia crispa,** *Thunberg.*

Flora Japonica p. 97. (1784). *Dietrig* Garten Lexic. II. p. 240. (1802). *Persoon* Syn. Pl. I. p. 233 (1805).

Ardisia crenata, (non *Roxburgh*) *Sims* in Bot. Mag. t. 1950 (1818). *Matsumura* Ind. Pl. Jap. II. p. 225 (1906).

A. crenulata, (non *Ventenat*) *Loddiges* Bot. Cabinet t. 2 (1818).

A. lentiginosa, *Ker* in Bot. Regist t. 533 (1821).

A. glandulosa, (non *Roxburgh*) *Blume* Bijidragen XI. p. 690 (1826).

A. crispa *β*. *Al. de Candolle* in Trans. Linn. Soc. XVII. p. 124 (1834). *G. Don* Dict. Gard. IV. p. 17 (1838).

A. crispa, *Al. de Candolle* Prodr. VIII. p. 134 excl. *β* (1844). *Siebold* et *Zuccarini* in Abhand. Akad. Muench. IV. 3. p. 137. n. 463. *Miquel* Fl. Ind. Bat. II. p. 1020 (1856) et in Ann. Mus. Bot. Lugd. Bat. II. p. 262. III. p. 190. *Franchet* et *Savatier* Enum Pl. Jap. I. p. 304. *Mez* Pflanzenreich IV 236 p. 144 p.p. f. 22. *Matsumura* Ind. Pl. Jap. II. 2. p. 471. *Nakai* Veg. Isl. Quelp. p. 72. n. 1005 a. *Hayata* Icon. Pl. Form. V. p. 89. *Rehder* in Pl. Wils. II. 2. p. 581.

Caulis erectus crassus glaber apice in inflorescentiam ramosus. Ramus e caule articulatim sejunctus. Folia elliptica utrinque acuta falcata arcuato-recurva margine crenata in sinu crenulæ glandulosa crassa supra lucida infra pallida venis inconspicuis. Inflorescentia in apice rami terminalis subumbellata ramis umbellulata. Bracteæ parvæ. Flores nutantes. Sepala ovata. Corolla alba rubro-punctata rotata, lobis ovatis acutis. Stamina sessilia. Styli filiformes. Drupa rubro-coccinea sphærica v. depresso-sphærica.

Nom. Jap. Manryo.

Hab. in lacunis v. in silvis Quelpaert.

Distr. Hondo austr., Shikoku, Kiusiu, Liukiu, Formosa, China et Java.

var. **Taquetii,** (*Léveillé*) *Nakai* comb. nov.

Ardisia crispa var. Taquetii, *Léveillé* in *Fedde* Rep. X. p. 374 (1912).

A. Taquetii, *Léveillé* in litt. fide *Taquet.*

A. Konishii, *Hayata* Icon, Pl. Form. V. p. 89 (1915).

A. rectangularis, *Hayata* Ind. Pl. Form. in Icon. suppl. VI. p. 44 (1916).

Caulis 5–6 pedalis ramosus. Folia usque 12 cm. longa grosse undulata.

Nom. Jap. Ō-manryo v. Ōba-manryo.

Hab. in Quelpaert, rara.

Distr. Hondo, Shikoku et Formosa.

柹樹科

EBENACEAE

(一) 主要ナル引用書類

著者名	書名
C. Bauhin	Lotus in Pinax Theatri Botanici p. 447-8 (1671).
L. Plukenet	Guaiacana in Almagestrum Botanicum p. 180 (1696).
S. Endlicher	Ebenaceæ in Genera Plantarum p. 741-743 (1836-1840).
Al. de Candolle	Ebenaceæ in Prodromus systematis naturalis regni vegetabilis VIII. p. 209-243 (1844).
Fr. de Siebold et J. G. Zuccarini	Ebenaceæ in Abhandlung der Academien der Wissenschaften zu Muenchen IV. 3. p. 137-139 (1846).
D. Don	Prodromus Floræ Nepalensis p. 143-144 (1825).
J. Lindley	A natural system of Botany ed. II. p. 226-227 (1836).
”	The Vegetable Kingdom ed. 3. p. 593-595 (1853).
F. A. G. Miquel	Ebenaceæ in *Martius* Flora Brasiliensis VII. p. 1-19. tab. 1-7 (1856).
W. P. Hiern	A. Monograph of Ebenaceæ (1873).
A. Franchet et L. Savatier	Ebenaceæ in Enumeratio Plantarum Japonicarum I. p. 306-307 (1875).
G. Bentham et J. D. Hooker	Ebenaceæ in Genera Plantarum II. 2. p. 662-666 (1865).
C. B. Clarke	Ebenaceæ in *Hooker* fil. Flora of British India III. p. 549-572 (1882).
L. Dippel	Handbuch der Laubholzkunde I. p. 305-309 (1888).
W. B. Hemsley	Ebenaceæ in the journal of the Linnaean Society XXVI. p. 69-71 (1889).

M. Gürke — Ebenaceæ in *Engler* und *Prantl* Die natürlichen Pflanzenfamilien IV. 1. p. 153–165 (1890).

L. Diels — Ebenaceæ in *Engler* Botanische Jahrbücher XXIX p. 525–529 (1901).

C. K. Schneider — Ebenaceæ in Illustriertes Handbuch der Laubholzkunde II. p. 574–576 (1911).

T. Nakai — Flora Koreana II. p. 84. (1911).

A. Rehder et E. H. Wilson — Ebenaceæ in Plantæ Wilsonianæ II. 3. p. 587–592 (1916).

A. Rehder — Diospyros in *Bailey* Standard Cyclopedia of Horticulture p. 1014–1016 (1914).

(二) 朝鮮産柿樹科植物研究ノ歴史.分布及ビ効用

(歴史)

1911年　余ハ Flora Koreana 第二巻ニまめがきトかきトヲ載ス。

1914年　濟州島植物調査報告書ニかきヲ莞島植物調査報告書ニまめがきヲ擧グ。

1915年　智異山植物調査報告書ニまめがきヲ載ス。

1918年　鬱陵島植物調査書ニまめがきヲ擧グ。

(分布)

まめがきハ鳥嶺、智異山、莞島、鬱陵島等ニ自生ス。

かきハ濟州島ニ自生シ莞島ノモ自生ラシケレドモ疑ハシ、本土ニハ自生ト目スベキモノナケレドモ往々栽培品ヨリ逸出セシモノアリ。民家ニ栽培シ品種少シ。

(効用)

しなのがきハ果實ヲ蓄ヘ軟クナルヲ俟チテ食ヒ又其レヨリ出ヅル甘キ液ヲ飲ム、但シ内地人ノ嗜好ニ適セズ。

かきノ果實ヲ食用ニスルハ人ノヨク知ル所ナリ。忠清慶尙兩道ニ最モ多ク産ス、又澁ヲ作リ蔕ハ煎出シテ飲ミ吃逆ヲ止ムニ用フ。材ハ堅ク家具製作ニ適ス。

(三) 朝鮮產柿樹科植物ノ分類ト圖說

柿 樹 科

Ebenaceæ.

喬木又ハ灌木。材ハ堅ク屢々黑色ヲ呈ス、(黑檀モ柿ノ類ナリ)、葉ハ一年生又ハ二年生、全緣、托葉ナシ、互生又ハ對生。花ハ腋生、單一又ハ繖房狀又ハ頭狀稀ニ總狀花序ヲナス。兩全又ハ多性又ハ雌雄異株、花梗ト關節ス、整正、萼ハ下位、合萼、3–7裂片アリ。裂片ハ覆瓦狀又ハ左旋ス。花冠ハ壺狀又ハ鐘狀又ハ筒狀、裂片ハ3–7個左旋ス。雄蕋ハ花冠ニツキ子房下ニ位シ雄花ニテハ六個以上通例十六個アリ、離生又ハ基部相癒合ス。子房ハ3–12室、離生、無毛又ハ毛アリ、果實ハ球形又ハ扁球形又ハ卵形又ハ楕圓形、種子ハ下垂シ、種皮ハ滑ニシテ厚ク、胚乳多シ。

南阿ヲ除キ全世界ニ分布シ五屬二百八十餘種アリ、其中一屬二種ハ朝鮮ニモアリ。

Ebenaceæ, *Ventenat* tabl. p. 443. p.p. (1779). *Jussieu* in Annales Mus. Paris V. p. 417 (1804). *R. Brown* Prodr. Nov. Holland. p. 424 (1810). *Lindley* Nat. Syst. ed. 2. p. 226 p.p. et Veg. Kingd. ed. 3. p. 595 (1853). *Endlicher* Gen. Pl. p. 741. p.p. *Al. De Candolle* Prodr. VIII. p. 209. *Bentham* et *Hooker* Gen. Pl. II. p. 662. *Miquel* in *Martius* Fl. Brasil. VII. p. 1. *Gürke* in Nat. Pflanzenf. IV. 1. p. 153. *Hemsley* Hardy Trees and Shrubs p. 288. (1873). *Dippel* Handb. I. p. 305.

Guajacanæ, *Jussieu* Gen. Pl. p. 156. p.p. (1774).

Arbores v. frutices. Lignum durum saepe nigrum. Folia annua v. biennia integra exstipullata alterna v. opposita. Flores axillares solitarii v. cymosi vel subcapitato-gemini v. racemosi hermaphroditi v. polygami v. dioici cum pedicello articulati, regulares. Calyx inferus gamosepalus, 3–7 lobis imbricatis v. contortis. Corolla urceolata v. campanulata v. tubulosa, lobis 3–7 sinistrorsum convolutis. Stamina corollæ affixa v. hypogyna, in floribus masculis 6–∞ saepe 16, distincta v. basi connata. Ovarium 3–12 loculare e perigonio liberum, glabrum v. hispidulum. Styli 2–4 basi connati v. liberi. Ovula in loculis ovarii solitaria. Bacca globosa v. ovoidea v. ellipsoidea v. depressa. Semina pendula, testa laevi coriacea. Albumen cartilagineum.

Genera 5 species ultra 280 species in fere totis regionibus orbis (præter Africam australem) indigenæ.

か　き　屬

喬木又ハ灌木、葉ハ一年生又ハ二年生托葉ナシ、葉柄アリ、互生稀ニ對生全縁、花ハ多生又ハ雌雄異株、萼ハ 4–6 裂又ハ不規則ニ裂開ス、花冠ハ鐘狀、壺狀又ハ圓筒狀 4–6 裂シ裂片ハ左旋ス、雄蕋ハ雄花ニテハ 8–50 個、16 個ノモノ最モ多シ、花筒ニ附キ無毛又ハ有毛、葯ハ花糸ヨリ長シ、雌花ノ雄蕋ハ 4–8 個通例無葯雄蕋又ハ無花粉雄蕋ニ變ズ、子房ハ 4–12 室アリ、花柱ハ基部ニ於テ癒着シ 2 個又ハ四個、先端ハ二叉ス、卵子ハ各室ニ一個アリテ下垂シ倒生、種子ハ扁平、胚乳多シ。

南阿ヲ除キ 200 種許リノモノ殆ンド全世界ニ分布ス。

Gn. **Diospyros** (*Theophrasti* Historia 1483; *Dalechamps* Historia generalis plantarum p. 349 (1587). *Linné* Gen. Pl. ed. 1. p. 143 n. 403 (1737) ed. IV. n. 1161. (1764). *Miller* Gard. Dict. ed. IV. (1754). *Jussieu* Gen. Pl. p. 156 (1789). *Al. de Candolle* Prodr. VIII. p. 222. *Miquel* in *Martius* Fl. Brasil. VII. p. 3. *Hiern* Monogr. p. 144. *Gürke* in Nat. Pflanzenf. IV. 1. p. 161.

Diospyros, *Linné* sic *Houttuyn* Pflanzensyst. II. p. 519 (1777). *Aiton* Hort. Kew. V. p. 478 (1813). *Endlicher* Gen. Pl. p. 742 n. 4249. *G. Don* Gard. Dict. IV. p. 38. *Bentham* et *Hooker* Gen. Pl. II. 2. p. 665. *C. B. Clarke* in *Hooker* Fl. Brit. Ind. III. p. 553. *Dippel* Handb. I. p. 305.

Diospyros, *Linné* Sp. Pl. p. 1057 (1753). *Schneider* Illus. Handb. II. p. 574.

Guaiacana, *Plukenet* Almag. Bot. p. 180 (1696). *Tournefort* Instit. Rei Herb. p. 600. t. 371 (1700).

Lotus, *Camerarius* Epistola p. 157 (1586). *Bauhinus* Pinax p. 447 (1632).

Paralera, *Aublet* Histoire des plantes de la Guiane française I. p. 576. t. 231 (1775).

Arbores v. frutices. Folia annua v. biennia exstipullata petiolata alterna rarius subopposita integra. Flores polygami v. dioici. Calyx 4–6 lobus v. irregulariter fissus. Corolla campanulata v. tubulosa 4–6 fida, lobis sinistrorso-convolutis. Stamina in floribus masculis 8–50 vulgo 16, corollæ affixa glabra v. barbata. Filamenta antheris breviora. Stamina in floribus faemineis 4–8 in staminodia variant. Ovarium 4–12 loculare. Styli 2 v. 4 basi connati apice bilobi. Ovula in loculis ovarii solitaria pendula anatropa. Semina oblonga compressa albuminosa. Cotyledones foliaceæ.

Circ. 200 species in America austr. et bor., Mexico, India occid., Africa, Madagascar, Archipelago Malayano, Asia (India, Siam, Birma, Cochinchina et China), Borneo, Philippin, Japonia et Australia indigenæ.

1. まめがき 一名 しなのがき

コヨンナム (京畿、全羅)

(第 六 圖)

小喬木、若枝ニハ先ノ方ニモ毛アリ、老成スレバ皮目ノ點アリ。葉ハ一年生楕圓形基脚ハ丸ク先端ハトガル表面ニハ最初細毛散生スレドモ脫落シテ無毛トナル綠色ナリ、裏面ニハ始メ全體ニ毛アレドモ後ニハ葉脈上ニノミアリテ他ハ皆落ツ、緣ハ波狀ニシテ全緣ナリ。花ハ未ダ朝鮮產ノモノヲ見ザレドモ雌雄異株ナリ。果梗ハ太ク長サ僅ニ 1–2 粍先端ニハ輪狀ノ毛アリ。萼ハ深ク四裂シ無毛、裂片ハ廣卵形長サ 7–9 粍、果實ハ球形幅 1.5–2.0 珊、熟スレバ甘シ。

京畿道(水原光敎山)、慶尙北道(鳥嶺山)、全羅南道(智異山)、鬱陵島等ニ自生ス。

(分布) 支那、高加索。

歐亞諸國ニ廣ク栽培シ、其栽培ノ歷史古キ故自生ノ眞否ヲ確メ得ザルコト多シ。

1. Diospyros Lotus, *Linné.*

Sp. Pl. p. 1057 (1753). *Houttuyn* Pflanzensyst. II. p. 519 (1777). *Pallas* Fl. Ross. II. p. 20. t. 58 et 59 (1788). *Willdenow* Sp. Pl. IV. 2. p. 1107. *Poiret* Encyclop. V. p. 428 (1804). *Persoon* Syn. Pl. II. 2. p. 624 (1807). *Aiton* Hort. Kew. V. p. 478 (1813). *La Marck* et *De Candolle* Fl. Franc. III. p. 670 VI. p. 429 (1815). *G. Don* Dict. Gard. IV. p. 38. *Al. de Candolle* Prodr. VIII. p. 135 (1844). *Ledebour* Fl. Ross. III. p. 35 (1846). *Hiern* Monogr. p. 223 (1873). *Clarke* in *Hooker* Fl. Brit. Ind. III. p. 555 (1882). *Hemsley* Hardy Trees and Shrubs p. 289 (1873) et in Journ. Linn. Soc. XXVI. p. 70. p.p. (1889) *Diels* in *Engler* Bot. Jahrb. XXIX. p. 527 (1900). *Gilg* in *Engler* Bot. Jahrb. XXXIV. beiblatt p. 58. *Dippel*

Handb. I. p. 307 f. 198. *Nakai* Fl. Kor. I. p. 84. *Rehder* Pl. Wils. II. 3. p. 587 (1916).

Arborea ramosa. Ramus juvenilis apice pilosa, adulta fuscescens lenticellis punctatus. Folia annua elliptica basi obtusa apice cuspidata supra primo minutissime sparsim ciliolata mox glabrescentia viridia, infra primo toto pilosa demum præter venas fere glabrescentia, margine undulato-integerrima. Flores in plantis Coreanis adhuc ignoti sed dioici. Pedunculi fructiferi crassi 1–2 mm. longi apice annulari-pilosi. Calyx alte 4-lobus glaber, lobis latissime ovatis 7–9 mm. longis partibus baseos loborum continuatis laterali subreflexo-productis. Fructus globosus 1.5–2.0 cm. latus apiculatus plus minus farinosus.

Nom. Jap. Mame-gaki v. Shinano-gaki.

Hab. in monte Kōkyōzan (*H. Ueki* n. 482) in monte Chōreizan (*T. Uchiyama*). Kōkō prov. Keishō bor. (*T. Nakai* n. 700). Taiko (*T. Nakai* n. 8181–8182). in pago Pomasa (*Faurie* n. 740). in monte Chirisan (*T. Nakai*). in insula Dagelet (*T. Nakai* n. 4496).

Distr. China, Tauria, Caucasus.

2. かきのき 柹樹

カーンナム (朝鮮名)

(第 七 圖)

喬木分岐多シ、若枝ニハ凡テ短絨毛生ズ、二年生ノ枝ニモ屢々毛アリ。葉ハ一年生、葉柄ハ 5–12 粍短絨毛又ハ短徼毛アリ、葉身ハ倒卵形又ハ廣楕圓形又ハ楕圓形基脚ハ丸ク又ハ弱心臟形又ハ鋭ル、先端ハ鋭尖、表面ハ葉脈上ニノミ微毛生ジ綠色光澤アリ、裏面ハ全體ニ毛アルモノト後無毛トナルトアリ、花ハ腋生、若枝ノ基部ニ近キ葉腋ヨリ生ズ、多性、花梗ハ長サ 5–8 粍毛アリ、蕚ハ大ニシテ四裂シ蕚筒ニ毛アリ、蕚片ハ卵形、內面ニ微毛アリテ外面ハ無毛、果實ニ伴ヒ著シク大トナリ長サ 15–20 粍ニ達ス、花冠ハ鐘狀、雄蕋ハ雄花ニテハ十六個、兩全花ニテハ八個、雄花ニテハ無葯雄蕋八個ヲ有ス、子房ハ八室、果實ハ朝鮮產ノモノニテハ扁圓ノモノ多シ。

濟州島、莞島ニ自生アリ、尙ホ栽培品ヨリ逸出セルモノハ至ル所ニアリ。

栽培區域ハ京畿、江原ヲ最北トス、是レ柹樹ハ華氏氷點下二十四度ニ下レバ其枝ハ生活ヲ續ケ得ザルヲ以テナリ。

（分布） 九州北部、中國、支那。

2. **Diospyros Kaki**, *Linné* filius.

Suppl. p. 439 (1781). *Thunberg* Fl. Jap. p. 157. excl. var. β. (1784). *Willdenow* Sp. Pl. IV. 2. p. 1110. *Persoon* Syn. Pl. II. 2. p. 624 (1807). *Aiton* Hort. Kew. ed. 2. V. p. 478 (1813). *Blume* in Bijidragen XI. p. 669 (1825). *Al. de Candolle* Prodr. VIII. p. 229 excl. var. γ (1844). *Wight* Icon. t. 415. *Siebold* et *Zuccarini* in Abhand. Muench. Akad. IV. 3. p. 136 (1846). *Miquel* in Ann. Mus. Bot. Lugd. Bat. III. p. 116 (1867). *Hiern* Monogr. p. 227. *Franchet* et *Savatier* Enum. Pl. Jap. I. p. 306. *Hemsley* Hardy trees and shrubs p. 289 (1873) et in Journ. Linn. Soc. XXVI. p. 69. *Clarke* in *Hooker* Fl. Brit. Ind. III. p. 555 *Dippel* Handb. Laubholzk. I. p. 308. f. 199. *Makino* in Tokyo Bot. Mag. XXII. p. 159. *Nakai* Fl. Kor. II. p. 84. *Matsumura* Ind. Pl. Jap, II. 2. p. 484. *Rehder* Pl. Wils. II. 3. p. 588 (1916).

D. chinensis, *Blume* in Cat. Hort. Buitenz. (1823) p. 110 ex *Blume* l.c.

D. costata, *Carrier* Rev. Hort. (1870) p. 131 et 134 f. 24.

D. Roxburghii, *Carrier* Rev. Hort. (1872). p. 253 f. 28 et 29.

Embryopteris Kaki, *G. Don* Dict. Gard. IV. p. 41 (1838).

Arborea v. arbor ramosa. Ramus juvenilis toto adpresse velutinus, biennis saepe pilosus. Folia annua. Petioli 5–12 mm. longi velutini v. pilosi. Folia obovata v. late elliptica basi rotundata v. subcordata. v. acuta apice cuspidata v. acuta supra praeter venas pilosas glabra viridia lucida, infra toto pilosa v. demum subglabrescentia. Flores in axillis foliorum inferiorum ramorum hortinorum axillares polygami. Pedunculi 5–8 mm. longi pubescentes, Calyx magnus 4—lobus, tubo piloso, lobis ovatis intus pilosis extus glabris, in fructu valde accrescens 15–20 mm. longus. Corolla campanulata. Stamina in floribus masculis 16, in hermaphroditis 8, in faemineis in staminodia 8 variant. Ovarium 8-loculare.

Nom. Jap. Kaki.

Nom. Kor. Kâu-nam.

Hab. in Quelpaert et insula Wangto. E media usque extremam australem peninsulæ ubi culta et saepe elapsa spontaneaque.

Distr. Hondo occid., Kiusiu bor. et China.

灰木科

SYMPLOCACEAE

(一) 主要ナル引用書類

著者名	書名
C. P. Thunberg	Flora Japonica p. 200 (1784).
C. L. L'Heritier	On the genus of Symplocos, comprehending Hopea, Alstonia, and Ciponima, in Transaction of the Linnæan Society I. p. 174–176 (1791).
J. B. Ker	Symplocos sinica in *Edwards'* Botanical Register IX. Pl. 710 (1823).
D. Don	Prodromus Floræ Nepalensis p. 144–155 (1825).
Aug. P. de Candolle	Prodromus Systematis naturalis regni vegetabilis III. p. 23–24 (1828).
S. Endlicher	Genera Plantarum p. 744 (1836–1840).
J. C. Loudon	Arboretum et fruticetum Britannicum II. p. 1186 (1838).
G. Don	The Dictionary of Gardening and Botany IV. p. 1–3 (1838).
G. Bentham	Observations on some Genera of Plants connected with the Flora of Guiana I. Symplocos, Ciponima, Stemmatosphm, Alstonia and Hopea, in the Transaction of the Linnæan Society XVIII. p. 225–238. tab. XVIII. (1841).
Al. de Candolle	Prodromus systematis naturalis regni vegetabilis VIII. p. 246–258 (1844).
Fr. de Siebold et J. G. Zuccarini	Floræ Japonicæ Familiæ Naturales in Abhandlung der Academien der Wissenschaften zu Muenchen IV. 3. p. 133–135 (1846).
J. Lindley	A natural system of Botany ed. 2. p. 227–228 (1836).

,,	The Vegetable Kingdom ed. 3. p. 593–593 a (1853).
F. A. G. Miquel	Symplocos in Annales Musei Botanici Lugduno-Batavi III. p. 101–103 (1867).
A. Franchet et L. Savatier	Enumeratio plantarum Japonicarum I. p. 307–309 (1875).
G. Bentham et J. D. Hooker.	Genera Plantarum II. p. 668–669 (1876).
J. Miers	On the Symplocaceæ in the Journal of the Linnæan Society XVII. p. 283–306 (1879).
C. B. Clarke	Symplocos in *Hooker* fil. Flora of British India III. p. 572–588 (1882).
F. B. Forbes and W. B. Hemsley	Styraceæ in the Journal of the Linnæan Society XXVI. p. 72–75 (1889).
M. Gürke	Symplocaceæ in *Engler* und *Prantl* die natürlichen Pflanzenfamilien IV. 1. p. 165–172 (1890).
A. Brand	Symplocaceæ (1901).
C. K. Schneider	Illustriertes Handbuch der Laubholzkunde II. p. 576–577 (1911).
J. Matsumura	Index Plantarum Japonicarum II. 2. p. 485–489 (1912).
A. Rehder	Symplocaceæ in Plantæ Wilsonianæ II. 3. p. 593–599 (1916).
,,	Symplocos in Standard Cyclopedia of Horticulture p. 3295–3296 (1917).

(二) 朝鮮産灰木科植物研究ノ歴史.分布並ニ効用

(歴史)

1867 年和蘭ノ *Miquel* 氏ガ Annales Musei Botanici Lugduno-Batavi 第

三卷102頁ニ *Oldham* 氏ノ採品ニ基キさはふたぎガ朝鮮群島ニアルヲ記セシガ朝鮮産灰木科植物ノ世ニ出デシ最初ナリ。

1889年英國ノ *Hemsley* 氏ハ Journal of the Linnæan Society 26 巻ニさはふたぎガ京城並ニ朝鮮群島ニアリト報ゼリ。

1900年露國ノ J *Palibin* 氏ハ Acta Horti Petropolitani 18巻ニ同種ヲ報ゼリ。

同年獨逸ノ *Aug. Brand* 氏ハ其著全世界灰木科植物編ニ同種ヲ記セリ。

1911年四月墺國ノ *C. K. Schneider* 氏ハ其著 Illustriertes Handbuch der Laubholzkunde 第二卷ニ同ジク同種ヲ記ス。

同年十二月余ハ Flora Koreana 第二卷ニ同ジク同種アルヲ報ゼリ。

1914年余ハ濟州島植物調査報告書ニ Symplocos japonica トさはふたぎトノアルヲ記セシガ前種ハくろばひ Symplocos prunifolia ナリ、又莞島植物調査報告書ニハ Symplocos paniculata f. major アルヲ記セリ、夫ハ其後たんなさはふたぎ Symplocos argutidens ニ改メタリ。

1915年余ハ智異山植物調査報告書ニさはふたぎノアルヲ報ゼリ。

1916年獨逸人 *Alf. Rehder* 氏ハ Plantæ Wilsonianæ 第二卷第三部ニさはふたぎト Symplocos caudata トアルコトヲ報ゼシモ後者ハ Symplocos prunifolia ニ改ムベキナリ。

1918年三月余ハ金剛山植物調査書ニさはふたぎノアルヲ報ゼリ。

同年十月余ハ植物學雜誌ニさはふたぎ、白實のさはふたぎ、くろみのさはふたぎ、たんなさはふたぎトヲ記セリ。

(分布)

さはふたぎハ最モ分布廣ク咸北、咸南、平北三道ノ北部ヲ除ク外ハ至ル所ニアリ、其白實品ハ余之ヲ江原道、長箭元山街道附近ニテ之ヲ得タリ。

くろみのさはふたぎハ濟州島ノ下部並ニ全南、慶南ニ生ジ二間餘ノ木トナル、朝鮮ノ特種植物ナリ。

たんなさはふたぎハ濟州島ニ生ズ。

くろばひハ濟州島ニ生ズ。

(効用)

さはふたぎ、くろみのさはふたぎ及ビたんなさはふたぎハ何レモ堅緻ナル白色ノ材ヲ有シ、物尺、指物ニ用フ、又寄木細工トモナシ得、特ニ物尺トシテハ世界有數ノ材ナリ。其他ハ薪炭ノ外利用ノ途ナシ。

(三) 朝鮮產灰木科植物ノ分類ト圖說

灰木科

Symplocaceæ.

灌木又ハ小喬木、葉ハ互生、托葉ナシ、有柄又ハ無柄、單葉、鋸齒アルト全緣ノモノトアリ、一年生又ハ二年生。花序ハ腋生又ハ頂生、集團、總狀、穗狀、圓錐花叢、等アリ又ハ一個宛花ノ生ズルコトモアリ、直立又ハ下垂ス、花ハ整正、兩全又ハ多性、蕚ハ五裂シ裂片ハ始メ覆瓦狀排列ヲナス、花冠ハ 3–11 叉又ハ 3–11 裂、裂片ハ始メ覆瓦狀排列ヲナス、雄蕊ハ 1–4 列、五體、單體又ハ離生稀ニ三體。花糸ハ無毛又ハ有毛、葯ハ二室、子房ハ下位又ハ半上位 2–5 室、花柱ハ糸狀無毛又ハ有毛、柱頭ハ 2–5 溝アルト頭狀ノモノトアリ、卵子ハ各室ニ 2–4 個上外角ヨリ下垂ス、果實ハ肉質、漿果又ハ核果、裂開セズ、種子ニ胚乳アリ、胚ハ胚乳ノ中央ニ位シ眞直又ハ少シク彎曲ス、幼根ハ上向。

亞細亞及ビ亞米利加ニ亘リ五屬以上三百種以上アリ。其中二屬四種ハ朝鮮ニ產ス。

本科植物ノ分類ハ未ダ首肯シ得ベキモノナシ。而シテ日本ニハ四十餘種アリテ最モ多種ナルハ南米ナリ、余等ハ南米ノ同科植物ナドヲ檢スルノ機會ヲ有セズ故ニ今後識見アル同科ノ專門家ノ輩出ヲ俟テ始メテ同科自然分類ヲ見ルヲ得ルニ至ラン、朝鮮ノモノハ然レドモ大凡次ノ二屬ニ區別シ得

- 花序ハ今年ノ枝ノ先端ニ圓錐花叢ヲナス。子房ハ二室。花ハ多性、……………………………さはふたぎ屬。
- 花序ハ腋生、穗狀、總狀又ハ集團。子房ハ三室。花ハ兩全、……………………………はひのき屬。

Symplocaceæ, *Loudon* Arboretum et Fruticetum Britannicum II. p. 1186 (1838).

Symplocaceæ, *Miers* ex *Lindley* Veg. Kingdom ed. 3. p. 593 (1853). *Miers.* in Journ. Linn. Soc. XVII. p. 283 (1879). *M. Gürke* in Nat. Pflanzenf. IV. 1. p. 165 (1890). *Brand* in *Engler* Pflanzenreich IV. 242. p. 1. (1900).

Symplocineæ, *D. Don* Prodr. Fl. Nep. p. 144 excl. Schoepfia (1825). *G. Don* Dict. Gard. and Bot. IV. p. 1. (1838).

Symploceæ, *Dumortier* Analyse des familles des plantes p. 27 (1829). *Endlicher* Gen. Pl. p. 744 (1836-40).

Styracaceæ trib. 1. Symploceæ, *Al. de Candolle* Prodr. VIII. p. 246 (1844).

Guaiacanæ part 2 excl. Paralea, *Jussieu* Gen. Pl. p. 157. (1789).

Frutex v. arborea. Folia alterna exstipullata petiolata v. sessilia simplicia serrata v. integra annua v. biennia. Inflorescentia axillaris v. terminalis glomerati, racemosi, spicati v. paniculati v. flores solitarii, erecti v. penduli. Flores regulares hermaphroditi v. polygami. Calyx 5-partitus, lobis imbricatis. Corolla 3–11 loba v. partita, lobis imbricatis, basi in tubum connatis v. imbricato-connatis. Stamina 1–4 serialia pentadelpha v. monadelpha v. libera v. rarius triadelpha. Filamenta glabra v. pilosa. Antheræ biloculares. Ovarium inferum v. semisuperum 2–5 loculare. Styli filiformes glabri v. pilosi. Stigma 2–5 sulcatum v. capitatum. Ovula in loculis 2–4 ex angulo superiore pendula. Fructus carnosus v. baccatus v. drupaceus indehiscens. Embryo in centro albuminis positus rectus v. curvatus. Radicula supera.

Circ. 5 v. ultra genera et 300 species in Asia et America crescent, inter eas 2 genera et 4 species in Corea indigena.

Inflorescentia in apice rami hornotini terminalis paniculati. Ovarium biloculare. Stamina pentadelpha. Folia annua aestivatione falcato-convoluta. Flores polygami............................Palura, *Buch.-Hamilton.*

Inflorescentia axillaris racemosa, spicata v. glomerata. Ovarium triloculare. Stamina pentadelpha. Folia biennia aestivatione convoluta. Flores hermaphroditi. ....Bobua, *A. P. de Candolle.*

第一屬 さはふたぎ屬

灌木、葉ハ互生、一年生、花序ハ其年ノ若枝ノ先端ニ圓錐花叢ヲナス。花ハ多性、花冠ハ五裂ス、雄蕋ハ五體、花糸ハ細シ、花托ハ五葉ヲナス。子房ハ下位、二室、卵子ハ各室ニ四個、二個宛外壁ト隔壁トノ上角ヨリ下垂ス。

ヒマラヤ山、支那、臺灣、朝鮮、日本ニ亘リ四種アリ、其中三種ハ朝鮮ニ產ス。

Gn. 1. **Palura,** *Buch. Hamilton* mss. ex *D. Don* Prodr. Fl. Nep. p. 145 (1825). *Miers* in Journ. Linn. Soc. XVII p. 297. p.p. (1879).

Lodhra, ***Miers*** in Journ. Linn. Soc. XVII. p. 297. p.p. (1879).

Symplocos sect. Palura, *G. Don* Dict. Gard. IV. p. 3. (1838) *Al. de Candolle* Prodr. VIII. p. 258 (1844).

Symplocos subgn. Hopea sect. Bobua, *Brand* Symploc. p. 32. p.p. (1901).

Symplocos sect. Hopea subsect. Palura, *Gürke* in Nat. Pflanzenf. IV. 1. p. 169 p.p. (1890).

Symplocos subgn. Hopea sect. 1. *Clarke* in *Hooker* Fl. Brit. Ind. III. 3. p. 572. p.p. (1882).

Frutex. Folia annua aestivatione falcato-convoluta. Inflorescentia paniculata in apice rami hornotini terminalis. Flores polygami. Calyx 5-dentatus tubo ovario adnato. Corolla 5-partita. Stamina pentadelpha. Filamenta filiformia. Discum 5-lobum, lobis cum fasciculis staminum alternis. Ovula in quoque loculo 4, biserialia ex angulo superiore exterioreque pendula. Embryo curvatus.

Species 4 in Himalaya, China, Formosa, Corea et Japonia nascent.

1. **さはふたぎ** 檀又ハ白檀(支那名)

(第 八 圖)

灌木稀ニ小喬木樣トナル、高キハ八米突ニ達シ分岐多シ、材ハ堅シ、皮ハ灰色ニシテ不規則ニ裂ク、若枝ハ綠色ニシテ有毛又ハ無毛、毛ノ多少ハ個體ニ依リ著シク差アリ、葉ハ無毛又ハ有毛、短キ葉柄ヲ具フ、葉身ハ倒卵形又ハ長倒卵形內曲ノ鋸歯アルト全緣ノモノトアリ、先端ハ急ニ尖リ基脚ハ尖ル、表面ハ綠色、裏面ハ淡綠色無毛又ハ有毛、花序ハ其年ノ若枝ノ頂ニ圓錐花叢ヲナシ、無毛又ハ有毛、基部ニ葉アルモノ多シ、小苞ハ各花ニ一個宛アリ細ク、早ク落ツ、花ハ花梗ト關節ス、子房ハ二室、下位、萼筒ハ倒卵形、無毛又ハ有毛、裂片ハ卵形、無毛又ハ緣ニ微毛アリ、花冠ハ白色又ハ帶黃色深ク五裂ス、雄蕋ハ基本數ハ二十五本、五本宛五體ニ分ル、花糸ハ糸狀、葯ハ丸ク、白シ、花柱ハ無毛、卵子ハ二列、上方ノモノハ退化シテ小トナル、果實ハ歪卵形先端ニ永存性ノ萼ヲ頂キ成熟スレバ碧色トナリ美シ。

咸北明川郡、平北江界郡碧潼郡以南濟州島迄分布ス。

(分布) 北海道、本島、四國、九州、臺灣、支那、ヒマラヤ山。

一種果實ハ成熟スレバ白色トナルアリ。**しろみのさはふたぎ**ト云フ、江原道長箭ノ元山街道附近ニテ得タリ、所々ニ生ズルモノナルベケレドモ未ダ他ノ所ニテ得ズ。

1. **Palura paniculata,** (*Thunberg*) *Nakai* comb. nov.

Prunus paniculata, *Thunberg* Fl. Jap. p. 200 (1784). *Persoon* Syn. Pl. II. 1. p. 34 (1806). *Steudel* Nomencl. ed. 1. p. 663 (1821).

Symplocos paniculata, *Miquel* in Ann. Mus. Bot. Lugd. Bat. III. p. 102 cum var. parvifolia et glabrifolia (1867). *Franchet* et *Savatier* Enum. Pl. Jap. I. p. 308 (1875).

S. paniculata, *Wallich* ex *D. Don* Prodr. Fl. Nepal. p. 145 pro. syn. (1825). *Schneider* Illus. Handb. Laubholzk. II. p. 576. f. 375 a–g. (1911). *Rehder* in Pl. Wils. II. p. 593. (1916). *Nakai* Veg. Diamond M'ts p. 182 n. 524 (1818).

S. cratægoides, *Hamilton* mss. ex *D. Don* Prodr. Fl. Nepal. p. 145 (1825). *G. Don* Gard. Dict. IV. p. 3. (1838). *Loudon* Arb. et Frutic. Brit. II. p. 1186. *Al. de Candolle* Prodr. VIII. p. 258 (1844). *Miquel* in Ann. Mus. Bot. Lugd. Bat. III. p. 103. (1867). *Franchet* et *Savatier* Enum. Pl. Jap. I. p. 308. II. p. 433. *Clarke* in *Hooker* Fl. Brit. Ind. III. p. 573 (1882). *Hemsley* in Journ. Linn. Soc. XXVI. p. 72 (1889). *Gürke* in Nat. Pflanzenf. IV. 1. p. 169 (1890). *Brand* in *Engler* Bot. Jahrb. XXIX. p. 528 (1900) et Symplocaceae p. 23 (1901). *Matsumura* et *Hayata* Enum. Pl. Form. p. 229. (1906). *Shirasawa* Jap. Forest Trees. II. t. 68. f. 1–13 (1908). *Matsumura* Ind. Pl. Jap. II. 2. p. 488. *Nakai* Fl. Kor. II. p. 85. p.p. (1909).

S. sinica. *Ker* in Bot. Regist. t. 710 (1823). *Loudon* Arb. et frutic. Brit. II. p. 1186 (1838). *Miquel* in Ann. Mus. Bot. Lugd. Bat. III. p. 103 (1867). *Franchet* et *Savatier* Enum. Pl. Jap. I. p. 309. *Matsumura* Ind. Pl. Jap. II. 2. p. 488. (1912).

S. pallida, *Franchet* et *Savatier* Enum. Pl. Jap. I. p. 308 nom. und.

S. cratægoides var. pallida, *Franchet* et *Savatier* Enum. Pl. Jap. II. p. 433. (1879).

Palura sinica, *Miers* in Journ. Linn. Soc. XVII. p. 297 (1879).

Lodhra cratægoides, *Decaisne* in Jacquinot Voy. p. 108. t. 110.

Palura odorata, *Hamilton* in herb. ex. *D. Don* l.c.

Frutex v. arborea usque 8 m. altus ramosissimus. Lignum eximie durum. Cortex cinereus irregulariter fissus. Ramus annotinus cinereo-fuscus glaber lenticellis nullis v. paucis, hornotinus pubescens v. pilosus v. glaber viridis. Folia glabra v. pilosa, juvenilia extus pubescentia breviter petiolata obovata v. oblongo-obovata incurvato-serrata v. rarius integra apice subito acuminata, basi acuta v. attenuata, supra viridia, infra pallida glabra v. pubescentia. Inflorescentia in apice rami hornotini terminalis paniculata glabra v. pilosa v. pubescentia basi sæpe foliosa. Bracteola in quoque flore unica minima angusta caduca. Flores cum pedicello articulati. Ovarium inferum 2-loculare. Calycis tubus turbinatus glaber v. pilosus v. pubescens, lobis ovatis glabris v. margine pilosis. Corolla alba v. ochroleuca alte 5-partita. Stamina vulgo 25 in fasciculo 5 aperta ita pentadelpha. Filamenta filiformia. Antheræ albæ rotundatæ. Styli glabri. Ovula 2-serialia in quoque loculo 4 in apice septi angulo exteriore affixa, inferiora fertilia, superiora abortiva. Fructus oblique ovoideus calyce persistente coronatus maturitate cærulens.

Nom. Jap. Sawa-futagi.

Hab. Corea tota praeter boreali-extremam et Quelpaert.

Distr. Yeso, Hondo, Shikoku, Kiusiu, Formosa, China et Himalaya.

var. **leucocarpa**, *Nakai* comb. nov.

Symplocos paniculata var. leucocarpa, *Nakai* in Tokyo Bot. Mag. XXXII. p. 227.

Nom. Jap. Shiromino-sawafutagi.

Hab. Corea media, secus vias Chōzen.

Distr. var. Hondo.

2. くろみのさはふたぎ

(第 九 圖)

高サ五米突幹ハ直徑十珊ニ達ス。皮ハ櫻皮ニ似タル所アリ、皮目ハ横ニ長シ、材ハ白色、二年生ノ枝ハ褐色ニシテ皮目點在ス、一年生ノ枝ハ綠色ニシテ微毛アリ、葉ハ楕圓形、裏面ハ淡白ク中肋ニ微毛アリ、表面ハ綠色ニシテ葉脈ニノミ微毛アリ、縁ニ内曲ノ鋸齒アリ、先端ハ鋭尖基脚モ亦尖ル、葉柄ハ長サ 5–10 粍許微毛アリ。花序ハ圓錐花叢ヲナシ短枝ノ先端ニ生ズ、子房ハ下位、萼齒ハ卵形長サ一粍許縁ニ微毛アリ。花瓣ハ帶綠色深ク五裂ス、雄蕋ハ五體、花柱ハ無毛長サ 2–2.5 粍、柱頭ハ肥厚ス。果實ハ球形ニシテ長サ 5–6 粍黑熟ス。

濟州島、全南、慶南ニ產シ朝鮮特產ナリ。

前山林課長田中卯三氏ハ就任以來朝鮮植物調查上ニ便宜ヲ與ヘ、爲メニ調查ハ大ニ進捗セリ、玆ニ新植物ヲ得テ之ヲ氏ニ紀念セシ所以ナリ。

2. **Palura Tanakana,** *Nakai* comb. nov.

Symplocos Tanakana, *Nakai* in Tokyo Bot. Mag. XXXII. p. 227 (1918).

S. cratægoides, *Nakai* Fl. Kor. II. p. 85. p.p.

Arbuscula usque 5 m. alta trunco diametro 10 cm. Cortex subcerasina brunnescens lenticellis horizontalibus fuscis. Lignum album. Ramus annotinus brunnescens, lenticellis punctatus, hornotinus viridis pilosus. Folia elliptica infra glaucina et secus costas pubescentia, supra viridia præter venas adpresse pilosas glabra, margine incurvato-serrulata, apice acuminata basi acuta v. mucronata, petiolis 5–10 mm. longis pilosis. Panicula in apice ramorum brevium terminalis. Ovarium turbinatum inferum. Sepala ovata 1 mm. longa margine ciliata. Petala viridescentia alte 5-partita. Stamina pentadelpha. Styli glabri 2.0–2.6 mm. Stigmata crassa. Fructus globosus 5–6 mm. longus ater apice calyce persistente coronatus.

Nom. Jap. Kuromino-sawafutagi.

Hab. in Quelpaert et Corea austr.

Planta endemica !

3. **たんなさはふたぎ**

（第 十 圖）

高サ大ナルハ八米突、幹ノ直徑 30 珊ニ達ス、分岐多シ、皮ハ褐灰色、二年生ノ枝ハ大形ノ皮目點在ス、葉ハ廣倒卵形基脚ハトガリ、銳キ粗鋸齒アリ、表面ハ深綠色、裏面ハ淡綠色、脈上ニ微毛アリ、葉柄ハ長サ2–10粍、圓錐花叢ハ枝ノ光端ニ生ジ無毛又ハ微毛アリ、萼齒ハ無毛又ハ微毛アリ、萼片ハ卵形又ハ橢圓形、花冠ハ白色ニシテ深ク五裂シ、裂片ハ橢圓形又ハ倒卵橢圓形、雄蕋ハ五體、花柱ハ無毛、果實ハ歪卵形、成熟スレバ藍黑色トナル。

濟州島ニ產ス。

（分布） 本島、四國、九州。

3. **Palura argutidens,** *Nakai* comb. nov.

Symplocos argutidens, *Nakai* in Tokyo Bot. Mag. XXXII. p. 228 (1918).

S. cratægoides, *Matsumura* Ind. Pl. Jap. II. p. 486. p.p. (1912).

Frutex 3–8 metralis ramosus. Truncus diametro usque 30 cm. Cortex fusco-cinereus. Ramus annotinus saepe lenticellis magnis punctatus. Folia omnia late obovata basi petiolem 2–10 mm. longum glabrum cuneato-attenuata argute conspicue serrata apice subito acuminata supra viridissima infra pallida secus venas pilosa. Panicula in apice rami hornotini terminalis glabra v. pilosa. Calycis tubus turbinatus glaber v. pilosus, lobis ovatis v. ellipticis. Corolla alba alte 5-partita, lobis ellipticis obovato-ellipticis. Stamina pentadelpha. Styli glabri. Fructus oblique ovatus maturitate caerulescente-ater.

Nom. Jap. Tanna-sawafutagi.

Hab. in Quelpaert.

Distr. Hondo austro-occid., Shikoku et Kiusiu.

第二屬　はひのき屬

灌木又ハ喬木、葉ハ二年生、花序ハ腋生、總狀又ハ穗狀又ハ集團シ又分岐ス、花ハ兩全、雄蕋ハ五體、花糸ハ細シ、花托ハ凹形又ハ凸形、子房ハ下位三室、卵子ハ各室ニ四個、二列ニ排列ス。

亞細亞及ビニユーカレドニアニ亘リ約二十五種アリ。濟州島ニ一種ヲ產ス。

Gn. 2. **Bobua,** *Aug. Pyr. de Candolle* Prodr. III. p. 23 (1828). *Endlicher* Gen. Pl. p. 1183 (1836–40). *Meisner* Gen. Pl. p. 110. *Miers* in Journ. Linn. Soc. XVII. p. 303 (1879).

Eugenioides, *Linné* Fl. Zeyl. p. 192 (1747).

Bobu, (*Hermann* Zeyl. p. 9.) *Adanson* Famil. Nat. II. p. 88 (1763).

Chasseloupia, *Vieillard* in Bull. Soc. Lim. Normandie X. p. 101 (1866).

Symplocos sect. Hopea 1. Palura et 2. Lodhra, *Bentham* et *Hooker* Gen. Pl. II. p. 668. p.p. *Gürke* in Nat. Pflanzenf. IV. 2. p. 169–170 p.p. (1890).

Laurus, *Burmann* Fl. Zeyl. t. 62.

Symplocos sect. IV. Hopea. *Alp. de Candolle* Prodr. VIII. p. 253 (1844).

Symplocos subgn. II. Hopea sect. Palæosymplocos, *Brand* Symploc. p. 30. p.p.

Symplocos sect. II. Lodhra, *G. Don* Gard. Dict. IV. p. 2 (1838).

Symplocos subgn. II. Hopea sect. Bobua, *Brand* l.c. p. 30. p.p.

Frutex v. arborea. Folia biennia convoluta. Inflorescentia axillaris, racemosa v. spicata, ramosa v. glomerata. Flores hermaphroditi. Stamina pentadelpha. Filamenta filiformia. Discum concavum v. convexum non lobatum. Ovarium inferum 3-loculare. Ovula in quoque loculo 4, 2-serialia.

Species circ. 25 in Asia et Nova-Caledonia nascent.

4. くろばひ、そめしば、とちしば

(第十一圖)

小喬木分岐多シ、枝ハ無毛、葉ハ二年生、廣披針形、厚ク、先端ハ急ニ尖ル、葉柄ハ長サ 3–5 分許、鋸歯ハ波狀ナリ。總狀花序ハ前年ノ枝ノ葉腋ニ出デ初夏ニ花咲ク、花軸ト花梗トニハ微毛密生ス。萼筒ハ無毛、萼歯ハ廣卵形ニシテ先端丸シ。花冠ハ深ク五裂シ、淡綠黃色、雄蕋ハ三列ニ並ビ五群ニ集團ス、果實ハ帶卵橢圓形、長サ 5–7 粍許。

濟州島ニ生ズ。

(分布) 本島、四國、九州。

4. **Bobua prunifolia,** (*Siebold* et *Zuccarini*) Miers in Journ. Linn. Soc. XVII. p. 306 (1879).

Symplocos prunifolia, *Siebold* et *Zuccarini* in Abhand. Acad. Muench. IV. 3. p. 133 (1846). *Miquel* in Ann. Mus. Bot. Lugd. Bot. III. p. 101. (1867). *Franchet* et *Savatier* Enum. Pl. Jap. I. p. 308. *Gürke* in Nat. Pflanzenf. IV. 1. p. 170.

S. caudata, (non *Wallich*) *Brand* Symplocaceæ p. 42. p.p. *Matsumura* Ind. Pl. Jap. II. p. 485. *Rehder* in Pl. Wils. II. p. 595 p.p. (1916).

S. japonica, (non *De Candolle*) *Nakai* Veg. Isl. Quelp. p. 73. n. 1019 (1914).

Arborea ramosa, ramis glabris. Folia biennia late lanceolata crassa apice subito acuminata. Petioli 1.0–1.5 cm. longi, serrulæ repandæ. Racemus in axillis foliorum annotinorum evolutus et in primo aestatis sequentis anni florens. Axis inflorescentiæ et pedunculus dense pilosus. Calycis tubus glaber, dentes late ovati apice obtusi. Corolla alte 5-partita dilute viridescens. Stamina pentadelpha 3-serialia. Fructus ovato-ellipticus 5–7 mm. longus.

Nom. Jap. Kuro-bai.

Hab. in Quelpaert.

Distr. Hondo, Shikoku et Kiusiu.

Haec species a *Brand, Rehder, Matsumura* etc. adhuc cum Symplocos caudata confusa sed sequenti modo distincta.

Petioli 6–7 mm. longi. Lamina foliorum subintegra. Inflorescentia pilosula. Calycis dentes ovati acutiusculi. Fructus 8 mm.

.........Bobua caudata v. Symplocos caudata.

Petioli 1.0–1.5 cm. longi. Lamina repando-serrata. Inflorescentia dense pubescens. Calycis dentes late ovati obtusi. Fructus 6 mm.

.... Bobua prunifolia.

齊墩果科

HALESIACEAE

STYRACACEAE

(一) 主要ナル引用書類

著者名	書名
C. Bauhinus	Styrax in Pinax Theatri Botanici p. 451–452 (1671).
J. P. Tournefort	Styrax in Institutio rei Herbariæ p. 598. t. 369 (1700).
C. v. Linné	Species Plantarum ed. 2. Tome 1. p. 635–636 (1762).
J. de Loureiro	Cyrta in Flora Cochinchinensis Tomus 1. p. 340–341 (1793).
C. L. Willdenow	Styrax in Species Plantarum II. p. 623–624 (1799).
Fr. de Siebold et J. G. Zuccarini	(1) Flora Japonica I. p. 53–55. p. 93–94. t. 23 et 46 (1835).
	(2) in Abhandlung der Academien der Wissenschaften zu München IV. 3. p. 131. (1846).
S. Endlicher	Genera Plantarum p. 743–744. Styraceæ et Halesieæ (1836–40).
J. L. Loudon	Arboretum et Fruticetum Britannicum II. p. 1187–1191 (1838).
Al. de Candolle	Styrax in Prodromus systematis naturalis regni vegetabilis VIII. p. 259–268 (1844).
J. Lindley	A natural system of Botany ed. 2. p. 227–228 (1836).
,,	The Vegetable Kingdom ed. 3. p. 592–593 b. (1853).
F. A. G. Miquel	Styraceæ in Annales Musei Botanici Lugduno-Batavi III. p. 101 (1867).
A. Franchet et L. Savatier	Styracaceæ in Enumeratio Plantarum Japonicarum I. p. 307–310 (1875).
G. Bentham et J. D. Hooker	Styraceæ in Genera Plantarum II. p. 666–671 (1876).

L. Dippel Handbuch der Laubholzkunde I. p. 309–319 (1888).

J. D. Hooker Styrax Obassia in Botanical Magazine t. 7039 (1889).

F. B. Forbes and W. B. Hemsley Styraceæ in Journal of the Linnæan Society XXVI. p. 75–77 (1889).

M. Gürke Styracaceæ in *Engler* und *Prantl.* Die natürlichen Pflanzenfamilien IV. 1. p. 172–180 (1890).

L. Diels Styracaceæ in *Engler* Botanische Jahrbücher XXIX. p. 529–530 (1901).

J. Perkins Styracaceæ (1907).

C. K. Schneider Illustriertes Handbuch der Laubholzkunde II. p. 577–584 (1911).

T. Nakai Flora Koreana II. p. 85–86 (1911).

J. Matsumura Styracaceæ in Index Plantarum Japonicarum II. 2. p. 489–491 (1912).

A. Rehder (1) Styracaceæ in Plantæ Wilsonianæ I. 2. p. 289–296 (1912).
(2) Styrax in Standard Cyclopedia of Horticulture p. 3279–3280 (1917).

(二) 朝鮮產齊墩果科植物研究ノ歷史 分布並ニ効用

(歷史)

1889年英國ノ *W. B. Hemsley* 氏ハえごのきガ仁川ニ產シはくうんぼくガ Chusan 港ニアリト云ヘリ (The Journal of the Linnæan Society XXVI). 但シ Chusan ハ何地ナルヤ明カナラズ、恐ラク支那舟山列島ノ誤ナルベシ。

1900年露國ノ *J. Palibin* 氏ハ其著 Conspectus Floræ Koreæ 第二卷ニ同ジク兩種ヲ記セリ。

1907年 *J. Perkins* 孃ノ齊墩果科植物誌ニモ兩種アリ。

1909年 余ト武田久吉氏トハ市川三喜氏採收ノ濟州島植物ヲ研究シテ

東京植物學雜誌第二十三巻ニ載セシ中ニハえごのきヲ記セリ。

1911年四月墺國ノ *C. K. Schneider* ハえごのきガ朝鮮ニアリ、はくうんぼくノ存在ニ就テハ疑問ヲ附セリ。

同年十二月余ノ著 Flora Koreana 第二巻ニモえごのきトはくうんぼくノ二種ヲ擧グ。

1914年 濟州島植物調査報告書及ビ莞島植物調査報告書ニハ何レモえごのきトはくうんぼくトヲ擧ゲタリ。

1915年 智異山植物調査報告書ニモ兩種ヲ記セリ。

1918年 金剛山植物調査書ニモ兩種ヲ記ス。

1919年 鬱陵島植物調査書ニハはくうんぼくヲ載セタリ。

(分布)

えごのきハ京畿、江原兩道以南濟州島迄ニ分布スレドモ鬱陵島ニハナシ。

はくうんぼくハ平北、平南、江原、黄海以南濟州島、鬱陵島迄モ分布ス。

(効用)

えごのき、はくうんぼく共ニ其材ハ彈力性ニ富ミ器具製作ニ用フ、天秤棒、傘ノ轆轤、車ノ軸木等ニ適ス、種子ヨリハ油ヲ採リ得、搗キ碎キテ河ニ流シ魚ヲ捕フニ用ヰ得。

(三) 朝鮮產齊墩果科植物ノ分類ト各種ノ圖說

齊 墩 果 科

Halesiaceæ.

灌木又ハ喬木、葉ハ單葉一年生又ハ二年生、全緣又ハ鋸齒アリ、花ハ總狀又ハ圓錐花叢ヲナシ又ハ獨生、整正又ハ兩全、萼ハ 4–5 叉又ハ 4–5 裂シ又ハ裂ケズ、花冠ハ 4–5 (稀ニ7)叉又ハ 4–5 (稀ニ7)裂ス、裂片ハ覆瓦狀又ハ鑷合狀ニ排列ス。雄蕋ハ四個又ハ五個又ハ十個、子房ハ下位、半上位又ハ上位 3–5 室、卵子ハ各室ニ一個又ハ二個以上二列ニ並ブ、倒生、直立又ハ下垂ス。果實ハ核果樣ニシテ不規則ニ裂開シ又ハ先端三裂ス又全然裂開セヌモノアリ。種子ニ胚乳アリ、種皮ハ厚ク硬シ、胚ハ眞直又ハ少シク曲ル。

南阿ヲ除ク外ハ至ル所ニアリテ大凡七屬百十五種アリ、其中一屬二種ハ朝鮮ニ產ス。

Halesiaceæ, *D. Don* in Edinb. Phil. Journ. dec. 1828. *G. Don* Dict. Gard. IV. p. 6 (1838). *Loudon* Arb. et Fruct. Brit. II. p. 1189 (1838).

Guaiacanæ, *Jussieu* Gen. Pl. p. 156. p.p. (1774).

Styracineæ, *Kunth* in *Humboldt, Bonpland* and *Kunth* Nova Gen. et Sp. Pl. III. p. 256 (1818) Syn. Pl. II. 315 (1823). *G. Don* Dict. Gard. IV. p. 3. (1838).

Styracaceæ Trib. II. Styraceæ, *Al. de Candolle* Prodr. VIII. p. 259. *Lindley* Veg. Kingd. ed. 3. p. 593 a. (1853).

Styraceæ, *Loudon* Arb. et Frut. Brit. II. p. 1187 (1838).

Styraceæ, *Lindley* sic Bentham et Hooker Gen. Pl. II. p. 666 p.p. (1876). *C. B. Clarke* in *Hooker* Fl. Brit. Ind. III. p. 572 p.p. (1882).

Styracaceæ, *Franchet* et *Savatier* Enum. Pl. Jap. I. p. 307 (1875). *Dippel* Handb. Laubholzk. I. p. 309 (1889). *Gürke* in Nat. Pflanzenf. IV. 1. p. 172 (1890).

Styracaceæ excl. Symplocos, *Hemsley* Hardy Trees and Shrubs p. 287 (1873).

Styraceæ, *Richard* in Ann. Fran. p. 48 (1808). *Lindley* Nat. Syst. ed. 2. p. 227 p.p. (1836). *Grenier* et *Godron* Fl. Fr. II. p. 470 (1850).

Styracaceæ, *De Candolle* sic *J. Perkins* Styrac. p. 1. *Schneider* Illus. Handb. Laubholzk. II. p. 577. (1911).

Frutices v. arbores. Folia simplicia annua v. biennia integra v. serrata. Flores racemosi v. paniculati v. solitarii, regulares, hermaphroditi. Calyx 4–5 lobis v. elobatus. Corolla 4–5 (rarius 7) fida v. partita, lobis imbricatis v. valvatis. Stamina 4 v. 5 v. 10. Ovarium inferum v. semisuperum v. superum 3–5 loculare. Ovula in loculis ovarii solitaria v. biserialia anatropa, erecta v. pendula. Fructus drupaceus irregulariter fissus v. apice trifidus v. indehiscens. Styli simplices. Semina albuminosa, testa coriacea. Embryo rectus rarius curvatus.

Genera 7 species 115 fere per totas regiones orbis praeter Africa austr. incola.

えごのき屬

喬木又ハ灌木、葉ハ一年生又ハ二年生、單葉、全縁又ハ有鋸齒、葉柄ハ屢々其基脚嚢狀トナリテ芽ヲ包ム、花ハ腋生、單一又ハ總狀花序ヲナス、萼ハ五齒アルモノト齒ナキモノトアリ、花冠ハ五裂シ花筒ハ萼筒內ニ潜在シ裂片ハ覆瓦狀ニ排列ス、雄蕋ハ十個、基脚ハ癒合シ其癒着部ハ花冠ニ着ク、葯ハ二室縱裂ス、子房ハ三室、中軸胎坐ヲ有ス、卵子ハ二列ニ並ビ子房ノ各室ニ 3-5 個アリ、花柱ハ細シ、柱頭ハ頭狀又ハ三叉ス、果實ハ乾果ニシテ唯一個ノ種子(稀ニ二個)ヲ藏シ、裂開スルモノトセザルモノトアリ。

歐州、ビルマ、支那、朝鮮、日本、スマトラ、ヒマラヤ山、安南、メキシコ、北米合衆國ニ亘リ二十餘種アリ、朝鮮ニ次ノ二種アリ。

Gn. **Styrax,** *Tournefort* Instit. rei Herb. p. 598 t. 369 (1700). *Linné* Gen. Pl. ed. 1. p. 143 (1737). *Persoon* Syn. Pl. I. p. 483 p.p. (1805). *Lapeyrous* Hist. Arbr. p. 222 (1813). *Endlicher* Gen. Pl. p. 743. n. 4252 p.p. (1836–1840). *Al. de Candolle* Prodr. VIII. p. 259. p.p. (1844).

Styrax, *Linné* sic *Humboldt Bompland* et *Kunth* Syn. Pl. Aequin. II. p. 318 (1823). *Bentham* et *Hooker* Gen. Pl. II. p. 669 p.p. (1876). *Dippel* Handb. Laubholzk. I. p. 314. (1888). *Gürke* in Nat. Pflanzenf. IV. 1. p. 177. p.p. (1890). *Perkins* Styrac. in Pflanzenreich IV. 241. p. 17. p.p. (1907). *Schneider* Illus. Handb. Laubholzk. II. p. 577.. p.p. (1911).

Arbores v. frutices. Folia annua v. biennia simplicia serrata v. integra, petiolis basi sæpe gemmas obtegentibus. Flores in apice rami terminales v. axillares racemosi v. solitarii. Calyx 5–dentatus v. truncatus. Corolla 5-partita, tubo calyce inserto, lobis æstivatione quincuncialibus. Stamina 10 basi connata, ubi tubo corollæ affixa. Antheræ biloculares longitudine fissæ. Ovarium 3-loculare. Placenta centralis. Ovula 2-serialia in quoque loculo 3–5. Styli elongati. Stigma capitatum v. trilobum. Fructus 1 (rarius 2) spermus siccus 3-valvis v. irregulariter fissus v. indehiscens.

Species ultra 20 in China, Annam, Japonia, Korea, Sumatra, Birma, Himalaya, Europa, America bor. incolæ, inter eas 2 in Corea indigenæ.

1. えごのき

ノカックナム(慶南)、チョックナム、チョンナム(濟州島)

(第十二圖)

高サ 7-8 米突ノ喬木。樹膚ハ滑ニシテ不規則ニ剝グ、二年生ノ枝ノ皮ハ細ク纖維狀ニ縱列ス、一年生ノ枝ハ綠色、始メ褐色ノ星狀毛ニテ被ハルレ𪜈後無毛トナル、葉ハ綠色ニシテ種々ノ形アリ、全緣又ハ鋸齒アリ、表面ハ無毛、裏面ハ葉脈ニ褐毛アルト無毛ナルトアリ。總狀花序ハ花少シ、花梗ハ細ク、無毛、長サ 1–3 珊先端ニ向ヒ少シク太マル。花ハ下垂ス。蕚ハ短ク裂片ハ 5–10 個又ハ截形、無毛、花冠ハ白色、深ク五裂シ、裂片ハ楕圓形ニシテ覆瓦狀排列ヲナシ背面ニ小ナル星狀毛アリ、雄蕋ハ花冠ヨリモ短シ、花糸ハ基部ニ長毛アリ、花柱ハ抽出又ハ花冠ト同長、無毛、果實ハ球形、卵形等アリ、先端ハ或ハ尖リ或ハ丸シ。

京畿、江原以南濟州島迄分布ス。

（分布） 本島、伊豆列島、四國、九州、對島、琉球、支那(湖北、四川)。

1. **Styrax japonicum,** *Siebold* et *Zuccarini.*

Fl. Jap. I. p. 53. t. 23 (1835) et in Abhandl. Akad. Muench. IV. 3. p. 131. *Al. de Candolle* Prodr. VIII. p. 266 (1844). *Miquel* in Ann. Mus. Bot. Lugd. Bat. III. p. 101 (1867). *Franchet* et *Savatier* Enum. Pl. Jap. I. p. 309 (1875). *Regel* in Gartenflora (1868) t. 583. *Dippel* Handb. I. p. 318. f. 207 (1888). *Hemsley* in Journ. Linn. Soc. XXVI. p. 76 (1889). *Gürke* in Nat. Pflanzenf. IV. 1. p. 178. f. 92. d. (1890). *Perkins* Styrac. p. 73 (1907). *Schneider* Illus. Handb. II. p. 580. f. 377 i–m. *Nakai* Fl. Kor. II. p. 86. *Matsumura* Ind. Pl. Jap. II. p. 490. *Rehder* in Cyclop. Hort. p. 3280 f. 3742 (1917).

S. serrulatus, (non *Roxburgh*) *Hooker* fil. in Bot. Mag. t. 5950 (1872). *Gilg* in *Engler* Bot. Jahrb. XXXIV. Beiblatt LXXV. p. 58 (1904).

Cyrta japonica, *Miers* Contrib. Bot. I. p. 182 (1851–1861).

Arbor usque 7–8 metralis alta. Cortex lucidus irregulariter fissus, ramorum annotinorum longitudine fibroso-fissus. Ramus hornotinus viridis pilis stellulatis fuscentibus vestitus sed demum glabrescens. Folia viridia in forma variabillima integra v. serrata basi acuminata v. mucronata, apice cuspidata v. attenuata, supra glabra, infra secus venas fusco-stellulata v. glabra. Racemus oliganthus. Pedicelli glaberrimi graciles 1–3 cm. longi ad apicem sensim incrassati. Flores penduli. Calyx brevissimus 5–10 lobus v. truncatus glaber. Corolla alba alte 5-partita, lobis oblongis decorso minute stellulata. Stamina corolla breviora. Filamenta basi barbata. Styli exerti v. corolla æquilongi glabri. Fructus globosus v. ovatus acutus v. obtusus.

Nom. Jap. Egonoki.

Nom. Cor. Nokak-nam (慶南). Chok-nam v. Chong-nam (濟州島).
Hab. in prov. Keiki, Keishô, Chusei, Zenla et Quelpaert.
Distr. China (Hupeh, Szechuan), Liukiu, Kiusiu, Shikoku et Hondo.

2. はくうんぼく

別名、はびろ、をながし、おほばちしや
チュオンナム(江原)、ナトハムナム(平北)、ノクチュックナム(濟州)
(第十三圖)

喬木、高サ十五米突ニ達スルモノアリ、皮ハ光澤アリ、一年生ノ枝ニハ最初星狀毛密生スレドモ後無毛トナル。葉ハ大形ニシテ丸ク或ハ廣橢圓形又ハ廣卵形、表面ハ綠色葉脈上ニノミ小形ノ星狀毛アリ、裏面ハ一面ニ白色ノ星狀毛密生ス、緣ニ鋸齒アルト全緣ナルトアリ。總狀花序ハ長ク花多ク下垂ス、花モ亦下垂ス、萼ハ卵形白色星狀毛密生シ、萼齒ハ短ク 4-5 個、花冠ハ深ク五裂シ裂片ハ覆瓦狀ニ排列シ背面ニ星狀毛生ズ、雄蕋ハ內潛ス、花糸ハ無毛、花柱ハ細ク無毛、果實ハ卵形又ハ球形、不規則ニ裂開ス。

平北、平安、黃海、江原以南濟州島迄分布シ欝陵島ニモ產ス。
(分布) 北海道、本島、四國。
學名ノ Obassia ハおほばちしやノ轉訛ナリ。

2. Styrax Obassia, *Siebold* et *Zuccarini*.

Flora Jap. I. p. 93. t. 46 (1835) et in Abhandl. Akad. Muench. IV. 3. p. 131. (1846). *Al. de Candolle* Prodr. VIII. p. 260 (1844). *Miquel* in Ann. Mus. Bot. Lugd. Bat. III. p. 101. (1867). *Franchet* et *Savatier* Enum. Pl. Jap. I. p. 309. (1875). *Dippel* Handb. Laubholzk. I. p. 316. f. 205 (1888). *Hemsley* in Journ. Linn. Soc. XXVI. p. 76 (1889). *Hooker* in Bot. Mag. t. 7039 (1889). *Perkins* Styrac. p. 77. *Schneider* Illus. Handb. Laubholzk. II. p. 580. *Nakai* Fl. Kor. II. p. 85. *Matsumura* Ind. Pl. Jap. II. 2. p. 490. *Rehder* in Stand. Cyclop. Hort. p. 3280.

Arbor usque 15 metralis alta. Cortex lucidus, ramorum annotinorum irregulariter durumpans, hornotinorum primo dense stellato-tomentosus demum glabrescens. Folia magna rotundata v. late elliptica v. latissime ovata, supra viridia præter venas minute stellulatas glaberrima, infra albo-stellulato-lanata, margine serrata v. integra. Inflorescentia racemosa elongata multiflora pendula. Flores dependentes v. ascendentes. Calyx obovatus albo-lanatus dentibus brevibus 4–5. Corolla alte 5-partita, lobis quincuncialibus dorso stellulatis. Stamina inserta. Filamenta glabra. Styli elongati glabri. Fructus ovatus v. subglobosus maturitate irregulariter fissus.

Nom. Jap. Hakuunboku.

Hab. in prov. Heian, Kokai, Keiki, Kōgen, Chūsei, Keishō, Zenla, insula Dagelet et Quelpaert.

Distr. Shikoku, Hondo et Yeso.

(四) 朝鮮產岩梅科・紫金牛科・柹樹科・灰木科及ビ齊墩果科植物ノ和名・朝鮮名・學名ノ對稱表

和名	朝鮮名	學名
いはうめ、ふきづめさう	....	Diapensia obovata, (*Fr. Schmidt*) *Nakai.*
やぶかうじ、やまたちばな、やぶたちばな、あかだまのき	....	Bladhia japonia, *Hornstedt.*
つるかうじ、つるやぶかうじ	....	Bladhia villosa, *Thunberg.*
まんりやう	....	Bladhia crispa, *Thunberg.*
おほまんりやう	....	Bladhia crispa, *Thunberg* var. Taquetii, *Léveillé.*
まめがき、しなのがき、さるがき、ちんぽがき	Koyon-nam (慶尙、京畿、全羅).	Diospyros Lotus, *Linné.*
かきのき	Kaan-nam	Diospyros Kaki, *Linné* fil.
さはふたぎ、やにぎ、つべたぎ、ゆきのき、るりみのき、うしころし	....	Palura paniculata, (*Thunberg*) *Nakai.*
しろみのさはふたぎ	....	Palura paniculata, (*Thunberg*) *Nakai* var. leucocarpa, *Nakai.*
くろみのさはふたぎ	....	Palura Tanakana, *Nakai.*
たんなさはふたぎ	....	Palura argutidens, *Nakai*
しろばひ、そめしば、とちしば	....	Bobua prunifolia, (*Siebold* et *Zuccarini*) *Miers.*
えごのき、ちしゃのき、ちない、ちさのき、ぢさのき、づさ、づなえ、こはづ、ろくろのき	Chok-nam, Chong-nam (濟州島). Nokak-nam (慶南).	Styrax japonicum, *Siebold* et *Zuccarini.*
はくうんぼく、はびろ、をながし、おほばぢしや	Chuong-nam (江原). Nat-pan-nam (平北). Nok-chuk-nam (濟州).	Styrax Obassia, *Siebold* et *Zuccarini.*

第　一　圖

い　は　う　め

Diapensia obovata, (*Fr. Schmidt*) *Nakai.*

a. 花ヲ附クル植物。

b. 花ヲ開キテ内部ヲ示ス。

（自然大）

第 一 圖

上

下

Kanogawa I. del.

K.Nakazawa sculp.

第 二 圖

や ぶ か う じ

Bladhia japonica, *Hornstedt.*

a. 花ヲ附クル枝。

b. 果實ヲ附クル植物。

c. 花。

d. 蕚ト花柱

e. 雄蕊ヲ附クル花瓣。

(a–b 自然大、c–e 廓大)

第　二　圖

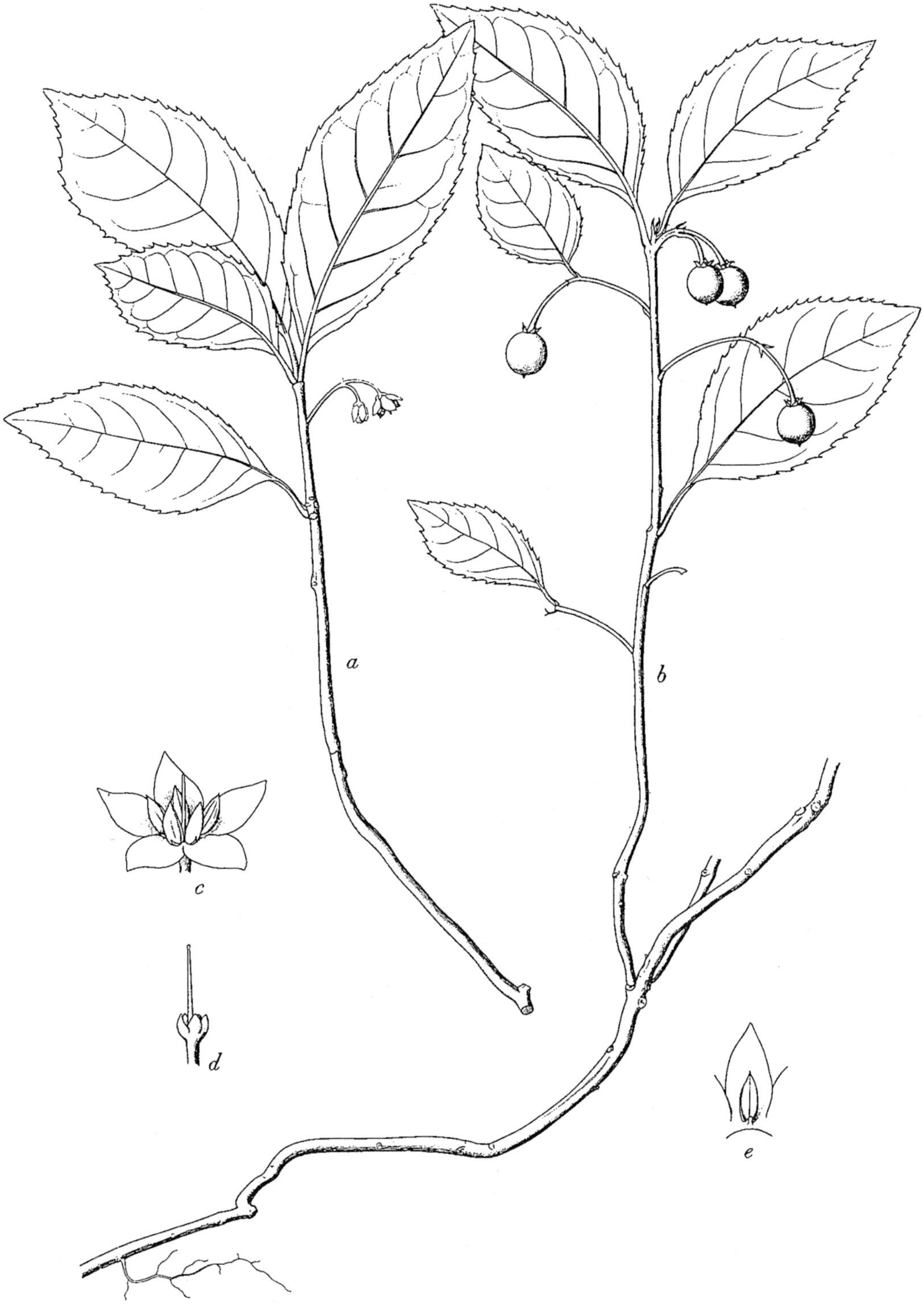

Terauchi M. del.　　K. Nakazawa sculp.

第 三 圖

つ る か う じ

Bladhia villosa, *Thunberg.*

a. 花ヲ附クル植物。

b. 果實ヲ附クル枝。

c. 花ヲ開キテ内面ヲ見ル。

d. 蕚ト花柱。

(a–b 自然大、c–d 廓大

第三圖

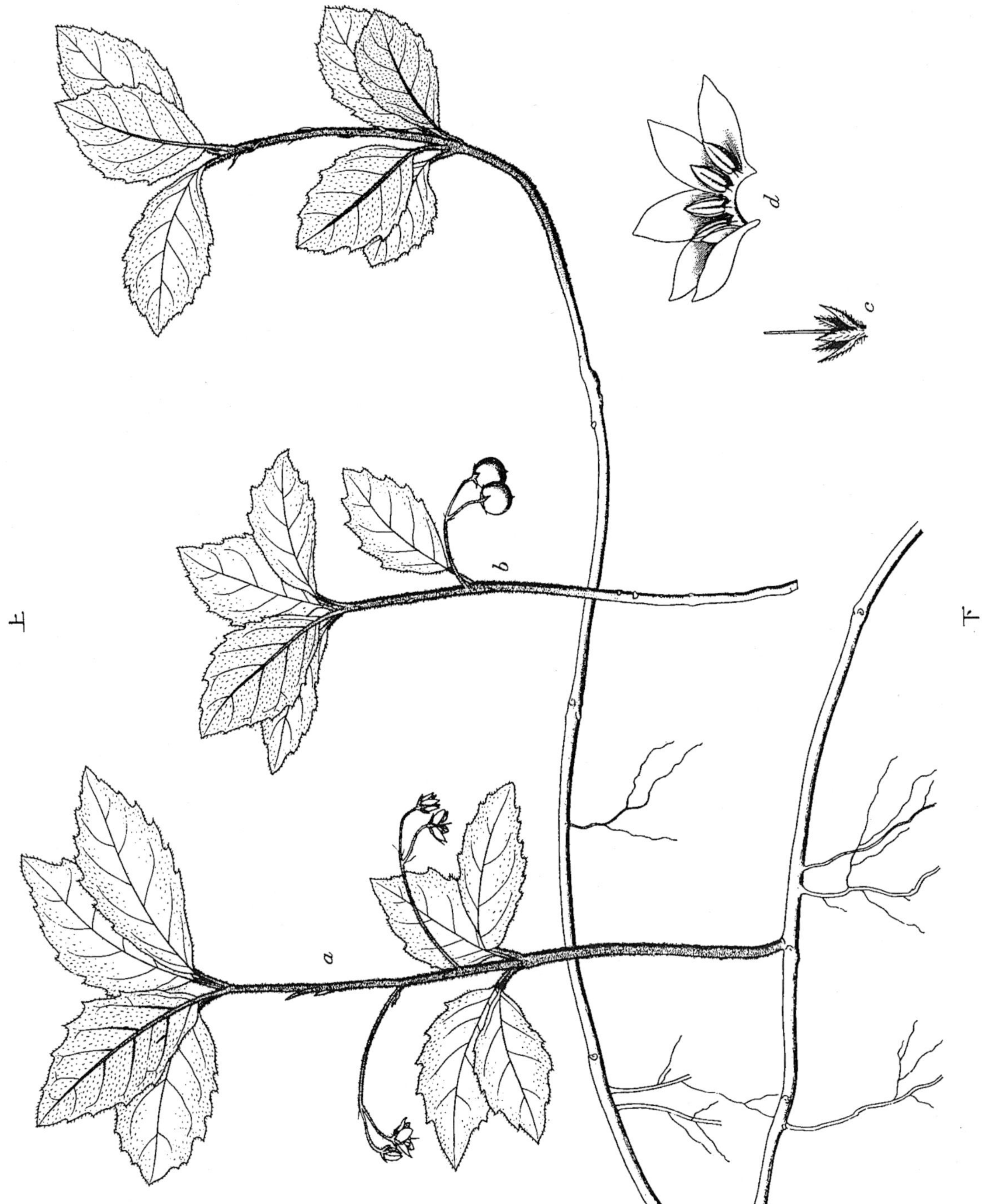

Terauchi M. del.

K Nakazawa sculp.

第四圖

まんりやう

Bladhia crispa, *Thunberg.*

a. 花ヲ附クル枝。

b. 果實ヲ附クル幹。

（自然大）

第 四 圖

Kanogawa I. del.

K. Nakazawa sculp.

第 五 圖

おほまんりゃう

Bladhia crispa, *Thunberg*
var. Taquetii, *Léveillé.*

果實ヲ附クル枝。(自然大)。

第 五 圖

上

下

Terauchi M. del.　　K.Nakazawa sculp.

第六圖

まめがき

Diospyros Lotus, *Linné.*

a. 果實ヲ附クル枝。

b. 葉ヲ裏面ヨリ見ル、葉脈上ニ毛アリ。

c. 種子。

(a–c 自然大)

第 六 圖

Kanogawa I del.　　　K.Nakazawa.sculp

第七圖

かきのき

Diospyros Kaki, *Linné* fil.

未熟ノ果實ヲ附クル枝、自生品ヨリ採ル。

（自然大）

第七圖

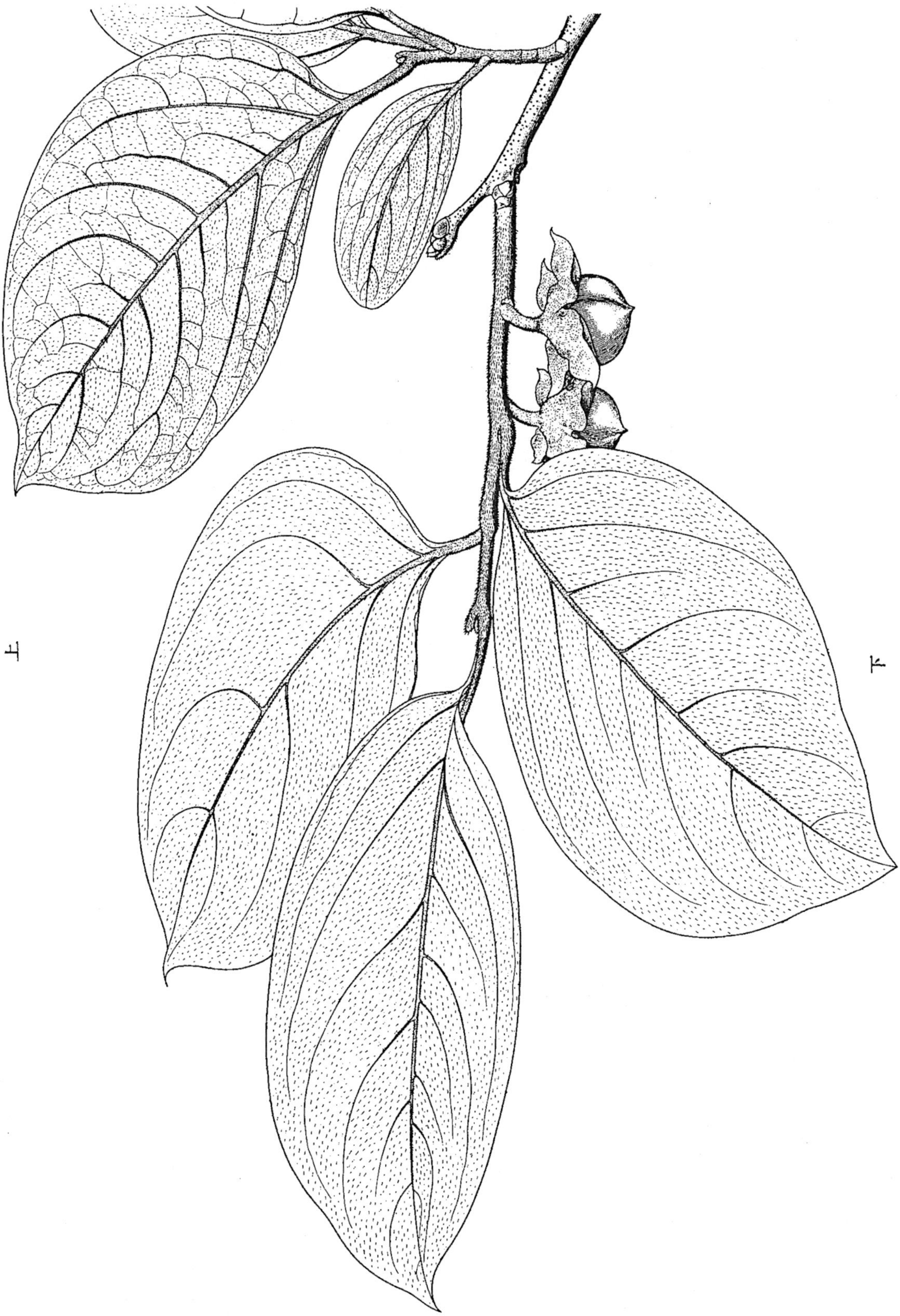

上

下

Kanogawa I. del.

K.Nakazawa sculp.

第 八 圖

さ は ふ た ぎ

Palura paniculata, (*Thunberg*) *Nakai.*

a. 花ヲ附クル枝。
b. 花。
c. 蕚ト花柱。
d. 果實ヲ附クル枝。
(a. d. 自然大、b. c. 廓大)

第八圖

Terauchi M. del.

Matsudaira N. sculp.

第 九 圖

くろみのさはふたぎ

Palura Tanakana, *Nakai.*

a. 果實ヲ附クル枝。

b. 側枝ノ一部。

(a. b. 自然大)

第九圖

Terauchi M. del.

Matsudaira N. sculp.

第十圖

たんなさはふたぎ

Palura argutidens, *Nakai.*

a. 果實ヲ附クル枝。

b. 大形ノ葉ヲ附クル小枝。

(a. b. 自然大)

第十圖

Terauchi M. del.

Matsudaira N. sculp.

第十一圖

くろばい

Bobua prunifolia, (*Siebold* et *Zuccarini*) *Nakai*.

a. 花ヲ附クル枝。
b. 未熟ノ果實ヲ附クル枝。
c. 果序。
d. 花。
e. 苞、蕚並ニ雌蕊。
f. 子房ノ横斷面、多少模型的。
g. 子房ノ縱斷面。
(a–c. 自然大、d–g. 廓大)

第十一圖

Nakai T. et Terauchi, M. del.

Matsudaira, N. suclp.

第十二圖

えごのき

Styrax japonicum, *Siebold* et *Zuccarini.*

a. 花ヲ附クル枝。
b. 果實ヲ附クル枝。
c. 小ク尖レル果實。
d. 丸キ果實。
e. 種子。
f. 大形ノ葉。
g. 蕚ト雌蕊。
h. 花ヲ開キテ内面ヲ示ス。
(a-f. 自然大、g-h. 廓大)

第十二圖

Terauchi M. del.

Matsudaira N. sculp.

第十三圖

はくうんぼく

Styrax Obassia, *Siebold* et *Zuccarini*.

a. 葉。

b. 花序ヲ附クル枝。

c. 果序。

d. 大形ノ果實。

e. 小形ノ果實。

f. 種子。

g. 蕚ト雌蕋。

h. 花冠ヲ開キテ内部ヲ示ス。

(a–f. 自然大、g–h. 廓大)

第十三圖

Terauchi M. lel.

Matsudaira N. sculp.

索　引

INDEX

第4巻

11～13輯

INDEX TO LATIN NAMES

Latin names for the plants described in the text are shown in Roman type. Italic type letter is used to indicate synonyms. Roman type number shows the pages of the text and italic type number shows the numbers of figure plates.

In general, names are written as in the text, in some cases however, names are rewritten in accordance with the International Code of Plant Nomenclature (i. e., Pasania cuspidata β. Sieboldii → P. cuspidata var. sieboldii). Specific epithets are all written in small letters.

As for family names (which appear in CAPITALS),standard or customary names are added for some families, for example, Vitaceae for Sarmentaceae, Theaceae for Ternstroemiaceae, Scrophulariaceae for Rhinanthaceae etc.

和名索引　凡例

本文中の「各科の分類」の項に記載・解説されている植物の種名（亜種・変種を含む），属名，科名を，別名を含めて収録した。また図版の番号はイタリック数字で示してある。

原文では植物名は旧かなであるが，この索引では原文によるほかに新かな表示の名を加えて利用者の便をはかった。また科名については各巻でその科の記述の最初を示すとともに，「分類」の項で各科の一般的解説をしているページも併せて示している。原文では科名はほとんどが漢名で書かれているが，この索引では標準科名の新かな表示とし，若干の科については慣用の別名でも引けるようにしてある。

朝鮮名索引　凡例

本文中の「各科の分類」の項で和名に併記されている朝鮮語名を，その図版の番号（イタリック数字）とともに収録した。若干の巻では朝鮮語名が解説中に併記されず，別表で和名，学名と対照されている。これらについてはその対照表のページを示すとともに，それぞれに該当する植物の記述ページを（　）内に示して便をはかった。朝鮮名の表示は巻によって片かな書きとローマ字書きがあるが，この索引では新カナ書きに統一した。

조선삼림식물편

지은이: 편집부
발행인: 윤영수
발행처: 한국학자료원
서울시 구로구 개봉본동 170-30
전화: 02-3159-8050 팩스: 02-3159-8051
문의: 010-4799-9729
등록번호: 제312-1999-074호
ISBN: 979-11-6887-146-5

잘못된 책은 교환해 드립니다.
전 10 권 정가 750,000원

朝鮮森林植物篇

中井猛之進著

楡　　科　ULMACEAE
桑　　科　MORACEAE
竹　　科　BAMBUSACEAE
楊 梅 科　MYRICACEAE
胡 桃 科　JUGLANDACEAE
木 蘭 科　MAGNOLIACEAE

（19・20輯収録）

第8巻